中国古典文学
读本丛书典藏

唐宋词选

中国社会科学院文学研究所 选注

人民文学出版社

图书在版编目(CIP)数据

唐宋词选/中国社会科学院文学研究所选注. —北京:人民文学出版社,2021
(2024.7重印)
(中国古典文学读本丛书典藏)
ISBN 978-7-02-016164-5

Ⅰ.①唐… Ⅱ.①中… Ⅲ.①唐宋词—选集 Ⅳ.①I222.84

中国版本图书馆 CIP 数据核字(2020)第 041792 号

责任编辑　李　俊
装帧设计　陶　雷
责任印制　宋佳月

出版发行　人民文学出版社
社　　址　北京市朝内大街 166 号
邮政编码　100705

印　　刷　三河市鑫金马印装有限公司
经　　销　全国新华书店等

字　　数　396 千字
开　　本　880 毫米×1230 毫米　1/32
印　　张　17.75　插页3
印　　数　8001—10000
版　　次　1981 年 1 月北京第 1 版
印　　次　2024 年 7 月第 3 次印刷

书　　号　978-7-02-016164-5
定　　价　56.00 元

如有印装质量问题,请与本社图书销售中心调换。电话:010-65233595

目 录

前言　1

敦煌曲子词三首
　菩萨蛮(枕前发尽千般愿)　1
　鹊踏枝(叵耐灵鹊多谩语)　2
　浣溪沙(五两竿头风欲平)　3

李　白二首
　菩萨蛮(平林漠漠烟如织)　5
　忆秦娥(箫声咽)　7

刘长卿一首
　谪仙怨(晴川落日初低)　9

张志和一首
　渔　父(西塞山前白鹭飞)　11

韦应物一首
　调　笑(胡马)　13

刘禹锡二首
　忆江南(春去也)　15
　潇湘神(斑竹枝)　16

白居易二首
　忆江南(江南好)　18
　长相思(汴水流)　19

1

温庭筠四首
　　菩萨蛮(水晶帘里玻璃枕) 22
　　菩萨蛮(南园满地堆轻絮) 23
　　更漏子(玉炉香) 23
　　梦江南(梳洗罢) 24
皇甫松一首
　　梦江南(兰烬落) 26
韦　庄三首
　　菩萨蛮(人人尽说江南好) 28
　　菩萨蛮(洛阳城里春光好) 29
　　谒金门(春雨足) 30
李　晔一首
　　菩萨蛮(登楼遥望秦宫殿) 32
李存勖一首
　　忆仙姿(曾宴桃源仙洞) 34
张　泌一首
　　浣溪沙(马上凝情忆旧游) 36
毛文锡一首
　　甘州遍(秋风紧) 38
牛希济二首
　　生查子(春山烟欲收) 40
　　生查子(新月曲如眉) 41
欧阳炯四首
　　南乡子(画舸停桡) 43
　　南乡子(岸远沙平) 44
　　南乡子(洞口谁家) 44

江城子(晚日金陵岸草平)　45

孙光宪三首
　风流子(茅舍槿篱溪曲)　47
　定西番(鸡禄山前游骑)　48
　思帝乡(如何)　49

鹿虔扆一首
　临江仙(金锁重门荒苑静)　50

李　珣四首
　南乡子(归路近)　52
　南乡子(携笼去)　53
　南乡子(山果熟)　54
　巫山一段云(古庙依青嶂)　54

冯延巳七首
　鹊踏枝(谁道闲情抛弃久)　56
　鹊踏枝(窗外寒鸡天欲曙)　57
　鹊踏枝(萧索清秋珠泪坠)　58
　鹊踏枝(几日行云何处去)　59
　鹊踏枝(六曲阑干偎碧树)　60
　谒金门(风乍起)　61
　醉桃源(南园春半踏青时)　62

李　璟二首
　浣溪沙(手卷真珠上玉钩)　63
　浣溪沙(菡萏香销翠叶残)　64

李　煜八首
　捣练子令(深院静)　66
　清平乐(别来春半)　67

3

望江南(多少恨) 68
　　子夜歌(人生愁恨何能免) 68
　　浪淘沙(往事只堪哀) 69
　　虞美人(春花秋月何时了) 70
　　浪淘沙(帘外雨潺潺) 71
　　乌夜啼(无言独上西楼) 72

徐昌图一首
　　临江仙(饮散离亭西去) 73

王禹偁一首
　　点绛唇(雨恨云愁) 75

钱惟演一首
　　木兰花(城上风光莺语乱) 77

潘　阆一首
　　酒泉子(长忆观潮) 79

林　逋一首
　　长相思(吴山青) 81

范仲淹三首
　　苏幕遮(碧云天) 83
　　渔家傲(塞下秋来风景异) 84
　　御街行(纷纷坠叶飘香砌) 85

张　先三首
　　天仙子(水调数声持酒听) 87
　　木兰花(龙头舴艋吴儿竞) 89
　　青门引(乍暖还轻冷) 90

晏　殊五首
　　浣溪沙(一曲新词酒一杯) 92

4

蝶恋花(槛菊愁烟兰泣露) 92

踏莎行(小径红稀) 93

菩萨蛮(高梧叶下秋光晚) 94

破阵子(燕子来时新社) 95

宋 祁一首

玉楼春(东城渐觉风光好) 97

欧阳修六首

诉衷情(清晨帘幕卷轻霜) 100

踏莎行(候馆梅残) 101

生查子(去年元夜时) 102

玉楼春(别后不知君远近) 102

蝶恋花(庭院深深深几许) 103

采桑子(群芳过后西湖好) 104

柳 永五首

雨霖铃(寒蝉凄切) 106

凤栖梧(伫倚危楼风细细) 107

双声子(晚天萧索) 108

望海潮(东南形胜) 110

八声甘州(对潇潇暮雨洒江天) 112

王安石一首

桂枝香(登临送目) 114

晏几道三首

临江仙(梦后楼台高锁) 117

鹧鸪天(彩袖殷勤捧玉钟) 118

菩萨蛮(哀筝一弄湘江曲) 119

王　观一首
　　卜算子(水是眼波横)　121

魏夫人一首
　　菩萨蛮(溪山掩映斜阳里)　123

苏　轼十五首
　　江城子(十年生死两茫茫)　125
　　江城子(老夫聊发少年狂)　127
　　水调歌头(明月几时有)　128
　　浣溪沙(麻叶层层苘叶光)　130
　　浣溪沙(簌簌衣巾落枣花)　131
　　浣溪沙(山下兰芽短浸溪)　132
　　洞仙歌(冰肌玉骨)　133
　　念奴娇(大江东去)　135
　　临江仙(夜饮东坡醒复醉)　138
　　卜算子(缺月挂疏桐)　139
　　鹧鸪天(林断山明竹隐墙)　140
　　水调歌头(落日绣帘卷)　141
　　水龙吟(似花还似非花)　143
　　贺新郎(乳燕飞华屋)　145
　　蝶恋花(花褪残红青杏小)　147

李之仪一首
　　卜算子(我住长江头)　149

张舜民一首
　　卖花声(木叶下君山)　151

孙浩然一首
　　离亭燕(一带江山如画)　153

黄　裳一首
　　减字木兰花(红旗高举)　155
黄庭坚五首
　　念奴娇(断虹霁雨)　158
　　定风波(万里黔中一漏天)　160
　　虞美人(天涯也有江南信)　161
　　清平乐(春归何处)　162
　　望江东(江水西头隔烟树)　163

秦　观九首
　　望海潮(梅英疏淡)　165
　　水龙吟(小楼连苑横空)　167
　　满庭芳(山抹微云)　168
　　鹊桥仙(纤云弄巧)　170
　　踏莎行(雾失楼台)　171
　　浣溪沙(漠漠轻寒上小楼)　172
　　如梦令(遥夜沉沉如水)　173
　　虞美人(碧桃天上栽和露)　174
　　行香子(树绕村庄)　174

贺　铸四首
　　踏莎行(杨柳回塘)　177
　　青玉案(凌波不过横塘路)　178
　　六州歌头(少年侠气)　179
　　鹧鸪天(重过阊门万事非)　182

晁补之一首
　　摸鱼儿(买陂塘)　183

7

周邦彦九首

　　兰陵王(柳阴直)　187

　　苏幕遮(燎沉香)　189

　　六　丑(正单衣试酒)　190

　　满庭芳(风老莺雏)　192

　　玉楼春(桃溪不作从容住)　193

　　蝶恋花(月皎惊乌栖不定)　194

　　锁阳台(白玉楼高)　196

　　西　河(佳丽地)　197

　　浣溪沙(楼上晴天碧四垂)　199

谢　逸二首

　　千秋岁(楝花飘砌)　201

　　花心动(风里杨花)　202

苏　过一首

　　点绛唇(新月娟娟)　204

万俟咏一首

　　忆秦娥(千里草)　205

司马槱一首

　　黄金缕(家在钱塘江上住)　207

李重元一首

　　忆王孙(萋萋芳草忆王孙)　209

赵　佶一首

　　燕山亭(裁剪冰绡)　211

蒋氏女一首

　　减字木兰花(朝云横度)　213

无名氏一首

　　御街行(霜风渐紧寒侵被)　215

叶梦得一首
　　八声甘州(故都迷岸草)　216
朱敦儒二首
　　浣溪沙(雨湿清明香火残)　220
　　相见欢(金陵城上西楼)　221
李　纲一首
　　六幺令(长江千里)　222
李清照十三首
　　渔家傲(天接云涛连晓雾)　225
　　如梦令(常记溪亭日暮)　226
　　如梦令(昨夜雨疏风骤)　227
　　凤凰台上忆吹箫(香冷金猊)　227
　　一剪梅(红藕香残玉簟秋)　229
　　醉花阴(薄雾浓云愁永昼)　230
　　念奴娇(萧条庭院)　231
　　添字丑奴儿(窗前谁种芭蕉树)　232
　　永遇乐(落日熔金)　232
　　武陵春(风住尘香花已尽)　234
　　蝶恋花(永夜恹恹欢意少)　235
　　声声慢(寻寻觅觅)　235
　　摊破浣溪沙(病起萧萧两鬓华)　237
吕本中二首
　　采桑子(恨君不似江楼月)　238
　　南歌子(驿路侵斜月)　239
胡世将一首
　　酹江月(神州沉陆)　240

赵　鼎一首
　　满江红（惨结秋阴）　243
洪　皓一首
　　江梅引（天涯除馆忆江梅）　245
李弥逊二首
　　菩萨蛮（江城烽火连三月）　250
　　蝶恋花（百叠青山江一缕）　251
王以宁一首
　　水调歌头（大别我知友）　253
陈与义二首
　　虞美人（张帆欲去仍搔首）　255
　　临江仙（忆昔午桥桥上饮）　256
张元幹六首
　　石州慢（雨急云飞）　258
　　贺新郎（曳杖危楼去）　260
　　贺新郎（梦绕神州路）　263
　　点绛唇（山暗秋云）　265
　　点绛唇（清夜沉沉）　266
　　瑞鹧鸪（白衣苍狗变浮云）　267
胡　铨一首
　　好事近（富贵本无心）　269
岳　飞三首
　　满江红（怒发冲冠）　271
　　满江红（遥望中原）　273
　　小重山（昨夜寒蛩不住鸣）　274

10

黄中辅一首
　　念奴娇(炎精中否)　276

陆　游七首
　　钗头凤(红酥手)　279
　　秋波媚(秋到边城角声哀)　281
　　汉宫春(羽箭雕弓)　283
　　夜游宫(雪晓清笳乱起)　284
　　蝶恋花(桐叶晨飘蛩夜语)　285
　　诉衷情(当年万里觅封侯)　286
　　卜算子(驿外断桥边)　288

唐　婉一首
　　钗头凤(世情薄)　289

范成大二首
　　鹧鸪天(休舞银貂小契丹)　291
　　水调歌头(细数十年事)　292

张孝祥四首
　　六州歌头(长淮望断)　296
　　水调歌头(濯足夜滩急)　298
　　念奴娇(洞庭青草)　300
　　西江月(问讯湖边春色)　302

王　炎一首
　　南柯子(山冥云阴重)　304

辛弃疾二十九首
　　水龙吟(楚天千里清秋)　308
　　太常引(一轮秋影转金波)　310
　　青玉案(东风夜放花千树)　311

菩萨蛮(郁孤台下清江水) 312

念奴娇(野棠花落) 313

水调歌头(落日塞尘起) 315

摸鱼儿(更能消几番风雨) 317

满江红(蜀道登天) 319

千年调(卮酒向人时) 321

丑奴儿(少年不识愁滋味) 323

清平乐(茅檐低小) 324

贺新郎(把酒长亭说) 324

贺新郎(老大那堪说) 327

贺新郎(细把君诗说) 329

破阵子(醉里挑灯看剑) 331

踏莎行(夜月楼台) 332

西江月(明月别枝惊鹊) 333

水调歌头(长恨复长恨) 334

水龙吟(举头西北浮云) 336

贺新郎(甚矣吾衰矣) 338

鹧鸪天(壮岁旌旗拥万夫) 341

贺新郎(绿树听鹈鴂) 342

永遇乐(千古江山) 344

南乡子(何处望神州) 347

祝英台近(宝钗分) 348

木兰花慢(可怜今夕月) 349

鹧鸪天(陌上柔桑破嫩芽) 351

西江月(醉里且贪欢笑) 352

沁园春(杯汝前来) 353

12

陈　亮三首
　　水调歌头（不见南师久）　357
　　念奴娇（危楼还望）　359
　　贺新郎（老去凭谁说）　361

刘　过五首
　　沁园春（古岂无人）　364
　　沁园春（斗酒彘肩）　367
　　沁园春（万马不嘶）　369
　　贺新郎（弹铗西来路）　370
　　唐多令（芦叶满汀洲）　372

朱淑真三首
　　谒金门（春已半）　374
　　眼儿媚（迟迟春日弄轻柔）　375
　　蝶恋花（楼外垂杨千万缕）　376

姜　夔五首
　　扬州慢（淮左名都）　379
　　点绛唇（燕雁无心）　381
　　暗　香（旧时月色）　382
　　疏　影（苔枝缀玉）　384
　　齐天乐（庾郎先自吟《愁赋》）　386

刘仙伦一首
　　念奴娇（艅艎东下）　389

程　珌一首
　　水调歌头（天地本无际）　392

戴复古二首
　　贺新郎（忆把金罍酒）　395

望江南（石屏老）　397
史达祖三首
　　绮罗香（做冷欺花）　399
　　双双燕（过春社了）　401
　　满江红（万水归阴）　402
刘学箕一首
　　贺新郎（往事何堪说）　405
王　埜一首
　　西　河（天下事）　408
曹　豳一首
　　西　河（今日事）　410
吴　泳一首
　　上西平（跨征鞍）　412
黄　机一首
　　满江红（万灶貔貅）　414
严　羽一首
　　满江红（日近觚棱）　417
刘克庄九首
　　沁园春（何处相逢）　419
　　沁园春（一卷阴符）　421
　　昭君怨（曾看洛阳旧谱）　424
　　满江红（金甲琱戈）　425
　　贺新郎（北望神州路）　427
　　贺新郎（湛湛长空黑）　429
　　玉楼春（年年跃马长安市）　431
　　卜算子（片片蝶衣轻）　433

14

忆秦娥(梅谢了)　433
冯取洽一首
　　贺新郎(知彼须知此)　435
吴　渊一首
　　念奴娇(我来牛渚)　438
李好古三首
　　江城子(平沙浅草接天长)　440
　　清平乐(清淮北去)　441
　　清平乐(瓜州渡口)　442
王　澜一首
　　念奴娇(凭高远望)　443
吴　潜三首
　　水调歌头(铁瓮古形势)　446
　　满江红(万里西风)　447
　　满江红(红玉阶前)　449
李曾伯二首
　　沁园春(水北洛南)　450
　　沁园春(天下奇观)　452
吴文英二首
　　风入松(听风听雨过清明)　455
　　唐多令(何处合成愁)　456
张绍文一首
　　酹江月(举杯呼月)　458
陈人杰六首
　　沁园春(为问杜鹃)　461
　　沁园春(诗不穷人)　463

沁园春(谁使神州) 465
沁园春(记上层楼) 467
沁园春(抚剑悲歌) 470
沁园春(我自无忧) 472

文及翁一首
　　贺新郎(一勺西湖水) 475

刘辰翁四首
　　柳梢青(铁马蒙毡) 477
　　兰陵王(送春去) 478
　　永遇乐(璧月初晴) 481
　　金缕曲(与客携壶去) 483

周　密二首
　　闻鹊喜(天水碧) 485
　　一萼红(步深幽) 486

王　奕一首
　　贺新郎(决眦斜阳里) 489

王清惠一首
　　满江红(太液芙蓉) 492

邓　剡二首
　　酹江月(水天空阔) 494
　　唐多令(雨过水明霞) 496

文天祥二首
　　酹江月(乾坤能大) 499
　　满江红(试问琵琶) 500

王沂孙二首
　　眉　妩(渐新痕悬柳) 503

高阳台(残雪庭阴)　505
醴陵士人一首
　　一剪梅(宰相巍巍坐庙堂)　508
杨金判一首
　　一剪梅(襄樊四载弄干戈)　510
徐君宝妻一首
　　满庭芳(汉上繁华)　512
蒋　捷五首
　　贺新郎(渺渺啼鸦了)　514
　　贺新郎(深阁帘垂绣)　516
　　梅花引(白鸥问我泊孤舟)　517
　　一剪梅(一片春愁待酒浇)　518
　　虞美人(少年听雨歌楼上)　519
陈德武一首
　　水龙吟(东南第一名州)　521
张　炎三首
　　南浦(波暖绿粼粼)　524
　　甘州(记玉关踏雪事清游)　525
　　清平乐(辔摇衔铁)　527

前　言

一　词在诗歌历史上的地位和它的特点

唐代的诗和宋代的词，在文学史上都代表了一个时代的特殊成就。词在隋唐时代伴随着当时新兴的音乐——燕乐而兴起。燕乐为汉族传统音乐和西域音乐融合的产物，它在当时属于富有生命力的抒情音乐。词本来是为这种新兴音乐的不同曲调所谱写的歌词，当时称为曲子或曲子词，词可以说是曲子词的简称。

最早为这种新兴音乐谱写歌词的，主要是一些民间艺人和民间的知识分子。二十世纪初在甘肃敦煌发现的抄本曲子词，绝大部分都是民间作品。王重民先生所辑《敦煌曲子词集》有一百六十馀首。任二北先生《敦煌曲校录》增至五百馀首。文人写词，中唐以后，渐渐地多了起来。晚唐五代，开始盛行。林大椿先生编《唐五代词》，收一千一百四十八首。宋代是词的创作最繁荣的时代，作品很多，唐圭璋先生所编《全宋词》，有两万馀首。

词经过从唐代到宋代的发展，使得诗歌园地继唐诗之后，又一次地出现了百花盛开、万紫千红的繁荣景象。虽然在反映时代的广度和深度上，总的来说宋词比不上唐诗，然而词毕竟有它的重要地位。

诗歌领域，从晚唐五代开始，形成了古、今体诗和词的平行发展（后来还有曲）。宋代古、今体诗，产生了很多重要作家，作品相当丰富，数量上超过唐诗，有许多较深刻地反映了当时的现实生活，这都是应当肯定的。但在艺术表现形式上，缺乏创新精神，艺术风格也不够多样化。诚如前人所说,"宋人作诗与唐远,作词不愧唐人"①,"作词颇能尽变,作诗便板"②。这是因为,宋代很多诗人不懂诗是要用形象思维的,他们喜欢在诗里搬弄典故,模仿前人,发抽象议论,常常把诗弄得僵化。词则较少这些弊病,很多的词都能写得形象鲜明生动,寓思想感情于形象之中;在艺术上也勇于探索,大胆创新。

词的形式对于五、七言诗的形式来说,在某些方面可以说是获得了一定程度的解放。词虽然篇幅、句式、平仄、用韵等经过固定后规则很严,甚至比五、七言近体诗还严格,但是,词的句式长短相间,参差不齐,多用虚字,不避俚俗等,突破了五、七言诗的一些限制,使得作者有更多的自由,能够较为细致地表达复杂曲折的思想感情。清人所谓"情有文不能达,诗不能道者,而独于长短句中可以委宛形容之"③。除此之外,词的节奏鲜明,富有音乐性,这都是它的长处。

但是,词在另外一方面又有它的限制。它的篇幅较短,长调一般也不过百馀字,每首容量有限,不可能用来写出像《孔雀东南飞》、《木兰辞》那样的叙事诗,也不可能用来写出像《自京赴奉先县咏怀五百字》、《北征》那样带叙事性的感叹淋漓的抒情文字。

唐五代和北宋的词,大量的是写爱情、离别、四时景物、闲情逸趣、羁旅愁叹等,反映社会现实斗争的作品不多。造成这种现象的原因,应当追溯词的形成和发展历史。词本来是为配乐而作的,乐歌的演奏,总要在一定的场合,如宫廷、豪家,其次为秦楼楚馆以及民间游艺场所等,听众除统治阶级上层贵族外,一般为封建文人和市民,歌词就必然适合他们的口味。敦煌发现的曲子词,题材的范围比较广泛,然而至多也不过是反映了一些商人、兵士和下层知识分子的生活,而且大多数也是写

---

① 明杨慎《词品》。
② 清王又华《古今词论》引毛稚黄语。
③ 清查礼《铜鼓书堂词话》。

闺情。它们是市井流传的乐歌。唐末五代的文人词,一般都是反映士大夫文人的纤弱的感情,内容方面还远不如敦煌曲子词。明王世贞《弇州山人词评》说:"温飞卿所作词曰《金荃集》,唐人词有集曰《兰畹》,盖取其香而弱也。"这种"香而弱"的词风,从温庭筠等人起,一直流传下来,构成了一种传统。

唐诗在发展过程中,产生了一些诗歌理论,如陈子昂、李白等人关于诗的见解,这些理论促使唐诗更深刻地反映现实。宋词在发展过程中,也产生了一些词论,这些词论对于词的反映现实反而起阻碍作用。这些词论的一个基本要点是讲词要协音律,它们对于词的思想内容,却很少强调。北宋的晁补之说词要"当行家语",否则纵使写得好,也只是"着腔子唱"的"好诗"①。李清照提出词"别是一家",强调"歌词分五音,又分五声,又分六律,又分清浊轻重"等②。南宋张炎说"词之作必先合律"③。这些都是把"音律"强调到一个特殊重要的地位。词最初是音乐的文学,要唱当然要求合律。能够在上层社会或市井流行的乐调,有它一定的声情,合律就要求能适合一定阶级或阶层所欣赏的声情。这就影响了词的思想内容。宋代有的作家已对此表示不满,如王安石说:"古之歌者,皆先为词,后有声。故曰:'诗言志,歌永言,声依永,律和声',如今先撰腔子,后填词,却是'永依声'也。"④他认为这是把古人所讲的诗歌和音乐的次序颠倒了过来,这实际是对当时填词的一种批评意见。然而这批评还未引起当时人们的普遍注意⑤。苏轼首

---

① 宋吴曾《能改斋漫录》卷十六引。
② 宋胡仔《苕溪渔隐丛话》卷三十三引。
③ 宋张炎《词源》下。
④ 宋赵令畤《侯鲭录》卷七引。
⑤ 宋王灼《碧鸡漫志》卷一:"今先定音节,乃制词从之,倒置甚矣。"与王说同,似为王说的反响。

先用他的创作实践在一定程度上打破了词必须谐律的作法。南宋初期，以辛弃疾为代表的一些抗战派词人继承了苏轼所开创的道路加以发展。苏辛一派成为宋词中所应当肯定的主流。但是，在词的发展史上，唐末五代以来词的传统仍占很大的势力。明代张綖说："词体大约有二：一婉约，一豪放"，"大抵以婉约为正"①。所谓婉约，是指唐末五代以来那种脱离现实斗争专务婉丽的传统词风；所谓豪放，是指苏辛一派词风。"以婉约为正"，这在词的历史上是许多人的一种牢固的观念，他们非议豪放派的词"不谐音律"，是"变体"，不是"词家本色"，对它加以抵制。他们对苏轼和辛弃疾的词也只称许其中一部分音律谐协和在风格上比较婉丽的篇章。

　　唐宋时代的许多人，心目中对词和诗的看待就不一样。他们把一些意境比较开阔的，具有一定社会意义的内容放在诗里写，而在词里面，题材却局限在狭小的范围②。从另外一方面来说，宋代某些朝廷大臣（如晏殊、欧阳修等），写起诗文来不免考究比较多，束缚也较多，词是被看做"小技"，可以比较放手地写去，反而能流露他们某些方面的真实感情，艺术上的成就因而比较高。但是脱离社会现实和缺乏积极的思想内容的艺术性，毕竟是畸形的发展。当时有一些作者也不敢正视自己所写的词，如南宋初的胡寅所说，那些作者写了以后，"随亦自扫其迹，曰谑浪游戏而已"③。一些人把写词当做应付酒筵歌席和谑浪游戏之作，自然不会想到在里面写进很多有意义的生活内容。

　　从词的发展的不同阶段中比较长期地占有优势的这种脱离现实的

---

① 王又华《古今词论》引。
② 如温庭筠写过《烧歌》一类的诗，词却专写艳情。欧阳修的诗和他的词，迥然不同。柳永的词里决不写进像他的诗篇《煮海歌》那样的题材。
③ 《向子諲〈酒边词〉序》。

倾向来看,更加显出了苏轼、辛弃疾一派词的重要意义。正因为有了他们一派的词,在词的领域内才有了生气。

然而,这也不是反过来完全否定晚唐五代以后以婉丽为宗的一派的词。这一派的词家,在对词这种艺术形式的创造和使它更加完美的过程中做出了各自的贡献。如果没有他们在词的创作经验上的丰富的积累,也不会有苏轼、辛弃疾一派词的那样杰出的艺术成就。

二 唐五代词

中唐以前,词的作者寥寥,作品也不多。因此所谓唐五代词,主要是产生在晚唐五代。

晚唐五代是一个长期持续的动乱和分裂割据的时代。晚唐时期的诗人,存在着偏重于用朴实无华的笔调反映社会动乱和人民痛苦生活及偏重于用绮艳的笔调写些男女之情和个人感伤一类题材的两种倾向。当时一些诗人兼写词,他们的诗歌创作比较倾向于后者,词也是多写男女之情,如温庭筠、韦庄等。

五代时,词的创作有两个中心,一个是前、后蜀,一个是南唐。它们都是割据一方的小朝廷,朝野上下,都没有什么雄图远略。小朝廷的君主爱好词,身边也拥有一批词人,他们专写一些绮艳之词,装点他们小朝廷奢侈淫靡的生活。这种情况却是奠定了初期文人词的思想内容和艺术色彩的基础。

晚唐五代词大体上说来可分两个艺术流派。前、后蜀词人上承温庭筠、韦庄成为一派。赵崇祚编《花间集》,就是这一派的结集。《花间集》的选录标准,欧阳炯在序里开宗明义地就说:"镂玉雕琼,拟化工而迥巧;裁花剪叶,夺春艳以争鲜。"正由于它所采录的是"镂玉雕琼"、

"裁花剪叶"之作,所以后人说它的"妙"是"鏖金结绣"①,说它的缺点也是"伤促碎"②。

《花间集》中的词,绝大部分的内容是写男女的相思和对女性的描写,其中有不少猥亵之笔,这说明当时一般封建文人的精神空虚和生活颓靡。在《花间集》中只有少数作品写了其他方面的题材,特别引人注目。本书所选入的毛文锡的《甘州遍》,孙光宪的《定西番》、《风流子》,鹿虔扆的《临江仙》,李珣和欧阳炯的《南乡子》等,有的写了边塞,有的写了农村生活,有的写了亡国之恨,有的写了南国风光,都是比较可取的。

以冯延巳、李煜为代表的南唐词另是一派。冯延巳的词也多是写男女之情,但其中如《鹊踏枝》十馀首,写得比较深婉含蓄,比起《花间集》中作品来,意境上要高出一头,对北宋影响颇大。李煜前期词没有什么出奇之处,被俘入宋后,感叹他当时的囚徒处境,追忆昔日豪华的宫廷生活,词风发生了很大的变化。他不是在字句上争奇逞艳,而是用一种近乎白描的手法表现他难以排遣的哀愁,很简练,很概括,很集中,具有感染力。在词的创作上,他达到了当时的最高艺术水平。

总的说来,唐五代词以《花间集》的数量最大,作者最多,但它在思想内容上和艺术形式上都存在着严重的缺陷。南唐的时代比《花间集》晚,冯延巳和李煜的词作跟《花间集》比,在内容上有相同之处,如写男女之情;又有不同之处,如李煜后期的词。他们在艺术上是在努力摆脱《花间集》的影响而创造自己的新风格。所以南唐词比起《花间集》来有所发展,有所前进。北宋的词是直接继承了南唐词而向前发展的。

---

① 清王士禛《花草蒙拾》。
② 明王世贞《弇州山人词评》。

三　北宋的词

北宋的词可以分为两个时期，前期为从宋太祖赵匡胤开国到仁宗赵祯末年(960—1063)，后期为从英宗赵曙初年到金兵攻陷汴京那一年(1064—1126)。

北宋虽然结束了五代十国的纷乱局面，但是，它在中国历史上是一个积弱的朝代。北方少数民族建立的政权辽和西夏割据称雄，五代石晋时割赂与辽的燕云十六州没有恢复。北宋统治者解除地方兵权，把权力集中到中央，偃武修文，结果武备废弛，军队不能打仗，常受北方少数民族贵族统治者的欺凌，最后至于覆灭。

然而北宋从开国到金兵打进来，经历了一百几十年相对稳定的时期。其间阶级斗争常在激烈地进行着，有时激化为局部地区的农民起义，但都由于宋朝统治者的镇压而归于失败。因此，当时统治阶级中的一些人，颇有些陶醉于他们时代的"承平气象"。宋代的手工业、商业在唐代已有的基础上有所发展，城市更加繁荣，民间各种技艺更加丰富起来，这些，更加刺激了统治阶级追求享乐生活的欲望。隋唐以来的燕乐，得到宋太宗赵炅和仁宗赵祯等人的提倡，一部分士大夫文人和市民都很喜爱。赵炅和赵祯都洞晓音律，并亲自制曲。民间也竞造新声。这许多乐曲都需要配歌词来演唱，并且常需要有新的歌词。懂音律的词人，就迎合当时的风尚大量创作。赵祯在位四十三年，词在这个时期得到较大的发展。北宋前期的词就是在这样一个时代条件和时代气氛下发展起来的。这就决定了它的内容和情调。

这个时期词的变化的趋势，在形式上是从小令发展到慢词，在题材上开始比五代时有所扩展，代表的作家有晏殊、欧阳修、柳永等人，他们都主要活动在赵祯的时代。

晏殊、欧阳修的词主要是小令,他们在艺术风格上继承五代词的传统,受冯延巳的影响尤深。在词的内容方面,他们不像五代词那样离不开写男女之情,而较多的是表现一个士大夫文人的闲适生活。晏殊的儿子晏几道曾说晏殊"生平不曾作妇人语"①。这有点近乎掩饰,不完全切合实际,但应当承认,比起五代词的艳语纤辞充塞纸上来,晏殊和欧阳修却清爽得多了。欧阳修还写些山水之类,在当时词中有一点新鲜之感。晏、欧都做过朝廷大官,又都是诗人、散文家,但没有听说精通音律,因此他们的词,被李清照讥为"句读不葺之诗"②。然而他们谨守着五代小令的格调,表现出一种上层文人闲雅的情调,在婉约派词人中,一向被称做北宋初期的代表。

柳永的社会地位和晏殊、欧阳修不同,他是一个不得志的文人,在词的形式上他有着较多的革新精神。他在词的形式发展上的贡献在于创造了大量的慢词。慢词在敦煌曲子词中虽然也有,但从唐至宋初,文人词中极少。柳永通音律,出入秦楼楚馆,和教坊乐工有着比较广泛的联系。他能创作适应当时市民需要的曲调,并能采用一些民间口语入词。他的词在群众中流传较广,"凡有井饮水处,即能歌柳词"③。

柳永词的题材和思想内容基本上没有超出唐末五代和北宋初期,绮罗香泽,所在多有。但他创造的慢词,使得一首词增大了容量,有可能向扩大题材范围发展。柳永所写的《望海潮》(东南形胜),描写杭州的繁华,极力铺叙,这在以前词中是不曾有过的。柳词在语言上的不避俚俗,对后来词的扩大描绘客观事物,带来了便利。

北宋后期的词,在内容上和风格上开始发生较大变化。倡导和促进这个变化的,是杰出的词人苏轼。

---

① 宋赵与旹《宾退录》。
② 《苕溪渔隐丛话》卷三十三引。
③ 宋叶梦得《避暑录话》卷三。

苏轼词中的许多代表作品,在人们的眼底,展开了一幅幅雄奇伟丽的景象。它不是《花间集》的绣幌绮筵,不是晏殊、欧阳修的小园芳径,也不是柳永的倚红偎翠。在他的《念奴娇·赤壁怀古》里,写出了长江的惊涛骇浪,写出了对历史上"风流人物"的赞美和追怀;在他的《水调歌头》(明月几时有)里,对着天上的明月驰骋他的想象;在他的《浣溪沙·徐州石潭谢雨道上作五首》里,描绘了农村的风光;在他的《江城子·密州出猎》里,写郊外打猎,抒发了他报国的壮志,等等,这些在他以前词中很少写到,即使有人写了也大抵缺乏笔力。而苏轼却写得那样奔放,那样超逸绝伦。苏轼也写爱情、离别之类的题材,但都摆脱了柔靡之风,于婉转之中饶清劲之致。由于他在词的创作上有了这些卓越的成就,正如宋胡寅所说:"于是花间为皂隶,而柳氏为舆台矣"①。

苏轼在诗、词、散文等各方面都有较高的成就,但在文学史上影响较大、地位较高的是词。他对于词的功绩,首先在于以他的创作实践使得词这种诗歌新形式获得了应有的尊重和取得了应有的地位。从他开始,词不再只是为了应付酒筵歌席或抒发个人狭隘的感情,而是可以和诗一样写出有分量的作品来了。其次是他打破音律的束缚,使得词能更好地表达人们的思想感情。

比苏轼稍早和同时,在扩大词的境界方面也有人做过努力。如范仲淹的《渔家傲》,写了边塞风光,这是词中第一首认真写出来的有着真实感受的边塞词。然而它和唐人的边塞诗比,气象却不如,所以被欧阳修讥为"穷塞主之词"②。范仲淹当时抵御西夏有功,被西夏人称为"胸中自有数万甲兵",而词却不免衰飒,这大约是时代的反映吧!另外,王安石的《桂枝香》,贺铸的《六州歌头》等,都和苏轼词相呼应。

---

① 《向子諲〈酒边词〉序》。
② 宋魏泰《东轩笔录》卷十一。

苏轼门下有一批词人,著名的有所谓苏门四学士,其中黄庭坚、晁补之、张耒的词都部分地接受苏轼的影响。秦观的词成就较高,然而在内容上和艺术风格上比较接近柳永而不同于苏轼。苏轼曾对他的"却学柳七作词"表示不满意,当秦观否认时,苏轼举出他的"销魂当此际"为证①。秦观是这个时期属于婉约派的大词人。

同时期的婉约派词人还有一个被称为"集大成"的周邦彦。周邦彦和柳永有相似之处,他也通音律,能创调,工慢词。但是周邦彦词照南宋人的说法是"浑厚和雅"②,"无一点市井气"③,这和柳永不同,所以周邦彦为姜夔、张炎一派的人所推崇,对南宋词发生了影响。

北宋后期的秦观和周邦彦都是比较重要的词人,他们都上承晏、欧和柳永。苏轼的词风到南宋才得到新的发展。

四　南宋的词

南宋一百五十年中,词的发展也可分两个时期,前期为从宋高宗赵构建炎初到宁宗赵扩开禧末年辛弃疾之死(1127—1207),后期为从宁宗赵扩嘉定初到宋亡(1208—1279)。

南宋前期的词是沿着健康的道路发展的,反映民族矛盾这样一个有重大政治意义的题材的词占着主导地位。这时,金贵族统治者占领了淮河以北的北方广大地区;宋朝的政权被迫南迁,在相当长的一段时间内,它的生存受到威胁。民族斗争说到底是一个阶级斗争问题。金贵族统治者对各族人民实行野蛮的残酷的掠夺和压迫,激起了广大人民群众的反抗。宋朝统治集团中也有一部分人主张抗金,但另外一部

---

① 宋曾慥《高斋诗话》。
② 张炎《词源》下。
③ 宋沈义父《乐府指迷》。

分人却主张屈膝求和,输纳岁币。后一部分人往往是朝廷中当权派,他们排斥和打击前一部分人。围绕着和战问题,宋朝统治者中展开了激烈的政治斗争。

从南宋初年开始,词的创作中就反映了民族斗争和由于民族斗争所引起的上述的政治斗争。它在这个时期所起的战斗作用和鼓舞作用十分突出,在词的历史上,写下了光辉的一页。

南宋初期最早拿起笔来发挥词的战斗作用的,是一些抗金的将领。李纲写词表示他不畏朝廷当权者阻挠他的抗金决心:"纵使岁寒途远,此志应难夺"[1]。岳飞的《满江红》(怒发冲冠),南宋时人陈郁就称赞它"忠愤可见"[2],千百年来,它常常是那样激励着读者。他的《小重山》,也正如陈郁所说,指斥了"和议之非"[3]。

一些在北宋后期开始了创作生活的词人,这时的词风也有所转变。例如叶梦得,早年的词"甚婉丽,绰有温李之风",晚年却是"落其华而实之,能于简淡中见雄杰"[4]。李清照的创作分为前后两期,前期多写闺房生活和离情别绪;后期的词却反映了她逃难到南方的颠沛流离,用她所独擅的不假雕琢而又深婉动人的语言表现她所经历的国破家亡的痛苦生活,曾经打动了不少读者。向子諲把自己的词分为"江北旧词"和"江南新词",表明它有区别。他们词风的转变,正是说明了历史的巨大事变所引起的词人的觉醒。

南宋初期的词人,在词的创作中反映了充沛的战斗精神,同时在艺术上也达到较高成就的,有张元幹和张孝祥。他们的一些优秀作品,和当时政治斗争发生了密切的联系。胡铨上书赵构,乞斩秦桧,被贬外放,张元幹写了一首《贺新郎》(梦绕神州路)给他送行,也连带被"除

---

[1] 《六幺令》。
[2][3] 《藏一话腴》,据沈辰垣等编《历代诗馀》卷一百十七引。
[4] 宋关注《题石林词》。叶梦得的词风在北宋末年就开始转变了。

名"。张元幹还写了一首《贺新郎》(曳杖危楼去)寄给受到主和派排斥罢职的李纲,表示对他的支持和同情。两首词都写得慷慨悲愤。张元幹在编自己的词集时,特意把这两首词压卷①。张孝祥的《六州歌头》,是在当时著名将领张浚主持的一次宴会上所作,曾使张浚"流涕而起,掩袂而入"②,可见它在当时发生的政治影响。

张元幹和张孝祥在词史上的地位是上承苏轼,下启辛弃疾。

辛弃疾词的一个重要的特点是用大量作品表现了他的坚决要求抗金和对于阻挠抗金、对金屈膝求和的朝廷统治集团的极大愤慨。和辛弃疾同时的诗人陆游,写了大量的诗,表现了他的想要效命疆场英勇杀敌的气概,成为他诗歌中的主要特色;另外还写了一些表现了同样特色的词。辛弃疾和陆游的作品中表现了共同的思想倾向,而辛弃疾词对于朝廷黑暗政治的批判却是更深。辛弃疾不仅是一个词人,他曾经在金兵占领区组织过抗金的武装起义,曾经向皇帝和大臣上过书,讲抗金大计,议论很深辟。他在军事上和政治上是有实践有抱负的。可是他在南宋统治集团对金投降政策之下备受排斥和打击,他对于当时各族人民在金贵族的统治和侵扰之下所受的压迫和痛苦以及对南宋腐败政治的感受是十分深切的。这些在词中表现出来,所以使人感到他的词内容是那样深厚,那样动人。辛弃疾词的创作生活开始比较晚,现今保存下来的最早的词是他二十九岁时所作,数量也不多。早年他的心力是倾注在恢复大计的事功方面。他的作品的大量产生是在政治抱负不得施展或遭受打击之后,满腔悲愤,在词中发泄出来。词,在他手中可以说是一种斗争武器。

辛弃疾词的另一个重要特点是所谓豪放,豪放除了指他的词的慷

---

① 参看明毛晋《宋六十名家词·芦川词》跋和《四库全书总目提要》。
② 明陈霆《渚山堂词话》卷一。

慨激昂的风格而外,还包括另外一个意义,即是指他词的解放的形式。比起苏轼来,他在词的形式上的解放向前更迈进了一大步。前人说,苏轼以诗为词,辛弃疾以文为词,苏轼是词诗,辛弃疾是词论。说这种话的人有的是非议他们的词不完全合音律,有的是称赞他们突破了音律。苏轼和辛弃疾在词的形式上的贡献正是在于打破了音律的某些限制。辛弃疾"以文为词",这是服从于他要表现的内容需要的,他要求更为自由地表现他的复杂的思想感情。对辛弃疾而言,所谓"以文为词",所谓"词论",有两种意义。一种是指他不拘限于当时词人在填词中所习用的所谓"本色"或"当行"语言,而是驱使包括经、史、子、集在内的大量的书面语言以及可供利用的口语来为自己服务,通过铿锵有力的语言构成艺术形象来表达自己的观点。不但如此,他也能写出具有婉约风格的词。所谓"本色""当行"语言一到他笔下,就能使人感到在形象之中发出思想的光芒。另一种意义是掉书袋,发抽象议论,忽视作品的形象性。前一种现象在辛弃疾词中是主要的,他在词的艺术上的革新精神也表现在这里。后一种现象在辛弃疾作品中也存在,那是辛词在艺术上的缺点,但它是次要方面。词经过了这次解放,就更加富有生命力。

当然,辛弃疾词的这种解放的形式,也可以为他另外一些词的思想内容服务。辛弃疾的词,也有它的两重性。他的另外一些词,有的表现了封建文人的闲情逸致,有的甚至表现了庸俗落后思想,这些词也可能具有上述特色,但它较多的是糟粕。

当时在辛弃疾周围有一批人,在词的创作上具有同样的风格,如陈亮、刘过、杨炎正、洪咨夔等。其中以陈亮和刘过的成就最大。陈亮和刘过都写了不少表现了抗金的抱负的词。

在南宋前期,另外还有一些词人,继承北宋婉约词风,脱离当时的现实斗争,如陈克、张镃等。然而他们所写的词,发生的影响不大。辛弃疾一派的词成为这个时代的主流。

南宋后期的情况发生了一些变化。

经历了几十年至百馀年妥协退让的和平时期，南宋统治阶级中许多人已经习惯于这种苟且偷安的局面，他们歌舞湖山，消磨斗志。这反映在词的创作里，前一个时期的那种同仇敌忾的气氛从许多人的作品里消失了，产生了一批和辛弃疾词派相对立的词人，他们在词的内容和风格上大致彼此相近。这些人中，前有姜夔、史达祖、吴文英，后有周密、王沂孙、张炎，形成一个流派，后人称为"雅正派"或"醇雅派"。他们所遵循的准则就是一个"雅"字。所谓雅，有两点意思：一是在内容上，写些文人士大夫所认为高雅的东西；他们不接触到现实；写艳情时尽量避免过分的浅露或猥亵。另外一点是语言上力求典雅，不用或少用通俗口语。他们避免了婉约派中专务绮艳的那种轻浮倾向，但是，他们对于这一派的脱离现实斗争，追求形式，醉心辞藻等一些倾向仍然继承下来，某些方面甚至有所发展。他们实际是包括在婉约派之内。他们都讲究声律，姜夔、张炎在声律方面用的功夫尤深。他们的词都在辞藻典故上用尽心思，有的写得晦涩难懂。

这些人的词在思想内容和艺术风格上大致相近，然而又各有所不同。就反映现实斗争方面来说，可以分为三类。姜夔、史达祖是一类。姜夔的某些词，还多少反映了当时的民族矛盾。他和辛弃疾同时而稍晚，曾效法辛弃疾，他的《永遇乐》和《汉宫春》还和了辛弃疾的原韵，《永遇乐》中有"中原生聚，神京耆老，南望长淮金鼓"等句。他的《扬州慢》描写了扬州兵后的残破景象。史达祖也写过"楚江南，每为神州未复，阑干静，慵登眺"[1]，"老子岂无经世术，诗人不预平戎策"[2]等忧愤

---

[1] 《龙吟曲·陪节欲行留别社友》。
[2] 《满江红·书怀》。

之语。吴文英和周密是一类,他们连姜、史词中这种虽然为数不多却是表现了忧国忧边思想的语句都没有了,只有个别作品如吴文英的《贺新郎·陪履斋先生沧浪看梅》,周密的《一萼红·登蓬莱阁有感》,似乎流露了一点感慨的意思。王沂孙和张炎是一类。他们在南宋亡后,一个在元朝做了官,一个曾赴大都(今北京市)谋官未就,写起词来却都有一点南宋遗民的腔调,时常流露出一些哀怨凄凉的情绪。清代以来一些词学研究者指着他们的某些词猜谜,说这是暗指什么,那是隐喻什么,即使他们有的猜得对,也不能增加那些词的很多光泽,因为它们的调子实在太低沉了。

　　这些人在艺术风格上也不是没有差别。关于姜夔,清代周济曾说他"脱胎稼轩,变雄健为清刚,变驰骤为疏宕"①。姜夔词确是有清刚疏宕之处。吴文英的词,连张炎也对它不满,说它"如七宝楼台,眩人耳目,拆碎下来,不成片段"②。张炎提倡"清空",他的词也写得比较空灵。史达祖的词,有时尖巧;周密的词,讲求清丽;王沂孙的词,务在凄婉。尽管有差别,然而他们的词在思想内容和艺术风格等方面的总的倾向是一致的。它们都很能适合封建时代一部分文人士大夫的艺术趣味,因而影响也很大。清代以朱彝尊、厉鹗等人为代表的所谓浙派词人,就是推尊他们。他们之中,以姜夔年代较早,成就也较高,被推为一派的首领。这一派之上,又有周邦彦。由周邦彦而姜夔、史达祖、吴文英、张炎,在清代一部分词人的心目中,俨然构成了一个宗派的统系。

　　南宋后期还有一部分词人继承了苏轼、辛弃疾的优良传统,其中比较重要的有刘克庄、吴潜、陈人杰、刘辰翁、文天祥等人。

　　他们当中虽然没有出现像辛弃疾那样杰出的作家,但是,他们的作

---

① 《宋四家词选·序论》。
② 《词源》下。

品合在一起,就其思想的深刻性来说,可和上一个时期颉颃。这时,由于金贵族统治者的侵扰已达百年之久,接着又是蒙古贵族统治者的进逼,直至南宋灭亡,人们对南宋王朝的腐朽统治认识得更深透了,广大人民强烈要求祖国统一的愿望不曾衰减。在南宋覆灭的时刻,人民坚持了和蒙古贵族统治者的战斗。这些都在词人的笔下反映出来。因此,这个时期的作品,比起上一个时期来,还是有一些新的内容。如刘克庄的"记得太行兵百万,曾入宗爷驾驭,今把作握蛇骑虎。君去京东豪杰喜,想投戈下拜真吾父。谈笑里,定齐鲁"①。在这里,作者批判了南宋统治者的对于北方的抗金起义人民,不独不敢领导,反而畏若蛇虎。作者对他的朋友所寄托的希望虽然没有实现,这种希望却是当时大多数人情绪的反映。陈人杰在杭州的丰乐楼上,趁着酒兴,在东壁上大书:"扶起仲谋,唤回玄德,笑杀景升豚犬儿";"诸君傅粉涂脂,问南北战争都不知"②。对于南宋统治集团偷安误国的嬉笑怒骂,可说是痛快淋漓。词人们沉痛地总结南宋百馀年的历史:"一勺西湖水,渡江来百年歌舞,百年酣醉","国事如今谁倚仗?衣带一江而已。便都道江神堪恃"③。"底事轻抛形胜地,把笙歌,恋定西湖水。百年内,苟而已"④。在南宋覆灭的时刻,邓剡写出"睨柱吞嬴,回旗走懿,千古冲冠发"⑤的悲壮苍凉的词句,文天祥也表达出要"烈烈轰轰做一场"⑥的坚强信念。读了这些词,就会觉得姜夔、史达祖的偶尔说几句忧边的话未免轻飘,王沂孙、张炎的凄凉哀婉实在是不能代表那个时代的声音了。

---

① 《贺新郎·送陈仓部知真州》,见第427页。
② 《沁园春》(记上层楼),见第467页。
③ 文及翁《贺新郎·西湖》,见第475页。
④ 王奕《贺新郎·金陵怀古》,见第489页。
⑤ 邓剡《酹江月·驿中言别》,见第494页。
⑥ 文天祥《沁园春·至元间留燕山作》。

五　关于词的选本

词的选本较早期的有敦煌的各种抄本,主要都是选录民间词,其中有《云谣集杂曲子》三十首,产生当在五代以前。

文人词的选本,较早期的有五代赵崇祚所编《花间集》和宋初人所编《尊前集》。前者所录主要是晚唐和前、后蜀词,后者所录主要是晚唐和南唐词。南宋初有曾慥《乐府雅词》。这些选本都给后人保存了许多早期词人作品。

南宋以后,选本大致可分两种类型:一种选目较简。如宋无名氏《草堂诗馀》选录唐五代至南宋前期词数百首,所选以婉丽为宗,它在清代以前,是一个比较通行的读本。宋周密《绝妙好词》选录南宋词三百馀首,它代表了南宋后期所谓"雅正派"的标准。清末朱祖谋《宋词三百首》的选录标准和它相近。它们都排斥辛弃疾一派的词,而对于姜夔、吴文英等人的作品收录较多。清张惠言《词选》选录唐宋词百馀首。张惠言论词宗北宋,所选以温庭筠、秦观为主。另一种类型选目较繁,如宋黄昇《花庵词选》,选录唐宋词一千三百馀首,所选不主一家,辛弃疾、刘克庄等人的一些激昂慷慨的词也多录入,和《绝妙好词》偏于一种风格不同。清朱彝尊《词综》选录元以前词一千九百馀首,选录标准则是取法《绝妙好词》。

这些选本今天显然都已不能完全适合广大读者的需要了。今天广大读者首先需要的是:在马列主义、毛泽东思想指导下,坚持对人民有益、对社会主义文化建设有益的原则选录出来,经过通俗化的注释解说的唐宋词的普及读本。本书是试图朝着这个目标努力的。

在作品的去取上,首先注重思想内容较好、艺术成就较高、情调基本健康的作品,并兼顾到各个流派、各种风格的代表作,使读者对这一时期的词作有较为全面的了解。本书总共选入的唐宋词三百十二首中，唐五代五十六首，北宋八十九首，南宋一百六十七首。南宋时代主要选录以辛弃疾一派为代表的反映反抗金贵族统治者的侵掠和揭露南宋统治集团苟且偷安的作品。北宋选录的重点是苏轼，晚唐五代侧重在李煜、冯延巳。像温庭筠、韦庄、晏几道、吴文英、王沂孙、张炎等这样一些过去有名的作家，我们都选录较少；对于过去被人们忽视的作家如吴潜、陈人杰等，我们却是较多地选入了他们的作品。

本书所选，以长短句为准，像《竹枝》、《柳枝》，虽然一向也称为词，但实际是七言绝句，概不选入。

六　关于本书的选注工作

本书的选注工作开始于一九七七年四月，次年三月完成初稿，后几经修改，于一九七九年上半年脱稿。

何其芳同志生前曾亲自主持这项工作，他跟我们一道，确定了编选的原则和注释的体例，并遍读《唐五代词》和《全宋词》，共同提出选目。他参加审定全部选目的工作，还曾字斟句酌地修改了最初的一批注释样稿。他抱病工作，十分积极、认真、细致，为我们树立了榜样。他的去世对我们的工作是一个不可弥补的损失。谨在此表示对他的沉痛的悼念。

余冠英同志曾审阅全部注释的初稿，并提出了一些修改的意见。他对本书的选注工作一直是很关心的。

文学研究所和人民文学出版社的一些同志，特别是陈建根同志，关心本书的出版，对本书初稿提过许多宝贵的意见，并在工作中为我们创造了便利的条件。谨在此一并致以衷心的谢忱。

本书的具体选注和编写工作，由中国社会科学院文学研究所古代文学研究室的刘世德、许德政、陈毓罴、陆永品、范之麟、胡念贻(以姓氏笔划为序)分担。每首词的注释稿,都经过集体的反复讨论,反复修改。胡念贻撰写《前言》,并修改了大部分作家小传。全书由陈毓罴、刘世德修改定稿。

本书虽力求选得精粹一些,注得详细一些,但限于业务水平,错误在所难免,其客观效果如何,也还有待于检验。对于选目、注释、说明、作家小传等方面的缺点和错误,我们恳切地期待着读者的批评和指教。

敦煌曲子词

清代光绪二十五年(1899),在甘肃敦煌莫高窟(又称千佛洞)石室里,发现了大量唐、五代人手写的卷子。其中有词,当时称为曲子词。这是现在所能见到的最早的词的写本。其中有一些词的创作时代相当地早,约在唐玄宗开元(713—741)年间。敦煌曲子词对研究词的发展历史具有重要的意义。

敦煌曲子词绝大部分是民间作品。它们题材比较多样,反映的生活面比较广阔,现实性也较强,保存了民间文学朴素、清新的风格。

近人辑有《敦煌曲子词集》,收词一百六十馀首。

菩萨蛮

枕前发尽千般愿[1],要休且待青山烂[2]。水面上秤锤浮,直待黄河彻底枯。　　白日参辰现[3],北斗回南面[4]。休即未能休,且待三更见日头[5]。

〔1〕愿:盟誓。
〔2〕休:罢休,断绝。这里指男女双方停止相爱。
〔3〕参(shēn 身)辰:二星名。参星属参宿,居西方,辰星属心宿,居东方,此出彼没,互不相见。参辰二星在夜间已不可能同时出现于天空,

更何况在白昼。

〔4〕北斗:星名,共七星,居北方。北斗七星,形状像斗(舀酒的大勺),第一星至第四星成勺形,称为斗魁,第五星至第七星成柄形,称为斗柄。回:转移。北斗七星在北方,要它转到南方,也是不可能的事。

〔5〕以上两句说,即使上述五种假设都已实现,似乎可以罢休了,但仍然不肯罢休,除非再等待到半夜三更看见太阳。这是进一步加强词意,表达了无论如何不肯罢休的坚强意志。日,原误写作"月"。

这首词约作于唐玄宗开元(713—741)年间。在敦煌曲子词中,它是年代较早的作品。

词中叠用六种作者认为自然界绝不可能发生的事情,作为盟誓,表示海枯石烂永不变心,赞美了一种热烈的真挚的爱情。

汉代有一首乐府民歌《上邪》:"上邪!我欲与君相知,长命无绝衰。山无陵,江水为竭,冬雷震震,夏雨雪,天地合,乃敢与君绝!"与这首《菩萨蛮》表现手法相似,语意也相近。

鹊踏枝

叵耐灵鹊多谩语[1],送喜何曾有凭据?几度飞来活捉取[2],锁上金笼休共语[3]。　　比拟好心来送喜[4],谁知锁我在金笼里。欲他征夫早归来[5],腾身却放我向青云里。

〔1〕叵(pǒ)耐:不可容忍,可恶。叵,不可。灵鹊:古人以为喜鹊噪鸣是喜事临门的征象。五代王仁裕《开元天宝遗事》说:"时人之家,闻鹊声皆以为喜兆,故谓灵鹊报喜。"谩(mán 蛮):欺骗。谩,原作"满"。

"满"亦有欺骗的意思,见《汉书·谷永传》注。

〔2〕捉取:捉得。取是语助词。

〔3〕休共语:不要同他说话,不要理睬他。

〔4〕比:本来。这是唐代的俗语。拟:打算。

〔5〕欲:愿。征夫:出门远行的人。

这首词上片写人对喜鹊的埋怨,下片写喜鹊的申诉。通过人和喜鹊的对话,表现了思妇对征夫的怀念。这种问答体和拟人化的手法,充分反映了民间文学的艺术特点。

浣溪沙[1]

五两竿头风欲平[2],长风举棹觉船行[3]。柔橹不施停却棹[4],是船行。　　满眼风波多闪灼[5],看山恰似走来迎。子细看山山不动[6],是船行。

〔1〕《浣溪沙》,原误作"浪涛沙"。

〔2〕五两:古代的一种候风器,是用鸡毛五两或八两系在竿顶,观测风力、风向的变化,常用于舟船上和军营中。风:这里指逆风。五两,原作"五里",当是"五量"的形误。古时"两"、"量"二字通用。这句写船泊于避风处,船夫在观察风的变化。

〔3〕长风:大风。这里指顺风。棹(zhào兆):划船的桨。这句写风向由逆风转为顺风,船启碇离岸,向江心驶去。

〔4〕柔:形容摇橹划水时橹的轻柔、顺手。橹:一种用人力划水推动船只前进的工具,外形和桨略似,支在船尾或船旁。这句说,船已放乎中

流,顺风行驶,不必再摇橹和打桨了。

〔5〕闪灼(zhuó酌):形容水光忽明忽暗,摇闪不定。闪灼,原作"陕汋"。这句写破浪前进的情景。

〔6〕子细:仔细。

这是一首"船夫曲"。它以轻快的笔调描写了乘风破浪行船时的喜悦心情。"看山"三句刻画船夫的心理,细腻、生动而又新颖。

李　白

　　李白(701—762),字太白,号青莲居士。祖籍陇西成纪(今甘肃秦安县附近),生于碎叶(在今中亚细亚伊塞克湖西北),生长在绵州昌隆(今四川江油县)青莲乡。

　　天宝元年(742)秋,李白被召入长安,供奉翰林。一年多以后,因受谗毁,弃官,漫游各地。至德元年(756),被永王李璘聘为幕僚。次年李璘兵败后,李白入狱,定罪流放夜郎(在今贵州东部),中途遇赦。后病殁于当涂(在今安徽省)。

　　他是唐代伟大的浪漫主义诗人。著有《李太白集》。他的词作不多,见《尊前集》。其中以《菩萨蛮》和《忆秦娥》两首最为人所传诵。宋代《花庵词选》的编选者黄昇曾推这两首词为"百代词曲之祖"。然而究竟是真出李白之手,还是后人伪托,还难于断定。

菩萨蛮

平林漠漠烟如织,寒山一带伤心碧[1]。暝色入高楼,有人楼上愁[2]。　　玉阶空伫立,宿鸟归飞急[3]。何处是归程?长亭更短亭[4]。

　　[1] 平林:平原上的树林。漠漠:形容烟雾散布的样子。谢朓《游

东田》诗:"远树暧阡阡,生烟纷漠漠。"寒山:荒寒的山岭。一带:形容远山连绵不断,像带子一样。伤心:在这里有双关的意义。一是加强语气,极言寒山之碧。古人诗词中有这种用法,例如杜甫《滕王亭子》诗:"清江锦石伤心丽。"二是说,在愁人眼中看来,碧色的寒山带有惆怅的意味。碧:青绿色。以上两句写旅人在途中见到的景物。笼罩在树林上空的烟雾和那荒寒的远山,都引起了他的愁绪。

〔2〕暝色:暮色。人:指在家思念旅人的女子。以上两句写旅人想象中的情景。他自己在愁思,却想到他的爱人也和他一样地在愁思,薄暮时登楼眺远,盼望和等待着他。

〔3〕空:徒然地。意思是说,盼望旅人,但不见他归来。伫(zhù 助)立:长久地站着。玉阶,一作"玉梯"、"阑干"。宿鸟:回巢的鸟。宿鸟,一作"宿雁"。以上两句仍接写家中爱人。玉阶句写她久待不至的愁苦。宿鸟句写她眼中所见,衬托出她心中所想:宿鸟尚知急急归飞,而他却为何久久滞留不返?这里仍是通过旅人的想象,表现了彼此想念的深切。

〔4〕亭:这里指古时设在路旁供行人休息的亭舍。因为各亭之间的距离长短不一,所以有"长亭"、"短亭"的说法。更:有层出不穷的意思。更,一作"连"、"接"。以上两句又归结到旅人,写归程的绵远悠长和因此而产生的内心的惆怅。

这首词相传是李白所作。据宋释文莹《湘山野录》卷上说,"此词不知何人写在鼎州(今湖南常德市)沧水驿楼,复不知何人所撰。魏道辅泰见而爱之。后至长沙,得古集于子宣(曾布)内翰家,乃知李白所作。"

词的内容表现了一个旅人看到傍晚景色而引起的思乡之情,具有强烈的艺术感染力。通篇写旅愁,有比较细致的心理描写,成功地运用了情景交融的手法。字句精炼,朴素自然。结构谨严,脉络清楚,但又不是平铺直叙,而是有层次,有跳荡。

忆秦娥

箫声咽,秦娥梦断秦楼月[1]。秦楼月[2],年年柳色,霸陵伤别[3]。　　乐游原上清秋节[4],咸阳古道音尘绝[5]。音尘绝,西风残照,汉家陵阙[6]。

〔1〕咽(yè夜):呜咽。这里形容箫声的悲凉凄切。秦娥:这里指京城长安的一个女子。古时秦晋之间,称美貌为娥(见扬雄《方言》卷二),因用为美女的通称。相传秦穆公之女弄玉喜爱吹箫,后与善吹箫的仙人萧史结婚。萧史每日教她吹箫,作凤鸣之声,能把凤凰引到他们居住的楼上。几年以后的一天,他们都随凤凰飞去(见《列仙传》卷上)。这里化用弄玉的典故,暗寓这个女子有过一段像萧史、弄玉那样的美满生活。梦断:梦醒。断是尽的意思。秦楼月:秦娥楼头的月光。以上两句说,秦娥半夜梦醒,听到箫声,见到月光。写箫声呜咽,月明如水,正衬托出秦娥心境的凄苦和孤寂。

〔2〕这句和上句末三字重复,在结构上起过渡作用,在格律上起连锁作用。下片"音尘绝"三字的重复,作用与此相同。

〔3〕霸陵:汉文帝刘恒的坟墓。古代帝王的坟墓叫陵。霸陵附近有霸桥,是古人折柳送别的地方。《三辅黄图》:"霸桥,在长安东,跨水作桥。汉人送客至此桥,折柳赠别。"《天宝遗事》:"长安东灞陵有桥,来迎去送,皆至此为离别之地,故人呼之为销魂桥。"霸,一作"灞"。陵,一作"桥"。以上两句,写秦娥见到一年一度的柳色青青,不禁勾起了往日和爱人分别的回忆。

〔4〕乐游原:在长安东南。这里有秦宜春苑和汉乐游苑的故址。唐武后长安(701—704)年间,太平公主在这里置造了亭阁。每逢正月晦日(即阴历正月的末一天)、三月三日、九月九日,长安士女都前来游览。乐游原地势较高,可以从这里瞭望全城和周围的陵墓。清秋节:指九月九日重阳节。古时在这一天有登高的风俗。

〔5〕咸阳:在长安西北。汉、唐时,从京城长安往西北经商或参军,这里是必经之路。音尘:车马行进时的声音和扬起的尘土。这里指信息。这句写远望古道,杳无音信,再与乐游原上热闹景象对照,更显出对久别的爱人的想念。

〔6〕西风:指秋风。残照:落日的馀光。西风,一作"夕阳"。阙(què确):指古代帝王陵墓前的一种建筑物,形式类似皇宫前面两边的门楼。以上两句,通过荒凉景物的描写,抒发内心的悲哀。

这首词相传也是李白所作。

全词围绕着女子怀念久别的爱人这一中心线索而展开。在作者的笔下,举凡春天的箫声、月光、柳色,秋天的西风、夕阳、陵阙等等景物,无不是为了刻画人物的内心世界而出现的。结尾两句,在情绪和声调上显得非常悲壮,其意义已远远超出了离情别绪的描绘,而成为怀古伤时的抒发。它使人联想到,汉唐盛世已成往事,只剩下残照中的陵阙供后人凭吊。

王国维在《人间词话》中对李白的这首词做了这样的评价:"太白纯以气象胜,'西风残照,汉家陵阙',寥寥八字,关尽千古登临之口。"

这首词对后世词的创作影响很大。《忆秦娥》词调一名《秦楼月》,就是因它而得名的。

刘长卿

刘长卿(725?—791前),字文房,河间(在今河北省)人[1]。天宝年间(742—755)进士。至德三年(758)春,在长洲尉任上,因事下狱,贬潘州南巴尉。大历八年至十二年(773—777)间任淮西鄂岳转运留后时,因得罪鄂岳观察使吴仲孺,被诬奏,贬睦州(治所在今浙江建阳)司马。官至随州(治所在今湖北随县)刺史,世称刘随州。

刘长卿的诗在中唐时代很负盛名。长于五言,曾自诩"五言长城"。

有《刘随州集》。存《谪仙怨》词一首,是整齐的六言八句。诗集中列入六言诗一类,未标明词调。据唐窦弘馀《〈广谪仙怨〉序》等才知是词。诗集中另有一首,和它格律全同。

[1] 一作宣城(在今安徽省)人。

谪仙怨[1]

晴川落日初低[2],惆怅孤舟解携[3]。鸟向平芜远近,人随流水东西[4]。　　白云千里万里,明月前溪后溪[5]。独恨长沙谪去[6],江潭春草萋萋[7]。

〔1〕词题一作《苕(tiáo条)溪酬梁耿别后见寄》,一作《答秦徵君、徐少府春日见集苕溪,酬梁耿别后见寄六言》。苕溪在今浙江省北部。梁耿,苍溪人,见《浙江通志》。

〔2〕这句一作"清川永路何极"。

〔3〕解携:分手,离别。惆怅,一作"落日"。以上两句是作者回忆送别梁耿时的情景。

〔4〕平芜:平旷的草地。以上两句说,鸟儿或在近处飞翔,或向远处飞去;流水送走了行舟,朋友从此分处两地。

〔5〕前溪后溪:苕溪有东西两源,东苕溪出天目山南,西苕溪出天目山北。前溪后溪似指东西苕溪。古诗词中常写因见白云、明月,而引起对远方亲友的思念,如杜甫《恨别》诗:"思家步月清宵立,忆弟看云白日眠。"以上两句也是借写白云、明月,寄托对梁耿的怀念。上句谓今日之相隔,下句言昔日之相聚。

〔6〕长沙谪去:长沙即今湖南长沙市。西汉贾谊曾被谪为长沙王太傅,世称贾长沙。刘长卿有《自夏口至鹦鹉洲,夕望岳阳,寄源中丞》诗,其中说:"贾谊上书忧汉室,长沙谪去古今怜。"这首词里是用"长沙谪去"比喻梁耿被贬。独恨,一作"惆怅"。

〔7〕这句慨叹梁耿久谪不归。作者以贾谊比梁耿,所以用"江潭"借指梁耿贬谪之处。《楚辞·招隐士》:"王孙游兮不归,春草生兮萋萋。"这里化用其意。

这首词为酬答远谪的好友梁耿的寄赠而作,词中对梁耿的遭遇寄以同情。这时作者也被谪睦州,道经苕溪,在朋友招饮的宴会上写了这首词。据王谠《唐语林》和窦弘馀《〈广谪仙怨〉序》所说,《谪仙怨》词调"其音怨切",词中正是表现了作者怨切的感情。

张志和

张志和(730？—810？)，初名龟龄，字子同，自号玄真子。金华(在今浙江省)人。年十六举明经，肃宗时待诏翰林，后隐居江湖间，自称烟波钓徒。他擅长音乐、书画，著有《玄真子》。

他的词仅存《渔父》五首。

渔父

西塞山前白鹭飞，桃花流水鳜鱼肥[1]。青箬笠[2]，绿蓑衣[3]，斜风细雨不须归。

[1] 西塞山：在今浙江吴兴县西。清张宗橚《词林纪事》卷一引《西吴记》说："湖州磁湖镇道士矶，即张志和所谓西塞山前也。"磁湖镇位于吴兴县湖州镇西南。白鹭：白鹭鸶，好群居，多觅食于湖沼水田。鳜(guì贵)鱼：俗称桂鱼，大口细鳞，青黄色，背部呈现不规则的黑斑纹，味道鲜美。前，一作"边"。以上两句写江南水乡的风物、节候，点明渔父活动的场所。

[2] 箬(ruò若)笠：用竹篾、箬叶编制的斗笠。

[3] 蓑(suō梭)衣：用草或棕毛编织的雨衣。

此词语言清丽，写景生动，色调鲜明，是题咏渔父词的名作。

作者的《渔父》词一组共五首,词中的渔父,实是一个遁迹江湖、怡情山水的隐士的写照。因此,它们特别得到那些因官场失意而想弃官归隐的文人的称赏。为便于吟唱,苏轼、黄庭坚曾先后用其原句增写为《浣溪沙》、《鹧鸪天》。此外,属和此词者还很多。

韦应物

韦应物(737?—791?),京兆长安(今陕西西安市)人。年轻时曾当过唐玄宗的三卫郎。历任滁州、江州、苏州刺史,世称韦苏州、韦江州。又因曾任左司郎中,也称韦左司。

他的诗多写田园山水,语言简淡,不务雕饰。因为诗风相近的缘故,前人论诗,常将他与陶渊明、王维并提。他的部分诗作,对安史乱后的社会现实亦有所反映。

词存《调笑》、《三台》共四首。《三台》词是六言,《调笑》却是二言和六言相间,笔意回环,音调宛转,在当时具有一定的创造性,在词的形式发展上有一定的影响。

调笑

胡马[1],胡马,远放燕支山下[2]。跑沙跑雪独嘶[3],东望西望路迷。迷路,迷路,边草无穷日暮[4]。

[1] 胡马:指我国西北地区的良马。

[2] 燕(yān烟)支山:亦称焉支山、胭脂山。在今甘肃永昌县西、山丹县东南,绵延祁连山和龙首山间,是水草丰美的牧场。

[3] 跑(páo袍):指兽蹄刨地。唐刘商《胡笳十八拍》第十七:"马

饥跑雪衔草根。"

〔4〕边草:边地的野草。

这是较早的一首描写草原风光的词。语言清新、简练,气象开阔。它借写一匹失群的骏马,日暮时彷徨四顾,寻找不到归路,描绘出一幅旷远的草原画面。

刘禹锡

刘禹锡(772—842),字梦得,洛阳人。德宗贞元年间进士。参加王叔文、王伾领导的永贞(805)革新,失败后被贬为朗州司马。在朗州十年,召还,以后又出任连州、夔州、和州、苏州、汝州等地刺史。晚年任太子宾客、分司东都。

刘禹锡具有朴素的唯物主义思想,是唐代重要诗人之一,著有《刘梦得文集》(或题《刘宾客文集》)。他写了许多犀利的政治讽刺诗。白居易说他的诗"其锋森然,少敢当者"。他还善于向民歌学习,一生所到之处很多,成为他学习民歌的很好机会。他的《竹枝》、《柳枝》、《浪淘沙》等词的产生,就是他学习民歌的显著成果。他和白居易都写《忆江南》,"依曲拍为句",可见他们热心按照民间歌曲作词的情形。

忆江南[1]

春去也!多谢洛城人[2]。弱柳从风疑举袂,丛兰裛露似沾巾[3],独坐亦含嚬[4]。

〔1〕题下原有作者自注:"和乐天春词,依《忆江南》曲拍为句。"乐天春词,指白居易《忆江南》词。

〔2〕多谢:殷勤致意。洛城:指洛阳城,今河南洛阳市。

〔3〕袂(mèi妹):袖。裛(yì邑):沾湿。以上两句说,柔弱的柳条随风摆动,好像是挥手举袖和春天告别;一丛丛兰草沾着露水,好像是泪水浸湿了手巾。

〔4〕颦(pín贫):皱眉。坐,一作"笑"。

这是一首写伤春的词,作于开成三年(838)。当时作者与白居易同在洛阳,病中和白居易《忆江南》而有此作。首两句写春去时对洛城人含情惜别,中间两句写柳树和兰花似也在为送春而惆怅,末句写一个女子在惜春。中间两句起衬托末句的作用,表现了那个女子的心境。

清人况周颐称赞这首词为"流丽之笔",说它"下开子野(张先)、少游(秦观)一派"。

潇湘神

斑竹枝[1],斑竹枝,泪痕点点寄相思。楚客欲听瑶瑟怨,潇湘深夜月明时[2]。

〔1〕斑竹:有斑纹的竹,又名湘妃竹。相传舜南巡时死于苍梧之野(今湖南宁远县东南),舜的两个妃子在湘水边望苍梧而泣,洒泪在竹上成斑纹。

〔2〕楚客:指放逐或贬官江湘一带的人。唐钱起《省试湘灵鼓瑟》:"楚客不堪听。"以此指屈原。瑶瑟怨:指湘灵鼓瑟抒发的哀怨心情。相传舜妃溺死湘水,成为湘水之神,称湘灵。《楚辞·远游》:"使湘灵鼓瑟兮。"瑶瑟:瑟的美称。潇湘:湘水在湖南零陵县西和潇水会合,称为潇

湘。以上两句说"楚客"在潇湘深夜月明之时,可以听到湘灵鼓瑟发出的哀怨的声音。

刘禹锡《潇湘神》共两首,这里选的是第二首。湘水之神即舜妃,她的故事在我国古代神话中以哀婉动人著称。"楚客"的心情是抑郁的,在幻想中听湘灵鼓瑟,倍增凄怨之感。作者曾贬官江湘之间的朗州,他的这首词抒写了当时的心情。

白居易

白居易(772—846),字乐天,号香山居士,祖籍太原,后迁居下邽(今陕西渭南)。贞元年间举进士,曾任左拾遗、左赞善大夫。因好直言极谏,触怒朝臣,一度贬江州司马。又历任忠州刺史、苏州刺史等。官终刑部尚书。

白居易是唐代伟大的现实主义诗人,主张"文章合为时而著,诗歌合为事而作",还要求诗写得通俗易懂,使"老妪能解"。他的诗歌创作很丰富,在当时就流传于"士庶、僧徒、孀妇、处女之口",影响很大。

他也是唐代早期写词较多、较好的一位词人。他的一些词,汲取了民间文学的表现形式,对当时文人词的发展起了一定的影响。

著有《白氏长庆集》,存词二十馀首。

忆江南[1]

江南好,风景旧曾谙[2]。日出江花红胜火[3],春来江水绿如蓝[4]。能不忆江南?

〔1〕题下原有作者自注:"此曲亦名《谢秋娘》,每首五句。"
〔2〕谙(ān 安):熟悉。

〔3〕江花:江边的花。胜,一作"似"。

〔4〕蓝:植物名,有多种,这里指的是蓼(liǎo潦)蓝,它的叶子可以用来制作蓝色的染料。

白居易的《忆江南》词共三首,作于大和元年(827)居洛阳时。这里选录的是第一首。

在写这三首词前不久,作者曾先后任杭州刺史和苏州刺史。他在这首词中回忆了当年的生活,通过对江南春天美丽风光的描绘,表达了对祖国山河的热爱。

长相思

汴水流,泗水流,流到瓜洲古渡头〔1〕,吴山点点愁〔2〕。
思悠悠,恨悠悠,恨到归时方始休〔3〕,月明人倚楼。

〔1〕汴(biàn变)水:古河名。它在河南荥(xíng形)阳附近受黄河之水,流经开封,东至江苏徐州,转入泗水。泗水:古河名。源出山东蒙山南麓,南流至江苏淮阴,注入淮河。瓜洲:镇名。在江苏邗(hán寒)江县南,位于长江北岸,地当大运河入长江处。在唐代开元以后,瓜洲一直是长江南北水运交通的要冲。以上三句写水流之长。河水由汴入泗,再由泗入淮,经大运河而入长江。

〔2〕吴山:泛指江南的群山。古时吴国的疆域包括今江苏的大部分和浙江、安徽的一部分。

〔3〕悠悠:无穷无尽。归:指离家外出的男子的归来。以上三句写倚楼女子的愁思。

这首词上片写景,下片抒情。全篇从一个月下凭楼远眺的女子的角度描写,直到结尾一句,方才巧妙地加以点破。河水的曲折长流,象征着她的爱人的距离的遥远。水再长,总要流归大海;人远去,却不见返家。另一方面,水长又象征着她自己的相思之长。山愁也正是她自己的恨的反映。所以,这首词的主题恰和词调的名称一致:长相思。

温庭筠

温庭筠(812？—866？),原名岐,字飞卿,太原(在今山西省)人。才思敏捷,少时在试官面前作赋,常叉八次手就写成八韵,时称温八叉。但几次去考进士都没有考上。生活放浪不羁,喜欢讥刺,常触怒当时统治者,只做过襄阳巡官、国子助教、方城(今河南方城附近)尉一类的官。

温庭筠的诗和李商隐齐名,成就不及李,风格却相似。其中某些作品具有一定的社会意义,有的表现了他受到当时官场排斥的不满心情。

他在诗史上不如在词史上的地位高。他写了大量的词。从他开始,才有人专心致力于词的创作。他精于音律,"能逐弦吹之音,为侧艳之词",用过不少词调,对词的格律的规范化做出了比较重要的贡献。词中所写,大都是反映倡楼女子的生活和她们的相思离别之情,题材很狭窄。后来许多词人,专门蹈袭温词的蹊径,竟至认"词为艳科",以为"诗庄词媚",应该各有各的特点。后蜀赵崇祚编《花间集》,首列温词六十六首,显然把温庭筠看做是"花间词派"的开创者。

温庭筠的词工于造语,着色秾艳,喜欢雕琢,对后来词的影响也很大。

他的《握兰》、《金荃》二词集都已散失,近人辑《金荃词》,共得七十六首。

菩萨蛮

水晶帘里玻璃枕[1],暖香惹梦鸳鸯锦[2]。江上柳如烟,雁飞残月天[3]。　　藕丝秋色浅[4],人胜参差剪[5]。双鬓隔香红[6],玉钗头上风[7]。

[1] 玻璃,一作"珊瑚"。这句用"水晶"、"玻璃"等夸饰之词,极写帘、枕的雅洁。

[2] 惹梦:引人入梦。鸳鸯锦:绣有鸳鸯图像的锦被。

[3] 以上两句写梦境,暗示梦中人远出未归。古人常从雁联想到远行的人。一说这两句写女主人梦醒时见到的楼外朦胧景色,也可通。

[4] 藕丝:藕丝色,即白色。秋色:古人谓五色中以白为秋。这句描写衣裳的颜色。古诗词中如此描写的很多,如温庭筠《归国遥》词:"舞衣无力风敛,藕丝秋色染。"元稹《白衣裳》诗:"藕丝衫子柳花裙。"

[5] 人胜:缀于钗上的人形的装饰品。胜是古代妇女的一种首饰。据《荆楚岁时记》记载,妇女们剪彩为人形,或镂金箔为人形,戴在鬓上,或贴在屏风上。参差(cēn cī):这里是形容人胜剪裁得精巧,轮廓分明。

[6] 隔:分开。香红:代指鲜花。这句说,两鬓簪着芬芳的红花。

[7] 这句说,头上的玉钗缀着人胜,随人走动而摇曳生风。

这首词着力描写一个妇女的卧室的雅致,服饰的华美,一味追求词藻的清丽淡雅,代表了温词特色的一个方面。但其中的"江上柳如烟,雁飞残月天"两句画面澹远,语言清丽,富有诗意,好像是从那令人窒息的脂粉味中透出了一点清晨的新鲜空气。

菩萨蛮

南园满地堆轻絮[1],愁闻一霎清明雨[2]。雨后却斜阳,杏花零落香。　　无言匀睡脸[3],枕上屏山掩[4]。时节欲黄昏,无聊独倚门。

〔1〕轻絮:轻飘飘的柳絮。

〔2〕一霎(shà):一阵子。清明雨:清明时节的蒙蒙细雨。清明是二十四节气之一,在四月四日、五日或六日。

〔3〕匀:匀拭。这句说,午睡起来重新匀整面容。

〔4〕屏山:屏风。这句写床边有屏风遮挡。

这首词写一个伤春的女子,她忧伤花落絮飘,青春将暮,感到精神空虚,无法排遣,只是孤寂地倚着门儿发愣。词的上片写清明时节的乍雨乍晴的天气,柳绵被风卷聚成堆,杏花被雨打得零零落落,这都抓住了清明节的景物特色,写得较好。

更漏子

玉炉香,红蜡泪,偏照画堂秋思[1]。眉翠薄[2],鬓云残[3],夜长衾枕寒[4]。　　梧桐树,三更雨,不道离情正苦[5]。一叶叶,一声声,空阶滴到明。

〔1〕红蜡泪:红烛燃烧时垂滴的蜡油。画堂:华美的堂舍。秋思(sì四):秋天所产生的思绪。以上三句说,画堂上炉烟缭绕,烛光好像是有意地单单映照出为秋思所苦的人。

〔2〕眉翠薄:涂画在眉毛上的翠色淡褪。

〔3〕鬓云:像云雾一样浓密的鬓发。这句说,面颊两旁的黑发散乱。

〔4〕衾(qīn钦):被子。

〔5〕不道:不管,不顾。以上三句说,秋雨无情,使梧桐树断断续续地发出悲凉的声音,全不管离人的愁绪。

在这首词里,作者用含蓄的手法,刻画了一个为离情所苦、通宵未眠的女子的形象。下片情景交融,写夜雨梧桐,秋声萧瑟,映衬上片"秋思"二字,突出了凄怆的气氛。

梦江南

梳洗罢,独倚望江楼。过尽千帆皆不是〔1〕,斜晖脉脉水悠悠〔2〕,肠断白蘋洲〔3〕。

〔1〕帆:代指船。

〔2〕斜晖:夕阳的斜光。脉脉:默默相对的样子。悠悠:闲静的样子。这句写女子目中所见,只有默默无言的夕阳的馀光和静静的流水。

〔3〕肠断:极为伤心。白蘋洲:开满白色蘋花的洲渚。古诗词中常用白蘋洲代指分手的地方。如唐孟浩然《送元公之鄂渚寻观主张骖鸾》诗:"赠君青竹杖,送尔白蘋洲。"这句说,眼望当初分手之处,心如刀割。

此词语言简洁,情意深远,寥寥几笔就勾勒出一个倚楼等待离人归来,却一再失望的思妇的形象。在以秾艳香软为特色的温词中,它算是一首较为清新的作品。

皇甫松

皇甫松(一作嵩),字子奇,自号檀栾子。睦州新安(今浙江淳安)人。生平不详。他是皇甫湜(777?—835?)的儿子,牛僧孺(779—847)的外甥。《花间集》称为"皇甫先辈"。

他的词,今传二十二首,多绮艳之作。他所擅长的是七言的《采莲子》、《竹枝》、《浪淘沙》等词调。

梦江南

兰烬落,屏上暗红蕉〔1〕。闲梦江南梅熟日〔2〕:夜船吹笛雨萧萧〔3〕,人语驿边桥〔4〕。

〔1〕兰烬:蜡烛的馀烬,状似兰心,叫做"兰烬"。红蕉:即美人蕉,四季开花,花深红色。以上两句说,深夜灯光微弱,屏风上画的红蕉也因之暗淡。

〔2〕闲梦:心境宽闲因而梦见。梅熟日:江南梅子黄熟季节,在春末夏初,也正是阴雨连绵的时节。这句写江南暮春景象在梦中展现。

〔3〕萧萧:同潇潇,形容雨声。

〔4〕驿:驿站、驿亭,是古代供外出官员或传递公文的差役途中歇息、换马的处所。

皇甫松的《梦江南》共两首,这是其中之一。王国维在《人间词话》中说这两首词"情味深长,在乐天(白居易)、梦得(刘禹锡)上也"。这无疑是出于他的偏爱。不过,这首词末两句写江南驿站附近的暮春景色,富有诗情画意,给读者留下深刻的印象。夜,原是寂静的,雨夜就更显得寂静,而作者却写船上笛声,桥边人语,使静中有闹,似乎这些声音能给寂寞的旅客增添一点慰藉。

韦 庄

韦庄(836—910),字端己,京兆杜陵(今陕西西安市东南)人。早岁寓居长安、洛阳、虢州等地。壮岁南游,足迹遍长江南北。浪游十馀年,至昭宗乾宁元年(894)才考中进士,任校书郎。后入蜀,从王建为掌书记。王建称帝,韦庄官至吏部侍郎、兼平章事。

韦庄是唐末著名诗人,他的诗多纪游怀古、感乱伤离之作,写得有情致。有《浣花集》十卷,都是作于入蜀以前和初入蜀时。

韦庄的词,和温庭筠齐名,称为温、韦,在《花间集》中为大家。词中所写内容,和温庭筠相似,但在风格上不像温庭筠那样秾艳,一般写得比较清丽。

有《浣花词》辑本,存五十五首。

菩萨蛮

人人尽说江南好,游人只合江南老[1]。春水碧于天,画船听雨眠[2]。　　垆边人似月[3],皓腕凝霜雪[4]。未老莫还乡,还乡须断肠[5]。

〔1〕合:应当。
〔2〕画船:饰有彩画的船。

〔3〕垆边人似月:指酒家女很美。《晋书·阮籍传》说阮籍为人很"坦荡","邻家少妇有美色,当垆沽酒",阮籍常去饮酒,"醉便卧其侧",她的丈夫"亦不疑"。这里作者隐然以阮籍自比。垆:卖酒人家垒土而成的四方高、中间低的放酒瓮的台子。

〔4〕皓:白。凝霜雪:像凝结来的霜雪一样。霜,一作"双"。

〔5〕须:应。断肠:极为伤心。这两句说,不忍离别江南,回乡也很痛苦,不如不归,等老了再说。

韦庄《菩萨蛮》共五首,这是第二首。看来五首并非一时一地之作。这首词描写了江南水乡的美丽风光和当地女子的美丽容貌。"未老莫还乡,还乡须断肠"两句,实际上反映了古代地主阶级知识分子为猎取功名利禄,流落他乡,一事无成,而又不甘埋没的心情。

这首词又见冯延巳《阳春集》(末二句文字略有不同),但《花间集》题韦庄作,《花间集》为韦庄同时人所编,当较可信。

菩萨蛮

洛阳城里春光好[1],洛阳才子他乡老[2]。柳暗魏王堤,此时心转迷[3]。　　桃花春水渌[4],水上鸳鸯浴。凝恨对残晖[5],忆君君不知。

〔1〕春,一作"风"。

〔2〕洛阳才子:西汉贾谊,洛阳人,年十八,以能诵诗书及长于写作著名,人称洛阳才子。这里指词中女主人公所想念的人。

〔3〕魏王堤:古代洛水在洛阳溢成一个池,成为洛阳名胜。唐太宗

李世民将池赐给魏王李泰,并筑堤和洛水隔开,称魏王堤。以上两句说,她看到魏王堤上的烟柳,心里迷惘起来,引起了对爱人的思念。

〔4〕渌:水清的样子。渌,一作"绿"。

〔5〕凝恨:愁恨凝聚。残晖:指夕阳。残,一作"斜"。

这是韦庄《菩萨蛮》的第五首。词的主人公是一个女子,她住在洛阳,想念着流浪他乡的爱人。看来可能是作者用他的妻子的口气所写。作者虽然是杜陵人,但他住洛阳较久,在洛阳有家园,所以词中称"洛阳才子"。词的内容较平常,但抒情写景自然妍秀,可代表韦庄词的特色。

谒金门

春雨足,染就一溪新绿〔1〕。柳外飞来双羽玉〔2〕,弄晴相对浴〔3〕。　　楼外翠帘高轴,倚遍阑干几曲〔4〕?云淡水平烟树簇〔5〕,寸心千里目〔6〕。

〔1〕以上两句说,一场充沛的春雨之后,溪边草色一新。

〔2〕双羽玉:指鸥鸟。杜甫《鸥》诗:"却思翻玉羽,随意点春苗。"

〔3〕弄晴:在晴光下游戏。

〔4〕轴:这里是卷的意思。以上两句是作者想象他所思念的女子此时的情况。后一句是问她,曲曲栏杆,倚遍了几曲?也就是写她久倚。

〔5〕簇:丛聚。这句写双方相隔遥远,目不能见。

〔6〕寸心:古人称心为"方寸",又称"寸心"。这句的意思是,目之所能见者不可能达于千里之外,但所思者的情况,目虽不能见,而寸心知

之,所以寸心也就是千里目。

　　这首词写雨后风光,有一种生趣盎然的清新景象。它写女子怀人的心情,也有新的意境。

李晔

李晔(867—905),原名杰,唐懿宗李漼第七子,封寿王。僖宗李儇死后,嗣帝位。乾宁三年(896),凤翔节度使李茂贞攻长安,李晔逃奔华州(今陕西华县),后还长安。天复年间(901—904),宦官韩全诲和拥有重兵的权臣朱全忠相争夺,朱全忠兵逼长安,李晔被韩全诲劫持到凤翔,后还长安。最后迁都洛阳,被朱全忠所杀。在位十四年,谥号昭宗。

李晔是唐朝濒临亡国时的皇帝。他在政治上处于受人摆布的地位,不能有所作为,但他却很爱好文学。存词四首,大约都是离开宫廷在华州、凤翔时所写。

菩萨蛮

登楼遥望秦宫殿[1],茫茫只见双飞燕。渭水一条流[2],千山与万丘。　远烟笼碧树,陌上行人去[3]。安得有英雄,迎归大内中[4]。

[1] 秦宫殿:代指长安唐宫殿。
[2] 渭水:河名,源出甘肃渭源,经天水、宝鸡、西安等地,流入黄河。
[3] 陌:田间道路。

〔4〕大内:皇宫内。迎归大内中,一作"迎侬归故宫"。

据南唐尉迟偓《中朝故事》,李茂贞攻长安,李晔逃到华州,常登城西的齐云楼远望,写了这首词。词中抒发了一个皇帝在封建统治阶级内部争权夺利的斗争中被赶出宫之后对于王宫的依恋,和盼望有人迎他回去的期待心情。思想内容不过如此。然画面比较宽广,语言也很流利,它的质朴的风格和晚唐一般的文人词不同。敦煌抄本里有这首词,署名李杰,可见它当时已经流传于民间。

李存勖

李存勖(xù 叙)(885—926),小字亚子,唐代西北少数民族沙陀人,李克用之子。勇敢善战,灭燕、梁称帝,国号唐,史称后唐。他"好俳优,又知音,能度曲",常和伶人在一起调笑取乐。后伶官郭从谦起兵反,李存勖中箭身死。在位四年,庙号庄宗。

他的词存四首。

忆仙姿

曾宴桃源仙洞,一曲舞鸾歌凤[1]。长记别伊时[2],和泪出门相送。如梦,如梦,残月落花烟重[3]。

[1]桃源仙洞:刘义庆《幽明录》说:东汉明帝永平五年,刘晨、阮肇入天台山(在今浙江天台县),"迷不得返","遥望山上有一桃树,大有子实,而绝岩邃涧,永无登路",两人攀藤附葛而上,吃了桃,下山取水,逆流二三里,翻过山见一大溪,溪边有二女子,"姿质妙绝",被邀至家,设酒宴"作乐"款待他们,留住半年,又"集会奏乐"送别。回家时,已经历了子孙七代。据清《一统志》,刘阮洞在天台县西北二十里,又名桃源洞。仙,一作"深"。舞鸾歌凤:晋孙绰《天台山赋》:"睹翔鸾之裔裔,听鸣凤之嗈嗈"(yōng 痈)。舞鸾歌凤,一作"清歌舞凤"。

〔2〕伊:第三人称,指仙女。别伊,一作"欲别"。

〔3〕烟重:指清晨的迷雾。

这首词采用神话传说故事作题材,描写刘、阮和仙女离别时的依依不舍。"如梦,如梦,残月落花烟重",写出了一种侵晓的凄迷景色。这个词调后来就取名"如梦令"。宋胡仔《苕溪渔隐丛话》卷三十九引杨偍《古今词话》说:李存勖修皇宫内苑,掘出一块断碑,上有三十二字:"宴桃源深洞,一曲舞鸾歌凤。长记欲别时,残月落花烟重。如梦,如梦,和泪出门相送。"明人《花草粹编》所引《古今词话》还说:"庄宗使乐工入律歌之,名曰古记,又使翰林作数篇。"据此,则此词似为李存勖根据旧传曲子词改定的。

张　泌

　　张泌,生平不详。《花间集》称他为"张舍人",列在牛峤后,毛文锡前。一说即南唐的张泌(字子澄,淮南人,官至中书舍人,后随李煜降宋)。

　　《全唐诗》存张泌诗二十首。诗颇有风致。从诗中反映,游踪所至,有长安、洞庭、桂州、湘源、巫山,还远至塞上。他的词,《花间集》录存二十七首。其中"烟收湘渚秋江静"(《临江仙》)、"咸阳沽酒宝钗空"(《酒泉子》)、"浣花溪上见卿卿"(《江城子》)等句,大体上可和诗中所记的游踪相印证。

浣溪沙

马上凝情忆旧游[1]:照花淹竹小溪流,钿筝罗幕玉搔头[2]。
　　早是出门长带月,可堪分袂又经秋[3]。晚风斜日不胜愁。

〔1〕凝情:指思绪感情集中在一点上。旧游:旧的游侣或往日行踪。
〔2〕淹竹:指小溪水涨淹竹。钿(diàn店)筝:金翠宝石装饰的筝。筝,一种弦乐器。罗幕:丝织的帷幕。玉搔头:玉簪的别名,古代妇女的首饰。传说汉武帝刘彻曾在李夫人处取来搔头,故名。以上两句回忆过

去曾在小溪旁花竹丛中的屋舍里,听那女子在罗幕里弹筝。

〔3〕早是:已是。可堪:那堪。分袂(mèi 妹):分手,离别。袂,袖。以上两句说,别后经常披星戴月,到处奔波,忽已经年。

作者在这首词里,写他在马背上追忆往事,想念那个离别已久的弹筝的女子,只恨经年仆仆风尘,无缘得见。全词都是叙述,用笔轻清,颇具深情。

此词又见冯延巳《阳春集》,上片作:"醉忆春山独倚楼,远山回合暮云收,波间隐隐仞归舟",没有此词所写真切。疑是此词别稿或经他人窜改而误入《阳春集》中。

毛文锡

毛文锡,字平珪,高阳(在今河北省)人。十四岁中唐末进士,曾任前蜀翰林学士承旨、礼部尚书等职。蜀王建想乘长江水涨决堰淹江陵,他曾谏阻。后因事贬官。蜀亡,随王衍降唐。后来又入蜀,和欧阳炯、韩琮、阎选、鹿虔扆以写词供奉后蜀后主孟昶,被人称为"五鬼"。

毛文锡的词,如宋叶梦得《石林诗话》所说,在质直中见情致,有时不免流于率意和浅露。叶梦得又说,"诸人评庸陋词,必曰此仿毛文锡者。"然质直比起矫揉造作的绮艳来,还是要胜过一筹。

存词三十二首。

甘州遍

秋风紧,平碛雁行低,阵云齐[1]。萧萧飒飒,边声四起,愁闻戍角与征鼙[2]。　青冢北,黑山西[3],沙飞聚散无定,往往路人迷。铁衣冷[4],战马血沾蹄。破蕃奚,凤凰诏下,步步蹑丹梯[5]。

〔1〕碛(qì弃):水中沙堆。雁行:大雁飞时排列成行。阵云:战地上空的云。

〔2〕萧萧飒飒:形容随风入耳的鼓角声,并带着一种荒凉的感觉。边声:边塞的各种声音,如马嘶、风吼、戍角声、战鼓声等。戍角:边塞守卫者的号角。角,古代军中吹器。征鼙(pí皮):战鼓。

〔3〕青冢:即汉代王昭君墓,在今内蒙古自治区呼和浩特市南。古人传说"塞草皆白,惟此冢草青,故名"。黑山:又名杀虎山,在今内蒙古自治区和林格尔以北。

〔4〕铁衣:铠甲。

〔5〕蕃奚:奚是我国古代北方的少数民族,唐时与契丹被称为"两蕃"。凤凰诏:后赵石虎颁发诏书,衔在特制的木凤口中发下,后世因称皇帝的诏书为凤诏或凤凰诏。蹑(niè聂):踏。丹梯:古代道教徒所幻想的仙梯。谢朓《敬亭山诗》"要欲追奇趣,即此陵丹梯"。以上三句是说要击破奚族统治者的侵扰,由此可得到朝廷重用,步步上升。

这首词描绘边塞风光,在《花间集》中算是有新鲜之感的。它写出了艰苦奋战;但结尾处宣扬了功名富贵之类的庸俗思想。

牛希济

牛希济,陇西(今甘肃东南部)人,词人牛峤之侄。蜀后主王衍时,任起居郎、翰林学士、御史中丞。后唐李嗣源灭蜀后,任后唐雍州(今陕西西安一带)节度副使。

他的《临江仙》词,每首咏一个神话传说中女神的故事,为当时所称道。然而他的佳作,还是本书所选的两首;它在艺术表现手法上有新颖之处。

存词十四首。

生查子

春山烟欲收[1],天淡星稀小[2]。残月脸边明,别泪临清晓。

语已多,情未了。回首犹重道[3]:记得绿罗裙,处处怜芳草[4]。

〔1〕烟欲收:雾气渐渐地收敛。
〔2〕小,一作"少"。
〔3〕重道:再次地说。
〔4〕怜:爱怜。

这首词写离别时的情景。上片主要写晨景,只有第四句点出"别泪",但写景的句子已把离别之情充分衬托出。后片写临行时心绪万端,有说不完的话,而用女子叮嘱"记得绿罗裙,处处怜芳草"作结。这两句因绿的颜色而发生联想,构思颇为巧妙。南朝梁江总妻《赋庭草》:"雨过草芊芊,连云锁南陌。门前君试看,是妾罗裙色。"牛希济这两句词可能出于这首诗,但写得比它出色。

生查子

新月曲如眉,未有团圞意[1]。红豆不堪看,满眼相思泪[2]。
　　终日劈桃穰,人在心儿里[3]。两朵隔墙花,早晚成连理[4]?

　　[1] 团圞(luán 鸾):圆。以上两句暗写人不团圆。
　　[2] 红豆:又名相思子,草本木质植物,种子大小如豌豆,色鲜红。古人诗词中常用来象征相思。
　　[3] 穰(ráng 瓤):指果核。《正字通》说:凡果实的子叫犀穰。人:谐"仁"字。以上两句意思说:桃仁在桃核的心里,那人儿在我的心里。
　　[4] 早晚:何日。连理:异本草木的枝或干连生为一体的,叫连理。古人比喻夫妇为"连理枝"。白居易《长恨歌》:"在地愿为连理枝。"以上两句说,团圆不知何日才能实现。

　　这首词富有民歌情调,意境比较开朗,感情也比较纯朴。《花间集》没有录入。明《词林万选》和清《全唐诗》定为牛希济作品。杨金本《草堂诗馀·前集》卷下作宋赵彦端词,当是据《介庵琴趣》。汲古阁本《宋六十名家词》所收赵彦端《介庵集》无此词。据毛晋《介庵集》跋所说,世所传《介庵琴趣》多羼入他人作品。《草堂诗馀·前集》卷下所录另外两首赵彦端《生查子》,一为韩玉作,一为晏几道作,即可为证。

欧阳炯

欧阳炯(896—971),益州华阳(今四川成都)人,曾任前蜀中书舍人。前蜀亡,又在后蜀任翰林学士、门下侍郎同平章事等。后蜀亡后入宋,任散骑常侍。

欧阳炯曾替赵崇祚所编《花间集》作序,阐述《花间集》编选的宗旨是收录艳词以供酒筵歌席之用。这篇序,对五代写艳词之风做了鼓吹。

他虽然以写艳词著名,但也写过一些较好的词,如写南国风光的《南乡子》八首,风格比较清新明快。明汤显祖《〈花间集〉评》说它"诸起句无一重复,而结语皆有馀思"。

存词四十八首。

南乡子

画舸停桡[1],槿花篱外竹横桥[2]。水上游人沙上女,回顾[3],笑指芭蕉林里住。

[1] 画舸(gě):有彩饰的大船。桡(ráo饶):桨。
[2] 槿(jǐn谨):落叶灌木,高七八尺,花白、红、紫等色,叶有齿牙,多种作篱笆。

〔3〕回顾,一作"回头顾"。

这首词生动地写出了船上游人和沙上少女搭话的情景。

南乡子

岸远沙平,日斜归路晚霞明〔1〕。孔雀自怜金翠尾,临水〔2〕,认得行人惊不起〔3〕。

〔1〕归路:回家路上。
〔2〕自怜:自爱。以上两句说孔雀走近水边,欣赏自己在水中的美丽的倒影。
〔3〕这句是说,孔雀见惯了行人,所以在行人去惊动它的时候,它并不畏惧飞走。

我国古典诗词中写孔雀的不多,这首词和李珣的《南乡子》、孙光宪的《八拍蛮》等都写到了,但这首词写得比较生动,写出了孔雀的神态。

南乡子

洞口谁家,木兰船系木兰花〔1〕。红袖女郎相引去,游南浦〔2〕,笑倚春风相对语〔3〕。

〔1〕木兰船:相传鲁班曾刻木兰为舟,见任昉《述异记》。后人用以

为画船的美称。以上两句说,在洞口那家人家门前,木兰船还系在开着花的木兰树上呢!

〔2〕浦:水边。

〔3〕这句说,在春风的吹拂下,少女们欢欣地相倚谈笑。

鲁迅先生曾在1931年将这首词书赠日本友人。

词中写少女们结伴到南浦游玩的情景。这些少女的形象,天真烂熳,自由活泼,写得比较生动。"笑倚春风相对语"句,更增添了全词的欢悦气氛。

江城子

晚日金陵岸草平〔1〕,落霞明,水无情〔2〕。六代繁华,暗逐逝波声〔3〕。空有姑苏台上月,如西子镜,照江城〔4〕。

〔1〕金陵:即今江苏省南京市。

〔2〕水无情:表面上是指下文繁华逐波而说,实则兼有怨"晚日"、"落霞"、"姑苏月"这些自然景物一切依旧,好像对人事变迁无所感觉的意思,借此表示作者自己满怀哀愁,无可告语。

〔3〕六代:即吴、东晋、宋、齐、梁、陈六朝,它们先后都在建康(金陵)建都。以上两句说,金陵成为六代京都时的繁华景象,都默默地随着流水的波声消逝了。这表现了作者抚今思昔,感叹兴亡的心情。

〔4〕姑苏台:台名,在江苏省苏州市西南的姑苏山上。春秋时吴国所建。吴王夫差和西施曾在这里游宴。西子:即西施,春秋时有名的美女。江城:指金陵,古属吴地。

这是较早的一首写怀古的词。在用词上,如"无情"、"暗逐"、"空有"等,感情色彩极浓,使得全词情景交融,浑然一体。

孙光宪

孙光宪(？—968),字孟文,自号葆光子,陵州贵平(今四川仁寿东北)人。后唐时为陵州判官。后唐明宗天成(926—930)初,避难江陵。这时,高从诲据荆南,称南平王。孙光宪在南平历任检校秘书少监兼御史大夫等职。后劝南平王高继冲献三州之地归宋,在宋任黄州刺史。

孙光宪博通经史,购置书籍数千卷,还手自抄写、校勘,老而不倦。著作很多,保存下来的有笔记《北梦琐言》。

他的词在《花间集》中收录六十一首;加上《尊前集》所收,共存八十四首,在唐五代词人中是存词最多的。其中大多是艳词,但也写了一些其他方面的题材。所以他的词,内容比起《花间集》其他诸家来,显得稍为丰富一些。

风流子

茅舍槿篱溪曲[1],鸡犬自南自北。菰叶长[2],水蘋开[3],门外春波涨绿。听织,声促,轧轧鸣梭穿屋[4]。

[1] 槿篱:见欧阳炯《南乡子》(画舸停桡)注[2],第43页。溪曲:溪流弯曲处。

〔2〕菰(gū 姑):多年生草本植物,多生在我国南方浅水中,嫩茎即茭白,可作蔬菜。果实叫菰米,也可煮食。

〔3〕水葓(hóng 洪):即荭草,一年生草本植物,茎高五六尺,有毛,花白色或粉红色。

〔4〕听织:听织布声。穿屋:指房屋内的织布声传到外边。

这首词描写了田舍风光,具有浓厚的生活气息。作者能把茅舍、槿篱、鸡犬和"轧轧鸣梭"的织布声写在词里,扩大了词的内容,这在花间派词风盛行的时代,是难能可贵的。

定西番

鸡禄山前游骑[1],边草白[2],朔天明[3],马蹄轻。　　鹊面弓离短韔[4],弯来月欲成[5]。一只鸣骹云外[6],晓鸿惊[7]。

〔1〕鸡禄山:山名,在今内蒙古自治区杭锦后旗西北部,与鸡鹿塞相连。东汉时,窦宪出鸡鹿塞,与北匈奴战于稽落山(即鸡禄山),获胜后,登燕然山,刻石勒功而还。见《后汉书·和帝纪》。

〔2〕边草白:泛指北方地区的草经霜或白雪覆盖。

〔3〕朔:北方。

〔4〕鹊面弓:指一种弓背上饰有鹊面的弓。韔(chàng 唱):弓袋。

〔5〕弯:拉弓。这句说,拉紧弓弦,似满月一般。

〔6〕骹(xiāo 哮):响箭。

〔7〕这句说,拂晓时,响箭声使鸿雁受到惊扰。

这是一首写边塞生活的词。全词风格雄健,节奏紧凑,色调明朗。

思帝乡

如何,遣情情更多[1]?永日水堂帘下[2],敛羞蛾[3]。六幅罗裙窣地[4],微行曳碧波[5]。看尽满池疏雨,打团荷[6]。

〔1〕遣:排除。以上两句说,想排遣怨情,结果愁闷反而增多,这是为什么呢?

〔2〕永日:整天。水堂:临近池塘的厅堂。水堂,一作"水晶"。

〔3〕敛:收。羞:害羞。蛾:指女子的眉毛。蚕蛾的触须,细而长曲,古人常用它来形容妇女的眉毛。这句意谓皱眉头,表示愁思。

〔4〕窣(sù素)地:拂地。毛文锡《恋情深》词:"罗裙窣地缕黄金。"

〔5〕微行:微步,小步。曳(yè业):拉,牵引。以上两句说,女子在池边小步行走,罗裙拂地,好像池中的碧波在荡漾。

〔6〕团荷:圆荷叶。

这首闺情词有一定的艺术特色,它把一个上层妇女难以排除的怨情,用整日"敛羞蛾","看尽满池疏雨,打团荷"的描写,便和盘托出了。

鹿虔扆

鹿虔扆(qián yǐ 前以),后蜀后主孟昶广政年间(938—965)曾任永泰军节度使、检校太尉等职。《乐府纪闻》说他"国亡不仕,词多感慨之音"。《历代诗馀》卷一百十三引倪瓒语,说他的词"曲折尽变,有无限感慨淋漓处"。

存词六首。

临江仙

金锁重门荒苑静[1],绮窗愁对秋空[2]。翠华一去寂无踪[3],玉楼歌吹[4],声断已随风。　　烟月不知人事改,夜阑还照深宫[5]。藕花相向野塘中,暗伤亡国,清露泣香红[6]。

[1] 苑:古时种植树木、饲养禽兽以供帝王游玩或打猎的园林。

[2] 绮窗:饰有彩绘的窗子。

[3] 翠华:用翠鸟的羽毛作装饰的旗子,皇帝仪仗所用。这里是皇帝车驾的代称。这句是说皇帝已一去不复返了。

[4] 吹(chuī):即鼓吹。用鼓、钲、箫、笳等乐器合奏的乐曲。

[5] 人事:人世上的事。夜阑:夜深,夜尽。

〔6〕藕花:荷花。以上三句说,芳香的红色荷花上,滴着透明的露珠,仿佛是有亡国之痛,而在那里偷偷地伤心流泪。

亡国之痛是这首词的主题。作者没有直接抒写埋藏在心底的感情,只通过景物的衬托,气氛的烘染,曲折地表现出来。尤其是下片,用烟月的无知和藕花的有情作为鲜明的对比,来刻画亡国之痛,有较强的艺术表现力。

在《花间集》中,从题材和内容上说,这是一首比较突出的作品。

李 珣

　　李珣[1](855？—930？)，字德润，梓州(今四川三台)人。先世是波斯人，他的好友尹鹗曾戏称他为"李波斯"。妹舜弦，为前蜀主王衍昭仪。

　　他是五代前蜀时秀才，屡举宾贡，有诗名。又通医理，撰《海药本草》。国亡不仕，作品中有感慨之音。

　　著有《琼瑶集》，不传[2]。存词五十四首，见《花间集》、《尊前集》。其中，比较突出的是十七首《南乡子》，描绘南方的风土人情，有浓厚的地方色彩。其他的词大抵是男女之间的离情别绪的抒写和对退隐生活的赞美。和一般花间词人的作品比较起来，他的词的风格不那么浮艳，感情比较沉挚，内容也比较开阔。

〔1〕 珣，或作"洵"、"询"。李珣之弟，名玹。可知其名当以从"玉"为是。

〔2〕 王灼《碧鸡漫志》提到李珣《琼瑶集》中的四首词，今均不传。

南乡子

归路近，扣舷歌[1]，采真珠处水风多[2]。曲岸小桥山月过[3]，烟深锁[4]，豆蔻花垂千万朵[5]。

〔1〕舷(xián贤):船的边侧。
〔2〕真珠:即珍珠。水中蚌或珠母的贝壳内所生的圆形颗粒,可用作贵重的装饰品,也可入药。
〔3〕这句实际上是写船在行进。
〔4〕锁:形容烟雾的笼罩。
〔5〕豆蔻:多年生草本植物,初夏开淡黄色花,秋季结实,我国广东、广西、云南、贵州等地都有种植。

词中并没有直接描绘采珍珠的劳动场面,而只写了采珍珠者乘船归来的情景。微风拂面,扣舷低歌,反映了他们劳动之后的愉快的心情。岸曲桥小,山迎月照,烟锁花垂,似乎都在迎接他们胜利归来。这样写实际上表现了作者对采珍珠劳动的赞美。

南乡子

携笼去〔1〕,采菱归,碧波风起雨霏霏〔2〕。趁岸小船齐棹急〔3〕,罗衣湿,出向桄榔树下立〔4〕。

〔1〕笼:用竹条编成的器具。
〔2〕霏霏:形容雨密的样子。
〔3〕趁:靠近。这句说,船快靠岸了,采菱的少女们齐力划桨,使船急速前进。
〔4〕桄榔(guāng láng 光郎):一种常绿的高大乔木,产于广东、广西等地。

这首词歌颂了采菱的劳动,生动地描绘了采菱的少女们顶风冒雨

53

划船归来的情景。

南乡子

山果熟,水花香[1],家家风景有池塘。木兰舟上珠帘卷[2],歌声远,椰子酒倾鹦鹉盏[3]。

〔1〕水花:荷花。
〔2〕木兰舟:见欧阳炯《南乡子》(洞口谁家)注〔1〕,第44页。
〔3〕椰子酒:即椰子浆或用椰子花酿成的酒。周密《齐东野语》卷十说:"今人以椰子浆为椰子酒,而不知椰子花可以酿酒。唐殷尧封寄岭南张明府诗云:'椰花好为酒,谁伴醉如泥。'"椰子,树名,常绿乔木,产于热带。鹦鹉盏:用鹦鹉螺壳制成的酒杯。鹦鹉螺产于我国台湾海峡和南海中。其壳很大,表面灰白,有很多橙红色或褐色波状横纹,内面有美丽的光泽,可作装饰品或制酒杯。

在这首词中,作者抓住几样地方色彩浓厚和富有特征意义的景物,寥寥数笔,就使美丽的南国风光呈现在读者面前。

巫山一段云

古庙依青嶂[1],行宫枕碧流[2]。水声山色锁妆楼[3],往事思悠悠。　云雨朝还暮[4],烟花春复秋[5]。啼猿何必近孤舟,行客自多愁。

〔1〕青嶂(zhàng障)：草木丛生的高险山峰。这里指巫山，在四川东部长江边。

〔2〕行宫：古代京城以外供帝王出行时居住的宫室。这里指战国时楚王的云梦台。

〔3〕妆楼：梳妆楼，即妇女的住房。这里指神女的庙宇，传说中神女住处。

〔4〕云雨朝还暮：宋玉《高唐赋》说楚王梦见一神女，自称"妾旦为朝云，暮为行雨；朝朝暮暮，阳台之下"。

〔5〕烟花：指艳丽的景物。

战国时宋玉的《高唐赋》和《神女赋》曾写楚王梦见巫山神女。这首词就是写一个孤舟行客，在巫山之下对着神女古庙的凭吊心情。这是属于怀古一类题材，用感伤的情调来写巫山巫峡的景物。它和《南乡子》一组写东粤景物的词共同地表现了作者在《花间集》词人中的特殊风格。

冯延巳

冯延巳[1](903—960),又名延嗣,字正中,广陵(今江苏扬州)人。南唐中主李璟年少时在庐山筑读书堂,他随侍左右,后为元帅府掌书记。李璟作皇帝后,他很受宠信,几次被任命为同平章事(即宰相)。后因用兵失败,屡遭攻击,被罢相,任太子少傅,不久死去。

他爱好写词,"虽贵且老不废"。词集名《阳春录》[2],宋人收集有一百二十首。他虽受花间派的影响,多写男女离别相思之情,但词风不像花间派那样浓艳雕琢,而以清丽多采和委婉情深为其特色,有时感伤气息较浓,这和南唐国势衰微以及他过着没落的官僚士大夫生活有关。他对北宋词人很有影响,如晏殊、欧阳修等人都喜爱他的作品,风格近似,所以王国维说他"开北宋一代风气"(《人间词话》)。也正因此,他的一些词在流传中和晏、欧等人的作品相混。

〔1〕冯延巳的名字,过去的一些记载有作延己者。按古人的名与字号常相关合,巳时之后即为午时(正午),他字正中,其名当以延巳为是。他又名延嗣,嗣与巳音近,也可佐证。

〔2〕今传世的词集名《阳春集》。

鹊踏枝

谁道闲情抛弃久[1],每到春来,惆怅还依旧。日日花前常病酒,不辞镜里朱颜瘦[2]。　河畔青芜堤上柳,为问新愁,何事年年有[3]?独立小桥风满袖,平林新月人归后[4]。

〔1〕闲情:这里表面上是说无聊的情绪,实际指爱情。抛弃,一作"抛掷"。

〔2〕病酒:因喝酒过量而感到难受。不辞:这里有不惜的意思。花前常病酒,一作"小楼人病酒"。不辞,一作"敢辞"。以上两句写借酒浇愁,容貌憔悴。

〔3〕青芜:丛生的青草。何事:为何。以上三句是由眼前的景物引起联想,看到河边的青草和堤上的杨柳又被春风吹绿,想起了自己也是年年不断的愁苦。

〔4〕新月:阴历每月头三四天的月亮,通称为新月。小桥,一作"小楼"。以上两句写独自在小桥上伫立很久,归来已是黄昏后了。

这首词写爱情的苦恼。青草和杨柳都生气蓬勃,欣欣向荣,而人却为爱情的愁苦所缠绕,憔悴不堪,形成了强烈的对比。"为问新愁,何事年年有"是在痛苦中迸发出来的呼喊,实际上就是要求改变这种状态。

一说此词为欧阳修作。

鹊踏枝

窗外寒鸡天欲曙[1],香印成灰[2],起坐浑无绪[3]。檐际高梧凝宿雾[4],卷帘双鹊惊飞去。　屏上罗衣闲绣缕[5]。一晌关情,忆遍江南路[6]。夜夜梦魂休谩语[7],已知前事无寻处。

〔1〕寒鸡:在寒气中啼叫的鸡。窗外,一作"花外"。

〔2〕香印:指在香烛上刻画的印记。唐宋时,人们常用香烛来计量时间。香烛上刻明标志,可根据燃烧时间的长短来判断时辰。这里说"香印成灰",有表明时间已过去很久的意思。

〔3〕浑无绪:全然没有好情绪。

〔4〕檐际高梧:房屋边高大的梧桐树。宿雾:夜里下的雾。

〔5〕绣缕:刺绣所用的彩色丝线。这句说,因心情不好,懒动针线,罗衣还没绣完,便搭在屏风上。

〔6〕一晌(shǎng 赏):片刻的工夫。关情:感情有所牵系,这里有凝思的意思。以上两句写独自出神,往事涌上心头,想起了昔日的江南生活。

〔7〕休:不要。谩语:见敦煌曲子词《鹊踏枝》注〔1〕,第2页。这里指说梦话欺骗自己。

全篇写闺中少妇思念的痛苦。结尾两句是强作自我解慰之辞。往事如云烟荡尽,已无踪迹可寻,又何必梦寐不忘,徒然自苦。此是企图在无可奈何之中求得一种解脱,这样说更显出了女主人公悲哀的处境。

鹊踏枝

萧索清秋珠泪坠[1],枕簟微凉[2],展转浑无寐[3]。残酒欲醒中夜起[4],月明如练天如水[5]。　阶下寒声啼络纬[6],庭树金风[7],悄悄重门闭。可惜旧欢携手地,思量一夕成憔悴[8]。

〔1〕萧索:萧条冷落的样子。
〔2〕簟(diàn电):竹席。
〔3〕这句说,在床上翻来覆去,睡不着觉。
〔4〕残酒:残馀的醉意。中夜:半夜。
〔5〕练:白绢。
〔6〕络纬:虫名,又叫"纺织娘"、"络丝娘",在秋天鸣叫。
〔7〕金风:秋风。旧说以四季配五行,秋令属金。
〔8〕这句说一夜相思就教人憔悴,是一种夸张的写法。

作者写夜景抓住了典型的细节:皎洁的月光,清澈的天空,深院无人,重门紧闭,纺织娘叫得很凄凉,风吹树梢传来阵阵秋声。这一切把"萧索清秋"的气氛全表达出来了。

鹊踏枝

几日行云何处去[1]？忘却归来,不道春将暮[2]。百草千花寒食路,香车系在谁家树[3]？　泪眼倚楼频独语,双燕来时,陌上相逢否[4]？撩乱春愁如柳絮,悠悠梦里无寻处[5]。

〔1〕行云:流动的云,这里用以比喻在外游荡、寻欢作乐的男子。
〔2〕不道:不管,不顾。
〔3〕寒食:古时的节令名,在清明节前一两天。相传春秋时晋文公为悼念焚死的介之推,规定在这一天禁火冷食。以上两句说,寒食节路

59

上的百草千花使人目迷五色,他的车子究竟停在谁家的门前?意思是指她的丈夫在外寻花问柳。

〔4〕陌(mò莫):道路。这句是问燕子在路上有没有碰见了她的丈夫。

〔5〕撩乱:纷乱,纠缠。悠悠:形容梦长。悠悠,一作"依依"。以上两句说,春愁撩乱如漫天飞舞的柳絮,就是在梦里相寻,也难以找得到他。

这首词写一个女子对她丈夫整日出外寻欢作乐的不满,很有怨意,但仍表现出一片痴情,盼望他归来。它反映了封建社会里的一些上层妇女的悲哀处境。

一说此词为欧阳修作。

鹊踏枝

六曲阑干偎碧树[1],杨柳风轻,展尽黄金缕[2]。谁把钿筝移玉柱,穿帘海燕双飞去[3]。　满眼游丝兼落絮[4],红杏开时,一霎清明雨[5]。浓睡觉来莺乱语[6],惊残好梦无寻处。

〔1〕偎(wēi威):紧靠着。

〔2〕黄金缕:形容嫩黄的柳条,如同丝丝金线一般。

〔3〕钿筝:用金翠宝石装饰的筝。玉柱:筝上定弦用的玉制码子。海燕:传说燕子来自海上,故称"海燕"。双飞,一作"惊飞"。以上两句是写有人弹起筝来,双燕由帘内惊起飞走。

〔4〕游丝:指在空中飞扬的虫丝。落絮:指飘落的柳絮。

〔5〕一霎(shà):一阵子。

〔6〕觉来:醒来。莺乱语,一作"慵不语"。

这首词上片写景,作者以"杨柳风轻,展尽黄金缕"两句有力地表现出春光的明媚,给读者以十分深刻的印象。下片写女主人公的百无聊赖,大白天里却只愿沉浸于自己的好梦,这和大自然显得是多么的不调和!作者写出了她内心的寂寞和空虚。

谒金门

风乍起,吹绉一池春水。闲引鸳鸯香径里[1],手挼红杏蕊[2]。　斗鸭阑干独倚[3],碧玉搔头斜坠[4]。终日望君君不至,举头闻鹊喜[5]。

〔1〕引:逗引。香径:即采香径,溪水名。范成大《吴郡志》:"采香径在香山之旁,小溪也。"此处代指池水。

〔2〕挼(ruó):抁。

〔3〕斗鸭阑干:古代贵族之家,临池养鸭,使之相斗为戏。斗鸭阑干即圈养斗鸭的栅栏。

〔4〕碧玉搔头:即玉簪。斜坠:坠,下垂。因搔头斜插在发上,人斜倚在阑干上,所以说是斜坠。一说:"坠"与"缀"通,"缀"是插上的意思。

〔5〕举头闻鹊喜:闻鹊而喜,举头望鹊。鹊喜,参见敦煌曲子词《鹊踏枝》注〔1〕,第2页。

这首词写一个贵族女子独处的寂寞无聊,一会儿逗引鸳鸯,一会儿

61

观看斗鸭,其实她的心思全不在此,而是在想念远人,盼望着他的归来。正如眼前的"风乍起,吹绉一池春水"一样,她的内心也很不平静,希望与失望反覆交织。

据马令《南唐书》卷二十一记载,南唐中主李璟曾和冯延巳开玩笑说:"'吹绉一池春水',干卿何事?"冯延巳回答说:"未如陛下'小楼吹彻玉笙寒'!"由此可见,"风乍起,吹绉一池春水",是当时为人传诵的名句。

一说此词为成幼文作。

醉桃源

南园春半踏青时[1],风和闻马嘶[2]。青梅如豆柳如眉,日长蝴蝶飞[3]。　　花露重,草烟低,人家帘幕垂。秋千慵困解罗衣[4],画梁双燕归。

〔1〕踏青:春日郊游。旧俗以清明节为踏青节。
〔2〕嘶(sī 撕):马叫。这句说,和煦的春风传来游人车马的声音。
〔3〕日长:过了春分的节令,白天渐渐长了。这里还有整个白天的意思。
〔4〕秋千慵困:打秋千累了,感到困倦。

这首词写仲春的风光,景物历历如画。"风和闻马嘶"、"日长蝴蝶飞"和"画梁双燕归"都反衬了打秋千的女子的孤独。

一说此词为晏殊或欧阳修作。

62

李　璟

　　李璟(916—961),字伯玉,徐州人,南唐烈祖李昇(biàn 变)长子,保大元年(943)于金陵嗣位称帝,在位十九年。曾因惧怕后周军事压力,去帝号,改称国主。周亡后,又向宋进贡。史称南唐中主。

　　李璟爱好文学,"工笔札,善骑射",他和后主李煜任用一些词人如冯延巳等,使南唐成为西蜀以外另一个词的创作中心。他自己写的词,在绮艳中有深婉之致,体现了南唐词的新风格。宋人所编《南唐二主词》录存他的词四首,另《草堂诗馀》收录一首。

浣溪沙

手卷真珠上玉钩[1],依前春恨锁重楼[2]。风里落花谁是主,思悠悠[3]。　　青鸟不传云外信,丁香空结雨中愁[4]。回首绿波三峡暮,接天流[5]。

　　[1] 真珠:即珍珠,这里指珍珠帘,省略了"帘"字。真珠,一作"珠帘"。
　　[2] 依前:依旧。春恨:伤春的愁思。锁:这里形容春愁笼罩。
　　[3] 悠悠:形容忧思不尽的样子。以上两句说,看到花朵被风吹落飘零无主,引起愁绪万千。

〔4〕青鸟:信使的代称。古代神话说,西王母出访汉武帝,命青鸟先期飞降承华殿,以通报信息。见《汉武故事》。结:指含蕾不吐。古人常借丁香结象征愁思郁结。如李商隐《代赠二首》:"芭蕉不展丁香结,同向春风各自愁。"以上两句说,没有信使捎来远人的音信,丁香徒自在雨中抱蕾凝愁。

〔5〕三峡:长江上游三个著名的山峡:瞿塘峡、巫峡和西陵峡。宋玉《高唐赋》所写楚王梦遇神女的神话故事,其地理背景就在这一带。三峡,一作"三楚",指南楚、东楚、西楚。以上两句说,回头凝望,只见接天的江流在暮色中从三峡滔滔而来。

这首词写一女子卷帘瞭望、伤春怀远的情思。词中对落花设问,托丁香寄愁,又以凝望神秘的三峡的不尽江流作结,在艺术表现上显得委婉含蓄而有馀味。

浣溪沙

菡萏香销翠叶残,西风愁起绿波间[1]。还与韶光共憔悴[2],不堪看。　细雨梦回鸡塞远,小楼吹彻玉笙寒[3]。多少泪珠何限恨[4],倚阑干。

〔1〕菡萏(hàndàn 汉旦):荷花的别称。西风愁起,即"愁起西风"。以上两句说,荷花凋残,秋风从水面刮起,女主人公触景生情。

〔2〕韶光:美好的时光。共憔悴:指菡萏残败再加上秋意萧条,含有自己"与秋俱老"的感叹。

〔3〕梦回:梦醒。鸡塞:即鸡鹿塞。见孙光宪《定西番》注〔1〕,第48

64

页。鸡塞远,一作"清漏永"。吹彻:吹完一套曲子。玉笙:笙的美称。以上两句说,千里梦回,只听得细雨潺潺,倍觉所思者相隔遥远;吹笙解闷,愈感心境凄凉。

〔4〕多少,一作"簌簌"。何限,一作"无限"。

这首词描绘一个妇女思念远出的丈夫,她对着秋风残荷自伤,梦醒吹笙而愈感凄凉。"菡萏"两句和"细雨"两句曾受前人称赏。词中抒发了凄凉哀怨之情,但它写情细腻,有层次,构思饶有意味,还是有可取之处。

李　煜

　　李煜(937—978),字重光,号钟隐,初名从嘉,徐州人。南唐中主李璟第六子,961年嗣位,史称南唐后主。

　　他在位十五年,政治上庸懦无能,苟安享乐。宋太祖开宝八年(975),宋军攻破南唐都城金陵,李煜出降,被俘至汴京(今河南开封市),受封违命侯,软禁为囚。两年后,被宋太宗赵炅"赐酒"毒死。

　　李煜有较深的艺术素养,通晓音乐,善诗文、书画,对词尤其擅长。他的词以他被俘为分界线,可以划分为前后两个时期:前期的作品,主要表现宫廷的享乐生活;后期的作品,则大多抒写对往昔生活的追恋和悔恨。他的词带有鲜明的帝王生活的烙印。即使是后期的词,情调也是不健康的,境界也仍然是狭窄的。但比起在他之前统治文人词坛的花间词来,他的作品在艺术上还是前进了一步。他的词,语言清新洗炼,形象自然生动,题材有所变化,对于丰富和发展词的表现能力和艺术风格,产生了积极的影响,在词的发展史上,占有一定的地位。

　　李煜的词和李璟的词曾被合刻为《南唐二主词》。

捣练子令

深院静,小庭空,断续寒砧断续风[1]。无奈夜长人不寐,数声和月到帘栊[2]。

〔1〕砧(zhēn珍):捣衣石,这里指捣帛声。古时,由于捣帛制衣和家庭生活密切相关,砧声很容易引起人们的离别相思之情。

〔2〕栊(lóng龙):窗子。

这首写寒夜闻砧的小令,没有一字直写离思,却声声句句都表现了听砧人对已分别的亲人的思念。

一说此词为冯延巳作。

清平乐

别来春半,触目愁肠断[1]。砌下落梅如雪乱,拂了一身还满[2]。　　雁来音信无凭,路遥归梦难成[3]。离恨恰如春草,更行更远还生[4]。

〔1〕愁,一作"柔"。

〔2〕砌(qì气):台阶。以上两句,以落梅烘托作者的心情撩乱、愁思摆脱不掉;同时也表明他站在梅树下凝神已久。

〔3〕这句写盼信不来。相传鸿雁能传书信。《汉书·苏武传》:"天子射上林中,得雁,足有系帛书。"

〔4〕恰,一作"却"。以上两句,用春草漫无边际地滋生比喻离恨有增无已。

这首词写仲春忆别。作者运用传统的寓情于景的手法,描绘了阶下的落梅和天涯的芳草,使他的愁思得到了形象的表现,给人以十分鲜明的印象。

望江南

多少恨,昨夜梦魂中,还似旧时游上苑[1],车如流水马如龙[2],花月正春风。

〔1〕上苑:见鹿虔扆《临江仙》注〔1〕,第50页。
〔2〕车如流水马如龙:《后汉书·皇后纪》:"车如流水,马如游龙。"意思是说车马络绎不绝。这里用来描绘梦境中游乐的盛况。

这首词写重温帝王旧梦的悲恨。在艺术表现上,以少胜多,以乐写悲,显示了作者纯熟的技巧。

子夜歌

人生愁恨何能免,销魂独我情何限[1]。故国梦重归,觉来双泪垂。　高楼谁与上,长记秋晴望[2]。往事已成空,还如一梦中。

〔1〕销魂:形容极度伤心的样子。何限:无限。以上两句说,自己的愁恨不比寻常。
〔2〕谁与:同谁。以上两句,用往日晴秋登高望远的赏心乐事来对比今日的孤寂难堪。

亡国为囚的李煜,在这首词中,抒写了他梦寻往事的感伤和往事如梦的哀叹。

浪淘沙

往事只堪哀,对景难排〔1〕。秋风庭院藓侵阶。一桁珠帘闲不卷,终日谁来〔2〕！　　金锁已沉埋,壮气蒿莱〔3〕。晚凉天净月华开〔4〕。想得玉楼瑶殿影,空照秦淮〔5〕。

〔1〕景:景象。排:排遣。

〔2〕侵:这里指蔓延。一桁(hàng):一挂,一列。杜牧《十九兄郡楼有宴病不赴》诗:"燕子嗔垂一桁帘。"珠帘闲不卷:无人来访,所以不需卷帘。桁,一作"任"。以上三句写目前处境的凄凉和寂寞。

〔3〕金锁:铁锁链。壮气蒿莱:意谓王气告终。壮气即王气,古时有迷信思想的人所说的一种表明帝王气数的神秘征候。蒿莱,野草。这里用作动词,即掩没于野草。以上两句是借用三国时吴国以铁锁链横断长江,抵抗西晋水军,结果仍失败灭亡的典故(见《晋书·王濬传》),哀叹南唐兵败国亡。意同刘禹锡《西塞山怀古》诗:"千寻铁锁沉江底"、"金陵王气黯然收"。金锁,一作"金剑"。

〔4〕天净:形容无云的天空。月华:月光。净,一作"静"。

〔5〕玉楼瑶殿:瑶,美玉。古代诗词中,常用玉、瑶、琼等作为一种赞美、夸饰之词。玉楼瑶殿,实际上还是木石建筑。这里指南唐的宫殿。秦淮:河名。横贯南唐都城金陵。以上两句是想象南唐美丽的宫殿在月光下空寂无声地投影于秦淮河上。

这首词是李煜囚于汴京期间(976—978)所作。宋人王铚《默记》记载,李煜的居处有"老卒守门","不得与外人接",他曾传信给旧时宫人说,"此中日夕以泪洗面!"

李煜这首词,是从一个亡国之君的立场和思想感情来写他追怀昔日帝王生活的悲哀和寂寞。词中以直抒悲怀领起,继之以一系列鲜明的图景。这里有眼前景,有象征景,有想象景,把他的凄凉之感,亡国之痛,故国之思,寄寓其中,突出地表现了他善于捕捉形象的艺术才能。

虞美人

春花秋月何时了,往事知多少[1]!小楼昨夜又东风,故国不堪回首月明中[2]。　雕阑玉砌应犹在[3],只是朱颜改[4]。问君能有几多愁[5],恰似一江春水向东流。

[1] 了:了结。秋月,一作"秋叶"。以上两句意思是,怕看春花秋月,一看就会有多少往事涌上心头。

[2] 回首:回顾,追忆。

[3] 雕阑玉砌:指南唐宫殿的精美建筑。雕阑,雕花的栏干;玉砌,石阶的美称。

[4] 朱颜改:面容变得憔悴。指他已亡国为囚。

[5] 问君:作者设问,实即自问。

这首词写追怀故国,表现了李煜作为亡国之君的没落的哀愁。作者在词中把即景抒怀和抚今追昔自然地交织在一起,配合以音调的回环起伏,给人以思潮翻腾之感,特别是择取滔滔不尽的江水作为比喻,更能收到把他的感情形象化的突出效果。因此"问君"两句成为历来为人传诵的名句。

据清人沈辰垣《历代诗馀·词话》引《乐府纪闻》,宋太宗起意毒死李煜,即与听到李煜于囚居中作此词有关。

浪淘沙

帘外雨潺潺,春意阑珊[1],罗衾不耐五更寒[2]。梦里不知身是客,一晌贪欢[3]。　　独自莫凭栏[4],无限江山[5],别时容易见时难。流水落花春去也,天上人间[6]!

〔1〕潺潺(chán 蝉):这里指雨声。阑珊:衰残。以上两句写梦醒后所闻所感。

〔2〕罗衾(qīn 亲):用丝绸做的被子。耐,一作"暖"。

〔3〕身是客:指身为俘虏,远离故国。一晌:片刻的工夫。以上两句描述梦中的情景。

〔4〕凭栏:指倚栏远望。莫,一作"暮"。

〔5〕无限江山:指原属南唐的大好河山。一说指为无限江山所阻隔。江山,一作"关山"。

〔6〕流水落花:落花随流水而去。这是一种春意衰残的景色。春去,一作"归去"。天上人间:这里有迷茫邈远,难以寻觅之意。张泌《浣溪沙》词:"天上人间何处去,旧欢新梦觉来时。"以上两句以伤春寄寓作者对南唐覆灭、旧日生活一去不返的哀伤。

这首词作于李煜被俘送往汴京以后。上片写雨声中从欢乐的梦境醒来,感到春光已去的凄凉。下片写凭栏远望,痛感故国难归,旧日生活有如春去难寻。情调没落而艺术性较强。"梦里贪欢"的刻画,"别易会难"的感叹,"流水落花"的象征,都着意地表现了李煜的悲哀绝望,和他对往日帝王生活的依恋。

乌夜啼

无言独上西楼,月如钩,寂寞梧桐深院锁清秋〔1〕。　　剪不断,理还乱〔2〕,是离愁,别是一般滋味在心头〔3〕。

〔1〕深院锁清秋:清秋锁于深院之中。这是作者看到寂寞梧桐所引起的联想。用一"锁"字,当与作者的处境和感受有关。

〔2〕以上两句形容愁绪纷乱,难以排遣。

〔3〕这句意思是说不出心里是什么滋味,进一步表现了作者心情的愁苦。

这首词写秋夜独处,离愁满怀。它的艺术特色是写出了一种凄凉寂寞的境界;同时把难以言状的愁苦作了形象的细致入微的揭示。过去有人认为这首词"最凄惋",表现了悲哀的"亡国之音"。

作者一说为孟昶。

徐昌图

徐昌图,莆田(在今福建省)人[1]。初仕闽、南唐,后归宋,任国子博士,官至殿中丞。他的词现存三首。

[1] 莆田,别称莆阳,故有的记载(如《词综》)称徐昌图为莆阳人。

临江仙

饮散离亭西去[1],浮生长恨飘蓬[2]。回头烟柳渐重重[3]。淡云孤雁远,寒日暮天红[4]。　今夜画船何处?潮平淮月朦胧[5]。酒醒人静奈愁浓[6]。残灯孤枕梦,轻浪五更风[7]。

[1] 离亭:送别的驿亭。
[2] 飘蓬:比喻生活飘泊不定。蓬是一种草本植物,开白花,常被风拔起,离地飞旋。这句写旅人的感叹。
[3] 这句写旅人回顾分别处,却被重重烟柳遮住视线,表现了惜别之情。
[4] 以上两句以孤雁远飞、日寒天暮来衬托旅人孤单、怅惘的心情。

〔5〕淮月:照临淮水上空的月亮。这句点出当夜泊舟的地点。

〔6〕奈:无奈。这句说,夜深人静,酒后清醒,更感到旅愁难以摆脱。

〔7〕残灯:将熄的灯光。五更风:黎明前的寒风。以上两句说,直到夜尽灯残,才在轻浪颠簸中朦胧入睡。

这是一首写旅愁的词。上片写宴别后,旅人感慨万分,在满目凄凉中登舟启航。下片写旅人途中的孤寂心情。词中通过气氛的渲染和景物的烘托,充分地表现了一个饱尝风霜滋味的旅人的飘泊之感。

王禹偁

王禹偁(954—1001),字元之,巨野(在今山东省)人。宋太宗赵炅(jiǒng窘)太平兴国八年(983)进士。历任长洲知县、右拾遗、翰林学士、知制诰等。他"遇事敢言",常议论当时政治,批评朝廷人物,如"御戎十策","上疏言五事"等都对当时政治提出了一些方案。他有时得到皇帝的嘉奖,有时又遭到贬谪。

王禹偁的散文学韩愈、柳宗元,诗学李白、杜甫,在《赠朱严》诗中说:"谁怜所好还同我,韩柳文章李杜诗。"然而他的诗更接近白居易。他力图挽回当时浮靡的文风和诗风,在宋初是一位开风气的重要作家。

著有《小畜集》等。存词一首。

点绛唇

感兴

雨恨云愁,江南依旧称佳丽[1]。水村渔市,一缕孤烟细[2]。
天际征鸿,遥认行如缀[3]。平生事,此时凝睇,谁会凭栏意[4]!

〔1〕江南:这里指长江下游江苏南部一带。佳丽:指风景美丽。南齐谢朓《入朝曲》:"江南佳丽地。"以上两句说,江南的阴雨,给人带来愁闷,但它依旧是美丽的地方。

〔2〕孤烟:指炊烟。这句说渔村人家很少,只有一缕炊烟飘起。

〔3〕征鸿:飞过的大雁。行(háng 杭)如缀:排成行列,如同连缀在一起。

〔4〕平生事:向来所追求的功名事业。平生,平素的意思。凝睇:凝神注视。以上三句写他在凭栏眺望时,触发了自己追求事业的心情。

《宋史》本传说王禹偁在举进士后,曾作长洲(今江苏苏州市)知县,和当时吴县(在今江苏省)知县罗处约"日相与赋咏,人多传诵"。王禹偁一生只有这个时期在江南,这首词当作于此时。词中借景抒情,表现了他壮年时代的抱负。词风质朴清新,可见他对改变五代词风所做的努力。

钱惟演

钱惟演(962—1034),字希圣,临安(今浙江杭州市)人。他是吴越王钱俶之子,随其父归附宋朝,为右屯卫将军。咸平三年(1000)召试,改文职,为太仆少卿。累迁翰林学士、枢密使,罢为镇国军节度使观察留后,改保大军节度使,知河阳。入朝,加同中书门下平章事,后被劾落职,为崇信军节度使,不久去世。

他博学能文辞,有文采,风格清丽。著有《典懿集》。存词两首。

木兰花

城上风光莺语乱[1],城下烟波春拍岸。绿杨芳草几时休?泪眼愁肠先已断。　　情怀渐变成衰晚,鸾镜朱颜惊暗换[2]。昔年多病厌芳尊[3],今日芳尊惟恐浅[4]。

[1] 莺语:形容黄莺婉转的鸣声如同低语。
[2] 鸾镜:刘敬叔《异苑》载:"罽(jì寄)宾(今克什米尔)王有鸾,三年不鸣,夫人曰:'闻鸾见影则鸣。'乃悬镜照之,中宵一奋而绝。故后世称为鸾镜。"因此用"鸾镜"一词有离愁别恨的含意。
[3] 芳尊:尊是古代的盛酒器。芳尊指尊中盛着美酒。
[4] 这句意思说,如今借酒浇愁,不惜一醉。

这首词表面上写一个女子的相思之情,实际是作者自伤身世。胡仔《苕溪渔隐丛话后集》卷三十九载:"《侍儿小名录》云:钱思公谪汉东日,撰《玉楼春》词……每酒阑歌之,则泣下。"

潘 阆

潘阆(？—1009),字逍遥,广陵(今江苏扬州市)人。宋太宗闻其能诗词,至道元年(995)召见于崇政殿,赐进士及第,授四门国子博士。后因事牵连,被查究,因此改变名姓,逃遁潜匿。真宗时获赦,为滁州参军。

有《逍遥词》,存词十首。

酒泉子

长忆观潮[1],满郭人争江上望[2]。来疑沧海尽成空,万面鼓声中[3]。　弄潮儿向涛头立,手把红旗旗不湿[4]。别来几向梦中看,梦觉尚心寒[5]。

〔1〕观潮:观赏钱塘江口的怒潮。钱塘江口每逢海潮袭来,潮头壁立,高达丈馀,波涛腾涌,极为壮观,每年尤以阴历八月十八日为最盛。宋吴自牧《梦粱录》"观潮"条记载当时临安(今浙江杭州市)居民观潮盛况,说是"倾城而出,车马纷纷"。

〔2〕满郭:满城。

〔3〕沧海:大海。海水呈青绿色,所以叫做沧海。以上两句说,潮涨时,好像所有海水都奔涌到钱塘江口来了,激荡的波涛,犹如擂动万面大

鼓般发出巨响。

〔4〕弄潮儿:指在波浪中游泳嬉戏的健儿。以上两句写游泳健儿大显身手。周密《武林旧事》"观潮"条记载:"吴儿善泅者数百,皆披发文身,手持十幅大彩旗,争先鼓勇,泝迎而上,出没于鲸波万仞中,腾身百变,而旗略不沾湿,以此夸能。"

〔5〕心寒:因惊惧而战栗。

这首短词,写观潮的热闹场面,波涛的壮阔气势,弄潮儿的矫健身姿和高超表演,都写得惊心动魄,扣人心弦。结尾两句,作者自叙这种惊险情景,曾几次在梦中重现,而每次醒来,都心有馀悸。这样写,既强调了作者感受之深,也增加了作品的艺术感染力。清张思岩《词林纪事》引《皇朝类苑》说,潘阆以咏潮著名,后人曾"以轻绡写其形容,谓之潘阆咏潮图"。

林　逋

林逋(967—1028),字君复,钱塘(今浙江杭州市)人。曾浪游江淮间,后隐居杭州西湖孤山二十年,足迹不到城市。他喜欢种梅养鹤,人们说他是"梅妻鹤子"。死后,仁宗赵祯赐谥"和靖先生"。他的咏梅花诗很有名,其中一首七律曾被后人作为《瑞鹧鸪》词来唱。

有《和靖集》。存词三首。

长相思

吴山青[1],越山青[2],两岸青山相对迎,谁知离别情[3]？　君泪盈,妾泪盈,罗带同心结未成[4],江边潮已平[5]。

〔1〕吴山:在浙江杭州市钱塘江北岸,春秋时为吴南界。

〔2〕越山:指钱塘江南岸的山,春秋越国在以绍兴为中心的杭州以南一带地方。

〔3〕这句一作"争忍有离情"。

〔4〕罗带:丝织成的带子。同心结:把罗带打成结,象征定情。南朝乐府《苏小小歌》:"何处结同心？西陵松柏下。"

〔5〕潮已平:江潮已经涨满。这句写离别时即目所见。

这是一首写女子送别情人的词。上片写她在船上送了对方一程，下片写匆匆离别。通首富有民歌意味。

范仲淹

范仲淹(989—1052),字希文,吴县(在今江苏省)人。历任陕西经略副使、参知政事、河东陕西宣抚使等。他是北宋著名的政治家,曾向仁宗赵祯上条陈十事,要求改革当时弊政。在西北军中多年,对抵御西夏贵族统治者的侵掠,做出了努力。他也是一个有名的文学家,他写的《岳阳楼记》是一篇优美的散文,其中如"先天下之忧而忧,后天下之乐而乐"等名句,曾广为后人传诵。

他的词,有的写边塞风光,有的写羁旅情怀,其"苍凉悲壮,慷慨生哀"之处,和他同时代的词人如晏、欧等不同,对后来的苏轼、王安石却有一定影响。

著有《范文正公文集》。存词五首。

苏幕遮

碧云天,黄叶地[1],秋色连波,波上寒烟翠。山映斜阳天接水[2],芳草无情,更在斜阳外[3]。　黯乡魂[4],追旅思[5],夜夜除非,好梦留人睡[6]。明月楼高休独倚,酒入愁肠,化作相思泪。

[1] 黄,一作"红"。

〔2〕这句说,夕阳的馀光映射在山头,远处水天相连。

〔3〕以上两句说,草地延伸到天涯,所到处似乎比斜阳更遥远。这里暗指故乡在芳草地的尽头,斜阳尚可看见,而故乡却望不到。

〔4〕黯(àn 暗)乡魂:心神因怀念家乡而悲伤。江淹《别赋》:"黯然销魂者,唯别而已矣。"黯然,内心凄怆的样子。

〔5〕追旅思(sì 四):撇不开羁旅的愁思。追,紧随,这里有缠住不放的意思。

〔6〕以上两句应连读,意思是说,每天夜里只有做返回故乡的好梦时才得安睡。

这首词上片先写远近山川一望无际的秋色,进而把目光移向天边,点出家乡遥远,极目难寻。"碧云天,黄叶地",是概括力很强的咏秋名句,元代王实甫《西厢记》杂剧"长亭送别"一折的"碧云天,黄花地",就是从这两句化用的。词的下片因景生情,专抒离恨,前后融贯,浑然一体。

渔家傲

塞下秋来风景异[1],衡阳雁去无留意[2]。四面边声连角起[3]。千嶂里[4],长烟落日孤城闭[5]。　　浊酒一杯家万里[6],燕然未勒归无计[7]。羌管悠悠霜满地[8],人不寐,将军白发征夫泪。

〔1〕塞(sài 赛)下:指西北驻防要地。塞,边塞。

〔2〕衡阳雁去:雁向衡阳(在今湖南省)飞去。传说秋天北雁南飞,

至衡阳回雁峰而止。王勃《秋日登洪府滕王阁饯别序》:"雁阵惊寒,声断衡阳之浦。"

〔3〕边声:见毛文锡《甘州遍》注〔2〕,第39页。这句说军中号角声和四周边声相应和。

〔4〕嶂:直立如屏障的山峰。

〔5〕长烟:长飘直上的烟气。王维《使至塞上》诗:"大漠孤烟直,长河落日圆。"

〔6〕浊酒:颜色混浊的米酒。

〔7〕燕(yān 烟)然:山名,即今蒙古人民共和国的杭爱山。《后汉书·窦宪传》记载,窦宪出击匈奴,遂登燕然山,刻石纪功而还。勒:刻。这句说,战事未了,大功未成,不能回家。

〔8〕羌管:笛子。相传羌(古代西北少数民族名)人最先制作笛子,所以古人常称笛子为"羌管"、"羌笛"。悠悠:形容笛声悠扬。

这首词是作者镇守西北边疆时所作。格调悲壮苍凉,感情深沉郁抑。它一方面表达了作者要早日平息西夏统治阶级的叛乱,巩固边疆的强烈愿望,另一方面又流露出对久驻边地、怀念家乡的将士的深切同情。宋代魏泰《东轩笔录》说:"范文正公守边日,作《渔家傲》乐歌数阕,皆以塞下秋来为首句,颇述边镇之劳苦。欧阳公(欧阳修)尝呼为穷塞主之词。"可惜这组以边塞生活为题材的词久已散失,只剩下现在这一首了。

御街行

纷纷坠叶飘香砌〔1〕,夜寂静,寒声碎〔2〕。真珠帘卷玉楼空[3],天淡银河垂地。年年今夜,月华如练[4],长是人千里。　　愁肠已断无由醉,酒未到,先成泪。残灯明灭枕头敧[5],谙尽孤眠滋味[6]。都来此事,眉间心上,无计相回避[7]。

〔1〕香砌:指花坛。

〔2〕寒声:指树叶在秋风中发出的声音。碎:微弱而时断时续。

〔3〕真珠帘:即珠帘。这句意思说,爱人不在,屋里显得空虚寂寞。

〔4〕月华:月光。练:白色的丝织品。

〔5〕明灭:忽明忽暗。枕头敧(qī欺):斜靠在枕头上。敧,倾斜。

〔6〕谙(ān安)尽:尝尽。谙,熟知。

〔7〕以上三句说,人为相思所苦,紧皱眉头,心里愁闷,看来是无法排遣的。

此词写秋夜月明时,离人苦于相思的折磨,欲醉不得,欲睡不能,怎么也摆脱不开愁绪。结尾三句,描写愁思,比较形象、生动,为李清照《一剪梅》"此情无计可消除,才下眉头,却上心头"所本。

张　先

张先(990—1078),字子野,乌程(今浙江吴兴)人。宋仁宗赵祯天圣八年(1030)进士,晏殊知永兴军(今陕西长安)时聘为通判。又曾任渝州知州、都官郎中等。晚年退居吴兴、杭州一带,和苏轼有来往。

张先经历了从晏殊、欧阳修到柳永、苏轼的时代。他早年以小令和晏、欧并称;后来写慢词,和柳永齐名。他在慢词上的成就,不如他的小令。他的词多是写花香月色,离情别绪,偏于纤巧冶艳,但有些小词含蓄工巧,较有情韵。

有《安陆词》,又题《张子野词》。

天仙子

时为嘉禾小倅,以病眠不赴府会[1]。

水调数声持酒听,午醉醒来愁未醒[2]。送春春去几时回?临晚镜,伤流景[3],往事后期空记省[4]。　　沙上并禽池上暝[5],云破月来花弄影[6]。重重帘幕密遮灯,风不定,人初静,明日落红应满径[7]。

〔1〕嘉禾小倅(cuì 翠):指秀州通判。嘉禾:秀州的别称,治所在今

浙江嘉兴。倅：副职。

〔2〕水调：曲调名，流行于唐，相传为隋炀帝杨广所制。杜牧《扬州三首》："谁家唱水调？"原注："炀帝凿汴渠成，自造《水调》。"以上两句说，一边饮酒，一边听唱，酒已醒而愁闷却仍郁结心头。

〔3〕流景：流逝的年华。

〔4〕后期：日后的约会。记省（xǐng 醒）：清楚记得。这句说，白白记得那些往事和后约，眼前只感到空虚迷惘。

〔5〕并禽：双栖的鸟，指鸳鸯之类。暝：指暮色笼罩。

〔6〕云破月来：月亮破云而出。花弄影：花在月光下摆弄它的身影。这是对花的拟人化的描写。

〔7〕落红：落花。

这首词为作者五十多岁时在秀州通判任上所作。词中通过对心理活动的逐步揭示，并用暮春迷离夜色的烘托，抒写了伤春惜别的感情。"云破月来花弄影"从动态中刻画了月夜景色，是传诵的名句，特别是句中的"弄"字写态传神，历来受到赞赏。据说，宋祁任尚书时访问张先，命人通报说："尚书欲见'云破月来花弄影'郎中。"张先答说："得非'红杏枝头春意闹'尚书耶！"见胡仔《苕溪渔隐丛话》前集卷三十七引《遯斋闲览》。作者曾自称"张三影"，就是因为这首词中的"云破月来花弄影"以及另外两首词中的"娇柔懒起，帘压卷花影"、"柳径无人，堕风絮无影"是他生平所得意的句子，在当时为人传诵。

木兰花

乙卯吴兴寒食[1]

龙头舴艋吴儿竞[2],笋柱秋千游女并[3]。芳洲拾翠暮忘归[4],秀野踏青来不定[5]。 行云去后遥山暝[6],已放笙歌池院静[7]。中庭月色正清明,无数杨花过无影[8]。

〔1〕乙卯:宋神宗熙宁八年(1075)。吴兴:郡名,宋时改称湖州,州治在今浙江吴兴县。寒食:节令名,清明前一日或二日。参见冯延巳《鹊踏枝》注〔3〕,第59页。

〔2〕龙头舴艋(zé měng 责猛):竞赛用的小龙船。舴艋是一种小船。吴儿:吴地的青少年。

〔3〕笋柱:指秋千架的形状如同笋柱一般。并:成双成对。

〔4〕拾翠:捡拾翠鸟的羽毛。也泛指女子游春。曹植《洛神赋》:"或采明珠,或拾翠羽。"杜甫《秋兴八首》之八:"佳人拾翠春相问。"

〔5〕踏青:春天到郊野去游玩。青指青草。来不定:指游春的人们来往不停。

〔6〕行云:飘动的云。

〔7〕放:停止。

〔8〕杨花:指柳絮。

这首词是作者八十多岁退居吴兴时所作。词中抓住地方和节候的特点,用寥寥几笔描绘出男女青年赛舟游春的欢娱场景和热烈气氛,并通过由热闹转为宁静的强烈对比,突出地表现了春夜的清幽之美。其中关于月空中无影的杨花的描写,是作者的匠心所在。

青门引

乍暖还轻冷[1],风雨晚来方定。庭轩寂寞近清明[2],残花中酒,又是去年病[3]。　　楼头画角风吹醒[4],入夜重门静。那堪更被明月,隔墙送过秋千影。

〔1〕乍:才、刚。

〔2〕庭轩:庭院和走廊。

〔3〕残花中(zhòng 仲)酒:因感伤花谢春残而醉饮不适。中酒:喝醉了。杜牧《睦州四韵》诗:"残春杜陵客,中酒落花前。"病:指病酒。以上两句说,因伤春而病酒,像去年一样。

〔4〕楼:指谯楼,可以登上眺望的高楼,楼下有门,也称谯门。有人说即旧日城市中的鼓楼。画角:涂有彩色的军中号角。这句形容谯楼上的军号声忽然随风传来。

这首写春暮怀人的小令表现的依然是士大夫的"闲愁闲闷"。不过,在表现技巧上,词中并不直写怀念什么人,而只写他在角声凄凉的静夜,看到月光下墙外荡过来的秋千影子,心绪为之触动,这就给读者留下了用自己的想象加以补充和玩味的馀地。从这里可以看到作者善于用"影"字和抒情达意力求含蓄的艺术特色。

晏　殊

晏殊(991—1055),字同叔,抚州临川(在今江西省)人。十四岁时以神童入试,赐同进士出身。历任右谏议大夫兼侍读学士、同中书门下平章事兼枢密使、礼部刑部尚书、观文殿大学士知永兴军等。死谥元献,世称晏元献。他的著作很丰富,有诗文集二百四十卷,编选梁陈以后诗文一百卷,都不传。清初人辑有《晏元献遗文》一卷。

据《青箱杂记》说:晏殊选诗,"凡格调猥俗而脂腻者皆不载";他曾自称:"余每吟咏富贵,不言金玉锦绣而惟说其气象",并举出自己所写的"楼台侧畔杨花过,帘幕中间燕子飞","梨花院落溶溶月,柳絮池塘淡淡风"等句,说"穷儿家有这景致也无?"这样得意地说出自己善于在诗中表现富贵人家景致,充分显露他的那种上层贵族的精神空虚。

他对诗的这些见解,可以帮助我们研究他的词。他的词就内容而言,主要是表现他的"富贵人家景致"和闲愁闲绪之类,但它不是堆砌金玉锦绣,而是"惟说其气象",所以过去有人说它"风流蕴藉"(王灼《碧鸡漫志》)。他上承《花间》,但摒除那种"猥俗"、"脂腻"。他"尤喜冯延巳歌辞"(刘攽《贡父诗话》),冯延巳的那种深婉含蓄的风格是正合他的口味的。

有《珠玉词》,一百三十余首。

浣溪沙

一曲新词酒一杯,去年天气旧亭台。夕阳西下几时回?无可奈何花落去,似曾相识燕归来,小园香径独徘徊[1]。

〔1〕香径:落花飘香的小路。以上三句,作者曾写入一首题作《示张寺丞王校勘》的七言律诗中,只将"香"字改作"幽"字。

这首词表现了作者对时光流逝的怅惘和对春意衰残的惋惜。"无可奈何花落去,似曾相识燕归来"两句,寓工巧于自然浑成,寄闲情于景物描绘,是传诵的名句。有故事说,晏殊先得"无可奈何花落去"一句,多日未能对出下句,适逢春暮,偶向江都尉王琪提及,王对以"似曾相识燕归来",受到了晏殊的赏识。

蝶恋花

槛菊愁烟兰泣露[1],罗幕轻寒[2],燕子双飞去[3]。明月不谙离恨苦,斜光到晓穿朱户[4]。　昨夜西风凋碧树[5],独上高楼,望尽天涯路。欲寄彩笺兼尺素[6],山长水阔知何处?

〔1〕槛:花池的围栏。这句说,花池里的菊花笼罩在烟雾中,似乎含愁;丛兰沾着露珠,像在哭泣。这是一种注情于景的写法。

〔2〕这句说,些许寒意已透过丝绸帘幕传入室内。

〔3〕飞去,一作"来去"。

〔4〕谙(ān安):熟悉,了解。以上两句说,月亮不了解离恨之苦,整夜把月光照进房间。意谓闺中人彻夜难眠,对月伤别。

〔5〕凋碧树:使树木绿叶枯落。

〔6〕彩笺:古人用来题诗的一种精美的纸,这里代指题咏之作。尺素:古人书写所用的尺许长的白色生绢,后来作为书信的代称。古乐府《饮马长城窟行》:"呼儿烹鲤鱼,中有尺素书。"兼,一作"无"、"凭"。

这首词写闺思,内容并不新颖,不外是临秋怀远之类。但写秋意而不凄苦,赋景物而不秾艳,有一种耐人咀嚼的情味。"昨夜西风凋碧树,独上高楼,望尽天涯路"三句写出了闺中人望眼欲穿的神态,所以王国维曾借用比喻"古今之成大事业,大学问者"必须经过的三种境界的第一种。

一说此词作者为张先。

踏莎行

小径红稀[1],芳郊绿遍,高台树色阴阴见[2]。春风不解禁杨花[3],濛濛乱扑行人面[4]。　翠叶藏莺,朱帘隔燕,炉香静逐游丝转[5]。一场愁梦酒醒时,斜阳却照深深院。

〔1〕红稀:花儿稀疏。意谓春光已晚。

〔2〕阴阴:幽暗的样子。见(xiàn现):同"现",显现。这句说楼台在树荫遮掩下隐约显现。

〔3〕杨花:柳絮。

〔4〕濛濛:雨雪迷蒙的样子。这里用以形容柳絮纷飞。

〔5〕炉香:指香炉内燃烧香料所生的烟气。游丝:飘荡在空中的虫丝。这句形容炉烟徐徐缭绕升腾。

这首词,《花庵词选》题作"春思"。

花径、绿野、高树成荫、杨花扑面,作者把晚春景色描绘成这样一幅生趣盎然的画图,富有生活实感。下片转到写作者自己的住处,最后两句则表现了他的愁绪,点明春愁的主题。

菩萨蛮

高梧叶下秋光晚,珍丛化出黄金盏[1]。还似去年时,旁阑三两枝[2]。　　人情须耐久,花面长依旧[3]。莫学蜜蜂儿,等闲悠飏飞[4]。

〔1〕珍丛:形容碧绿的叶丛。珍,玉。化:生。黄金盏:形容一种色黄、花形如杯的菊花。

〔2〕旁(bàng磅)阑:靠近栏杆。

〔3〕以上两句说,菊花开出来还是以前的样子,年年不变,赏花人的情意也应该经久如一。

〔4〕等闲:轻易,随便。悠飏:时高时低,飘忽不定。

这首词用菊花的盛开和年年如旧来比喻爱情的经久不变,劝告人们对待爱情要忠实和专一,而不要像蜜蜂那样轻浮和三心两意。词中以黄菊起兴,用花和蜜蜂作比,旨意明快,饶有民歌风味。

破阵子

燕子来时新社[1],梨花落后清明[2]。池上碧苔三四点[3],叶底黄鹂一两声[4],日长飞絮轻[5]。　巧笑东邻女伴[6],采桑径里逢迎[7]。疑怪昨宵春梦好,元是今朝斗草赢[8],笑从双脸生。

[1] 新社:社日刚到。社是古时春秋两次祭祀土神的日子。这里指春社,在立春后、清明前。
[2] 这句说,已是梨花开败而接近清明的时节。
[3] 苔:飘浮的水苔。
[4] 黄鹂(lí离):黄莺。
[5] 日长:白昼转长。
[6] 巧笑:美好的笑。《诗经·卫风·硕人》:"巧笑倩兮。"
[7] 逢迎:相遇。
[8] 元:同"原"。斗草:也叫斗百草,是用草竞高低的一种游戏。双方或以所采之草的种类多寡和韧性相较量;或以花草的名称相应对,如狗耳草对鸡冠花等。以上两句写少女的心理活动:怪不得昨晚做了好梦,原来它就是今天斗草获胜的好兆头。

这首词,《花庵词选》题作"春景"。它在绮丽的暮春农村景色背景下,生动地展示了采桑少女嬉戏的情景。桑林田野之间,一群天真的少女在采桑劳动之暇,兴高采烈地斗草嬉戏,并为自己的获胜而喜形于色。作者着墨不多而人物的神态、心理和声音笑貌历历在目。这样笔调清新而富有生活气息的作品，在晏殊的词中是难得的。

宋 祁

宋祁(998—1061),字子京,安陆(在今湖北省)人。宋仁宗天圣二年(1024)进士,曾官工部尚书、翰林学士承旨,是《新唐书》编撰人之一。

他的词只存六首,但有一些佳句流传很广。

玉楼春

东城渐觉风光好,縠皱波纹迎客棹[1]。绿杨烟外晓寒轻,红杏枝头春意闹[2]。 浮生长恨欢娱少[3],肯爱千金轻一笑[4]。为君持酒劝斜阳,且向花间留晚照[5]。

〔1〕縠(hú 胡)皱:有绉褶的纱。这里用以形容起伏均匀的波纹。棹:船桨,这里指船。

〔2〕闹:喧闹。

〔3〕浮生:对人生的一种消极称谓,意思是世事无定,人生短促。长:常。

〔4〕肯:怎肯。

〔5〕这句说,且挽留夕阳的馀光在花丛中多待一会儿。李商隐《写意》诗:"日向花间留晚照。"

"红杏枝头春意闹",是久被传诵的名句。作者因为写了这首词,被当时人称为"红杏枝头春意闹尚书"。过去有人认为,"闹字极粗极俗,且听不入耳,非但不可加于此句,并不当见之诗词"(见清李渔《窥词管见》)。但也有人认为,"著一'闹'字,而境界全出"(王国维《人间词话》)。反对诗词中使用民间的口语是不对的,把它贬为"极粗极俗",是封建文人的阶级偏见。人民使用的通俗语言,往往具有极生动的表现力,"红杏枝头"句,正得力于这个"闹"字。有了这个字,就容易使读者联想到红杏花盛开的枝头,蜂围蝶舞,生意盎然的春天景象。

这首词的下片,纯为感叹春光易逝,人生难得欢娱,流露出作者及时行乐的消极思想。

欧阳修

欧阳修(1007—1072),字永叔,号醉翁,晚年又号六一居士,庐陵(今江西吉安)人。

他幼年丧父家贫,发愤苦学,二十四岁时中进士。曾任谏官,又历任翰林学士、枢密副使、参知政事等。史称他"论事切直,人视之如仇",他也因此屡遭贬谪。晚年反对青苗法,和王安石不合,自求去职。他是北宋古文运动的著名倡导者;在诗歌创作中反对浮艳的风尚。曾撰写《新五代史》,并与宋祁合修《新唐书》。

苏轼说欧阳修"论大道似韩愈,论事似陆贽,记事似司马迁,诗赋似李白"。然而他的词却另是一副笔墨。他的词主要写恋情游宴、伤春怨别的题材,表现出深婉而清丽的风格。和晏殊较相近,他们都是承袭了五代的词风,冯延巳对他们的影响更大。

欧阳修的词和晏殊也有不同之处,如他的《采桑子》十三首,写颖州西湖风光;《渔家傲》两组各十二首,都是从正月写到十二月,写出时序节令,民情风俗。他写过"文章太守,挥毫万字,一饮千钟"一类词句,这就是清人冯煦所说的"疏隽开子瞻"。

他的词有不同版本。《醉翁琴趣外编》中有许多词猥亵庸俗,宋陈振孙《直斋书录解题》说"当是仇人无名子所为"。《近体乐府》和《六一词》比较可靠。

诉 衷 情

清晨帘幕卷轻霜,呵手试梅妆[1]。都缘自有离恨,故画作远山长[2]。　　思往事,惜流芳[3],易成伤[4]。拟歌先咽[5],欲笑还颦[6],最断人肠。

〔1〕呵(hē 喝)手:用呵气暖手。梅妆:梅花妆,古代妇女的一种脸部化妆样式,起于南朝宋武帝刘裕之女寿阳公主。相传她卧于含章殿檐下,有梅花落在她的额上,宫女争相仿效,名梅花妆。见宋程大昌《演繁露》卷三"含章梅妆"条。

〔2〕故:有意地。远山:远方的山峰。古人常借远山表现离情,如作者的《踏莎行》词"平芜尽处是春山,行人更在春山外";还常用远山来形容女子的眉毛,如《西京杂记》:"文君姣好,眉色如望远山。"以上两句说,因为自己有离恨,便故意把眉毛画成长长的远山形,以表示自己离恨之深。

〔3〕流芳:如流水般逝去的青春。

〔4〕成伤:引起悲伤。

〔5〕咽(yè 夜):因悲伤而发音梗塞。咽,一作"敛"。

〔6〕颦(pín 贫):皱眉。

这首词细腻地表现了封建社会中满腹辛酸的歌女不得不强颜欢笑的悲惨处境。

踏莎行

候馆梅残[1],溪桥柳细,草薰风暖摇征辔[2]。离愁渐远渐无穷,迢迢不断如春水[3]。　　寸寸柔肠[4],盈盈粉泪[5],楼高莫近危栏倚[6]。平芜尽处是春山[7],行人更在春山外。

〔1〕候馆:迎候宾客的馆舍,这里指旅舍。《周礼·地官·遗人》:"五十里有市,市有候馆。"

〔2〕薰:香草,这里引申为香气。征:远行。辔(pèi 佩):驾驭马的嚼子和缰绳。这句说在风暖草香中骑马远行。江淹《别赋》:"闺中风暖,陌上草薰。"

〔3〕迢迢(tiáo 条):形容遥远。这里有绵长的意思。

〔4〕寸寸柔肠:意思是伤心之极,有如肝肠寸断。

〔5〕盈盈:形容泪水充溢。粉泪:指女子的眼泪。

〔6〕危栏:高楼上的栏杆。

〔7〕平芜:平旷的草地。

这首词写离情。上片从远行人着笔,写他在途中面对一派恼人的春色,愈走愈抑制不住强烈的愁思;下片写闺中人登高望远,遥念离人,哀怨满怀。词中以春水比愁,用春山况远,都贴切人物的具体心境,有较好的艺术效果。

生查子

去年元夜时[1],花市灯如昼。月上柳梢头,人约黄昏后。
今年元夜时,月与灯依旧。不见去年人,泪满春衫袖。

[1] 元夜:上元节的夜晚,即阴历正月十五日夜,也叫元宵。从唐代起,在元夜有观灯的风俗。

词中主人公回忆了一年前与情人的约会,为境是人非、旧情难续而悲伤。构思巧妙,语言通俗,表达明快,有民歌风味。

这首词又见于朱淑真《断肠词》,然南宋初人曾慥所编《乐府雅词》作欧阳修词,当较为可信。

玉楼春

别后不知君远近,触目凄凉多少闷。渐行渐远渐无书,水阔鱼沉何处问[1]。　　夜深风竹敲秋韵[2],万叶千声皆是恨。故攲单枕梦中寻[3],梦又不成灯又烬[4]。

[1] 水阔鱼沉:古代有鲤鱼传书的传说,水阔鱼沉意谓没有音信。
[2] 风竹敲秋韵:风吹动竹时发出萧飒的秋声。
[3] 故攲单枕:有意地斜靠枕头,意谓急于入睡成梦。
[4] 灯又烬:灯芯烧成灰烬,油灯熄灭。

这首写闺情的词,在艺术上着重渲染了闺中人秋夜悬想的苦况,对思念者的心情和处境有较细致的刻画。

蝶恋花

庭院深深深几许?杨柳堆烟,帘幕无重数[1]。玉勒雕鞍游冶处,楼高不见章台路[2]。　　雨横风狂三月暮[3],门掩黄昏,无计留春住。泪眼问花花不语,乱红飞过秋千去[4]。

〔1〕深深:极言其深。深几许:这里是到底有多深的意思。杨柳堆烟:烟雾笼罩着杨柳。帘幕无重数:帘幕重重数不清。以上三句写一个女子居住在深宅大院内的感慨。

〔2〕玉勒雕鞍:代指华丽的车马。勒,马笼头。游冶处:指歌楼妓馆。章台:原是汉代长安章台下街名,后人用作游冶之地的代称。以上两句写她在高楼上,也望不到丈夫在外面寻欢作乐的地方。

〔3〕横(hèng):凶暴。

〔4〕乱红:指落花片片。

这首词抒写了封建社会上层妇女的苦闷,艺术技巧较高。庭院深深,帘幕重重,雨横风狂,青春易逝,女主人公如同是被囚禁其中。特别是"泪眼问花花不语,乱红飞过秋千去"两句,充分表现了她不能掌握自己命运的悲哀。

一说此词为冯延巳作。

采桑子

群芳过后西湖好[1]:狼籍残红[2],飞絮濛濛[3],垂柳阑干尽日风。　笙歌散尽游人去,始觉春空[4]。垂下帘栊[5],双燕归来细雨中。

〔1〕群芳过后:百花凋谢的时节。西湖:指颍州(治所在今安徽阜阳)西湖,在州城西北。

〔2〕狼籍(jí吉):同狼藉,散乱的样子。残红:落花。

〔3〕飞絮濛濛:纷飞的柳絮迷迷蒙蒙。

〔4〕春空:春意消失。

〔5〕帘栊:窗帘。栊,窗。

作者晚年退居颍州时(1071—1072),写了十首《采桑子》歌咏颍州的西湖,这是其中的第四首。作者一反时人的情调,没有写伤春,而是赞扬了残春的景色之美。

柳　永

柳永,字耆卿,生卒年不详。初名三变,字景庄,崇安(在今福建省)人。仁宗赵祯景祐元年(1034)进士。他写过《鹤冲天》词,发泄了怀才不遇的牢骚,其中有"忍把浮名,换了浅斟低唱"句,传说赵祯看了很不满,说"此人风前月下,好去浅斟低唱,何要浮名?且填词去"。他就由此自称"奉旨填词"(《能改斋漫录》)。他一生不得志,只做过馀杭县令、盐场大使、屯田员外郎一类的官;死后也很凄凉,由别人出钱埋葬。他做盐场大使时,写过一首七言古风《煮海歌》,反映了盐民的悲惨生活。

柳永的生平遭遇和温庭筠有相似之处。他在词史上是第一个大量写作慢词的人,和温庭筠第一个大量写小令一样,都有开创之功。他制作慢词,是用变旧声为新曲或依新声填新词的方法。他经常出入歌楼舞榭,常与乐工合作。据叶梦得《避暑录话》:"教坊乐工,每得新腔,必求柳永为词,始行于世。"柳永在词的创作中,在艺术形式上吸收了民间作品的养料,因此他的作品和晏殊、欧阳修等人比起来很不一样,它不再是那样脱离不了五代词的腔调,而是具有自己的特色。他的词很适合一部分市民的胃口,流传很广,据说"凡有井水处,即能歌柳词"(《避暑录话》)。

柳永的词以写羁旅行役和男女之情为主。某些歌咏都市风光、湖山胜景的词也写得较出色。其艺术特点是:音律谐婉,词意妥帖;写景抒情,都能委曲尽致。柳永擅长白描手法,善于层层铺叙,喜用通俗的语言，一些词句明白如话。

柳词中关于爱情的描写，较大胆率直，但有的词情调很不健康。有《乐章集》，存词近二百首。

雨霖铃

寒蝉凄切[1]，对长亭晚[2]，骤雨初歇。都门帐饮无绪[3]，留恋处[4]，兰舟催发[5]。执手相看泪眼，竟无语凝噎[6]。念去去千里烟波[7]，暮霭沉沉楚天阔[8]。　　多情自古伤离别，更那堪冷落清秋节！今宵酒醒何处？杨柳岸晓风残月。此去经年[9]，应是良辰好景虚设。便纵有千种风情[10]，更与何人说[11]。

〔1〕寒蝉：蝉的一种。又名寒蜩、寒螀。《礼记·月令》："孟秋之月，寒蝉鸣。"

〔2〕长亭：见李白《菩萨蛮》注〔4〕，第6页。

〔3〕都门：指京城，这里指汴京（今河南开封市）。帐饮：在郊外张设帷帐，摆宴送别。江淹《别赋》："帐饮东都，送客金谷。"无绪：没有欢乐的情绪。

〔4〕留恋处，一作"方留恋处"。

〔5〕兰舟：画船的美称。见欧阳炯《南乡子》（洞口谁家）注〔1〕，第44页。催发：催着要开船。

〔6〕凝噎：气结声阻，意谓因悲伤而说不出话来。噎，一作"咽"。

〔7〕去去：不断远去。烟波：烟雾弥漫的水面。

〔8〕暮霭(ǎi 矮):黄昏时的云气。楚天:战国时楚国占有南方的大片土地,所以古人泛称我国南方的天空为楚天。

〔9〕经年:经过一年或一年以上。即年复一年的意思。

〔10〕风情:这里指爱情。

〔11〕更,一作"待"。

这首词上片写冷落清秋时节,一对恋人在郊外离别时难分难舍的情景。下片写离去的人对旅途和别后孤寂生活的种种设想。作者通过对离人内心活动的描写,把他"凝噎"在喉头的话巧妙地表达了出来。"杨柳岸晓风残月"句,写水边清晨景色,以凄清寂静的气氛,点染主人公的孤零之感,是广为传诵的名句。

词的情调婉约哀怨,很能代表柳词风格,宋人说它最适合给十七八岁女子,拍着红牙板演唱(见宋俞文豹《吹剑续录》)。

凤栖梧

伫倚危楼风细细〔1〕,望极春愁,黯黯生天际〔2〕。草色烟光残照里,无言谁会凭阑意。　　拟把疏狂图一醉〔3〕,对酒当歌〔4〕,强乐还无味〔5〕。衣带渐宽终不悔〔6〕,为伊消得人憔悴〔7〕。

〔1〕伫:久立。危楼:高楼。

〔2〕黯黯(àn 暗):形容心情沮丧。以上两句说,远望天边,伤春惜别的愁绪,凄然地涌上心头。

〔3〕疏狂:散漫不检点。这句说,打算纵心所欲地喝个烂醉。

〔4〕对酒当歌:喝酒听歌。当也是对的意思。曹操《短歌行》:"对酒当歌,人生几何。"

〔5〕强(qiǎng抢)乐:勉强作乐。

〔6〕衣带渐宽:表示人逐渐消瘦,衣带也随着宽松。古诗《行行重行行》:"相去日已远,衣带日以缓。"

〔7〕伊:她。消得:值得。

这首词写倚楼怀念远人,饮酒唱歌都解不了愁,以致一天天消瘦下去。内容虽平常,但在描写技巧上却有新颖之处。"草色烟光残照里,无言谁会凭阑意",这种意境很耐人寻味。结尾两句写对爱情的专一诚挚,情见乎词。王国维《人间词话》曾借用这两句,说凡成就大事业大学问的人,必须有这种执着坚毅的精神。这说明作者具有较高的概括能力,能把某种精神状态形象地表达出来。

双声子

晚天萧索〔1〕,断蓬踪迹〔2〕,乘兴兰棹东游〔3〕。三吴风景〔4〕,姑苏台榭〔5〕,牢落暮霭初收〔6〕。夫差旧国,香径没〔7〕,徒有荒丘。繁华处,悄无睹,惟闻麋鹿呦呦〔8〕。想当年,空运筹决战,图王取霸无休〔9〕。江山如画,云涛烟浪,翻输范蠡扁舟〔10〕。验前经旧史〔11〕,嗟漫载当日风流〔12〕。斜阳暮草茫茫,尽成万古遗愁。

〔1〕萧索:萧条冷落。

〔2〕断蓬:参见徐昌图《临江仙》注〔2〕,第73页。这句说,作者行

踪不定,像是随风飘荡的蓬草。

〔3〕兰棹:画船的美称。见欧阳炯《南乡子》(洞口谁家)注〔1〕,第44页。

〔4〕三吴:古时称吴兴(在今浙江省)、吴郡(今江苏省苏州市)、会稽(今浙江省绍兴市)为三吴,见《水经注·渐江水》。

〔5〕姑苏台榭:指姑苏台。春秋时,吴王夫差和西施曾在这里游宴作乐,参见欧阳炯《江城子》注〔4〕,第45页。

〔6〕牢落:稀疏。

〔7〕夫差:春秋末年吴国的国君。他曾打败越王勾践,迫使越国屈服,后因与晋争霸,被勾践乘虚攻灭吴国,自杀而死。故国:故都。香径:又称采香径,在灵岩山上,是当年吴国宫女采集花草所走的小路。白居易《题灵岩寺》诗:"娃宫麋廊寻已倾,砚池香径又欲平。"自注云:"寺即吴馆娃宫,鸣麋廊、砚池、采香径遗迹在焉。"又陈羽《吴城览古》诗:"吴王旧国水烟空,香径无人兰叶红。"以上两句说,吴宫的采香径已被野草所埋没。

〔8〕麋鹿:麋和鹿都属野生动物,麋的形体似鹿,较鹿大。呦呦:鹿鸣的声音。《诗经·小雅·鹿鸣》:"鹿鸣呦呦。"吴国大夫伍员曾力劝夫差拒绝越国求和,并停止伐齐,夫差不听。伍员认为夫差这样一意孤行,吴国必亡,吴王宫殿不久也将变成废墟,说:"臣今见麋鹿游姑苏之台也。"见《史记·淮南衡山列传》。以上三句暗示,作者眼前所见,正应了伍员昔日的预言。

〔9〕运筹决战:策划军事行动,进行决战。刘邦曾说,"夫运筹于帷幄之中,决胜于千里之外,吾不如子房(张良)。"见《史记·高祖本纪》。图王取霸:图谋建立王霸事业。以上三句说,当年互相争王争霸,战事无休无止,结果都落得一场空。

〔10〕云涛烟浪:云雾弥漫的水面。白居易《海漫漫》诗:"云涛烟浪

最深处,人传中有三神山。"翻输:反不如。范蠡:春秋末年政治家,曾协助越王勾践复国灭吴。功成后,以为名位过高,恐为勾践所不容,"乃乘扁舟,浮于江湖"。见《史记·货殖列传》。扁舟:小船。以上三句,称赞范蠡能功成身退,在美丽的山水环境中,过隐居的生活。

〔11〕验:检验。前经旧史:前人的重要著作和历史记载。

〔12〕嗟:感叹。漫载:徒然记载。风流:指杰出的人物和事件。

在宋词中,这是较早的一首登临怀古的作品。它写作者游览吴国故都时,见夫差宫殿旧址一片荒芜而引起的感慨。作者没有从吴、越兴亡原因中引出什么教训,而是认为古人那些关于吴越争霸的历史记载,以及眼前的吴国故都遗址残迹,都不过徒然地牵惹了后人的愁绪。

望海潮

东南形胜[1],三吴都会[2],钱塘自古繁华[3]。烟柳画桥,风帘翠幕[4],参差十万人家[5]。云树绕堤沙,怒涛卷霜雪[6],天堑无涯[7]。市列珠玑[8],户盈罗绮[9],竞豪奢。　重湖叠𪩘清嘉[10],有三秋桂子[11],十里荷花。羌管弄晴[12],菱歌泛夜[13],嬉嬉钓叟莲娃[14]。千骑拥高牙[15],乘醉听箫鼓,吟赏烟霞[16]。异日图将好景,归去凤池夸[17]。

〔1〕形胜:地理形势优越的地方。《荀子·强国》:"其固塞险,形势便,山林川谷美,天材之利多,是形胜也。"

〔2〕三吴:见柳永《双声子》注〔4〕,第109页。三,一作"江"。都会:人口集中的城市。

〔3〕钱塘:即今杭州市,旧属吴郡。
〔4〕风帘:挡风的帘子。翠幕:翠绿色的帷幕。
〔5〕参差(cēn cī):形容楼阁高低不齐。
〔6〕霜雪:形容浪涛白如霜雪。
〔7〕天堑(qiàn欠):天然的险阻。古称长江为天堑,这里借指钱塘江。
〔8〕市列珠玑:市场上陈列着种种珍贵的物品。
〔9〕户盈罗绮(qǐ起):家家户户充满了绫罗绸缎。这句形容人们穿着的讲究。
〔10〕重(chóng虫)湖:西湖以白堤为界,分外湖、里湖,所以称为重湖。叠𪩘(yǎn衍):重叠的山峦。清嘉:清秀佳丽。嘉,一作"佳"。
〔11〕三秋:指阴历九月。桂子:桂花。
〔12〕羌管:见范仲淹《渔家傲》注〔8〕,第85页。这句写晴空下吹奏笛子。
〔13〕泛:漂浮。这句写夜晚采菱船上歌声飞扬。
〔14〕嬉嬉:形容很快活的样子。莲娃:采莲姑娘。
〔15〕千骑(jì寄):一般用来形容州郡长官出行时随从众多。骑是一人一马的合称。牙:牙旗。原指将帅大旗或军前大旗。此处指大官出行时的仪仗旗帜。
〔16〕烟霞:指水光山色。
〔17〕异日:他日,日后。图将:画出来。将是语助词。凤池:凤凰池,对中书省的美称,这里代指朝廷。以上两句说,日后把这些好景画下来,回到朝廷时,好向同僚夸耀。

宋代罗大经《鹤林玉露》卷一记载,"孙何帅钱塘,柳耆卿作《望海潮》词赠之。"可知此词原是为孙何出任钱塘而作。词中概括地描绘了杭州一带的秀丽景色,也反映了繁华富庶景象。劳动人民所创造的物

111

质财富,都成为封建统治阶级"竞豪奢"的享乐之资。对上层统治集团的这种生活,做者是用羡慕的态度来描写的。离杭州不远有一个县叫定海,作者在《煮海歌》一诗里,曾对那里"虽作人形俱菜色"的盐民的痛苦生活,做了较深刻的描写。两首作品,写的是贫富苦乐都极为悬殊的两个世界。

八声甘州

对潇潇暮雨洒江天,一番洗清秋[1]。渐霜风凄紧[2],关河冷落[3],残照当楼[4]。是处红衰翠减[5],苒苒物华休[6],惟有长江水,无语东流。　　不忍登高临远,望故乡渺邈[7],归思难收[8]。叹年来踪迹,何事苦淹留[9]?想佳人妆楼长望[10],误几回天际识归舟[11]。争知我倚阑干处[12],正恁凝愁[13]。

〔1〕潇潇:形容雨声。洗:洗出。作者《木兰花·海棠》词:"霏微雨罢残阳院,洗出都城新锦缎。"以上两句说,一阵暮雨,洗出了清秋景色。

〔2〕凄紧:寒气逼人。凄紧,一作"凄惨"。

〔3〕关河:山河。关,山关,关塞。

〔4〕残照:落日的馀光。

〔5〕是处:处处。红衰翠减:红花枯萎,绿叶凋零。李商隐《赠荷花》诗:"翠减红衰愁杀人。"

〔6〕苒(rǎn 染)苒:同"冉冉",渐渐。物华:美好的景物。

〔7〕渺邈(miǎo 秒):遥远。

〔8〕难收,一作"悠悠"。

〔9〕何事:为什么。淹留:久留。

〔10〕长望:凝神久望。长,一作"颙(yóng佣)"。颙望,抬头凝望。

〔11〕这句说,每次都想从远处驶来的船只中辨认出爱人的归舟,结果错认了好几次。谢朓《之宣城郡出新林浦向板桥》诗:"天际识归舟"。这里反用其意。

〔12〕争:怎么。

〔13〕恁(rèn任):这样。凝愁:忧愁凝结不解。

这首词写一个离人的烦恼。在秋日黄昏的萧条景色中,他倚着栏杆,思念着家中的妻子,但又欲归不得。"渐霜风凄紧,关河冷落,残照当楼"这几句,气象开阔,笔力苍劲,是写登临的名句。苏轼说:"此语于诗句不减唐人高处"(见宋赵令畤《侯鲭录》卷七)。

王安石

  王安石(1021—1086),字介甫,号半山,抚州临川(今江西临川)人。仁宗庆历二年(1042)进士。嘉祐三年(1058)上万言书,提出变法的主张。神宗熙宁二年(1069)任参知政事,次年为宰相,实行变法。由于地主阶级内部的保守派纷起反对,便展开了激烈的斗争。熙宁九年(1076)王安石被迫辞职。后退居江宁(今江苏南京市),封荆国公,世称王荆公。列宁曾称他为"中国十一世纪时的改革家"。

  王安石在文学创作上有着多方面的成就。在散文方面,他是著名的"唐宋八大家"之一。在诗歌方面,他的许多作品突出地反映了重大的社会问题,表达了他的某些卓越的政治见解,长于说理,精于修辞,风格遒劲峭拔。他的词虽不多,但意境比较开阔,感慨比较深沉,音调比较高昂,打破了五代以来的绮靡旧习,具有独特的风格。

  词存二十馀首,有辑本《临川先生歌曲》。

桂枝香

金陵怀古[1]

登临送目[2],正故国晚秋[3],天气初肃[4]。千里澄江似练[5],翠峰如簇[6]。征帆去棹残阳里[7],背西风酒旗斜矗[8]。彩舟云淡[9],星河鹭起[10],画图难足[11]。念往昔豪华竞逐[12],叹门外楼头,悲恨相续[13]。千古凭高对此[14],谩嗟荣辱[15]。六朝旧事随流水,但寒烟衰草凝绿[16]。至今商女,时时犹唱,后庭遗曲[17]。

〔1〕金陵:古地名,宋时为江宁,即今江苏南京市。金陵曾为东吴、东晋、宋、齐、梁、陈六朝的都城。

〔2〕送目:远望。

〔3〕故国:旧都城,这里指金陵。

〔4〕肃:肃爽,形容深秋的天高气爽。

〔5〕澄江似练:长江水色澄澈,远远望去,像一匹伸展开的白绢。谢朓《晚登三山还望京邑》诗:"馀霞散成绮,澄江静如练。"

〔6〕簇(cù促):箭头。这句形容远山林立。

〔7〕征帆去棹:指来来往往的船只。征帆,一作"归帆"。残阳,一作"斜阳"。

〔8〕酒旗:酒店门前所挂的标识,又叫酒帘。宋代酒店往往揭大帘于外,以青白布数幅为之,见洪迈《容斋随笔》。矗(chù触):竖立。

〔9〕彩舟:船的美称。这句说,远处水天相接,船只仿佛是从云中驶过,船身蒙着一层淡薄的云雾。

〔10〕星河:银河。这里比喻远望中的长江。鹭:一种水鸟。当时江中有白鹭洲(在今南京市水西门外),洲上白鹭群生。这句说,远远望去,水洲上的白鹭纷纷起舞,仿佛是在银河上飞翔。

〔11〕难足:难以完全表达出来。

〔12〕豪华:指六朝统治阶级的奢侈淫糜的生活。逐:追逐。念往昔,一作"念自昔"、"叹往昔"。豪华,一作"繁华"。

〔13〕门外楼头:指陈为隋灭。语出杜牧《台城曲》诗:"门外韩擒

虎,楼头张丽华。"诗中的意思说,陈后主陈叔宝方苟安江左,日夜寻欢作乐,不料隋兵已迫临城外。门,指朱雀门,隋将韩擒虎率兵经此门攻入金陵。楼,指结绮阁,陈叔宝宠妃张丽华的居处。相传陈叔宝和张丽华正在阁上赋诗作乐,韩擒虎拥兵破门而入,见唐颜师古《大业拾遗记》。以上两句,慨叹六朝统治阶级因奢侈淫佚、腐化堕落而相继亡国。

〔14〕这句说,站在高处,面对着如此壮丽的河山,缅怀着遥远的古代。

〔15〕谩:通漫。徒然。嗟(jiē接):叹息。荣辱:指兴盛和败亡。

〔16〕以上两句说,历史上的兴亡旧事已随流水一起消逝,只剩下了眼前的一些衰飒的自然景色。随,一作"如"。衰草,一作"芳草"。

〔17〕商女:指卖唱的歌女。后庭遗曲:指陈叔宝所作的《玉树后庭花》。祯明(587—589)初,陈叔宝作新歌,歌词哀怨靡丽,其中说:"玉树后庭花,花开不复久。"当时有人认为这是陈亡的预兆。见《隋书·五行志》。后人视此曲为亡国之音。杜牧《泊秦淮》诗:"商女不知亡国恨,隔江犹唱后庭花。"以上三句表现了作者对北宋统治阶级苟且偷安的荒淫生活和当时腐朽的社会风气的愤慨。唱,一作"歌"。

这首词可能作于治平四年(1067)作者出知江宁府时。

词中描绘了金陵的壮丽景色,表现了作者热爱祖国河山的感情;同时,通过批判六朝封建统治阶级的奢侈生活,抒发了作者对现实政治的愤慨。

这首词是王安石的代表作。在以怀古为题材的作品中,它也是非常突出的。用字的精炼,用典的妥帖,怀古和讽今的结合,写景和抒情的衬托、对照,这些都反映了王安石在词的创作上的成就和特点。

《历代诗馀》卷一百十四引《古今词话》说:"金陵怀古,诸公寄调《桂枝香》者,三十馀家,惟王介甫为绝唱。"

晏几道

晏几道(1030？—1106？)，字叔原，号小山。晏殊之子。曾监颍昌许田镇。黄庭坚给他的《小山词》作序，说他有"四痴"：一是不依傍权贵；二是文章"不肯一作新进士语"；三是不会理家，"费资千百万，家人寒饥"；四是"人百负之而不恨，己信人，终不疑其欺己"。这是给他的画相，看来他是一个不肯趋时附势、带有一点书呆子气的没落贵族子弟。他的写词，据他在《小山词》的自跋里说：沈廉叔、陈君宠家有莲、鸿、蘋、云几个歌妓，他每写一词，就交给她们唱，他们三人"持酒听之，为一笑乐"。他的词也就通过"两家歌儿酒使，俱流转于人间"。

晏几道的词追步《花间》；和《珠玉词》相近，但更为曲折轻婉，带着一种晏殊词里所没有的感伤情调。它的题材仍不出爱情、离别之类。他生活在北宋后期，和他同时的名家比，词风显得偏于守旧，不能创新。

存词二百六十首。

临江仙

梦后楼台高锁，酒醒帘幕低垂[1]。去年春恨却来时[2]，落花人独立，微雨燕双飞[3]。　　记得小蘋初见，两重心字罗衣,琵琶弦上说相思[4]。当时明月在,曾照彩云归[5]。

〔1〕以上两句,写梦觉酒醒后只见楼锁帘垂,透露出作者心情的寂寞。

〔2〕春恨:这里指春日伤别的愁思。却来:再次涌上心头。

〔3〕以上两句追忆去春伤别的情景:独立花前,看燕双飞。五代翁宏《春残》诗:"又是春残也,如何出翠帏?落花人独立,微雨燕双飞。"这里采用翁宏的诗句,但已融化为词中的有机部分,整首词显得比翁宏的作品更好。

〔4〕小蘋:当时的一个歌女的名字。作者在《小山词》的自跋中曾提到,沈、陈二友人家中有莲、鸿、蘋、云等歌女,三人常作词由她们在席间歌唱。小蘋,一作"小𬞟"。两重心字罗衣:似指罗衣上有以重叠的心字纹组成的图案。欧阳修《好女儿令》词:"一身绣出,两同心字,浅浅金黄。"以上三句回忆当年初见小蘋时留下的印象。

〔5〕彩云:比喻小蘋。李白《宫中行乐词》:"只愁歌舞散,化作彩云飞。"彩云,一作"彩鸾"。以上两句说,当初曾经照着小蘋归去的明月仍在眼前,而小蘋却已不见。

这首词写怀念歌女小蘋的怅惘之情。在艺术上值得注意的是通篇用形象说话,较为蕴藉含蓄。词中"梦后"两句为一层,"去年"三句为一层,"记得"三句为一层,"当时"两句又为一层,分别组成四幅画面,逐次表达了作者的思绪起伏,虽然没有"言情",而情也就在其中了。结尾更是词尽而意不尽,耐人寻味。

鹧鸪天

彩袖殷勤捧玉钟,当年拚却醉颜红[1]。舞低杨柳楼心月,歌尽桃花扇底风[2]。　从别后,忆相逢,几回魂梦与君同[3]。今宵剩把银釭照,犹恐相逢是梦中[4]。

〔1〕彩袖:代指女子。捧玉钟:指劝酒。玉钟,酒杯的美称。拚(pàn 盼)却:不顾惜,甘愿。却,语助词。以上两句回忆当年同女伴欢饮,不惜一醉。
〔2〕桃花扇:绘有桃花的歌扇,歌女的道具,歌唱时掩口轻挥。张先《师师令》:"不须回扇障清歌,唇一点,小于朱蕊。"楼心,一作"楼头"。扇底,一作"扇影"。以上两句描绘当年同女伴彻夜歌舞狂欢的情景。上句用月亮由当空而西沉表明歌舞时间之久;下句夸张地说,由于不停地歌舞,扇子下已无凉风,好似风已被扇尽。
〔3〕同:欢聚在一起。
〔4〕剩把:尽把。釭(gāng 缸):灯。以上两句化用杜甫《羌村三首》"夜阑更秉烛,相对如梦寐"句意。

这首词写作者同他思念已久的歌女的重逢。词中将追忆、思念和重逢依次写来,层次分明而有转折。下片描写几次梦中相逢,待到真正相逢时却又疑为梦境,对比巧妙,写情真切。

菩萨蛮

哀筝一弄湘江曲[1],声声写尽湘波绿[2]。纤指十三弦[3],细将幽恨传。　当筵秋水慢[4],玉柱斜飞雁[5]。弹到断肠时,春山眉黛低[6]。

〔1〕弄:弹奏。湘江曲:古代传说,舜之二妃投湘江而死成为湘江女神。湘江曲即指以这一悲剧故事为题材的乐曲。

〔2〕湘波绿:比喻乐曲所包含的音乐形象。

〔3〕十三弦:唐宋时教坊所用之筝均为十三弦。这句说筝女拨弦。

〔4〕秋水:比喻清澈的眼波。秋水慢:这里形容凝神。白居易《筝》诗:"双眸剪秋水";刘禹锡《伤秦姝行》诗描写弹筝秦女"敛娥收袂凝清神"。这句说,筝女在筵席间聚精会神地演奏,进入乐曲的境界,呈现出凝神的表情。

〔5〕玉柱:支弦枕木的美称。斜飞雁:比喻排列的弦柱。刘禹锡《伤秦姝行》:"玫瑰宝柱秋雁行。"

〔6〕这句形容筝女敛眉垂目,表情悲伤。

这首词写筝女当筵弹奏,声情交融,形神毕现,写得生动入微,使人有侧身闻奏之感。

王　观

　　王观,字通叟,如皋(在今江苏省)人。生卒年不详。仁宗赵祯嘉祐二年(1057)进士,曾任大理寺丞、江都知县等。据吴曾《能改斋漫录》说,他作翰林学士,曾奉皇帝的诏令写过一首《清平乐》,其中描写了宫廷生活,高太后认为亵渎了神宗赵顼,因而罢职。他的词风接近柳永,词集名《冠柳集》,已佚。今存十六首。

卜算子

送鲍浩然之浙东[1]

　　水是眼波横,山是眉峰聚[2]。欲问行人去那边,眉眼盈盈处[3]。　　才始送春归,又送君归去。若到江南赶上春[4],千万和春住。

　　[1] 词题,一作《别意》。鲍浩然:作者的友人,生平不详。之:往。浙东:浙江东南部,宋代置浙江东路,简称浙东。
　　[2] 以上两句以女子的眉眼来比拟秀丽的山水。古人常用水波比喻眼睛的明亮澄澈,山峰比喻眉毛的攒聚匀净,这里是反过来说。
　　[3] 眉眼盈盈处:这里代指江南山水秀丽之地。盈盈是美好的

样子。

〔4〕江南,一作"江东"。

这首词借送别友人写江南春景之佳,春日之长,表达了作者自己对江南的怀念。词中以眼波比喻水,以眉峰比喻山,较为新颖;同时,把惜别与惜春交织在一起来写,也写得含蓄,耐人寻味。

魏夫人

魏夫人,名字失传,襄阳(在今湖北省)人,魏泰之姊,曾布之妻,封鲁国夫人,当时称魏夫人,在妇女中以能文和李清照齐名。

存词十四首。

菩萨蛮

溪山掩映斜阳里,楼台影动鸳鸯起[1]。隔岸两三家,出墙红杏花。　　绿杨堤下路,早晚溪边去。三见柳绵飞,离人犹未归[2]。

〔1〕楼台影动:指楼台在溪水中的倒影随着水波荡漾。
〔2〕柳绵:柳絮。以上两句说,远行的人已经三年没有归来了。

这首词描写一个妇女每天去溪边盼望远人的归来。词句清丽,音节谐婉,饶有画意。

苏　轼

苏轼(1037—1101),字子瞻,一字和仲,号东坡居士,眉州眉山(在今四川省)人,是北宋杰出的词人、诗人和散文家。

宋仁宗赵祯时,他曾上书,要求对当时政治做一些改革。但在王安石推行新法后,他站在保守派一边,上书反对,并乞求外调,先后出任密州、徐州、湖州等地知州。不久,受谏官弹劾,以作诗讽刺新法、"谤讪朝廷"的罪名入狱。后贬为黄州团练副使。哲宗赵煦即位,高太后听政,废除新法,他被召回,迁任翰林学士、侍读、龙图阁学士。这时,司马光等人全盘废弃王安石新法,他不赞成,因和司马光政见不合,他又请求外调,出任杭州、颍州、扬州、定州等地知州。在地方官任上,他曾做过一些有利于人民的好事,获得人民的好感。赵煦亲政后,继承新法,起用新党,罢斥旧党,他又遭贬谪,放逐惠州(治所在今广东惠州市)、儋州(今广东海南岛儋县)。徽宗赵佶即位,遇赦北还,卒于常州。

在文学上,他是一位具有多方面才能和成就的大作家。他在散文方面的成就使他被推为"唐宋八大家"之一。他的诗歌创作使他成为宋代很有影响的诗人,宋诗的著名代表作家之一。而在词的发展历史上,他更占有突出的重要地位。

他的词所反映的生活面比较广阔。举凡对古迹的凭吊,对亲人的怀念,山川景物的刻画,农村风光的描绘,对生活的热爱,对理想的追求等等,无不构成了他的作品的内容。他扩大了词的题材,使得词这种文学样式几乎是"无意不可入,无事不可言"[1]。到了他这个时代,词才真正突破了"花间"、"尊前"的藩篱,从离怀别绪和男女爱情的狭窄范围里跳脱出来,走向社会人生的广阔天地。

他创造性地"以诗为词"[2],尝试用散文的句法写词,在词里发表议论,并企图打破声律对词的束缚。他的许多词都写得气势磅礴,叙述曲折,思致婉转,想象丰富,比喻新颖,结构变化多端,写景、抒情和说理融合无间,充分显示了他的巨大的艺术才能。

他的词的风格是多种多样的,而以豪放刚健为主。他出现在北宋词坛上,"一洗绮罗香泽之态,摆脱绸缪宛转之度"[3],开创了豪放派的词风。对于词的健康发展,他的作品产生了广泛而深远的影响。

他的世界观是复杂的。在政治上失意的时候,由于受老庄思想的影响,他的作品中往往会流露出一些虚无主义的逃避现实的情绪。这在他的词里也有明显的表现。

词存三百馀首,集名《东坡乐府》。

〔1〕清刘熙载《艺概》卷四。
〔2〕宋陈师道《后山诗话》。
〔3〕宋胡寅《题酒边词》。

江城子

乙卯正月二十日夜记梦[1]

十年生死两茫茫[2],不思量[3],自难忘。千里孤坟[4],无处话凄凉。纵使相逢应不识,尘满面,鬓如霜[5]。　夜来幽梦忽还乡。小轩窗,正梳妆;相顾无言,惟有泪千行[6]。料得年年肠断处,明月夜,短松冈[7]。

〔1〕乙卯:宋神宗熙宁八年(1075)。

〔2〕十年:指作者之妻王弗逝世已十年。王弗卒于治平二年(1065)五月,见作者《亡妻王氏墓志铭》。从治平二年到熙宁八年,正相隔十年。茫茫:形容全无所知。

〔3〕思量(liáng良):想念。

〔4〕这句说,王弗的坟墓远在千里之外。据《亡妻王氏墓志铭》,王弗死后,"葬于眉(眉州,治所在今四川眉山)之东北彭山县安镇乡可龙里"。作者此时在密州(治所在今山东诸城),两地相距很远。

〔5〕以上三句,作者自伤生活不安定,到处奔走,人已衰老。

〔6〕轩:有窗槛的小室。以上四句写作者梦中所见亡妻的情景。

〔7〕短松冈:栽种着矮松树的山冈。这里指王弗的葬地。唐孟棨《本事诗》记载了当时的一个传说:唐代开元年间,幽州衙将张某之妻孔氏,死后忽自冢中出,题诗赠张说:"欲知肠断处,明月照松冈。"这里是化用其意。以上三句写孤坟的凄凉,寄寓作者对亡妻的持久的怀念。肠断,一作"断肠"。

这首词作于熙宁八年(1075)正月,作者时任密州知州。

以悼亡为题材,这是最早的一首词。全篇采用白描的手法,朴素自然,字字句句流露出深沉的感情。

江城子

密州出猎[1]

老夫聊发少年狂,左牵黄,右擎苍[2]。锦帽貂裘[3],千骑卷平冈[4]。为报倾城随太守[5],亲射虎,看孙郎[6]。 酒酣胸胆尚开张[7],鬓微霜,又何妨[8]!持节云中,何日遣冯唐[9]?会挽雕弓如满月[10],西北望,射天狼[11]。

[1]《密州出猎》,一作《猎词》。

[2] 左牵黄:左手牵着黄狗。右擎(qíng 情)苍:右臂托着苍鹰。古人出猎时常臂鹰牵狗。《太平御览》卷九二六引《史记》:"李斯临刑,思牵黄犬,臂苍鹰,出上蔡东门,不可得矣。"《梁书·张克传》也说:张克少时出猎,"左手臂鹰,右手牵狗"。

[3] 锦帽貂裘:戴着华美鲜艳的帽子,穿着貂皮做的衣服。貂是一种鼠类动物,皮黄色或紫黑色,为珍贵的皮料。

[4] 千骑:见柳永《望海潮》词注[15],第 111 页。这句说,大批的人马在比较平坦的山冈上奔驰而过。

[5] 报:告知。倾城:这里是全城的意思。太守:指作者自己。太守本为战国时对郡守的尊称,汉景帝改郡守为太守,是一郡的最高行政官员。作者当时担任密州知州,其职位相当于汉代的太守。

[6] 孙郎:指孙权。这里是作者自喻。《三国志·吴书·孙权传》载:建安二十三年(218)十月,"权将如吴,亲乘马,射虎于庱亭(在今江苏丹阳东)"。

127

〔7〕胸胆尚开张:胆气很壮,还有豪兴。

〔8〕霜:白。又,一作"有"。

〔9〕节:符节,古代使者所执,以作凭证。云中:郡名,治所在今内蒙古托克托东北。冯唐:汉文帝刘恒时的一个年老的郎官。当时,云中守魏尚打败匈奴后,上书报功,因杀敌数字与实际情况稍有出入,获罪削职。冯唐向刘恒直言劝谏,刘恒便遣他持节赦魏尚,使复任云中守。事见《史记·冯唐列传》。以上两句,作者以魏尚自比,希望朝廷能够起用他。

〔10〕会:将要。雕弓:饰有彩绘的弓。如满月:形容拉弓如满月一样圆。

〔11〕天狼:星名,即狼星。古代传说,狼星出现,必有外来的侵掠。见《晋书·天文志》。这里用天狼隐指当时的西夏。

这首词作于熙宁八年(1075)冬。

作者在《与鲜于子骏书》中曾说:"数日前,猎于郊外,所获颇多,作得一阕,令东州壮士抵掌顿足而歌之,吹笛击鼓以为节,颇壮观也!"指的就是这首词。

这首词通过出猎场面的描写,表现了作者渴望亲临战场、卫国杀敌、建立功业的豪情壮志。全词感情奔放,气概豪迈。

水调歌头

丙辰中秋[1],欢饮达旦,大醉,作此篇,兼怀子由[2]。

明月几时有[3]?把酒问青天[4]。不知天上宫阙,今夕是何年[5]。我欲乘风归去[6],又恐琼楼玉宇[7],高处不胜寒[8]。起舞弄清影[9],何似在人间! 转朱阁,低绮户,照无眠[10]。不应有恨,何事偏向别时圆[11]?人有悲欢离合,月有阴晴圆缺,此事古难全。但愿人长久,千里共婵娟[12]。

〔1〕丙辰:宋神宗熙宁九年(1076)。

〔2〕子由:作者之弟苏辙,字子由。

〔3〕几时:何时。

〔4〕把:持,握。

〔5〕阙:皇宫门前两旁的楼观。今夕是何年:出自唐人传奇《周秦行纪》(托名牛僧孺所作),其中有诗云:"香风引到大罗天,月地云阶拜洞仙。共道人间惆怅事,不知今夕是何年。"

〔6〕乘风:《列子·黄帝》曾有"列子乘风而归"的记载。这里是说,作者本想像神仙一样乘风回到天上的宫阙去。

〔7〕琼楼玉宇:指神仙居住的天上宫阙。月中有琼楼玉宇,此典出自唐人段成式《酉阳杂俎》(前集卷二)小说。又恐,一作"惟恐"、"只恐"。

〔8〕不胜(shēng 生):禁受不了。

〔9〕弄清影:和月亮照耀下的自己的影子一起嬉戏。

〔10〕朱阁:华丽的楼阁。绮(qǐ 起)户:镂刻花纹的门窗。无眠:难以成眠。以上三句写月光的低转。

〔11〕以上两句说,月亮该不是对人有恨吧,可为什么它偏偏在人们离别的时候却好像故意要团圆呢?不应,一作"不因"。偏向,一作"长向"、"常向"。

〔12〕共:指共赏。婵娟:形态美好的样子。这里指月亮。谢庄《月

赋》:"美人迈兮音尘阙,隔千里兮共明月。"许浑《怀江南同志》诗:"唯应洞庭月,万里共婵娟。"

这首词作于熙宁九年(1076)中秋夜,作者在密州。

词的上片由问天开始,写幻想乘风上天,但又觉得天上寒冷,不如人间温暖,反映了作者因政治上失意而对现实不满,想逃避现实,但又不能决绝的矛盾心理。但作者以"何似在人间"作结,说明他对于现实人生还是热爱的。

下片抒写了作者和胞弟的离别之情。作者由月的圆缺想到人的离别和团聚,发出了感慨。结尾两句,"但愿人长久,千里共婵娟",是自慰,也是共勉。

这是一篇历来传诵的名作。胡仔《苕溪渔隐丛话》后集卷三十九对它做了这样的评价:"中秋词,自东坡《水调歌头》一出,馀词尽废。"

浣溪沙

徐州石潭谢雨道上作五首[1]。潭在城东二十里,常与泗水增减、清浊相应[2]。

麻叶层层苘叶光[3],谁家煮茧一村香[4]?隔篱娇语络丝娘[5]。　　垂白杖藜抬醉眼[6],捋青捣𪍑软饥肠[7],问言豆叶几时黄?

〔1〕谢雨:旱后喜雨而去谢神。古代大旱时,地方官员要去向天求雨;降雨后,又要去谢神。

〔2〕泗水:见白居易《长相思》词注〔1〕,第19页。以上两句说,石潭水与泗水相通,无论水涨、水落、水清、水浊,它们常常是一致的。作者在同时所写的《起伏龙行》诗序中曾说,"徐州城东二十里有石潭,父老云:与泗水通,增损清浊,相应不差,时有河鱼出焉。"

〔3〕苘(qǐng 请):苘麻,通称青麻,叶似苎麻而较薄,麻质略粗,可制绳索。

〔4〕煮茧:把蚕茧放在热水里浸煮,然后抽出蚕丝。这整个过程,叫做缫(sāo 骚)丝。

〔5〕络丝娘:虫名,即络纬,俗称络丝娘、纺织娘,秋季鸣叫,声如纺织。这里是借用这个双关语来称呼缫丝的妇女。

〔6〕垂白:须发将白。这里指村中的老叟。杖藜:扶着拐杖。杖在这里作动词用。藜是一种草本植物,茎高五六尺,老后可作拐杖,取其轻而坚,称为藜杖。

〔7〕捋(luō 啰)青:捋取新麦。捋是用手握着东西,顺着东西移动。青指青嫩的新麦,可以取来食用。捣麨(chǎo 炒):把摘取的新麦炒干,捣碎成粉。麨是用麦子炒成的干粮。软饥肠:指充饥。捋,一作"扶"。

浣溪沙

簌簌衣巾落枣花[1],村南村北响缫车[2],牛衣古柳卖黄瓜[3]。　　酒困路长惟欲睡,日高人渴漫思茶,敲门试问野人家[4]。

〔1〕簌(sù 素)簌:形容枣花纷纷落下的样子。元稹《连昌宫词》诗:"风动落花红簌簌。"巾:指头巾。

〔2〕缲(sāo 骚)车:缲丝的工具。

〔3〕牛衣:给牛御寒用的覆盖物,用草或乱麻编成,与蓑衣相似。《汉书·王章传》:"章疾病,无被,卧牛衣中。"这里是形容卖黄瓜的人衣衫褴褛。

〔4〕漫:随意地,不由地。野人:住在村野的人,指村中的老百姓。以上三句说,因酒后口渴思茶而敲门求饮。作者有《偶至野人汪氏之居》诗:"酒渴思茶漫扣门。"写的也是同样的意思。

元丰元年(1078)徐州地方发生春旱,灾情比较严重。作为徐州知州,作者曾往石潭求雨。得雨后,又往石潭谢雨。谢雨途中作《浣溪沙》五首。这里选了其中的第三首和第四首。

在第三首中,作者描绘了他所见到的农村夏日风光,反映了旱后得雨的喜悦心情。风格比较清新,生活气息也比较浓厚。

第四首表达的也是同样的内容。

把词的题材领域扩大到农村,写农民的生活和劳动,在作者之前,词坛上还很少出现过。从这也可看出,作者用自己的创作实践对词的发展做出了重要的贡献。

浣溪沙

游蕲水清泉寺[1],寺临兰溪,溪水西流。

山下兰芽短浸溪[2],松间沙路净无泥,萧萧暮雨子规啼[3]。谁道人生无再少[4],门前流水尚能西[5],休将白发唱黄鸡[6]。

〔1〕 蕲(qí旗)水：旧县名，治所在今湖北浠水。

〔2〕 浸：泡在水中，淹没。

〔3〕 萧萧：同"潇潇"，雨声。子规：杜鹃鸟的别名。

〔4〕 少：年轻。古人有"花有重开日，人无再少年"的说法。作者对此表示不同的意见。

〔5〕 门前，一作"君看"。

〔6〕 休将：不要。白发：指老年。白居易《醉歌示伎人商玲珑》诗："谁道使君不解歌，听唱黄鸡与白日。黄鸡催晓丑时鸣，白日催年酉前没。腰间红绶系未稳，镜里朱颜看已失。"这里反用其意，说不要因为年老而唱起那种"黄鸡催晓"、朱颜已老的悲观消极的调子。

这首词作于元丰五年（1082）。

作者在《志林》卷一中说："闻麻桥人庞安常善医而聋，遂往求疗。""疾愈，与之同游清泉寺，寺在蕲水郭门外二里许，有王逸少（王羲之）洗笔泉，水极甘，下临兰溪，溪水西流。"这首词就是游后所作。

词内用明朗的色彩描绘了秀丽的春景。"谁道人生无再少，门前流水尚能西"两句，表现了一种积极、乐观的精神。

洞仙歌

余七岁时，见眉山老尼，姓朱，忘其名，年九十馀，自言尝随其师入蜀主孟昶宫中[1]。一日，大热，蜀主与花蕊夫人夜纳凉摩诃池上[2]，作一词[3]，朱具能记之。今四十年，朱已死久矣，人无知此词者。但记其首两句。暇日寻味[4]，岂《洞仙歌令》乎？乃为足之云。

冰肌玉骨[5]，自清凉无汗。水殿风来暗香满[6]。绣帘开，一点明月窥人，人未寝，欹枕钗横鬓乱。　起来携素手[7]，庭户无声，时见疏星渡河汉[8]。试问夜如何？夜已三更，金波淡[9]，玉绳低转[10]。但屈指西风几时来[11]，又不道流年暗中偷换[12]。

〔1〕孟昶(chǎng敞)：五代时后蜀国君，公元934年至965年在位。

〔2〕花蕊夫人：孟昶的贵妃，姓徐，别号花蕊夫人。见吴曾《能改斋漫录》。摩诃池：摩诃在梵语中是大的意思。摩诃池建于隋代，在成都城内。五代前蜀时，改名龙跃池、宣华池；其后浚广池水，于水边筑殿亭楼阁，改名宣华苑。

〔3〕作一词：指孟昶所作词，今已不传。胡仔《苕溪渔隐丛话》及《阳春白雪》所载孟昶《玉楼春》词："冰肌玉骨清无汗，水殿风来暗香满。帘开明月独窥人，欹枕钗横云鬓乱。起来琼户启无声，时见疏星渡河汉。屈指西风几时来，只恐流年暗中换。"系就苏轼此词改写、附会者。

〔4〕寻味：反覆玩味。

〔5〕冰肌玉骨：形容肌骨像冰一样的清净，像玉一样的润泽。

〔6〕水殿：建筑在水上的宫殿。暗香：这里是指荷花的香味。

〔7〕素手：指女子的洁白的手。

〔8〕河汉：银河。

〔9〕金波：形容浮动的月光。

〔10〕玉绳：星名。位于北斗星斗柄三星的北面。

〔11〕屈指：弯着手指头计算。西风：秋风。

〔12〕不道:不知不觉地。流年:像流水一样易逝的年华。

这是一首描写夏夜的词,作于元丰五年(1082)。

作者在小序中说这首词为补足孟昶佚词残句而作,词的上片的个别语句也确实写了一点宫廷的景色。但从全词看,这不是什么拟作,更不是那种秾艳的宫词。它是作者自己的创作,反映的也是作者自己的思想感情。

苏轼词的风格以豪放为主,但也有一些作品像这首词一样,写得比较清丽。

念奴娇

赤壁怀古[1]

大江东去,浪淘尽千古风流人物[2]。故垒西边,人道是,三国周郎赤壁[3]。乱石穿空,惊涛拍岸,卷起千堆雪[4]。江山如画,一时多少豪杰。　　遥想公瑾当年,小乔初嫁了[5],雄姿英发[6]。羽扇纶巾[7],谈笑间,樯橹灰飞烟灭[8]。故国神游[9],多情应笑我,早生华发[10]。人间如梦[11],一尊还酹江月[12]。

〔1〕赤壁:山名。长江、汉水之间,以"赤壁"为名的地方共有五处。其中,较著名的有两处:(一)在今湖北蒲圻县西北,长江南岸;(二)在今湖北黄冈县城西北,一名赤鼻山,屹立江滨,截然如壁,土石都带赤色,下有赤鼻矶。三国时"赤壁之战"的战场是前者。作者这时贬居黄州,他

所游的赤壁实际上是后者。

〔2〕大江:指长江。淘:冲洗。千古:久远的年代。风流人物:有影响的、优秀的、杰出的人物。以上两句表现了作者对古代英雄人物的凭吊。浪淘尽,一作"浪声沉"。

〔3〕故垒:古时的军营四周所筑的墙壁。人道是:人们传说是。三国:时代名。东汉以后出现的魏、蜀、吴三国鼎立的历史时期,从曹丕称帝(220)开始,到吴亡(280)为止,共历六十一年。一般也把赤壁之战前后的历史划入三国时期。周郎:周瑜,字公瑾,三国时吴国著名的将领。《三国志·吴书·周瑜传》说,在周瑜被任命为"建威中郎将"的时候,"年二十四,吴中皆呼为周郎"。建安十三年(208),曹操率军二十余万南下,进攻孙权,遭到孙权、刘备五万联军的抵抗。周瑜指挥了这次战役,利用曹军远来疲惫,流行疫疾,又不习水战,用火攻烧曹军船只于赤壁一带。战后不久,形成了曹、孙、刘三方鼎峙的局面。三国,一作"当日"。周郎,一作"孙吴"。

〔4〕穿空:形容峭壁耸立,好像要刺破了天空似的。千堆雪:形容很多白色的浪花。李煜《渔父》词:"浪花有意千重雪。"以上三句写赤壁的自然景色。穿空,一作"崩云"。拍岸,一作"裂岸"、"掠岸"。

〔5〕小乔:周瑜的妻子。姓乔,《三国志》作"桥"。当时,乔公有两个女儿,容貌都很美丽,人称大乔、小乔。大乔嫁孙策,小乔嫁周瑜。

〔6〕英发:英气勃发。形容周瑜的言论精彩、透辟。孙权曾和陆逊评论当时的人物说:"公瑾雄烈,胆略兼人",吕蒙"可以次于公瑾,但言议英发,不及之耳"。见《三国志·吴书·吕蒙传》。作者《送欧阳推官赴华州监酒》诗也说:"知音如周郎,议论亦英发。"一说,英发是形容"雄姿"。

〔7〕羽扇:用长羽毛做成的扇子。纶(guān官)巾:古代一种配有青丝带的头巾。这句描写周瑜战时身穿便服,姿态潇洒,从容不迫。

〔8〕樯(qiáng墙)橹:船的代称。樯是船上挂帆的桅杆;橹是划船的桨。这句写曹军战船遭火攻后被焚。樯橹,一作"强虏"。

〔9〕故国:这里是旧地的意思。指古战场赤壁。神游:在感觉中好像曾前往游览。

〔10〕多情应笑我:应笑我多情。这是倒装句法。华发:花白的头发。作者写这首词的时候,年方四十馀岁,而鬓发已斑白,所以说"早"。以上两句,一作"多情应是,笑我生华发"。

〔11〕人间,一作"人生"。如梦,一作"如寄"。

〔12〕尊:酒器。酹(lèi类):把酒浇在地上祭奠。这句是说,举起一杯酒,倾洒在月光照着的江水中,表示对古人的凭吊。

这首词作于元丰五年(1082)七月,作者在黄州。

词中描绘了赤壁的雄伟壮丽的景色,歌颂了古代英雄人物周瑜的战功,并抒发了作者自己的感慨。毛主席曾指出,赤壁之战是"中国战史中弱军战胜强军有名的战例"之一。作者以精炼而形象的语言,对这一战役表示了赞美。特别是"羽扇纶巾,谈笑间,樯橹灰飞烟灭"三句,描写周瑜面对强大的敌人,沉着应战,表现了藐视敌人的气概。

从全词来看,气氛是开朗的、豪迈的,情调是健康的。结尾流露了一种低沉的、消极的情绪。但主要的动人的部分却是前者,而不是后者。

这首词是作者的代表作,比较集中地反映了作者的艺术特色和成就。像那磅礴的气势,英雄人物形象的描写,结构的变化起伏,写景、抒情、议论的结合的和谐,都是很突出的。据宋俞文豹《吹剑续录》记载,苏轼有一次问一个善歌的人:"我词何如柳七(柳永)?"那人回答说:"柳郎中词,只合十七八女郎,执红牙板,歌'杨柳岸,晓风残月'。学士词,须关西大汉,铜琵琶,铁绰板,唱'大江东去'。"这充分说明了作者在作品中所体现出来的雄奇豪放的风格和境界。

临江仙

夜归临皋[1]

夜饮东坡醒复醉[2],归来仿佛三更。家童鼻息已雷鸣[3],敲门都不应,倚杖听江声。　　长恨此身非我有[4],何时忘却营营[5]?夜阑风静縠纹平[6],小舟从此逝,江海寄馀生[7]。

〔1〕临皋:地名,在黄州的江边。作者的寓所在此。

〔2〕东坡:地名,在黄州。作者后来曾在这里筑"雪堂"居住,并给自己取了"东坡居士"的别号。

〔3〕这句说家童已酣睡。

〔4〕这句是抱怨不能按照自己的理想去生活。典出《庄子·知北游》:"舜问乎丞曰:'道可得而有乎?'曰:'汝身非汝有也,汝何得有夫道?'舜曰:'吾身非吾有也,孰有之哉?'曰:'是天地之委形也。'"

〔5〕营营:来往匆忙、频繁的样子。这里是指为名利而忙碌、奔走。

〔6〕夜阑:夜深。縠(hú 胡)纹:形容水中细小的波纹。縠是一种有绉纹的纱。

〔7〕以上两句说,此后要隐居于江湖之间。

这首词作于元丰五年(1082)。

当时作者谪居黄州,以罪人的身份被看管。词内反映了他对现实处境的不满,要求获得精神上的解脱。

相传这首词写成后,当晚就很快地在人们中间流传开了。由于结尾三句表达了作者隐退的想法,以致人们在第二天纷纷传说,作者已将冠服挂于江边,坐上小舟,长啸而去。地方官得知此信,大吃一惊,怕因罪人逃走而失职,急忙前去察看动静。谁知到了作者的住所,却发现他鼻息如雷,还没有起床。见叶梦得《避暑录话》卷二。

卜算子

黄州定惠院寓居作[1]

缺月挂疏桐[2],漏断人初静[3]。惟见幽人独往来[4],缥缈孤鸿影[5]。　惊起却回头,有恨无人省[6]。拣尽寒枝不肯栖[7],寂寞沙洲冷[8]。

〔1〕定惠院:一名定慧寺,在黄州东南。作者著有《游定惠院记》。
〔2〕疏桐:枝叶稀疏的桐树。
〔3〕漏断:指夜深。漏指漏壶,古代计时的器具,用铜制成,有播水壶和受水壶两部分。播水壶上下分为数层,上层底有小孔,可以滴水,层层下注,最后流入受水壶。受水壶内有立箭,箭上画分一百刻。箭随蓄水上升,逐渐露出刻数,用以表示时间。到夜深时,壶水渐少,滴漏的声音已很难听到了,所以说是漏断。
〔4〕幽人:幽居之人,这里是形容孤雁。惟,一作"谁"。
〔5〕缥缈:隐隐约约,若有若无。
〔6〕省(xǐng 醒):了解。
〔7〕寒枝:寒冷季节的树枝。鸿雁栖宿之处,本是田野苇丛,而不是

树枝。这句用"拣尽"、"不肯"字样,含有良禽择木的意思,表达了作者不肯随波逐流的寄托。

〔8〕沙洲:江河中由泥沙淤积而成的陆地。这句一作"枫落吴江冷",全用唐人崔信明断句,且词意上下不接,疑误。

这首词作于元丰五年(1082)。

词内生动地描绘了孤鸿的形象,它的傲岸和自甘寂寞,正是作者自己的性格和心情的反映。

毛晋《六十名家词》中的《东坡词》以及沈雄《古今词话》引《女红馀志》,都说这首词是在惠州为温姓女子而作,牵强附会,不足为据。

鹧鸪天

林断山明竹隐墙,乱蝉衰草小池塘。翻空白鸟时时见[1],照水红蕖细细香[2]。　　村舍外,古城旁,杖藜徐步转斜阳[3]。殷勤昨夜三更雨[4],又得浮生一日凉。

〔1〕翻空:在空中飞翔。

〔2〕照水:映照在水面上。蕖(qú 渠):芙蕖,荷花的别名。

〔3〕杖藜:扶着拐杖。见作者《浣溪沙》(麻叶层层苘叶光)词注〔6〕,第131页。徐步:缓慢地走着。转斜阳:随着人的散步,太阳也逐渐落山了。

〔4〕殷勤:尽心,周到。这句说,天公十分作美,昨夜给人们下了一场透雨。

这首词约作于元丰三年至六年(1080—1083)间,作者在黄州。

140

不用典,采用白描的手法;铸词造句,鲜明、准确而又生动;音节和谐、优美,读起来十分顺口:这都是这首词的特点。上片写景尤为突出,远景、近景,动态、静态,视觉、听觉、嗅觉,全都配合得恰到好处,自然而不板滞,没有露出斧凿的痕迹。此外,作者"以诗为词"的特点,在本篇也表现得比较明显。

水调歌头

快哉亭作[1]

落日绣帘卷,亭下水连空[2]。知君为我新作[3],窗户湿青红[4]。长记平山堂上[5],欹枕江南烟雨[6],杳杳没孤鸿[7]。认得醉翁语[8],山色有无中[9]。　　一千顷,都镜净,倒碧峰[10]。忽然浪起掀舞,一叶白头翁[11]。堪笑兰台公子[12],未解庄生天籁[13],刚道有雌雄[14]。一点浩然气,千里快哉风[15]。

〔1〕快哉亭:在黄州江边,张偓佺建于元丰六年(1083)六月。苏辙《黄州快哉亭记》说:"清河张君梦得,谪居齐安(黄州),即其庐之西南为亭,以览观江流之胜,而余兄子瞻名之曰'快哉'。"词题,一作《黄州快哉亭,赠张偓佺》。张偓佺,字梦得。

〔2〕水连空:水天相接,连成一片。

〔3〕作:建造。

〔4〕这句是说,推窗一望,只见山光水色迎面而来。曾巩《甘露寺

多景楼》诗:"云乱水光浮紫翠,天含山气入青红。"

〔5〕平山堂:在江苏省扬州市西北瘦西湖北端蜀冈上。欧阳修所建。

〔6〕这句写倚枕观赏江南风景。

〔7〕杳杳:遥远而不见踪影。杳杳,一作"渺渺"。

〔8〕认得:体会到。醉翁:指欧阳修。欧阳修曾作《醉翁亭记》,自号醉翁。

〔9〕山色有无中:指远山若隐若现,若有若无。欧阳修《朝中措·送刘仲原甫出守维扬》词:"平山阑槛倚晴空,山色有无中。"

〔10〕以上三句写江面广阔,江水澄澈,映照着碧峰的倒影。

〔11〕一叶:指小舟。白头翁:鸟名,或草名,这里借指操舟的白发老人。以上两句写小舟随浪起伏。

〔12〕兰台公子:指宋玉。宋玉曾侍从楚襄王游于兰台之宫。兰台在今湖北钟祥县东。

〔13〕庄生:庄周。天籁:《庄子·齐物论》说有天籁、地籁、人籁之分。天籁是自然界的音响。这里指风声。

〔14〕刚道:偏说,硬说。有雌雄:宋玉曾对楚襄王说,风有雌雄之分,雄风是"大王之风",雌风是"庶人之风"。见《风赋》。

〔15〕浩然气:《孟子·公孙丑上》说,"我善养吾浩然之气。"古人把这浩然之气看做是一种最高的正气和节操。快哉风:语出宋玉《风赋》,"有风飒然而至,王乃披襟而当之曰:'快哉此风!'"以上两句说,胸中有了"浩然"之气,才能享受、领会到这种"快哉"之风。

这首词作于元丰六年(1083)。

词内生动地描绘了快哉亭边的水光山色。"忽然浪起掀舞,一叶白头翁"两句,更是突出地刻画了一个不怕风吹浪打、出没于波涛之间的老船工的形象。"白头翁"本来是鸟名或草名,作者却巧妙地用以借指操舟的白发老人。在另一首词《浣溪沙》里,作者也曾借用虫名"络丝娘"来写农村中的养蚕的妇女。可见这是作者常用的一种艺术手法。作者对向自然做斗争的老船工是赞赏的,所以他嘲笑了宋玉。在他看来,宋玉把风分为雌雄,实际上是贬低了"庶人"。

水龙吟

次韵章质夫杨花词[1]

似花还似非花[2],也无人惜从教坠[3]。抛家傍路[4],思量却是,无情有思[5]。萦损柔肠,困酣娇眼,欲开还闭[6]。梦随风万里,寻郎去处,又还被莺呼起[7]。　　不恨此花飞尽,恨西园落红难缀[8]。晓来雨过,遗踪何在[9]?一池萍碎[10]。春色三分:二分尘土,一分流水[11]。细看来,不是杨花,点点是离人泪[12]。

〔1〕章质夫:章楶(jié 节),字质夫,蒲城(在今福建省)人,治平四年(1067)进士,历官吏部郎中、同知枢密院事,崇宁元年(1102)卒。他是作者的好友,当时同官京师。他作有咏杨花的《水龙吟》词,是传诵一时的名作。杨花:柳絮。

〔2〕这句说,杨花又像花,又不像花。

〔3〕从:任。教:使。这句说,也没有人对杨花加以爱惜,任其自飘自坠。

〔4〕抛家傍路:杨花离开枝头,飘落路旁。抛家,一作"抛街"。

143

〔5〕无情有思(sì 四):杜甫《白丝行》诗说,"落絮游丝亦有情,随风照日宜轻举。"韩愈《晚春》诗说,"杨花榆荚无才思,惟解漫天作雪飞。"这里反用其意,说杨花看来像是无情,实际上却有愁思。

〔6〕萦:缠绕,牵挂。损:坏。娇眼:指柳眼。柳叶初生,如人睡眼初展,称为柳眼。李商隐《二月二日》诗:"花须柳眼各无赖,紫蝶黄蜂俱有情。"以上三句表面上以拟人化的手法写杨柳,实际上却是暗写一个女子的愁苦和困倦。

〔7〕以上三句暗写女子对离家万里的爱人的怀念。金昌绪《春怨》诗说,"打起黄莺儿,莫教枝上啼。啼时惊妾梦,不得到辽西。"这里是化用其意。

〔8〕落红:落花。缀:连接。这句说难将落花再连缀在枝头,表示对春光已去的伤感。

〔9〕遗踪:遗留下的踪迹。指雨后的杨花。

〔10〕这句说,杨花落入水中,化为一池碎萍。作者自注说:"杨花落水为浮萍,验之信然。"这种说法只是古人的一种传说,实际情况并不是这样。

〔11〕以上三句说,杨花三分之二飘落路旁,三分之一飘落水面。三分春色就这样地消逝了。

〔12〕以上三句,曾季狸《艇斋诗话》说是化用唐人诗句:"君看陌上梅花红,尽是离人眼中血。""细看来"三句,或标点为"细看来不是,杨花点点,是离人泪"。

这首词作于元祐二年(1087),作者和章楶当时同在汴京做官。

和韵填词,从命意到用韵,都要受到种种的限制。这首词在这种条件下却能写得完美浑成,颇为动人,不受拘束,不见牵强,和韵而似原唱,充分反映了作者杰出的艺术才能。

在一般人所写的咏物词中,堆砌典故,玩弄辞藻,内容空洞、复沓,是常见的缺点。这首词却避免了这些弊病。它通过富有匠心的构思和丰富的想象,运用拟人化的手法,把咏物和写人巧妙地结合在一起。它表面上在描绘杨花的飘坠,实际上是刻画了一个女子的伤感和幽怨。声韵谐婉,清丽可喜,具有强烈的艺术效果。

一个大作家的艺术风格,尽管有其主导的一面,但往往是多方面的,不拘一格的。苏轼就是这样的大作家,而本篇也就是一个具体的例证。

贺新郎

乳燕飞华屋[1],悄无人,槐阴转午[2],晚凉新浴。手弄生绡白团扇[3],扇手一时似玉[4]。渐困倚[5],孤眠清熟[6]。帘外谁来推绣户,枉教人梦断瑶台曲,又却是,风敲竹[7]。

石榴半吐红巾蹙[8],待浮花浪蕊都尽,伴君幽独[9]。秾艳一枝细看取[10],芳心千重似束[11],又恐被秋风惊绿[12]。若待得君来向此,花前对酒不忍触,共粉泪,两簌簌[13]。

〔1〕乳燕:小燕子。华屋:有雕梁画栋的房屋。这句写初夏时节,小燕学飞。

〔2〕槐,一作"桐"。这句说,槐树的荫影逐渐转移,表明时间已到午后。刘禹锡《昼居池上亭独吟》诗:"日午树阴正。"

〔3〕绡:生丝织成的白色薄绸。

〔4〕这句说,扇子和女子执扇的手都像玉一样的洁白。《世说新语·容止》载,王衍"恒捉白玉柄麈尾,与手都无分别"。

〔5〕倚:指倚枕。

〔6〕清熟:安静地熟睡。

〔7〕绣户:雕绘华美的门户。指女子的居处。瑶台:传说中的神仙居住的地方。曲:指曲折隐僻之处。以上四句写风吹竹推门,使女子从梦中惊醒。唐李益《竹窗闻风,寄苗发司空曙》诗:"开门复动竹,疑是玉人来。"此用其意。

〔8〕红巾蹙(cù 促):形容榴花半开,像是一条紧束起来的有褶纹的红巾。白居易《题孤山寺山石榴花,示诸僧众》诗:"山榴花似结红巾。"

〔9〕浮花浪蕊:指桃花等颜色冶艳,但花期短暂,一旦凋谢,飘落水上,即逐水而去。韩愈《杏花》诗:"浮花浪蕊镇长有,才开还落瘴雾中。"君:指女子所思念的远人。以上两句说,春去夏来,百花已残,只有石榴盛开,陪伴着孤独的远人。

〔10〕秾:茂盛。看取:看。取是语助词,用于动词之后。

〔11〕这句形容榴花复瓣,花萼为喇叭筒状。

〔12〕此句是说,又恐到了秋天,榴花凋谢,剩下的绿叶已难经受秋风的摧残。

〔13〕粉泪:指女子的眼泪。簌簌:纷纷落下的样子。以上两句写花瓣与粉泪共落。

关于这首词所写的内容,前人有几种不同的说法。一种说法是:作者任杭州知州时,官妓秀兰受召赴宴,因浴后困睡而迟到,受府僚责问;秀兰手折一枝榴花请罪,府僚益怒,作者作此词以解之。见杨湜《古今词话》(胡仔《苕溪渔隐丛话》引)。另一种说法是:在杭州万顷寺作,寺有榴花,且是日有歌者昼寝。见曾季狸《艇斋诗话》。这些说法无疑都是牵强附会的,和词中的意旨不完全相符。

这首词实际上要表现的是一个女子的孤独、抑郁的情怀。当作于作者贬官之后。

下片咏石榴,描写细致,形象生动。而且咏物和写人也结合得比较紧密。"蹙"、"束"、"惊"等字选择得非常准确,恰如其分地表达了双关的意义。

蝶恋花

花褪残红青杏小[1]。燕子飞时,绿水人家绕。枝上柳绵吹又少[2],天涯何处无芳草[3]。　　墙里秋千墙外道。墙外行人,墙里佳人笑。笑渐不闻声渐悄[4],多情却被无情恼[5]。

[1] 花褪残红:残花凋谢。

[2] 柳绵:柳絮。柳树种子上带有白色绒毛,随风飞散,叫做柳絮或柳绵。

[3] 天涯:天边,指极远的地方。

[4] 这句说,墙外行人已渐渐听不到墙里荡秋千的女子的话音笑语了。

[5] 多情:指墙外行人。无情:指墙里女子。女子之笑,本出于无心。行人听见墙里女子笑声之后,枉自多情。恼:引起烦恼。

这首词描绘晚春的景色,表现了对春光已去的惋惜。末句"多情却被无情恼"寄寓着作者自己的失意。

据《林下词谈》说,苏轼在惠州时,曾命朝云唱这首词。朝云还没有开始唱,就已"泪满衣襟"。苏轼问是什么原因,朝云答说:"奴所不能歌,是'枝上柳绵吹又少,天涯何处无芳草'也!"可见这两句的感人之深。

李之仪

李之仪,字端叔,自号姑溪居士,沧州无棣(在今山东省)人。神宗赵顼时进士。做过苏轼定州知州任上的幕僚。又曾任枢密院编修官、提举河东常平等职。死于徽宗赵佶政和年间。有姑溪居士文集。

李之仪的《跋吴师道小词》一文,对柳永、张先、晏殊、欧阳修、宋祁等词人都做了评论,提出词"自有一种风格,稍不如格,便觉龃龉",要求写词做到"妙见于卒章,语尽而意不尽,意尽而情不尽"。这些关于词的见解,是从晏、欧一派小令得来。

有《姑溪词》,存八十馀首。

卜算子

我住长江头,君住长江尾。日日思君不见君,共饮长江水。　　此水几时休[1],此恨何时已[2]?只愿君心似我心,定不负相思意。

〔1〕几时:何时。

〔2〕已:罢休。

这首词构思巧妙,写得明白如话,感情真挚、朴素,富有民歌的艺术特色。陈毅同志《赠缅甸友人》一诗曾采用这首词的艺术表现形式,以歌颂中缅两国人民比邻相处的深情厚谊。

张舜民

张舜民,字芸叟,号浮休居士,邠(bīn 宾)州(治所在今陕西彬县)人。英宗治平二年(1065)进士。神宗元丰四年(1081),出兵五路攻西夏,张舜民供职军中,目睹当时宋兵久屯失利情形,写诗有"灵州城下千枝柳,总被官军斫作薪","白骨似沙沙似雪"之句,被人所奏,谪监郴(chēn 嗔)州(在今湖南省)酒税。后又做过谏议大夫等官,以敢于直言见称。死于徽宗时。著有《画墁集》,存词四首。

卖花声

题岳阳楼[1]

木叶下君山[2],空水漫漫[3]。十分斟酒敛芳颜[4]。不是渭城西去客,休唱阳关[5]。　　醉袖抚危栏[6],天淡云闲。何人此路得生还?回首夕阳红尽处,应是长安[7]。

〔1〕岳阳楼:在今湖南岳阳市西北角城楼上,唐初张说所建,宋滕宗谅重修。地当洞庭湖入长江口,为著名胜迹。宋范致明《岳阳风土记》:"岳阳楼,城西门楼也。下瞰洞庭,景物宽阔。"

〔2〕木叶:树叶。君山:在岳阳市西南洞庭湖中,又名湘山、洞庭山,

登上岳阳楼可以望见。

〔3〕空水:天空和水面。漫漫:无边无际。

〔4〕敛芳颜:指歌女收敛笑容,准备弹奏或歌唱。张舜民另一首词《江神子·癸亥陈和叔会于赏心亭》:"敛芳颜,抹幺弦。"这句说歌女斟完酒准备表演。

〔5〕渭城:在今陕西长安县西北。阳关:在今甘肃敦煌西南。王维《送元二使安西》诗:"渭城朝雨浥轻尘,客舍青青柳色新。劝君更尽一杯酒,西出阳关无故人。"以上两句说:我是南行,不是西去,你别唱《阳关三叠》吧。言外之意是怕听离别曲而引起哀愁。

〔6〕危栏:高楼的栏杆。

〔7〕长安:这里代指北宋的京城汴京。

作者在元丰六年(1083)贬监郴州酒税,《画墁集》中有《郴行录》两卷,记述了游岳阳楼情形,词即作于此时。据南宋周紫芝《太仓稊米集·书浮休先生〈画墁集〉后》说,这首词在当时曾被人误认为苏轼的作品。另外,苏轼的诗也曾被误认为张舜民的诗。这说明他们两人的作品风格相近。

词中"回首夕阳红尽处,应是长安"两句,虽从白居易《题岳阳楼》诗"夕波红处近长安"脱化而来,却成为名句,因为它很好地表达了作者对宋王朝依恋而又抱有不满的情绪。

孙浩然

孙浩然,大约是仁宗、英宗时人,生平不详。存词二首。

离亭燕

一带江山如画,风物向秋潇洒[1]。水浸碧天何处断[2]?霁色冷光相射[3]。蓼岸荻花洲[4],掩映竹篱茅舍。　云际客帆高挂[5],烟外酒旗低亚[6]。多少六朝兴废事,尽入渔樵闲话[7]。怅望倚层楼[8],寒日无言西下[9]。

〔1〕潇洒:形容秋天景物的萧疏爽朗。风物,一作"景物"。
〔2〕何处断:指水天相连,分不清界线。
〔3〕霁色:雨后晴光。冷光:指秋水发出的清冷色调。相射:相映。
〔4〕蓼:草名,生江边等水湿之处,夏秋开白色带红五瓣小花。荻:草本植物,生长在水边和原野上。蓼岸,一作"橘树"、"蓼屿"。
〔5〕云,一作"天"。
〔6〕酒旗:酒店门前所挂的标识。见王安石《桂枝香》注〔8〕,第115页。低亚:低压。亚通"压"。
〔7〕六朝:见欧阳炯《江城子》注〔3〕,第45页。兴废:兴亡。以上两句说,关于六朝兴亡的许多历史故事,都已成为渔夫、樵客闲谈的

153

资料。

〔8〕层楼,一作"危栏"。

〔9〕寒,一作"红"、"落"。

词写江南水乡秋景,秋天萧爽寒凉的空气和色调都似乎能令人感触得到。宋楼钥《攻媿集》卷七十《跋诸公翰墨·王晋卿〈江山秋晚图〉》,说王诜这幅画"尽写浩然词意",并录孙浩然《离亭燕》,即此词。王诜,宋英宗驸马,是有名画家。南宋黄昇《花庵词选》录入此词,也题孙浩然作。范公称《过庭录》也录此词,却题张昇作。然王诜与张昇约略同时,张昇是朝廷大官,如果是张作,不应误作孙浩然。据《宋史·张昇传》,张昇一生行踪不曾到过江南,而这首词写的却是金陵的景物。

黄　裳

黄裳(1044—1130),字勉仲,延平(今福建南平市)人。神宗元丰五年(1082),举进士第一。徽宗政和年间曾任福州知府,官至端明殿学士、礼部尚书。有《演山先生集》,其中存词五十三首。

减字木兰花

竞渡[1]

红旗高举,飞出深深杨柳渚[2]。鼓击春雷,直破烟波远远回[3]。　欢声震地,惊退万人争战气[4]。金碧楼西,衔得锦标第一归[5]。

[1] 竞渡:在古代,我国南方的民间常在端午节举行划船比赛。相传屈原在阴历五月五日这一天自沉于江,人民争先恐后地划船去抢救。以后为了纪念屈原,形成为一种传统的节日活动。全船装饰为龙形,船首是高高昂起的龙头,船中两侧有许多人操桨,中立一人击鼓,并用红旗指挥,先到达终点者为胜。

[2] 渚(zhǔ 主):水中的小洲。

[3] 春雷:形容喧阗的鼓声。破:冲破。以上两句是写参加竞赛的

船只从远处驶来。

〔4〕以上两句是以观众的热烈欢呼来烘托气氛,显示出最前面的船力争上游的英雄气概。

〔5〕锦标:锦制的旗帜,用以奖给竞渡的优胜者。这句说,获胜的船,把锦标衔在船首的高高的龙口上,首先第一个归来。

这首词写得很有气势,它描绘了竞渡的紧张而又热烈的场面,健儿们大显身手,以勇往直前的精神去争取胜利。

黄庭坚

黄庭坚(1045—1105),字鲁直,自号山谷道人,又号涪翁,洪州分宁(今江西修水)人。历任叶县尉、校书郎、《神宗实录》检讨官、国史编修官等。哲宗赵煦绍圣元年(1094),章惇、蔡卞等人指控《神宗实录》中关于王安石新法的记载有失实之处,黄庭坚因此被贬为涪州(今四川涪陵)别驾,安置黔州(今四川彭水)。徽宗赵佶时一度复职,又因文字触忌被贬逐,编管宜州(今广西宜山),死于贬所。

黄庭坚在青年时代,诗文曾受到苏轼的高度称赞,认为"世久无此作",因此知名。他的诗和苏轼齐名。他是江西诗派的开创者,标榜学杜甫,但他所推崇杜甫诗的是"无一字无来处",主张"取古人之陈言入于翰墨,如灵丹一粒,点铁成金",因此他的诗大部分都是堆砌古典成语,生僻难读,缺乏鲜明生动的艺术形象。

他写词不像写诗那样倾注毕生精力,而是随意抒写,却比诗明白流畅得多。他不懂音律,晁补之说他的词"不是当家语,自是着腔子唱好诗"。然而它不受拘束,豪放秀逸之处,有时近似苏轼。他也和柳永一样,喜用通俗语言。

他的词,内容除少数反映了对贬谪生活的不满外,多是描写饮酒、赏花、歌咏自然风景和写男女之情,其中也有一些庸俗猥亵的作品。

著《山谷内外集》。有《山谷词》,又名《山谷琴趣外编》,存词一百八十余首。

念奴娇

　　八月十七日,同诸甥步自永安城楼[1],过张宽夫园待月[2]。偶有名酒,因以金荷酌众客[3]。客有孙彦立,善吹笛。援笔作乐府长短句,文不加点[4]。

断虹霁雨[5],净秋空,山染修眉新绿[6]。桂影扶疏,谁便道,今夕清辉不足[7]?万里青天,姮娥何处[8],驾此一轮玉[9]?寒光零乱,为谁偏照醽醁[10]?　年少随我追凉,晚寻幽径,绕张园森木[11]。共倒金荷,家万里,难得尊前相属[12]。老子平生,江南江北,最爱临风笛[13]。孙郎微笑[14],坐来声喷霜竹[15]。

　〔1〕永安:即白帝城,在今四川奉节县西。
　〔2〕张宽夫:作者友人,生平不详。
　〔3〕金荷:金制的莲花杯。
　〔4〕文不加点:形容写得很快,一挥而就,来不及圈点断句。《旧唐书·贺知章传》:"醉后属词,动成卷轴,文不加点,咸有可观。"
　〔5〕断虹:天空的彩虹有一部分为云所掩,不能全部显现,所以叫做断虹。霁雨:雨止放晴。
　〔6〕修眉:长眉。这句说,雨后的山峰染成了青黛色,如同美人的眉峰一样。
　〔7〕桂影扶疏:传说月中有桂树,高五百丈,见唐段成式《酉阳杂

姐》。桂影扶疏是说月中的桂树枝叶繁茂,阴影甚浓。以上三句说,月中虽有阴影,但清光不减。

〔8〕姮娥:即嫦娥,月宫中的仙女。传说她是羿的妻子,偷吃了羿从西王母处要来的不死之药,飞升月宫而成仙。见《淮南子·览冥训》。汉代避文帝刘恒讳,改姮娥为嫦娥。

〔9〕一轮玉:形容明月团团,如一玉轮。

〔10〕醽醁(líng lù 凌绿):指美酒。据《荆州记》,酃湖(在湖南衡阳市东)及渌水(在江西万载县东)之水,取以酿酒,十分甘美,名酃渌酒,或称醽醁酒。

〔11〕年少:少年人,指作者的外甥们。随我追凉,一作"从我追游"。晚寻幽径,一作"晚凉幽径"。张园:张宽夫的园子。森木:茂密的树木。以上三句化用杜甫《羌村》诗:"忆昔好追凉,故绕池边树。"

〔12〕尊前相属(zhǔ 瞩):互相劝饮。尊前,酒尊的前面。属,劝酒。以上两句说,家乡远在万里之外,如今大家在此地相聚,真是难得,因此要开怀畅饮。

〔13〕临风笛,一作"临风曲"。陆游《老学庵笔记》卷二:"鲁直在戎州,作乐府曰:'老子平生,江南江北,最爱临风笛。孙郎微笑,坐来声喷霜竹。'予在蜀,见其稿。今俗本改'笛'为'曲'以协韵,非也。然亦疑笛字太不入韵。及居蜀久,习其语音,乃知泸戎间谓'笛'为'独',故鲁直得借用,亦因以戏之耳。"

〔14〕孙郎:指孙彦立。

〔15〕坐来:唐宋时的口语,意即顿时,立刻。霜竹:笛子的代称。《乐书》:"剪云梦之霜筠,法龙吟之异韵。"霜筠即霜竹。

这首词写于作者谪居西南时,笔力雄健,很有气概,风格近似苏轼。它代表了作者的另一种词风。

定风波

次高左藏使君韵[1]

万里黔中一漏天,屋居终日似乘船[2]。及至重阳天也霁[3],催醉,鬼门关外蜀江前[4]。　　莫笑老翁犹气岸[5],君看,几人黄菊上华颠[6]? 戏马台南追两谢[7],驰射,风流犹拍古人肩[8]。

〔1〕高左藏:作者的友人,生平不详。使君:古代对州郡长官的尊称。

〔2〕漏天:意谓连阴下雨,像天漏了一样。白居易《多雨春空过》诗:"浸淫似漏天。"黔中:郡名,唐置,后改黔州,宋升为绍庆府。治所在今四川彭水。以上两句说,黔中地区阴雨连绵,如在一片漏天之下,遍地是水,坐在屋里,犹如乘船,不能出外走动。

〔3〕重阳:旧历九月九日为重阳节。霁:指雨过天晴。

〔4〕鬼门关:即石门关,在四川奉节县东,两山相夹如门,故名。陆游《入蜀记》:"舟中望石门关,仅通一人行,天下至险也。"蜀江:指四川省境内的流经彭水县的乌江。以上两句说:作者为欢度重阳节,在黔州贬所醉饮。

〔5〕气岸:气概高傲。李白《流夜郎赠辛判官》诗:"气岸遥凌豪士前,风流肯落他人后。"

〔6〕华颠:白头。黄菊,一作"白发"。古人在重阳节有头插菊花的风俗,所以作者用以表明自负年老尚有豪壮气概。杜牧《九日齐山登

高》诗:"尘世难逢开口笑,菊花须插满头归。"

〔7〕戏马台:台名,项羽所筑,高八丈,广数百步,在今江苏铜山县南。晋安帝义熙十二年(416),刘裕北征,至彭城(今江苏徐州市),九月九日会将佐群僚于戏马台,赋诗为乐。当时著名的诗人谢瞻和谢灵运都各写了一首诗。两谢:指谢瞻和谢灵运。

〔8〕以上两句说,作者效法古人,在重阳佳节骑马驰射,其英雄气概不亚于古代的风流人物。

这首词是作者贬谪黔州时期的作品。他被贬后,并"不以迁谪介意",仍与蜀士"讲学不倦"。词中描写他欢度重阳节的情景,表现了他老当益壮的奋发精神。

虞美人

宜州见梅作

天涯也有江南信,梅破知春近[1]。夜阑风细得香迟[2],不道晓来开遍向南枝[3]。　　玉台弄粉花应妒,飘到眉心住[4]。平生个里愿杯深,去国十年老尽少年心[5]。

〔1〕天涯:这里指作者所在的宜州贬地。梅破:指梅花的花苞绽开。以上两句说:作者在宜州贬所看见梅花花苞绽开,便知道春天将要到来。因江南一带的梅花多在冬末春初开放,所以说"天涯也有江南信",意谓春天即将来临。

〔2〕夜阑:黑夜将尽。风细:风微。

〔3〕不道:不知不觉。向南枝:伸向南边的树枝。南枝阳光充足,所以早开。

〔4〕玉台:指梳妆台。以上两句说,妇女在梳妆台前打扮,引起梅花的羡慕和嫉妒,就飘到她的眉心上。作者是用寿阳公主的梅花妆故事,参见欧阳修《诉衷情》注〔1〕,第100页。

〔5〕平生:平素。个里:这里。去国十年:去国,指离开汴京。哲宗绍圣元年(1094)作者第一次被贬,至徽宗崇宁三年(1104)第二次被贬,其间相隔正十年。以上两句说,往常看见这些景致便会乘兴饮酒,可现在不同了,由于过了十年的贬谪生活,已经丧失了当年的情怀。

这首词作于崇宁三年(1104)冬,当时作者被贬,编管宜州。词中表现了作者看见梅花盛开、春天来临的喜悦心情;同时他触景生情,发出"去国十年老尽少年心"的感叹,流露出对十年贬谪生活的不满。

清平乐

春归何处,寂寞无行路〔1〕。若有人知春去处,唤取归来同住〔2〕。　　春无踪迹谁知?除非问取黄鹂〔3〕。百啭无人能解,因风飞过蔷薇〔4〕。

〔1〕以上两句说,春天过去了,已经看不见它的踪迹。
〔2〕唤取:唤来。
〔3〕黄鹂:鸟名,又叫黄莺、黄鸟。这句说,黄鹂在春夏之间活动,它应知道春天的去向。
〔4〕百啭:形容黄鹂婉转的鸣声。因风:顺着风势。飞,一作"吹"。

这首词表现了惜春、恋春的情绪。

望江东

江水西头隔烟树,望不见江东路[1]。思量只有梦来去,更不怕江阑住[2]。　灯前写了书无数[3],算没个人传与[4]。直饶寻得雁分付,又还是秋将暮[5]。

[1] 江东路:指爱人所在的地方。以上两句说,住在江水的西头,由于相隔遥远,望不见江东的爱人。

[2] 阑:同"拦"。思量:考虑。以上两句说,江水能拦住人的身却拦不住人的心,可以在梦中会见对方。

[3] 书:信。

[4] 算:算计。传与:传递。

[5] 直饶:即使。分付:交付。秋将暮:临近秋末。以上两句说即使能找到鸿雁传个信儿,可是已经到了秋末,时间太晚了。

这首词写得流畅明白,内容单纯,层次分明,一气呵成,音律和协,饶有民歌的风味。

秦 观

秦观(1049—1100),字少游,又字太虚,号淮海居士,扬州高邮(在今江苏省)人。神宗元丰八年(1085)进士。曾任太学博士,秘书省正字,国史院编修官。绍圣元年(1094)因"影附苏轼,增损《实录》",贬监处州酒税,继又贬往郴州、雷州等地。

秦观十分推崇苏轼,也颇得苏轼的赏识,他和黄庭坚、晁补之、张耒被当时人称为"苏门四学士"。

秦观的诗词都很有名,但诗的成就远不如词。他的词长于写景抒情。音律谐美,语言雅淡,委婉含蓄,饶有馀味。南宋词人张炎说:"秦少游词体制淡雅,气骨不衰,清丽中不断意脉,咀嚼无滓,久而知味。"这个评论虽然不无可议,但大体上说出了秦观词的艺术特色。

秦观词的内容,局限于歌唱男女间的爱情和抒写个人的愁怨。由于作者长期被流放,词中多少也夹杂着对身世飘零的感伤和对旧欢残梦的追怀。他的词风,远袭温庭筠,近效柳永,仍不脱纤巧柔弱的弊病。

秦观在婉约派中成就很高,有许多人认为词当以婉约为主,因此对他极力推崇,甚至说他在苏轼之上。苏轼对他的才情是很欣赏的,但曾指出他的《满庭芳》"销魂,当此际"是"学柳七作词"(《高斋诗话》)。又据叶梦得《避暑录话》:苏轼对秦观的文字包括他的词"极口称善",然犹以气格为病。故尝戏云:"'山抹微云'秦学士,'露花倒影'柳屯田。'露花倒影',柳永《破阵乐》语也。"可见苏轼对秦观在词的创作上不能摆脱柳永的影响,不能使气格振拔起来,是做了委婉的批评的。

有《淮海词》,或称《淮海居士长短句》。

望海潮[1]

梅英疏淡[2],冰澌溶泄[3],东风暗换年华[4]。金谷俊游,铜驼巷陌,新晴细履平沙[5]。长记误随车[6],正絮翻蝶舞[7],芳思交加[8]。柳下桃蹊,乱分春色到人家[9]。　　西园夜饮鸣笳[10],有华灯碍月,飞盖妨花[11]。兰苑未空[12],行人渐老[13],重来是事堪嗟[14]。烟暝酒旗斜[15],但倚楼极目,时见栖鸦。无奈归心,暗随流水到天涯。

[1] 一本有题《洛阳怀古》。
[2] 梅英:梅花。疏淡:花朵稀疏,颜色淡褪。
[3] 冰澌(sī 斯)溶泄:冰块融化流动。
[4] 这句说,东风顿起,不知不觉又换了岁月。
[5] 金谷:地名,在河南洛阳,晋石崇建园于此,名金谷园,是供宾客宴饮游乐之处。俊游:游览胜地。铜驼巷陌:汉代洛阳宫门南四会道口,有两只铜铸的骆驼夹道相对,汉时称铜驼街。巷陌,即街道。古人多以"金谷"、"铜驼"并举,或用以代指洛阳。如唐骆宾王《艳情代郭氏赠卢照邻》诗:"铜驼路上柳千条,金谷园中花几色。"又杜甫《至后》诗:"金谷铜驼非故乡。"新晴:雨后初晴。细履:轻步慢走。以上三句是对当年在京洛时到处游玩的情况的回忆。

〔6〕这句说,常记得郊游时曾不由自主地尾随着陌生女子的车子走。韩愈《嘲少年》诗:"只知闲信马,不觉误随车。"张泌《浣溪沙》词:"晚逐香车入凤城,东风斜揭绣帘轻,慢回娇眼笑盈盈。"鲁迅在《唐朝的钉梢》一文中曾经讽刺了这种少年无赖的行径。

〔7〕絮翻:柳絮在空中飞舞。

〔8〕芳思(sì 四)交加:春天引起了错综复杂的情思。

〔9〕桃蹊:桃树下的小路。《史记·李将军列传》:"桃李不言,下自成蹊。"以上两句说,桃柳成荫的小路,通往人们的住处,似乎是春天把佳丽的景色分给了家家户户。

〔10〕西园:泛指风景优美的园林。曹植《公讌》诗:"清夜游西园,飞盖相追随。"曹植诗中的西园,在邺城(今河南临漳),以西园为名的林苑,洛阳也有。鸣筱:奏乐助兴。筱,古代一种管乐器。

〔11〕碍月:指灯光扰乱了月光。飞盖:急驰的车辆。盖,古代车上像伞的篷子,这里代指车。妨花:指车盖碰伤了花朵。以上两句说,因为灯火辉煌,车马纷纷,使赏月观花受到了妨碍。

〔12〕兰苑未空:园林仍然没有荒芜。兰苑,代指园林。

〔13〕行人:远游的人,这里是作者自指。

〔14〕重来:作者于元丰四年(1081)到过洛阳,次年离开。又于元祐二年(1087)再到洛阳,绍圣元年(1094)离去。是事:事事。

〔15〕烟暝:烟雾弥漫,天色昏暗。

秦观于元祐二年(1087)应召赴洛阳对策,做官,至绍圣元年(1094)因保守派失势,被贬斥而离去。这首词当写于此时。作者处于新旧党剧烈斗争的漩涡中,经历了官场升沉,因而心情忧郁,这在词中得到了反映。

这首词先是追怀往昔客居洛阳时结伴游览名园胜迹的乐趣,继写此次重来旧地时的颓丧情绪,虽然风景不殊,却丧失了当年那种勃勃的兴致。倚楼之际,于苍茫暮色中,见昏鸦归巢,归思转切。

水龙吟

小楼连苑横空[1],下窥绣毂雕鞍骤[2]。朱帘半卷[3],单衣初试[4],清明时候。破暖轻风,弄晴微雨,欲无还有[5]。卖花声过尽,斜阳院落,红成阵[6],飞鸳甃[7]。　　玉佩丁东别后[8],怅佳期参差难又[9]。名缰利锁[10],天还知道,和天也瘦。花下重门[11],柳边深巷,不堪回首。念多情但有,当时皓月[12],向人依旧[13]。

〔1〕连苑:连接着园林。横空:横在空中。这句说小楼挨着园林横空而立。连苑,一作"连远"。

〔2〕绣毂(gǔ 谷):华美的车。毂,车轮中心的圆木,代指车。雕鞍:指披着精美座鞍的马。鞍,马鞍,代指马。骤:奔驰。

〔3〕朱帘,一作"疏帘"。

〔4〕初试:刚换上。

〔5〕以上三句写寒暑交替季节气候多变,忽雨忽晴,忽冷忽暖。

〔6〕红:红花。这句说,落花如阵雨。斜阳,一作"垂阳"。院落,一作"院宇"。

〔7〕鸳甃(zhòu 宙):用两两对称的砖石砌成的井台。甃:井壁。这句说,花瓣飘落在井台上。

〔8〕玉佩:系于衣带上的玉制的装饰物。丁东:佩玉相击发出的声音。

〔9〕参差(cēn cī)：不整齐。这里有错过和多障碍的意思。难又：难再。这句说，因有种种阻碍而不能再和那个女子相会，所以感到惆怅。

〔10〕名缰利锁：为名利所束缚。

〔11〕重门：一道道门户。

〔12〕皓月：明月。

〔13〕向人，一作"照人"。

这首词写对一个女子的思念。其中，描绘清明时节的景物和变化无常的气候，都能抓住它们独特的地方，表现了作者对大自然的敏锐观察力。"天还知道，和天也瘦"两句，极写离情之苦，是从李贺《金铜仙人辞汉歌》诗"天若有情天亦老"变化而来。宋代道学家程颐对秦观这种写法很不以为然，认为亵渎了高高在上的上帝。这正说明秦观的思想比起那些道学家来活泼一些，没有那么陈腐，能够把上帝也写成有人的情感，带有一点反传统的意味。

满庭芳

山抹微云〔1〕，天粘衰草〔2〕，画角声断谯门〔3〕。暂停征棹〔4〕，聊共引离尊〔5〕。多少蓬莱旧事〔6〕，空回首，烟霭纷纷〔7〕。斜阳外，寒鸦万点，流水绕孤村〔8〕。　销魂〔9〕，当此际，香囊暗解〔10〕，罗带轻分〔11〕。谩赢得青楼薄倖名存〔12〕。此去何时见也，襟袖上空惹啼痕〔13〕。伤情处，高城望断，灯火已黄昏〔14〕。

〔1〕抹：涂抹。这句说，一缕缕薄云横绕山腰，像是涂抹上去一样。

〔2〕这句说,远处的枯草紧贴着天际。粘,一作"连"。

〔3〕画角:涂有彩色的军中号角。谯门:即谯楼,门上有楼可以瞭望。见张先《青门引》注〔4〕,第90页。这句说,谯楼上的号角声已停歇,表示时已黄昏。

〔4〕征棹:行舟。

〔5〕引:持,举。尊:酒器。这句说,在饯别的筵席上共同举杯劝饮。

〔6〕蓬莱:传说中的海上仙山。这里指作者过去寻欢作乐的地方。旧事:欢乐的往事。从上下文看,当指男女间的恋爱。

〔7〕烟霭:云气。

〔8〕以上两句套用隋炀帝杨广诗句:"寒鸦千万点,流水绕孤村。"万点,一作"数点"。

〔9〕销魂:形容因悲伤或快乐而心神恍惚的样子。

〔10〕香囊:装香物的小囊,古人佩在身上的一种装饰物。这句说,背着人解下香囊作为临别的赠品。

〔11〕罗带:丝织的带子。轻分:轻轻解下。古人常用罗带赠别,有的罗带还打上"同心结",以示永不变心。

〔12〕谩:徒然。青楼:指妓女的住处。薄倖:薄情。杜牧《遣怀》诗:"十年一觉扬州梦,赢得青楼薄倖名。"此用其意。

〔13〕啼痕:泪痕。

〔14〕以上两句意思说,回看爱人所在的高城,只见一片朦胧的灯火。唐欧阳詹《初发太原途中寄太原所思》诗:"高城已不见,况复城中人。"其意相似。

这首词的风格近似柳永,所以苏轼当面说秦观是"学柳永作词",见《词林纪事》引《高斋诗话》。苏轼还曾戏称"山抹微云秦学士,露花倒影柳屯田",见叶梦得《避暑录话》("露花倒影"是柳永《破阵乐》的首句)。这首词摹写景物,很能传神达意。"抹"字、"粘"字的运用,颇见作者炼字造句的功夫。

鹊桥仙

纤云弄巧[1],飞星传恨[2],银汉迢迢暗度[3]。金凤玉露一相逢[4],便胜却人间无数。　柔情似水,佳期如梦[5],忍顾鹊桥归路[6]!两情若是久长时,又岂在朝朝暮暮[7]。

〔1〕纤云弄巧:缕缕云彩编组出各种巧妙的花样。这里暗点节令。七夕,阴历七月七日,又称乞巧节,妇女们向织女星祈祷,请求传授刺绣缝纫的技巧。

〔2〕飞星传恨:作者想象被银河阻隔的牛郎、织女二星,无时不闪现出因离别而愁恨的样子。

〔3〕银汉:银河。迢迢(tiáo 条):遥远。传说每年七夕,牛郎、织女二星渡过银河相会一次。

〔4〕金风:秋风。玉露:晶莹如玉的露珠,指秋露。李商隐《辛未七夕》诗:"由来碧落银河畔,可要金风玉露时。"

〔5〕佳期如梦:佳会之时如在梦中。杜甫《羌村》诗三首之一:"夜阑更秉烛,相对如梦寐。"晏几道《鹧鸪天》词:"今宵剩把银釭照,犹恐相逢是梦中。"

〔6〕忍顾:怎忍回头看。鹊桥:传说每年七夕,喜鹊架成长桥,供牛郎、织女渡银河相聚。

〔7〕朝朝暮暮:日日夜夜。这里指日夜相聚。

这首词借牛郎织女悲欢离合的神话故事,歌颂坚贞诚挚的爱情。

作者认为,由于牛郎织女一年只相逢一次,彼此更能珍惜在一起的时光,感情也更加强烈。爱情贵在持久,而不必要朝夕相伴。这种观点,在古代描写爱情的作品中是罕见的,也是较为健康的。

踏莎行

郴州旅舍[1]

雾失楼台[2],月迷津渡[3],桃源望断无寻处[4]。可堪孤馆闭春寒,杜鹃声里斜阳暮[5]。　驿寄梅花[6],鱼传尺素[7],砌成此恨无重数[8]。郴江幸自绕郴山,为谁流下潇湘去[9]?

〔1〕郴(chēn 嗔)州:治所在今湖南郴县。
〔2〕这句说,楼台被夜雾遮蔽而不见。
〔3〕津渡:渡口。这句说,因月色昏暗而看不清渡口在何处。
〔4〕桃源:桃花源,是陶渊明在《桃花源记》中虚构的世外乐园,并假称其地在武陵(今湖南桃源)。望断:极目远眺。这句表示郴州虽地近桃源,但这样的乐土已无处寻找。
〔5〕可堪:那堪。杜鹃声:相传杜鹃鸟的叫声像是在说"不如归去",远离故乡的人们听后容易勾起归思。以上两句说,春寒料峭,独自关闭在孤寂的旅舍里,听着杜鹃凄厉的叫声,一直挨到日暮,叫人怎能忍受得了!
〔6〕驿寄梅花:南朝宋陆凯与范晔交善,自江南寄梅花一枝,给在长安的范晔,并赠诗说:"折梅逢驿使,寄与陇头人。江南无别信,聊赠一

枝春。"见《荆州记》。这里用来指朋友的寄赠和安慰。

〔7〕鱼传尺素:古人书写用素绢,通常为一尺,叫做"尺素"。古乐府诗《饮马长城窟行》:"客从远方来,遗我双鲤鱼。呼儿烹鲤鱼,中有尺素书。"这里指亲友的书信。

〔8〕砌:堆砌。这句说,亲友们的关怀和慰问反而增添了数不尽的离恨。

〔9〕郴江:水名,源出郴州东面的黄岑山,北流至郴口,入湘江的支流耒水。郴州在郴江的西岸。幸自:本自。为谁:为什么。潇湘:见刘禹锡《潇湘神》注〔2〕,第16页。以上两句说,郴江为什么要离开郴山,向潇湘流去呢?这里作者以发问的口气,比喻人的离别不是出于自愿,而是被迫的。

这首词约写于绍圣四年(1097)作者贬居郴州时。他以凄婉的笔调,描述贬居地的荒凉和羁旅孤寂的心情,流露出作者对被贬的怨恨。传说苏轼极欣赏词中最末两句,并写在自己的扇子上,见惠洪《冷斋夜话》。苏轼当时的境遇大约和秦观相似,所以深有同感。

浣溪沙

漠漠轻寒上小楼〔1〕,晓阴无赖似穷秋〔2〕,淡烟流水画屏幽〔3〕。　自在飞花轻似梦〔4〕,无边丝雨细如愁。宝帘闲挂小银钩。

〔1〕漠漠:寂静无声。
〔2〕无赖:憎恶之言。徐陵《乌栖曲》:"唯憎无赖汝南鸡,天河未落

犹争啼。"穷秋:晚秋。鲍照《代白纻曲》:"穷秋九月荷叶黄,北风驱雁天雨霜。"

〔3〕淡烟流水:指屏风上的山水画。

〔4〕自在:安静闲适。

这首词写阴冷的春天早晨,独上小楼,空房内画屏竖立,显得格外幽静;待慢慢挂起窗帘,又见落花轻飘,细雨蒙蒙,触目伤情。作者用轻描淡写的笔法,融情入景,明写景,实寓人的愁怨。

如梦令

遥夜沉沉如水[1],风紧驿亭深闭[2]。梦破鼠窥灯[3],霜送晓寒侵被[4]。无寐,无寐,门外马嘶人起。

〔1〕遥夜:长夜。沉沉,一作"月明"。
〔2〕驿亭:古代设在大路边供过往官员差役休息、换马的馆舍。
〔3〕梦破:睡梦被惊醒。鼠窥灯:老鼠胆怯地望着灯盏,想偷吃灯油。
〔4〕侵被:透进被窝。

这首词借写夜宿驿亭的况味,诉说旅途的艰辛。老鼠的扰闹,被褥的单薄,彻夜不停的风声,清晨的马嘶,都使得困倦的旅客得不到安息。作者用极省俭的笔墨,真实而生动地描绘了一个典型的环境——古代的简陋的驿舍。

虞美人

碧桃天上栽和露[1],不是凡花数[2]。乱山深处水萦回[3],可惜一枝如画为谁开。　　轻寒细雨情何限,不道春难管[4]。为君沉醉又何妨,只怕酒醒时候断人肠。

〔1〕碧桃:仙桃。唐高蟾《下第后上永崇高侍郎》诗:"天上碧桃和露种。"

〔2〕数:辈。

〔3〕萦(yíng 营)回:盘旋回旋。

〔4〕不道:不奈,不堪。这句说,无奈春天不听人支配,意谓春天不肯久留,好花难长在。

此词上片以花比美人,写她孤凄幽独,无人怜惜。比喻新巧,含蓄而不晦涩。下片写美人为青春难再而烦恼,为赏识她的人离开而悲伤,既写惜春,又写伤别。这实际上是以美人自况,暗伤身世。

行香子

树绕村庄,水满坡塘。倚东风,豪兴徜徉[1]。小园几许,收尽春光[2]。有桃花红,李花白,菜花黄。　　远远围墙,隐隐茅堂。飏青旗[3],流水桥傍。偶然乘兴,步过东冈[4]。正莺儿啼,燕儿舞,蝶儿忙。

〔1〕徜徉(cháng yáng 常羊)：徘徊，游荡。以上两句说，身上吹拂着春风，兴致极高地走来走去。

〔2〕几许：多少。以上两句是说，小小的园子，收尽了春光。

〔3〕飏：同扬，飘扬。青旗：旧时酒店门口挂的青色酒旗。

〔4〕东冈：东边的小山头。

这首词运用白描手法，以浅近的语言，描绘出一幅百花争艳，莺歌燕舞的田园春光。虽然看不出有什么深意，但它一反作者其他词中常有的那种哀怨情调，写出了春天的生机勃勃的景象，洋溢着喜悦和轻快的情绪。

贺 铸

贺铸(1052—1125)，字方回，卫州(今河南汲县)人。十七岁到汴京，做右班殿直(相当于侍卫)，后来调到地方上担任武职。四十岁才转为文官，曾任泗州(在今江苏盱眙东北)、太平州(今安徽当涂)等地的通判。晚年退居苏州，自号庆湖遗老。

他有建功立业的雄心壮志，但因个性耿直，不肯谄媚权贵，又好评论时政，使酒尚气，一直没有得到提升，不能实现理想。他曾在诗中说："当年笔漫投，说剑气横秋。自负虎头相，谁封龙额侯？"[1]"三年官局冷如冰，炙手权门我未能"[2]，因此很有牢骚，对自己的处境是不满的。

他爱好写诗词，诗集名《庆湖遗老集》，词集名《东山寓声乐府》，存词近三百首。他的词风格绮丽，善于锤炼字句，也长于抒情。友人程俱说他"戏为长短句，皆雍容妙丽，极幽闲思怨之情"[3]。不过，他也有一些颇为雄壮豪放的作品，如《小梅花》两首及《六州歌头》(少年豪气)等。

[1]《易官后呈交旧》。
[2]《留别张谋父》。
[3]《贺方回诗序》。

踏莎行

杨柳回塘[1],鸳鸯别浦[2],绿萍涨断莲舟路[3]。断无蜂蝶慕幽香,红衣脱尽芳心苦[4]。　返照迎潮[5],行云带雨,依依似与骚人语[6]:当年不肯嫁春风,无端却被秋风误[7]!

〔1〕回塘:曲折回环的水塘。
〔2〕别浦:江河的支流入水口或汊口。
〔3〕这句说,水面布满了绿萍,采莲船难以前行。
〔4〕红衣:形容荷花的红色花瓣。芳心苦:指莲子的心有苦味。以上两句说,虽然荷花散发出清香,可是蜂蝶都断然不来,它只得在秋光中独自憔悴凋零。
〔5〕返照:夕阳的回光。潮:指晚潮。
〔6〕依依:形容荷花随风摇摆的样子。骚人:诗人。
〔7〕不肯嫁春风:语出韩偓《寄恨》诗:"莲花不肯嫁春风。"张先在《一丛花》词里写道:"沉恨细思,不如桃杏,犹解嫁东风。"贺铸是把荷花来和桃杏隐隐对比。以上两句写荷花有"美人迟暮"之感。

这首词是咏荷花,作者寄寓了自己的身世之感。他写荷花高洁脱俗,不愿与桃杏争春,在秋风中自伤零落。"当年不肯嫁春风,无端却被秋风误!"是代荷花作悲语,也是诗人的自嗟自叹。

青玉案

凌波不过横塘路,但目送,芳尘去[1]。锦瑟华年谁与度[2]?月台花榭,琐窗朱户,只有春知处[3]。　　碧云冉冉蘅皋暮[4],彩笔新题断肠句[5]。试问闲愁都几许[6]?一川烟草,满城风絮,梅子黄时雨[7]。

〔1〕凌波:形容美人步态轻盈。语出曹植《洛神赋》:"凌波微步,罗袜生尘。"横塘:地名,在苏州胥门外九里,贺铸在此建了一所小屋。芳尘去:指美人远去。芳尘,由前面所引《洛神赋》之"罗袜生尘"而来。以上两句写作者路遇一个女子,看到她姗姗而去,而没有到自己所住的横塘这边来。

〔2〕锦瑟华年:美好的青春时期。语出李商隐《锦瑟》诗:"锦瑟无端五十弦,一弦一柱思华年。"

〔3〕月台:观月的平台。花榭(xiè谢):花木环绕的厅堂。榭,台上的屋子。琐窗:雕刻连琐纹的窗子。朱户:朱红的大门。"月台花榭"一作"月桥花院"。以上三句,作者猜想那个女子的住处。他说得很委婉:"只有春知处。"一方面表示不知道她究竟住在哪里,一方面又想象春光和她在一起。

〔4〕冉(rǎn染)冉:形容云彩慢慢地流动。蘅皋(gāo高):长着香草的水边高地。蘅,香草名。碧云,一作"飞云"。

〔5〕彩笔:传说齐梁时的作家江淹因得到了一枝五色笔,写诗多美句。后来梦中见到郭璞,向他讨还了这枝笔,于是文思大不如前,当时人

说是"江郎才尽"。见《南史·江淹传》。

〔6〕试问闲愁,一作"若问闲情"。

〔7〕一川:遍地,满地。风絮:随风飘舞的柳絮。梅子黄时雨:即春夏之交的连阴雨。时当梅子黄熟,所以称为"黄梅雨"或"梅雨"。以上三句是借眼前的景物来写"闲愁"的弥漫无际。这些景物在过去的失意文人的眼中都是最能引起愁闷的。

这首词写路遇一位女子,因而引起了作者对生活的感慨。作者的"闲愁"如此之多,反映了他生活的空虚,其中也包括功业未立和处境坎坷的苦闷。最后三句十分含蓄地烘托"闲愁",又写出了江南梅雨季节的景色,给人以迷惘之感。当时人很赞赏,称他为"贺梅子"。黄庭坚曾手抄这首《青玉案》,放在案头,常自吟味,并写了一首小诗寄给贺铸,其中说:"解道江南断肠句,只今惟有贺方回。"

六州歌头

少年侠气,交结五都雄[1]。肝胆洞[2],毛发耸[3],立谈中,死生同,一诺千金重[4]。推翘勇[5],矜豪纵[6],轻盖拥,联飞鞚[7],斗城东[8]。轰饮酒垆,春色浮寒瓮,吸海垂虹[9]。闲呼鹰嗾犬,白羽摘雕弓,狡穴俄空[10]。乐匆匆[11]。
似黄粱梦,辞丹凤[12],明月共[13],漾孤篷[14]。官冗从[15],怀倥偬[16],落尘笼[17],簿书丛[18]。鹖弁如云众,供粗用,忽奇功[19]。笳鼓动,渔阳弄[20],思悲翁[21]。不请长缨,系取天骄种,剑吼西风[22]。恨登山临水,手寄七弦桐,目送归鸿[23]。

〔1〕五都:汉代在首都长安以外的五个大都市,即洛阳、邯郸、临菑、宛、成都。这里借指宋代的著名大城市。

〔2〕肝胆洞:形容待人很真诚。洞,明澈可见。

〔3〕毛发耸:形容正义感强,敢于斗争。

〔4〕一诺千金重:形容说话极有信用。据《史记·季布列传》记载,楚地有谚语说:"得黄金百斤,不如得季布一诺。"

〔5〕推:推举,公认。翘勇:特别勇敢。

〔6〕矜:自负。豪纵:豪放不羁。

〔7〕轻盖:指轻车。盖,见秦观《望海潮》注〔11〕,第166页。飞鞚(kòng控):指快马。鞚,有嚼口的马络头。以上两句是说结伴出游。

〔8〕斗城:汉代长安城的别称,因城北凸出形状似北斗,城南屈曲形似南斗而得名。这里代指北宋的首都汴京。

〔9〕春色浮寒瓮(wèng):酒坛子呈现出一片春色,芳香扑鼻。吸海垂虹:形容喝酒的海量。杜甫《饮中八仙歌》:"饮如长鲸吸百川。"南朝刘敬叔《异苑》记载了一个传说:"晋义熙初,晋陵薛愿,有虹饮其釜澳,须臾嗡响便竭。愿辇酒灌之,随投随涸。"以上三句是说朋友们在酒店里痛饮。

〔10〕嗾(sǒu叟):指使狗的声音。白羽:箭名。摘:取。狡穴:本指狡兔的巢穴,这里泛指兽穴。俄:一会儿。以上三句写闲时出外打猎,把兽类一扫而光。

〔11〕乐匆匆:这里有两重意思,一是兴致很高的及时行乐,一是这种欢乐很快便消逝。

〔12〕黄粱梦:唐沈既济《枕中记》载:卢生在邯郸(在今河北省)客店中昼睡入梦,历尽富贵荣华。梦醒,店主人炊黄粱尚未熟。丹凤:唐代长安城有丹凤门,一般用来指京城。以上两句说,像做了一场黄粱美梦,转眼就离开了京都。

〔13〕明月共:与明月作伴,意指和友人们分离。

〔14〕漾孤篷:乘着孤独的小舟在水上飘荡。

〔15〕冗(rǒng)从:闲散的随从官员。这里指作者离开汴京后在外地担任不重要的职务。

〔16〕怀悾偬(kǒng zǒng 恐总):心里焦急不安。

〔17〕落尘笼:比喻作者来到外地,为尘俗事务所束缚。

〔18〕簿书丛:指陷入文牍堆中。簿书,官署中的文书。

〔19〕鹖弁(hé biàn 禾变):插有鹖鸟羽毛的武士冠,代指武官。以上三句说,武官人数很多,都只担任粗杂的工作,韩廷不让他们去发挥作用,建立奇功。

〔20〕渔阳弄:即渔阳参,又叫渔阳参挝,鼓曲名。以上两句化用白居易《长恨歌》中"渔阳鼙鼓动地来,惊破霓裳羽衣曲"的诗句,指宋朝在北方受到侵扰。

〔21〕思悲翁:汉乐府《铙歌》中有《思悲翁》曲。这里也取这三字所包含的意思,指思念有忧国之心的老成之士。

〔22〕长缨:长的绳索。《汉书·终军传》记载,汉武帝时终军出使南越(今广东、广西及湖南南部一带),临行前向汉武帝要一条长缨,说一定可以把南越王拴回。系:拴。天骄种:即"天之骄子"。据《汉书·匈奴传》,匈奴王在写给汉朝皇帝的信上说:"南有大汉,北有强胡。胡者,天之骄子也。"这里用来指北方少数民族的统治者。以上三句说,因为朝廷不用自己,不能为国立功,连宝剑也在西风中怒吼起来,为它的主人抱不平。

〔23〕七弦桐:七弦琴。目送归鸿:语出嵇康《赠秀才入军》诗:"目送征鸿,手挥五弦。"以上三句说,可恨的是,只能游山玩水,以弹琴来寄托自己的感情。

作者在这首词里把今昔生活做了强烈对比。当年他在汴京做侍卫,意气风发,豪情满怀。如今在外地做官,忙于琐屑事务,空有雄心大志而报国无门,得不到请缨杀敌的机会。全词慷慨激昂,充满悲愤,代表了他词作中的另一种豪放的风格。

鹧鸪天

重过阊门万事非[1],同来何事不同归[2]?梧桐半死清霜后[3],头白鸳鸯失伴飞[4]。　　原上草,露初晞[5],旧栖新垄两依依[6]。空床卧听南窗雨,谁复挑灯夜补衣?

〔1〕阊(chāng昌)门:苏州城的西门名阊门。万事非:这里是人事全非的意思。

〔2〕何事:为何。不同归:作者夫妇曾旅居苏州,后来妻子死去,他一人独自离开此地,所以说是不同归。

〔3〕梧桐半死:枚乘《七发》说,"龙门之桐,高百尺而无枝","其根半死半生",用这样的桐来制琴,其声最悲。贺铸以"梧桐半死"比喻自己遭丧偶之痛,是从《诗经·小雅·常棣》上的"妻子好合,如鼓瑟琴"联想而来。

〔4〕这句点明不能白头偕老。

〔5〕露初晞(xī希):汉代的挽歌《薤(xiè械)露》说:"薤上露,何易晞!"把短促的人生比做薤叶上的露水,一会儿即干。晞,干燥。

〔6〕这句句是说对旧居和新坟都留恋难舍,不忍离去。

这是一首悼亡之作。作者重游故地,想起他死去的妻子,十分怀念。全词写得很沉痛,结尾处追忆他们过去的共同生活中的日常细节,短短两句,饱含着深厚的感情,极为动人。

晁补之

晁补之(1053—1110),字无咎,济州钜野(在今山东省)人。年少时,苏轼很欣赏他的文章。神宗元丰二年(1079),举进士第一。曾任秘书省正字、著作佐郎、信州酒税监、吏部员外郎等职。后被贬谪,便回乡闲居,建"归来园",自号归来子。晚年被起用,任达州知州、泗州知州。他是"苏门四学士"之一,词风受了苏轼的影响,较为豪放和沉郁。多写闲居生活,但也有对现实不满的牢骚。词集名《琴趣外篇》,有一百多首。

摸鱼儿

东皋寓居[1]

买陂塘,旋栽杨柳,依稀淮岸江浦[2]。东皋嘉雨新痕涨[3],沙觜鹭来鸥聚[4]。堪爱处[5],最好是,一川夜月光流渚[6]。无人独舞[7]。任翠幄张天,柔茵藉地,酒尽未能去[8]。　青绫被,莫忆金闺故步[9]。儒冠曾把身误[10]。弓刀千骑成何事?荒了邵平瓜圃[11]。君试觑[12],满青镜[13],星星鬓影今如许[14]!功名浪语[15]。便似得班超,封侯万里,归计恐迟暮[16]。

〔1〕东皋:作者回到故乡闲居,曾在东山修建了"归来园"。东皋即指东山。皋,靠近水边的高地。

〔2〕陂塘:池塘。旋:很快地。以上三句是说在住宅附近的池塘边栽上了杨柳,仿佛是淮水岸边和长江水滨的景色。江浦,一作"湘浦"。

〔3〕嘉雨:好雨。

〔4〕沙觜(zuǐ嘴):向水中突出的一片沙地。

〔5〕堪爱:可爱。

〔6〕渚:水中的小洲。

〔7〕无人独舞:四周无人,独自起舞。

〔8〕幄(wò握):帐幕。茵(yīn因):古代车子上的坐席。藉(jiè借):铺垫。以上三句说,且让夜空像张开了翠色的帐幕,草地像铺上了柔软的席子,虽然酒已喝尽,还舍不得归去。

〔9〕青绫被:汉代的制度规定,尚书郎值夜班,由公家供给新青缣(细绢)白绫被。金闺:即金马门,汉武帝时学士起草文稿的地方。以上两句是说不要追念往日在朝廷里做著作佐郎的那段生活了。

〔10〕儒冠曾把身误:因为是个读书人而误了自己。语出杜甫《奉赠韦左丞丈二十二韵》诗:"纨绔不饿死,儒冠多误身。"

〔11〕千骑:见柳永《望海潮》注〔15〕,第111页。邵平瓜圃:邵平是秦朝的东陵侯,秦亡后,在长安城东种瓜。传说瓜有五色,味甜美,当时人称为东陵瓜。以上两句意思说,过去做地方的长官毫无成就,反而妨碍了隐居的生活。

〔12〕觑(qù去):看。

〔13〕青镜:即古人所用的青铜镜。

〔14〕星星:形容鬓发花白。语出左思《白发赋》:"星星白发,生于鬓垂。"

〔15〕浪语:虚语,空话。

〔16〕班超:东汉时的名将。少有大志,投笔从戎,后来出使西域,立下了功绩,被封为定远侯。他在外三十多年,回到京都洛阳时已七十一岁,不久便死去。见《后汉书·班超传》。以上三句说,即使像班超那样,在万里之外立功,博得封侯,归来已是迟暮之年了。

这首词写得豪放,风格似苏轼。上片写景,作者所喜爱的景色是爽朗明快的,表现了他的襟怀。下片抒情,有强烈的消极隐退思想,但字里行间仍迸发出愤激的情绪,看得出来作者是在说气话。

周邦彦

周邦彦(1057—1121),字美成,自号清真,钱塘(今浙江杭州市)人。神宗赵顼元丰初,在汴京做太学生,写了一篇《汴都赋》,描述当时汴京盛况,歌颂了新法,受到赵顼的赏识,被提拔为太学正。以后十馀年间,在外飘流,做过庐州(今安徽合肥市)教授、溧水(在今江苏省)县令等。哲宗赵煦绍圣三年(1096)以后,又回到汴京,做过国子监主簿、校书郎等官。徽宗赵佶时,提举大晟府,负责谱制词曲,供奉朝廷。又外调顺昌府、处州等地。后死于南京(今河南商丘市南)。

周邦彦是北宋末期的重要词人。作品内容主要是写男女之情和离愁别恨之类,但他在艺术技巧方面对于北宋婉约派词人说来,称得上是集大成者。

他的词,艺术形象比较丰满,语言比较秾丽。他善于精雕细琢,在雕琢中能时出新意,给人以比较深刻的印象。他还善于把古人诗句融化到自己的词作里,做到巧妙自然。他的词在艺术风格上具有浑厚、典丽、缜密的特色。他在词的艺术结构上很用心。所作长调很多,在谋篇命意中,层次曲折,都做了细心的安排,但又不呆板。一些写得较好的词,布局都各有特点。他在描写人情物态上,能做到曲尽其妙。但由于题材的限制,他的词没有反映出更广泛的社会生活。

周邦彦的大部分词都过于在词藻上用工夫,描写事物和表达感情往往不够明白畅快;有的却纯属雕章琢句,没有抒写什么真实的思想感情。南宋姜夔、史达祖、吴文英等人学他的词,成为一个流派,然而他们都接受了他的消极影响。

周邦彦"妙解音律",自名其堂为顾曲堂(见《咸淳临安志》),能自度曲。他的词在当时流传很广,出现过许多版本,收辑得较完备的是他死后八十馀年溧阳令强焕所编《片玉集》,共一百八十二首。宋代曾有关于他的词的各种注本,今传陈元龙注本《片玉集》十卷。

兰陵王

柳

柳阴直[1],烟里丝丝弄碧[2]。隋堤上,曾见几番,拂水飘绵送行色[3]。登临望故国,谁识京华倦客[4]。长亭路,年去岁来,应折柔条过千尺[5]。　　闲寻旧踪迹,又酒趁哀弦,灯照离席[6]。梨花榆火催寒食[7]。愁一剪风快,半篙波暖,回头迢递便数驿,望人在天北[8]。　　凄恻,恨堆积。渐别浦萦回,津堠岑寂,斜阳冉冉春无极[9]。念月榭携手,露桥闻笛,沈思前事,似梦里,泪暗滴[10]。

〔1〕柳阴直:指长堤上柳树行列齐整,阴影连成一条直线。

〔2〕烟:指雾气。丝丝弄碧:指柳条丝丝飞舞,显现出一片碧绿的颜色。

〔3〕隋堤:隋炀帝开导汴水,名通济渠,沿渠筑堤,称隋堤。这时作者在汴京,是写眼前景。几番:多少次。飘绵:指柳絮飞扬。行色:行旅出发前的情景。以上三句说,人们曾见到柳树多次送人离别。

〔4〕故国:这里指故乡。京华倦客:在京城住久,感到厌倦了的人。这里是作者自指。以上两句,作者写他久寓京都的孤独之感。

〔5〕长亭:见李白《菩萨蛮》注〔4〕,第6页。折柔条:折柳条。古人有折柳送行的习俗。以上三句,作者说他在这驿路长亭,年复一年地送过许多行人。

〔6〕旧踪迹:指昔日在汴京常去的地方。趁:逐。哀弦:指离别时所奏的音乐。离席:送别的筵席。以上三句写作者又一次地送别。

〔7〕梨花榆火催寒食:这句点明这次送别正是梨花开了,快到寒食节的时候。古代习俗以清明前一日或二日为寒食节,禁火三天,节后另取新火。唐宋时清明日朝廷取榆柳的火赐百官。

〔8〕迢递:遥远。驿:驿站。以上四句设想这位朋友别后,半篙春水,乘着好风,舟行如箭,回头一望,已过了几处驿站,送行的人远在天北。

〔9〕凄恻:悲伤。别浦:见贺铸《踏莎行》注〔2〕,第177页。萦回:盘转回旋。津:渡口。堠(hòu 后):供瞭望用的土堡。岑(cén 涔)寂:寂静。冉冉:慢慢行进的样子。以上五句仍是设想这位朋友在旅途中,心里充满离愁别恨,看到一些景色而伤心。

〔10〕月榭:月下的楼台。露桥:浸着露水的桥头。以上五句,作者写他送别朋友后,沉浸在思忆中,想起过去一同夜游的情景,仿佛如梦,不禁泪落。

这是一首送别的词,篇幅较长,结构严整,表现了曲折的感情,很能代表周邦彦词的主要特色。

词共分三片,每一片有两层意思。上片前五句写柳,后五句写自己的倦游心情。中片前四句写送别,后四句设想朋友在离别后的旅途情景。下片前五句写朋友在旅途中的孤寂,最后五句回笔写自己的追忆。布局井然,一丝不紊。题目是咏柳。古人有折柳送行的习惯。这首词将咏柳和送别结合起来写,更能表现作者要表达的缠绵婉转的情绪。

宋毛开《樵隐笔录》说这首词在南宋绍兴年间颇流行,常用作送别时的唱曲,因它分三片,故称《渭城三叠》。

苏幕遮

燎沉香[1],消溽暑[2]。鸟雀呼晴,侵晓窥檐语[3]。叶上初阳干宿雨,水面清圆,一一风荷举[4]。　故乡遥,何日去?家住吴门[5],久作长安旅[6]。五月渔郎相忆否[7]?小楫轻舟[8],梦入芙蓉浦[9]。

〔1〕燎:燃烧。沉香:落叶亚乔木,产于我国广东等地,木材是名贵的熏香料,能沉于水,又名沉水、水沉,又名蜜香。

〔2〕溽(rù 辱)暑:潮湿的炎热天气。

〔3〕侵晓:大清早。

〔4〕初阳:初升的太阳。宿雨:昨夜的雨。以上三句,写雨后初晴,清圆的荷叶在水面迎风招展。

〔5〕吴门:本是对今江苏苏州市一带的别称,这里指作者的故乡钱塘(钱塘古属三吴之地),作者《锁阳台·忆钱塘》有"梦魂迢递,长到吴门"句。

〔6〕长安:这里指北宋的都城汴京。

〔7〕渔郎:指故乡的渔夫。

〔8〕楫(jí 辑):船旁的短桨。

〔9〕芙蓉浦:指开着荷花的浅水湖的汊口。芙蓉,即荷花。

雨后初晴的仲夏景色,久客异乡的思乡情绪,是这首词表现的内容。上片末三句写荷叶亭亭出水,迎风摆动的姿态如画。王国维《人间词话》说它"真能得荷之神理"。结尾三句写他梦魂回到故乡,用轻灵的笔触写出思忆中的江南风光。

六丑

蔷薇谢后作

正单衣试酒,恨客里光阴虚掷[1]。愿春暂留,春归如过翼[2],一去无迹。为问花何在[3],夜来风雨,葬楚宫倾国[4]。钗钿堕处遗香泽,乱点桃蹊,轻翻柳陌[5]。多情为谁追惜?但蜂媒蝶使,时叩窗槅[6]。　　东园岑寂,渐蒙笼暗碧[7]。静绕珍丛底,成叹息[8]。长条故惹行客,似牵衣待话,别情无极[9]。残英小,强簪巾帻;终不似一朵钗头颤袅,向人欹侧[10]。漂流处,莫趁潮汐;恐断红尚有相思字,何由见得[11]。

〔1〕试酒:宋代在阴历三月末或四月初有尝新酒的习俗,见《武林旧事》等书。恨,一作"怅"。以上两句感叹时光易逝,节令变换了,自己还羁留他乡。

〔2〕如过翼:像飞鸟一样地过去。

〔3〕花,一作"家"。

〔4〕楚宫倾国:楚王宫里的美人。这里指蔷薇花。李延年在汉武帝

面前唱一首歌,其中描写一个美人:"一顾倾人城,再顾倾人国",意思是说她能使皇帝着迷,不惜国家倾覆。以后"倾国"就用做美人的代称。

〔5〕钿钿(tián 田):妇女的首饰,这里指蔷薇花瓣。香泽:芳香的脂粉。桃蹊(xī 溪):桃树下的路。蹊,小路。柳陌:绿柳成荫的路。陌,道路。以上三句说,蔷薇的花瓣,像美人的钿钿一样坠落在地,上面似乎还留着香脂,狼藉在桃蹊柳径之间。

〔6〕为谁:谁为。为,一作"更"。蜂媒蝶使:古人诗词中常把蜜蜂蝴蝶拟人化,称做花的媒人和使者。窗槅(gé 革):窗格子。槅,一作"隔"。以上三句说,有谁来多情地替落花追惜呢?只看到有蜜蜂蝴蝶在我的窗前时常飞来飞去。

〔7〕岑寂:寂静。蒙笼:草木茂密的样子。以上两句说,花儿谢了,东园一片寂静,不再有热闹景象;而草木渐渐茂密起来,呈现出深绿的颜色。

〔8〕珍丛:指凋零的蔷薇花丛。以上两句是写作者绕着蔷薇花丛叹息。

〔9〕长条:指蔷薇花条。以上三句说,带刺的蔷薇枝勾住人的衣服,像牵着人有话待说,含着无限深情。

〔10〕残英:残花。簪(zān 糌):插戴。巾帻(zé 责):头巾。颤袅:轻轻地摆动。欹:倾斜。以上四句说,小小的残花,勉强插在头巾上,终究不像盛开时插在美人头上那样婀娜而媚人的姿态。

〔11〕趁:逐。潮汐:早潮叫潮,晚潮叫汐。断红相思字:这里将红叶比落花,用唐人红叶题诗的故事。唐代有宫女写诗题在红叶上,顺着御沟流出,被人拾得,后来凑巧结成婚姻,见范摅《云溪友议》卷下。以上四句说,落花不要随着潮汐漂去,恐怕上面有人题了相思的诗,漂去就无人能见到了。

悼惜落花,把花拟人化,唐人已有这类诗句,如韩偓"若是有情争不哭,夜来风雨葬西施"。词中抓住一些具体生动的细节,极力铺写此种惜花心情。作者写谢后蔷薇,开头感叹"客里光阴虚掷",中间写残花的"终不似一朵钗头颤褭,向人欹侧",结尾处幻想花瓣能够像红叶那样代寄相思,可能是以此抒发自己在仕途上不得意的苦闷。

满庭芳

夏日溧水无想山作〔1〕

风老莺雏,雨肥梅子,午阴嘉树清圆〔2〕。地卑山近,衣润费炉烟〔3〕。人静乌鸢自乐〔4〕;小桥外,新绿溅溅〔5〕。凭栏久,黄芦苦竹,拟泛九江船〔6〕。　　年年,如社燕〔7〕,飘流瀚海〔8〕,来寄修椽〔9〕。且莫思身外,长近尊前〔10〕。憔悴江南倦客〔11〕,不堪听,急管繁弦〔12〕。歌筵畔,先安簟枕〔13〕,容我醉时眠。

〔1〕溧水:县名,在今江苏省。

〔2〕莺雏:幼莺。嘉树:树的美称。杜牧《赴京初入汴口晓景即事》诗:"风蒲燕雏老。"杜甫《陪郑广文游何将军山林十首》之五:"红绽雨肥梅。"以上三句说,雏莺在和风中成长了,梅子也由于雨水的滋润而长得肥硕,正午时候形成一片圆形而有清凉意味的树影。

〔3〕以上两句写溧水靠近山,地势低而阴湿,衣服容易潮,须常用炉烟来熏。

〔4〕鸢(yuān 缘):鹞鹰,天气晴朗时常盘旋空中。陈元龙注引杜甫诗:"人静乌鸢乐。"但今本杜集无此句。

〔5〕新绿:指绿水新涨。绿,一作"渌"。溅溅:流水声。

〔6〕黄芦:芦苇,生湿地或浅水中。苦竹:禾本科植物。白居易《琵琶行》:"住近湓江地低湿,黄芦苦竹绕宅生。"九江:在今江西省。白居易曾贬为九江郡司马。以上三句写对白居易的怀念:凭栏一望,宅前宅后,只见黄芦苦竹,很有点像当年白居易的境遇。

〔7〕社燕:燕子春社时来,秋社时去,所以叫做社燕。社,见晏殊《破阵子》注〔1〕,第95页。

〔8〕瀚海:沙漠。这里泛指荒远地区。

〔9〕修椽(chuán):指燕子筑巢的地方。修,长;椽,安在梁上支架屋面和瓦片的木条。

〔10〕身外:古人称功名事业为身外之事。尊:酒器。杜甫《绝句漫兴》诗九首之四:"莫思身外无穷事,且尽尊前有限杯。"

〔11〕憔悴:忧愁或病瘦的样子。江南倦客:作者自指。

〔12〕急管繁弦:曲调激越而又繁复的音乐。管,管乐器;弦,弦乐器。

〔13〕簟(diàn):竹席。

哲宗元祐八年至绍圣三年(1093—1096),周邦彦久任溧水县令,因而感到厌倦,词中反映了这种情绪。上片写他虽然生活在江南初夏的山光水色之中,却苦于地处偏僻,"黄芦苦竹,拟泛九江船",流露了他的抑郁无聊。写景寓情,笔意含蓄。下片感叹身世飘零,仕途失意,只有饮酒排遣,对客醉眠。和上片的含蓄不同,这里对苦闷牢骚展开来写,表现了笔意的变化。

玉楼春

桃溪不作从容住,秋藕绝来无续处〔1〕。当时相候赤栏桥,今日独寻黄叶路〔2〕。　　烟中列岫青无数,雁背夕阳红欲

193

暮[3]。人如风后入江云,情似雨馀黏地絮[4]。

〔1〕桃溪:相传东汉时刘晨、阮肇入天台山,看见山上有桃树,下有大溪,在溪边遇到两个仙女。见李存勖《忆仙姿》注〔1〕,第34页。以上两句说,刘晨、阮肇在桃溪不多住一些时候,他们和仙女别离,像藕断而丝又不连,永远不能再在一起了。

〔2〕赤栏桥:红漆栏杆的桥。顾况《题叶道士山房》诗:"水边杨柳赤栏桥,洞里仙人碧玉箫。"以上两句说,过去在赤栏桥畔等候相会,今天却独自一人,在铺满黄叶的路上追寻。

〔3〕岫(xiù袖):山。以上两句说,雾霭中排列着无数青山,夕阳照在天空飞过的雁背上,天快黑下来了。

〔4〕以上两句说,人像风吹散映在江上的流云,情像雨后黏在泥里的柳絮。上句喻人之离散,下句喻情之执着。

刘晨、阮肇天台遇仙女的神话故事,古代诗人常喜欢用它做题材。清周济《宋四家词选》认为这首词"只赋天台事,态浓意远"。词中上片写刘、阮离开仙境以后再不能回去的怅惘。下片极力写离别之恨,前两句写景开阔,后两句写情细腻,过去都被人们传诵。作者也许借写天台事寄寓了他的一段生活经历。

蝶恋花

早行

月皎惊乌栖不定,更漏将阑,辘轳牵金井[1]。唤起两眸清炯炯[2],泪花落枕红棉冷[3]。　　执手霜风吹鬓影[4],去意徊徨[5],别语愁难听[6]。楼上阑干横斗柄,露寒人远鸡相应[7]。

〔1〕更漏:古时夜间用铜壶滴露法报时辰,一夜分五更,所以叫做更漏,见苏轼《卜算子》注〔3〕,第139页。阑:尽。辘轳(lì lù 力陆):井上汲水器绞动的声音。陆游《春寒》诗:"春吹玉井声辘轳,又是窗白鸦鸣时。"辘轳,一作"辘护"。金井:井的美称。以上三句说,皎洁的月光惊醒栖鸟,夜已快尽,听到辘轳的声音,有人在井边打水了。

〔2〕眸:眼珠。炯炯:明亮的样子。

〔3〕红棉:指木棉芯枕头。木棉开红花。

〔4〕执手:握住对方的手。执,持。

〔5〕去意:临去时的心情。徊徨:彷徨的意思。一作"徘徊"。

〔6〕别语:离别的话。

〔7〕阑干:横斜的样子。古乐府《善哉行》:"北斗阑干。"斗柄:北斗七星的第五至七的三颗星像古代酌酒所用斗的把,叫做斗柄,又叫斗杓。以上两句设想楼上的人此时正望见北斗横斜,天已快亮,而自己在寒冷的露水中走远了,只听到远近一片鸡鸣。

词的标题是"早行",就是写清早离家远行。它描叙了一个过程,分为四个段落:大早醒来;起床;临别的一霎那;自己独上征程。每个段落两句或三句,都捕捉住了具有典型意味的特征,表达出依依不舍的离别心情。明王世贞评"唤起"两句,说"其形容睡起之妙,真能动人"(《艺苑卮言》)。

195

锁阳台

白玉楼高[1],广寒宫阙[2],暮云如幛褰开[3]。银河一派[4],流出碧天来。无数星躔玉李[5],冰轮动[6],光满楼台[7]。登临处,全胜瀛海,弱水浸蓬莱[8]。　　云鬟香雾湿,月娥韵压,云冻江梅[9]。况飡花饮露,莫惜徘徊[10]。坐看人间如掌,山河影,倒入琼杯[11]。归来晚,笛声吹彻,九万里尘埃[12]。

[1] 白玉楼:古代传说天上有白玉楼。

[2] 广寒宫阙:古代传说月亮里面有广寒宫。

[3] 幛:帷幕。褰(qiān 千)开:拉开。褰的本义是提起衣裳的前摆。

[4] 银河:天河。

[5] 星躔:星次,即星宿的运行所经历之处。玉李:指星。梁萧绎《金楼子》:"星如玉李"。

[6] 冰轮:指月亮。

[7] 楼台:这里指月宫。

[8] 胜(shēng 生):胜过。瀛(yíng 盈)海:海。弱水:古小说《十洲记》说,西海有凤麟洲,四面弱水围绕,鹅毛浮不起,人不能越过。蓬莱:古代传说渤海中有仙山名蓬莱。以上三句说,登临月宫,觉得此处景物绝佳,胜过那瀛海之上弱水所环绕的蓬莱仙岛。

[9] 云鬟:古人用云来形容妇女的鬟髻。香雾:也是形容妇女的头

发。杜甫《鄜州望月》诗:"香雾云鬟湿。"月娥:指传说中月亮里的女神嫦娥。 韵压:风韵高超压过寻常的意思。云冻江梅:形容嫦娥的风韵像云层里寒冷的江梅。以上三句写月宫里面女神嫦娥的姿态。

〔10〕飡(cān 餐)花:吃花。屈原《离骚》:"朝饮木兰之坠露兮,夕餐秋菊之落英。"惜:吝惜。以上两句说,况且还吃花瓣、饮露水,不妨多在此留连一会吧!

〔11〕山河影:传说月中阴影是山河之影。见宋何薳《春渚纪闻》卷七。琼杯:玉杯。以上三句说,在月宫中饮宴,俯看人间,只有手掌般大,山河影映入到我的琼杯中。

〔12〕吹彻:吹罢一套曲子。九万里:古人传说天地相去九万里。见《太平御览》卷二引徐整《三五历记》。以上三句写从天上下来。

周邦彦的很多词都是写儿女风情、离愁别恨,这一首却是写漫游月宫,把幻想中的天上景物写得像图画一样鲜明,而且叙述了一次游仙的经历。这样的描写,在古代词作中是较少见的。其中写他初到月宫,褰开像帷幛一般的暮云,看到银河一派,以及从天上下望人间等句,颇有想象力。

这首词陈元龙注本《片玉集》不载,见于汲古阁《宋六十名家词》本《片玉词》。

西河

金陵怀古〔1〕

佳丽地〔2〕,南朝盛事谁记〔3〕?山围故国绕清江,髻鬟对起[4]。怒涛寂寞打孤城[5],风樯遥度天际[6]。　断崖树[7],犹倒倚[8],莫愁艇子曾系[9]。空馀旧迹郁苍苍,雾沉半垒[10]。夜深月过女墙来[11],伤心东望淮水[12]。　酒旗戏鼓甚处市?想依稀,王谢邻里[13]。燕子不知何世,向寻常巷陌人家[14],相对如说兴亡,斜阳里[15]。

〔1〕金陵:今江苏南京市。

〔2〕佳丽地:美好的地方,指金陵。谢朓《入朝曲》:"江南佳丽地,金陵帝王州。"

〔3〕南朝:这里指建都于金陵的吴、东晋、宋、齐、梁、陈等朝代。盛事:指繁华。

〔4〕故国:故都,指金陵。清江:指长江。髻鬟:古代妇女的发髻。以上三句说,青山围绕着金陵,环绕在长江两岸,它们隔江对峙,像妇女的髻鬟。

〔5〕怒涛:指潮水。孤城:指金陵城。

〔6〕风樯:指帆船。樯,桅杆。度:过。刘禹锡《金陵五题·石头城》诗:"山围故国周遭在,潮打空城寂寞回。"

〔7〕断崖:陡峭的山崖。

〔8〕倒倚:形容断崖上的树像倒立似地横斜生长。

〔9〕莫愁艇子:莫愁是南朝一个女子的名字,古乐府《莫愁乐》:"莫愁在何处?莫愁石城(古代金陵西有石城,临江)西。艇子打两桨,催送莫愁来。"今南京市水西门外有莫愁湖。

〔10〕旧迹:遗迹。郁苍苍:形容树木茂盛,一片青葱。垒:营垒。以上三句说:过去的事,只剩下一些遗迹。惟有树木青葱,营垒被雾气笼罩,隐约可见而已。

〔11〕女墙:城上小墙。

〔12〕淮水:指秦淮河,源出江苏溧水县北,横贯南京城,入长江。刘禹锡《金陵五题·石头城》诗:"淮水东边旧时月,夜深还过女墙来。"

〔13〕酒旗:见王安石《桂枝香》注〔8〕,第115页。戏鼓:指游艺场所的乐器。依稀:仿佛。王谢:东晋时有两个大家族,他们都住金陵乌衣巷一带。以上三句说:你看,酒楼、戏馆,这是何处繁华市面?想来,那仿佛是过去王谢曾经相邻住过的地方。

〔14〕寻常:平常。陌:街道。

〔15〕以上五句说,燕子不知道今天是什么朝代,它们飞向普通街头巷尾的人家,在斜阳中相对呢喃,好像在诉说兴亡。刘禹锡《金陵五题·乌衣巷》诗:"朱雀桥边野草花,乌衣巷口夕阳斜。旧时王谢堂前燕,飞入寻常百姓家。"

这首词在周邦彦作品中比较独特。题为"金陵怀古",词中檃括了刘禹锡《金陵五题》中的《石头城》和《乌衣巷》两首诗,却如过去词评家所说,是"浑然天成","如自己出"。作者把刘禹锡的诗句和他自己的一些感触融合在一起,写的仍然是自己的感触,并不是剽袭刘禹锡。形式仍然是词,而且是艺术上比较完美的词,并不只是把诗句嵌入词里。词的结构很严整:上片写金陵地势险固,中片写金陵的古迹,下片写眼前的景物,布局井然。它是周邦彦的一首精心之作,格调也较高。

过去许多词评家称赞周邦彦"善融化古人诗句",这首词是一个突出的例子。

浣溪沙

楼上晴天碧四垂[1],楼前芳草接天涯,劝君莫上最高梯。

新笋已成堂下竹,落花都上燕巢泥[2],忍听林表杜鹃啼[3]。

〔1〕四垂:天的四周像垂下的帐幕一样。

〔2〕以上两句说,堂下新生的笋已长成竹,落花都被燕子衔了去筑窠,春已很深了。

〔3〕林表:林外。杜鹃:鸟名。参见秦观《踏莎行》注〔5〕,第171页。

这是一首伤春词,抒写了作者的异乡孤寂之感。通篇情致宛转。过去有人认为它是李清照词,见于明代毛晋所刻《诗词杂俎·漱玉集》。但宋人所刻《清真词》、《片玉集》、《片玉词》都收有此词。南宋方千里《和清真词》也和了这一首。

谢　逸

　　谢逸(？—1113),字无逸,号溪堂。临川(在今江西省)人。屡次参加科举考试,都未考中,一生没有做官。他曾作蝴蝶诗三百多首,中多佳句,人们便称他为"谢蝴蝶"。他有《溪堂词》,存六十多首,长于写景,风格清丽。

千秋岁

楝花飘砌[1],簌簌清香细[2]。梅雨过[3],蘋风起[4]。情随湘水远,梦绕吴峰翠[5]。琴书倦,鹧鸪唤起南窗睡[6]。
　　密意无人寄[7],幽恨凭谁洗。修竹畔[8],疏帘里,歌馀尘拂扇,舞罢风掀袂[9]。人散后,一钩淡月天如水。

　　[1] 楝花:楝树是一种落叶乔木,高可达二十米,春季开淡紫色的花。砌:台阶。
　　[2] 簌(sù 速)簌:形容楝花纷纷落下的样子。
　　[3] 梅雨:见贺铸《青玉案》注[7],第178页。
　　[4] 蘋风:微风。宋玉《风赋》:"夫风生于地,起于青蘋之末(水草的叶尖)。"
　　[5] 湘水:即湘江。吴峰:指江南一带的山。以上两句写因思念旅

人而神驰远方。

〔6〕鹧鸪(zhè gū 浙姑):鸟名。羽色大多黑白相杂,背上和胸腹部有眼状白斑。古人把它的鸣声谐音为"行不得也哥哥"。

〔7〕密意:隐藏的心事。

〔8〕修竹:高大的竹子。

〔9〕尘拂扇:歌扇上沾了尘土。风掀袂(mèi 妹):风掀动着舞衣的袖子。以上两句写停歌罢舞。

这首词是写对远方友人的相思之情。音乐和书画都不足以解忧,也无心观赏歌舞。结尾两句,写酒阑人散之后,仍出以淡淡之景,愈益显得空虚和寂寞。

花心动

闺情

风里杨花,轻薄性[1];银烛高烧心热[2]。香饵悬钩,鱼不轻吞,辜负钓儿虚设[3]。桑蚕到老丝长绊[4],针刺眼,泪流成血[5]。思量起,拈枝花朵,果儿难结[6]。　　海样情深忍撇[7]?似梦里相逢,不胜欢悦。出水双莲,摘取一枝,可惜并头分折[8]。猛期月满会姮娥,谁知是初生新月[9]。折翼鸟,甚是于飞时节[10]?

〔1〕杨花:即柳絮。轻薄性:性情浮荡不定。以上两句,用柳絮的随风飘舞来比喻对方的感情易变。

〔2〕这句是比喻自己心里炽燃着热烈的感情。

〔3〕以上三句是比喻自己枉费心机,对方全不理会。

〔4〕丝:谐音"思"。绊:束缚。这句是比喻自己不能摆脱相思之情。

〔5〕以上两句是比喻自己十分痛苦。

〔6〕拈:用指尖轻取。以上两句是说折下的花枝难以结出果实,用以比喻自己的努力得不到理想的结果。

〔7〕忍:这里作"岂忍"解,岂能忍心的意思。撇(piē瞥):丢开,抛弃。

〔8〕出水双莲:指并头莲,即荷花在一梗上生出歧枝而开两花。以上三句是比喻自己和对方分离。

〔9〕猛期:十分希望。月满:月圆。姮娥:即嫦娥。见黄庭坚《念奴娇》注〔8〕,第159页。以上两句比喻自己和对方不能像满月一样的团圆。

〔10〕于飞:《左传》上说:"凤凰于飞,和鸣锵锵。"于飞本指凤和凰一起飞翔,用做夫妻和谐的比喻。以上两句是说自己好似折断翅膀的鸟儿,什么时候才能比翼双飞?

这首词描写一个女子爱情的痛苦。作者采用了民间歌谣的传统手法,全篇都用比喻,是一大特色,写得泼辣、酣畅,感情奔放。

此词亦见明人传奇《觅莲记》。毛晋汲古阁本《溪堂词》跋说,吴门抄本《溪堂词》有这一首。

苏 过

苏过(1072—1123),字叔党,苏轼之子。善书画,时称小坡,自号斜川居士。曾任中山府通判。著有《斜川集》。

存词一首。

点绛唇

新月娟娟[1],夜寒江静山衔斗[2]。起来搔首,梅影横窗瘦。好个霜天,闲却传杯手[3]。君知否?乱鸦啼后,归兴浓如酒[4]。

[1] 娟娟:秀丽。
[2] 斗:星斗。
[3] 这句意思说,独处无伴,不能和友人一起开怀畅饮。
[4] 归兴:回乡的兴致。

作者抒发了自己在秋夜里的感受,景物写得很清幽,"梅影横窗瘦"及"归兴浓如酒"都是贴切、自然的好句。

宋人某些笔记说此词为汪藻作。黄昇《花庵词选》题苏过作,说此词作时,正当北宋朝廷禁苏轼文字,所以隐其名以传于世。

万俟咏

万俟(mò qí 末其)咏,字雅言,自号大梁词隐。徽宗崇宁中任大晟府制撰,替宫廷撰写词曲。他的词"源流从柳氏来"(《碧鸡漫志》),有《大声集》,久已失传。存二十七首。

忆秦娥

别情

千里草,萋萋尽处遥山小[1]。遥山小,行人远似,此山多少[2]？　天若有情天亦老[3],此情说便说不了。说不了,一声唤起,又惊春晓[4]。

〔1〕萋萋:形容草盛的样子。
〔2〕以上三句说,遥远的山峰显得很小,行人远去,渐渐看不见了,他们比这些山还要遥远啊!
〔3〕这句说,天要是有感情的话,也会变得衰老。李贺《金铜仙人辞汉歌》诗:"衰兰送客咸阳道,天若有情天亦老。"
〔4〕以上三句说,与友人分别,十分痛苦,夜不成寐,却被一声鸡鸣唤起,不禁由于时间过得太快,又迎来了春天的早晨,而感到吃惊。

在古典诗词中,以伤别为题材的作品很多,写法上常有相同的地方。而这首词用遥山与远离的友人相比,来表现惜别的感情,有其新意。下片多用口语,结尾写得也很巧妙。

司马槱

司马槱(yóu 犹),字才仲,陕州夏台(今山西夏县)人。哲宗元祐六年(1091),任河中府司理参军,应科举,考入第五等,赐同进士出身,授与初等职官。作品不传,仅存词两首。

黄金缕

家在钱塘江上住[1],花落花开,不管年华度[2]。燕子又将春色去[3],纱窗一阵黄昏雨。　　斜插犀梳云半吐[4],檀板清歌[5],唱彻《黄金缕》[6]。望断云行无去处,梦回明月生春浦[7]。

[1] 钱塘江:浙江流到杭州市闸口以下,称为钱塘江,注入杭州湾。
[2] 以上两句意思说,正当青春年少,对流逝的时光不知爱惜。
[3] 这句说,燕子又把春光带走了。
[4] 犀梳:犀牛角做的梳子。梳是古代妇女插在发上的装饰品。云半吐:形容梳子斜插在发上,好像是乌云吐出半个月亮来一样。古人常用"云鬟"、"云髻"形容妇女美丽的头发。
[5] 檀板:檀木做的拍板。
[6] 《黄金缕》:词牌《蝶恋花》的别名,以南唐冯延巳写此词,其中

有"杨柳风轻,展尽黄金缕"之句而得名。一说即《金缕衣》曲,是歌唱唐人写的诗:"劝君莫惜金缕衣,劝君惜取少年时。花开堪折直须折,莫待无花空折枝。"

〔7〕以上两句,暗用楚襄王和巫山神女在梦中相会的故事,见冯延巳《鹊踏枝》(几日行云何处去)注〔1〕,第59页。意思是说,行云已不见踪影,那个女子也无处可寻;午夜梦回,唯见春江之上一轮明月,不胜惆怅。

此词见于《张右史文集》及《云斋广录》。

从最后两句看来,全词是写一个迷离恍惚的梦境。作者以浓厚的抒情笔调,描绘了在他梦中出现的女子。传说上片是作者梦中见一女子所歌,下片为作者续成(一说秦觏所续),这显然是有意要为它增添几分神奇的色彩。

李重元

李重元,生平事迹不详。他有《忆王孙》词四首,副题分别为《春词》、《夏词》、《秋词》和《冬词》,表现了怀念王孙远游未归的共同主题。

忆王孙

春词

萋萋芳草忆王孙[1],柳外楼高空断魂[2],杜宇声声不忍闻[3]。欲黄昏,雨打梨花深闭门。

[1] 王孙:公子哥儿。西汉刘安《招隐士》赋:"王孙游兮不归,春草生兮萋萋。"

[2] 这句说,站在高楼上,目中只见烟柳重重,而看不到她所怀念的人的归来,这更加深了她的痛苦。

[3] 杜宇:即杜鹃鸟,相传为古时蜀帝杜宇之魂所化,叫声凄厉,好像在劝说旅游在外的人归家。晏几道《鹧鸪天》:"百花深处杜鹃啼,殷勤自与行人语……声声只道不如归。"

这是一首写"闺情"的词。作者抓住芳草萋萋,柳外高楼,杜宇声声,雨打梨花的黄昏时的景色描写,渲染了这位女子的相思之情,比较成功地运用了借景抒情的艺术手法。尤其"欲黄昏,雨打梨花深闭门"两句,把她怕度过黄昏、怕看见雨点摧残花儿的孤寂愁苦的心理,描绘得很深刻、含蓄。

赵 佶

赵佶(1082—1135),即宋徽宗。他在位二十五年,过着荒淫腐朽的生活,加速了北宋王朝的崩溃。1126年,他让位给儿子赵桓(钦宗)。次年,金兵攻破汴京,赵佶父子被掳北去。高宗绍兴五年,赵佶死于五国城(今黑龙江依兰)。

他的诗词书画都有名,存词十二首。

燕山亭

见杏花作[1]

裁剪冰绡,轻叠数重,冷淡胭脂匀注[2]。新样靓妆,艳溢香融,羞杀蕊珠宫女[3]。易得凋零,更多少无情风雨[4]。愁苦!问院落凄凉,几番春暮[5]? 凭寄离恨重重[6],这双燕何曾,会人言语[7]。天遥地远,万水千山,知他故宫何处[8]?怎不思量,除梦里有时曾去[9]。无据,和梦也新来不做[10]。

〔1〕词题一作《北行见杏花》,又作《杏花》。
〔2〕冰绡(xiāo 消):白色的丝织品。匀注:均匀地点染。轻叠,一

作"打叠"。冷淡,一作"淡著",又作"浅淡"。以上三句是形容杏花的鲜艳。前两句写花瓣,后一句写花的颜色。

〔3〕靓(jìng 静)妆:美丽的妆饰。艳溢:光彩四射。香融:香气散发。蕊珠宫女:指仙女。蕊珠宫,道教经典中所说的天上的仙宫。以上三句说,杏花的美丽花朵,鲜艳夺目,香气扑鼻,使得天上的仙女也不敢比美。

〔4〕更:更加。以上两句说,杏花本来就容易凋谢,何况还有阵阵风雨来摧残。作者用这比喻自己目前的处境。

〔5〕院落:庭院。

〔6〕凭寄:这里有烦请传寄的意思。

〔7〕会:理解。以上两句说,燕子南归时,也不能代为传递心声。

〔8〕故宫:指作者往昔所居住的皇宫。

〔9〕思量:想念。除:除非。以上两句说,怎不想念昔日的皇宫呢?不过只能在梦中回去而已。这里表现了无可奈何的悲伤情绪。

〔10〕无据:不可靠。和:连。新来,一作"有时"。以上两句说,梦中返回故宫本属空虚,近来却连这点空虚的安慰也得不着了。这里表现了作者悲愁日益深重的思想感情。

这首词写杏花的盛开和凋零,借以抒发作者追恋往昔豪华宫廷生活的愁苦及其悲观绝望的感情。据说,这是作者被幽禁时的"绝笔"。

蒋氏女

蒋氏女,佚名。宜兴(在今江苏省)人。其父蒋兴祖,在宋钦宗靖康年间任阳武(今河南原阳)县令。金兵南下,围攻阳武,蒋兴祖坚决抵抗,城破后牺牲。蒋氏女被金兵掳去,北行途中过雄州驿,题《减字木兰花》一首,事见韦居安《梅磵诗话》。

减字木兰花

题雄州驿[1]

朝云横度,辘辘车声如水去[2]。白草黄沙,月照孤村两三家[3]。　　飞鸿过也,百结愁肠无昼夜[4]。渐近燕山[5],回首乡关归路难[6]。

[1] 雄州:今河北雄县。

[2] 辘(lù 鹿)辘:车轮转动的声音。以上两句写北行途中,拂晓即匆匆上路。

[3] 白草:北方的一种牧草。以上两句写沿途所见的荒凉景色。

[4] 无昼夜:不分白天黑夜。以上两句说,看到天上鸿雁南飞,想着自己被掳北去,日夜悲痛。

〔5〕燕(yān淹)山:在今河北蓟县东南,自此蜿蜒而东,经玉田、丰润等地,直抵海岸。

〔6〕乡关:故乡。

这首词写途中的景色,交织着内心的情感,写得精炼,概括力强,四十四个字,把作者被掳北去的无限痛苦表达出来了。

无名氏

御街行

霜风渐紧寒侵被,听孤雁,声嘹唳[1]。一声声送一声悲,云淡碧天如水。披衣起告:雁儿略住,听我些儿事。　塔儿南畔城儿里,第三个桥儿外,濒河西岸小红楼[2],门外梧桐雕砌[3]。请教且与[4],低声飞过,那里有人人无寐[5]。

〔1〕嘹唳:鸟儿响亮而漫长的叫声。
〔2〕濒河:临河,河边。红楼:指妇女的居处。
〔3〕雕砌:雕有花纹的台阶。
〔4〕请教(jiāo交)且与:请您且给。教,同叫,使、让的意思。
〔5〕人人:犹说人儿,那人。这是对亲爱者的称呼,宋人词中常用,如黄庭坚《少年心》:"心里人人,暂不见,霎时难过。"

这首词在写怀人的词中是颇为新颖的,词里虽没有使用思念的字眼,却表现了极深的怀念之情。它的特点是口语化。尤其下片的描写很细致,很具体,生动活泼,有着显著的民歌特色。

叶梦得

叶梦得(1077—1148),字少蕴,号石林居士,吴县(在今江苏省)人。哲宗赵煦绍圣四年(1097)进士。徽宗赵佶时任翰林学士。高宗赵构时,又任江东安抚使兼知建康府等职。他通经学,"深晓财赋",并积极参加了南宋初年的抗金斗争。

叶梦得早在北宋赵煦的时代已开始了词的创作,但现在保存下来的词,主要是晚年之作。据同时人关注《题〈石林词〉》所说,早年他的词"甚婉丽",晚年却是"于简淡时出雄杰"。他的词风的改变,开始于中年时。苏轼词对他有明显的影响。

存《石林词》一卷。

八声甘州

寿阳楼八公山作[1]

故都迷岸草,望长淮,依然绕孤城[2]。想乌衣年少[3],芝兰秀发[4],戈戟云横[5]。坐看骄兵南渡,沸浪骇奔鲸[6]。转盼东流水,一顾功成[7]。　　千载八公山下,尚断崖草木,遥拥峥嵘[8]。漫云涛吞吐,无处问豪英[9]。信劳生,空成今古[10],笑我来,何事怆遗情[11]。东山老,可堪岁晚,独听桓筝〔12〕。

〔1〕寿阳楼:寿阳的城楼。寿阳即寿春(今安徽寿县),东晋时曾改名为寿阳。八公山:又名北山,在今寿县城北,淝水绕经此山入淮。相传因汉淮南王刘安与八个门客在山上炼丹成仙而得名。

〔2〕故都:指寿春。公元前241年,楚国考烈王曾迁都于此,仍名郢。迷:迷乱。长淮:淮河。这里兼指从寿县城东流入淮河的淝水。以上三句说,淮水仍然环绕着曾经是楚都的寿春孤城,野草迷乱,河岸分辨不清。

〔3〕乌衣年少:指谢玄等人。晋王导、谢安等贵族住在乌衣巷(在今南京市东南),人称其子弟为乌衣郎。公元383年,淝水之战时,东晋谢安以八万兵力打败前秦苻坚号称八十万的大军,谢安之弟谢石,侄谢玄,子谢琰等年轻将领,在战争中显示了出色的军事才能。

〔4〕芝兰:《晋书·谢玄传》记载,谢玄形容谢安管教子侄,"譬如芝兰玉树,欲使其生于庭阶耳。"后人即以"芝兰"比喻佳子弟。秀发:长得茂盛。语出《诗经·大雅·生民》:"实发实秀。"后人也常以"秀发"形容人的神采、才华。

〔5〕戈戟云横:这句语义双关。既指谢玄等人统带大军,队伍整齐,戈戟像阵云一样横连成片,也是称赞谢玄等人足智多谋,满腹韬略。《晋书·杜预传》记载,当时人曾称杜预为"杜武库","言其无所不有也"。又《晋书·裴楷传》记载,裴楷善知人,说见钟会"如观武库森森,但见矛戟在前"。

〔6〕骄兵:指苻坚的军队。苻坚自恃兵多,曾夸口说:"以吾之众旅,投鞭于江,足断其流。"奔鲸:指苻坚。谢朓《和王著作融八公山》诗:"长蛇固能剪,奔鲸自此曝。"《文选》李善注说:"奔鲸,喻坚也。"以上两句说,谢安以逸待劳,迎战南下的秦军,坐看苻坚像一条受惊的鲸鱼,在

217

翻滚的淝水中奔窜。

〔7〕转盼:转眼。比喻迅速。以上两句写谢安善于用兵,转眼间就打了大胜仗。

〔8〕断崖:陡峭的山崖。草木:典出《晋书·苻坚载记》:苻坚见东晋军队整齐英勇,很畏惧,以致望见八公山上草木,也疑为晋兵。峥嵘:山势高峻的样子。以上三句意思是,时隔千年,八公山的草木仍像当年那样簇拥着山峰。

〔9〕云涛:像波涛的云。以上两句说,如今只见山头上的云彩聚拢又散开,而当年的英雄豪杰已无处可寻。

〔10〕劳生:劳苦的一生。以上两句说,人们终生劳碌,随着时间推移,无疑都要成为过去。

〔11〕怆:感伤。遗情:指思念往事。曹植《洛神赋》:"遗情想象。"《文选》李善注:"思旧故而想象。"

〔12〕东山老:指谢安。《晋书·谢安传》记载,谢安曾隐居会稽东山。桓筝:《晋书·桓伊传》记载,谢安晚年被晋孝武帝疏远,很不得意。有一次,谢安陪孝武帝饮酒,淝水战役中的名将桓伊弹筝助兴,他边弹边唱魏曹植的《怨歌行》诗句:"为君既不易,为臣良独难。忠信事不显,乃有见疑患。"谢安听了"泣下沾衿",孝武帝"甚有愧色"。以上三句,既写作者对谢安晚年遭遇的感慨,也借谢安自况,埋怨朝廷未能重用他。

这首词借对谢安的歌颂和同情,表明了作者支持抗金派的立场。它大约作于绍兴三年(1133)左右,当时,作者任江东安抚大使兼知建康府并寿春等六州宣抚使。淝水之战,是我国战争史上以少胜多,以弱胜强的一个著名战例,也是后来诗人最喜欢题咏的历史故事之一。苻坚原属氐族,是"五胡"之一,因此,谢安的名字常被后人用以代表抗击侵略的民族英雄。作者另一首词《水调歌头》:"谁似东山老,谈笑净胡沙。"就是袭用李白《永王东巡歌》"但用东山谢安石,为君谈笑净胡沙"的诗句,表示自己渴望在抗金斗争中做出一番事业。

朱敦儒

朱敦儒(1081—1159),字希真,洛阳(在今河南省)人。早年隐居,"有朝野之望"。宋钦宗赵桓和高宗赵构屡次征聘,不肯做官。高宗绍兴二年(1132),才听从朋友的劝告,出任秘书省正字等职。后来被人指责为"专立异论",免官。秦桧当政,任朱敦儒为鸿胪少卿。秦桧死,他随着也被废黜。

朱敦儒的词,除反映他遁世隐居的生活情趣外,也有一些忧时念乱之作。它的特色是:不作绮艳语,少用典故,通俗易懂。黄昇《花庵词选》称赞他"天资旷远,有神仙风致",这却正好表明他有严重脱离现实的弱点。他的作品大部分带有浓厚的虚无思想的色彩。过去有人把他比做白居易、陆游或陶潜,都是过于抬高了的。

有词三卷,名《樵歌》,又名《太平樵唱》。

浣溪沙

雨湿清明香火残[1],碧溪桥外燕泥寒[2],日长独自倚阑干[3]。　脱箨修篁初散绿[4],褪花新杏未成酸[5],江南春好与谁看[6]?

〔1〕香火:指扫墓时焚烧的香烛纸钱。

〔2〕燕泥寒:指燕子衔着带有寒意的湿泥在筑巢。

〔3〕日长:春分以后,黑夜渐短,白天渐长,故云。

〔4〕箨(tuò唾):竹笋上的一片一片的皮。修篁:长长的竹子。

〔5〕这句说,杏花刚落,杏子还未长大。

〔6〕与谁看:即同谁一起观赏。

这首词写清明时节的江南春色,风光如画,同时也抒发了作者南渡后的孤独和苦闷心情。

相见欢

金陵城上西楼,倚清秋[1]。万里夕阳垂地,大江流。　中原乱,簪缨散[2],几时收?试倩悲风吹泪[3],过扬州[4]。

〔1〕以上两句说,站在金陵(今江苏省南京市)城楼上,眺望那万里江天的秋色。

〔2〕簪缨:代指世族。簪和缨都是古代贵族的帽饰,簪用来把帽子连在发髻上,缨是帽带。

〔3〕倩(qiàn):请人代替自己做。

〔4〕扬州:即今江苏省扬州市,当时为南宋的抗战前线,经常遭受金兵的侵扰。

这是作者南渡后倚楼远眺之作,反映了他在中原沦陷后的凄苦心情。

李　纲

　　李纲(1083—1140),字伯纪,邵武(在今福建省)人。政和二年(1112)进士。北宋末任太常少卿、兵部侍郎、尚书右丞。靖康元年(1126),金兵围逼开封,李纲登城督战,激励将士,击退金兵。但不久就受到投降派的排挤。高宗即位后,他一度被起用为宰相,仍力主抗金复国,但在职仅七十五天,又遭贬斥。后调任荆湖南路安抚使等职。他一贯主张抗金,多次上疏,陈述抗金方略,均未被采纳。

　　有《梁谿词》。

六幺令

次韵和贺方回金陵怀古,鄱阳席上作[1]

长江千里,烟淡水云阔。歌沉玉树[2],古寺空有疏钟发[3]。六代兴亡如梦[4],苒苒惊时月[5]。兵戈凌灭[6],豪华销尽,几见银蟾自圆缺[7]。　　潮落潮生波渺,江树森如发[8]。谁念迁客归来,老大伤名节[9]。纵使岁寒途远[10],此志应难夺[11]。高楼谁设,倚阑凝望,独立渔翁满江雪[12]。

〔1〕鄱阳:今江西波阳县。

〔2〕歌沉:歌声沉寂。玉树:南朝陈后主所制《玉树后庭花》曲。

〔3〕疏钟:稀疏的钟声。发:传出。

〔4〕六代:见欧阳炯《江城子》注〔3〕,第45页。

〔5〕苒苒(rǎn染):形容岁月流逝。时月:岁月。这句是感叹岁月流逝之快。

〔6〕兵戈凌灭:战争的痕迹已消失。这里以兵器代指战事。

〔7〕银蟾:月亮。这句说,月亮圆了又缺,缺了又圆,不知有多少回了。

〔8〕森:茂密。发:这里形容江树茂密如毛发。《庄子·逍遥游》:"穷发之北。"《释文》引《地理书》说:"山以草木为发。"

〔9〕迁客:被贬斥、流徙远方的人。此系作者自指。名节:声誉操守。以上两句说,无人体谅我被贬归来,因年纪老大,名节未立而伤悲。

〔10〕岁寒:这里借指恶劣的环境或严酷的打击。古人认为岁寒可以考验松柏的坚贞。途远:这里指要达到目的地须走很长的路。

〔11〕夺:改变原来的志向。《论语·子罕》:"匹夫不可夺志也。"

〔12〕以上三句借渔翁独立风雪中,比喻作者坚韧不拔的斗争精神。柳宗元《江雪》诗:"孤舟蓑笠翁,独钓寒江雪。"

作者于宣和三年(1121)写过《金陵怀古》诗四首,其中"歌沉玉树月自圆""兵戈凌灭故城荒""豪华散灭城池古"等诗句,虽与此词中一些字句相近,但诗中多感怀历史往事,情绪亦较为低沉。这首词大约作于南宋初年作者接连被贬斥之后,感慨较深。词的内容从吊古转为伤今,情调也从哀怨渐趋激昂。最后作者表示,尽管遭到排挤,尽管前途险阻,但抗金复国的坚强意志却不可动摇。

李清照

　　李清照(1084—?)，号易安居士，济南(在今山东省)人，出生于一个注重文学艺术的士大夫家庭，从小受到熏陶。她的丈夫赵明诚历任知州一类的地方官。他们两人都喜欢收藏和研究金石书画，著有《金石录》。在她的《金石录后序》里，记述了她的婚后生活和她大半生的重要经历。

　　李清照在我国文学史上是一个很重要的女作家，诗和散文都有较高成就，而主要的成就是词。她的创作生活，以1127年金统治者占领汴京为界，分为前后两个时期。前期的作品多是写她在赵明诚离家外出时所感受的离愁别恨，以及一些描写闺中生活和咏物之作，一般都是局限在个人生活的狭小天地里。

　　她在后期避难到南方，经历了社会的大变乱，国破家亡，许多痛苦涌上心头，写了一些反映那个时代某些面貌的作品。如"欲将血泪寄山河，去洒东山一抔土"，悲痛祖国的大好河山沦于敌手。"南渡衣冠少王导，北来消息欠刘琨"，指斥了南宋统治集团的萎靡不振，屈膝言和。词中如《添字丑奴儿》(窗前谁种芭蕉树)、《永遇乐》(落日熔金)、《武陵春》(风住尘香花已尽)、《蝶恋花·上巳召亲族》、《声声慢》(寻寻觅觅)，都是抒写她所经历的乱离生活的痛苦和寄托了她的故国之思。和她的诗比起来，词中写得委婉一些，意义也显得狭小一些。

　　李清照词的成就主要表现在语言艺术方面。她的词用典故不多,不追求词藻的秾丽,而是用朴素清新的语言表现她对周围事物的感触和刻画比较细腻的心情,常常写得鲜明生动,感情色彩很浓。有时还采用口语入词,如"守着窗儿,独自怎生得黑","如今憔悴,风鬟霜鬓,怕见夜间出去"。过去有人称赞她的词"用浅俗之语,发清新之思"(清邹祗谟:《远志斋词衷》),或者说"以寻常语度入音律"(宋张端义:《贵耳集》),这都说出了李清照词语言的特点。

李清照写有一篇《词论》,从词的兴起谈到词的写作问题,其中对北宋一些重要的词家都有所评论,谈了他们词作的优点和缺点。她提出写词要"协音律",认为"词别是一家",不能和诗一样。这些主张对于词的创作起了束缚作用,从而影响了她的作品思想内容的深度和广度。

有《李清照集》、《漱玉词》辑本,存词四十七首。

渔家傲

天接云涛连晓雾,星河欲转千帆舞[1]。仿佛梦魂归帝所[2],闻天语[3],殷勤问我归何处? 我报路长嗟日暮,学诗谩有惊人句[4]。九万里风鹏正举[5],风休住,蓬舟吹取三山去[6]。

〔1〕星河:银河。以上两句,写梦中经历,是天将晓时天河中的景象。

〔2〕帝所:天帝的住所。

〔3〕天:指天帝。

〔4〕报:这里是回答天帝的意思。路长日暮:屈原《离骚》:"路曼曼其修远兮,吾将上下而求索。"嗟:嗟叹。谩:徒、空。以上两句说:我回答天帝,我要去的地方路很远,可叹的是天色快晚了。我学着写诗,但空有惊人句,无济于事。

〔5〕九万里风鹏正举:《庄子·逍遥游》里说大鹏乘风飞上九万里高空。举,鸟飞翔的意思。

〔6〕蓬舟:蓬草一般的轻舟,指飘流无定的船。三山:《史记·封禅书》说渤海中有三座神山:蓬莱、方丈、瀛洲。

李清照被称为婉约派词人,但她的词有豪放的一面,这首词可作为代表。词中写梦境,用浪漫主义手法,写她到了天上,在天空漫游,仿佛是《离骚》笔意。作者颇有一点追求理想,不安于现实庸俗生活的意思。她一方面嗟叹"路长日暮",一方面还是乘风远游,向"三山"而去。当然,在过去的封建社会里,一个妇女受到重重束缚,一般不可能在政治上有所作为。她一生只能用写诗词来表现她的才能,但她感到"谩有惊人句",似乎并不以此为满足。

如梦令

常记溪亭日暮,沉醉不知归路。兴尽晚回舟[1],误入藕花深处[2]。争渡[3],争渡,惊起一滩鸥鹭。

〔1〕兴尽:酒兴的高潮过去了。
〔2〕藕花:荷花。
〔3〕争渡:有夺路而归之意。

作者在溪亭饮酒至醉。作为封建时代一个上层社会的妇女,跑到郊野去饮酒,表现了她的性格中豪放的一面。词中写她晚归情景,生动如画。

此词杨金本《草堂诗馀》误作苏轼词,今依南宋初人曾慥的《乐府雅词》,断为李清照作。

如梦令

昨夜雨疏风骤[1],浓睡不消残酒[2]。试问卷帘人[3],却道海棠依旧[4]。知否?知否?应是绿肥红瘦[5]。

〔1〕雨疏风骤:雨小风急。
〔2〕浓睡:睡得酣畅。不消残酒:残馀的醉意没有完全消失。
〔3〕卷帘人:指正在卷帘的侍女。
〔4〕这句是侍女回答说海棠花还和以前一样。
〔5〕绿肥红瘦:叶儿繁盛了,花却憔悴了。以上三句是纠正侍女的答话。

这首小词,以白描开头,结句却着色秾艳。其中有人物的对话,写得新颖活泼。

凤凰台上忆吹箫

香冷金猊[1],被翻红浪[2],起来慵自梳头[3]。任宝奁尘满[4],日上帘钩。生怕离怀别苦,多少事,欲说还休。新来瘦,非干病酒[5],不是悲秋。　　休休,这回去也,千万遍阳关,也则难留[6]。念武陵人远[7],烟锁秦楼[8]。惟有楼前流水,应念我终日凝眸[9]。凝眸处,从今又添,一段新愁[10]。

〔1〕金猊(ní 尼):狻猊形的铜香炉。狻猊,古书上所说的一种野兽。这句说,香炉里的香料夜间早已烧完。

〔2〕红浪:指红锦被没有叠好,在床上乱摊着。柳永《凤栖梧》:"鸳鸯绣被翻红浪。"

〔3〕慵:懒。慵自,一作"人未"。

〔4〕宝奁(lián 联):华贵的镜匣。这句说镜匣不打开,是无心梳头的意思。尘满,一作"闲掩"。

〔5〕病酒:酒喝多了而身体不适。

〔6〕休休:罢了。阳关:见张舜民《卖花声》注〔5〕,第152页。以上四句追溯她和爱人的离别。

〔7〕武陵人远:指爱人在遥远的地方。陶渊明《桃花源记》说武陵(今湖南常德)有一个渔人曾到与世隔绝的桃花源。

〔8〕秦楼:指自己住处。传说秦穆公女弄玉和萧史成婚,住在凤台,即秦楼。见李白《忆秦娥》注〔1〕,第7页。烟,一作"云"。秦,一作"重"。这句说,自己独住在烟雾迷闭的故居。

〔9〕凝眸:聚神注视。

〔10〕又添,一作"更数"。一段,一作"几段"。

这首词写离别爱人以后的思念心情。词牌是取萧史、弄玉的故事,词的内容有和词牌名的含义相关合处,从"烟锁秦楼"句可见。作者借此衬托他们两人之间的爱情。词中写离情写得宛转曲折,而笔意却很流畅。

一剪梅

红藕香残玉簟秋,轻解罗裳,独上兰舟[1]。云中谁寄锦书来?雁字回时,月满西楼[2]。　　花自飘零水自流,一种相思,两处闲愁。此情无计可消除,才下眉头,却上心头[3]。

〔1〕玉簟(diàn 电)秋:从竹席上感到了秋天的凉意。玉簟,华贵的竹席。罗裳:质地轻细的丝织的衣裳,一般指女子所用,但也可指男子衣物,如《黄庭内景经》:"同服紫衣,飞罗裳。"以上三句是写她和爱人分别时的情景:在荷花凋谢的水边,她的爱人独自踏上兰舟离去。

〔2〕锦书:即帛书。锦是有彩色花纹的丝织品。鸿雁传书事,见李煜《清平乐》注〔3〕,第67页。雁字:雁群飞时排成"一"字或"人"字,所以叫做"雁字"。以上三句写她在家里盼望着爱人会让鸿雁从天空捎来书信。

〔3〕以上三句说,眉头方才不皱了,心里却又想起来了。

相传为元人伊世珍所写的《瑯嬛记》说:赵明诚、李清照婚后不久,赵明诚就到远处去上学,李清照"殊不忍别,觅锦帕,书《一剪梅》词以送之"。伊世珍所说和作品内容大体符合。上片开头三句写分别的时令和地点,下片起句"花自飘零水自流"回应这三句,这些都是写分别时情景,其他各句是设想别后的思念心情。过去有人称赞"红藕香残玉簟秋"句,认为它"精秀特绝"。然而这首词整个说来,它的特色是用语浅近而感情深挚。

醉花阴

薄雾浓云愁永昼[1],瑞脑消金兽[2]。佳节又重阳[3],玉枕纱厨[4],半夜凉初透。　东篱把酒黄昏后[5],有暗香盈袖[6]。莫道不消魂[7],帘卷西风,人比黄花瘦[8]。

〔1〕愁永昼:整天在愁。永昼,漫长的白天。

〔2〕瑞脑:香料,一称龙脑。金兽:兽形铜香炉。

〔3〕重阳:古时以阴历九月初九为重阳节。

〔4〕玉枕:枕的美称。纱厨:即碧纱厨,用木头做架子,蒙上轻纱,中间可安放床位,夏天用来避蚊蝇。

〔5〕东篱:陶渊明《饮酒》诗:"采菊东篱下。"

〔6〕暗香:幽香,这里指菊花的香气。

〔7〕消魂:感触很深,好像魂魄要离开躯体一样。

〔8〕黄花:指菊花。以上两句说,帘子被西风卷起,看见庭院中菊花正茂,自己却憔悴了。

作者在这首词中写她在秋天的凄苦心情。据《琅嬛记》记载,赵明诚对此词很称赏,想超过她,于是用三天三夜的工夫,废寝忘餐,写了十五首,然后把它们和李清照的这首词混杂在一起,去给他的朋友陆德夫看。陆德夫再三赏玩,说"只有莫道不消魂三句绝佳"。这在词史上成为一个佳话。

念奴娇

萧条庭院[1],又斜风细雨,重门须闭[2]。宠柳娇花寒食近[3],种种恼人天气。险韵诗成[4],扶头酒醒[5],别是闲滋味。征鸿过尽[6],万千心事难寄。　　楼上几日春寒,帘垂四面,玉阑干慵倚[7]。被冷香消新梦觉[8],不许愁人不起。清露晨流,新桐初引[9],多少游春意。日高烟敛[10],更看今日晴未?

[1] 萧条:寂寥,草木凋零景象。

[2] 重(chóng 虫)门:一道一道的门。

[3] 宠柳娇花:受到大自然和人们宠爱的杨柳和各种花卉。寒食:见周邦彦《兰陵王》注[7],第188页。这句说,正临近柳明花媚的寒食佳节。

[4] 险韵:用冷僻生疏难押的字来作韵脚。

[5] 扶头酒:喝了使人易醉的烈性酒。

[6] 征鸿:远飞的大雁。

[7] 玉阑干:栏杆的美称。

[8] 香消:铜炉里的香料已烧完。

[9] 以上两句出于《世说新语·赏誉》:"于时清露晨流,新桐初引。"引,滋长的意思。

[10] 烟敛:雾气渐渐消失。

这首词的内容,正如清人《蓼园词选》所说,"只写心绪寂寞,近寒食更难遣耳"。从"征鸿过尽,万千心事难寄"句看,它是在和赵明诚别后所作。通篇都写孤独寂寞,而最后几句比较开朗,由于这样,在艺术上显得有变化,而且赋予这首词以新鲜的意境。

添字丑奴儿

窗前谁种芭蕉树?阴满中庭[1]。阴满中庭,叶叶心心舒卷有馀情[2]。　　伤心枕上三更雨,点滴霖霪[3]。点滴霖霪,愁损北人不惯起来听[4]。

〔1〕中庭:庭院中。
〔2〕舒卷:指蕉叶的伸展和蕉心的卷起。
〔3〕霖霪(yíng 盈):形容雨声连绵不断。霖和霪都是久雨的意思。
〔4〕北人,一作"离人"。

作者在这首词里写她听到雨打芭蕉而引起身在异乡的愁思。"北人",清代《历代诗馀》等一些本子作"离人",然宋陈景沂所编《全芳备祖》录入此词,作"北人"。芭蕉是南方的植物,作者从北方逃难到南方,听到在故乡所未曾听见过的这种声音,顿增异乡之感,所以说"愁损北人不惯起来听"。若作"离人",就未免落入陈套了。

永遇乐

落日熔金,暮云合璧,人在何处[1]?染柳烟浓[2],吹梅笛怨[3],春意知几许[4]。元宵佳节,融和天气,次第岂无风雨[5]。来相召,香车宝马,谢他酒朋诗侣[6]。　中州盛日,闺门多暇,记得偏重三五[7]。铺翠冠儿,捻金雪柳,簇带争济楚[8]。如今憔悴,风鬟霜鬓[9],怕见夜间出去[10]。不如向帘儿底下[11],听人笑语。

〔1〕落日熔金:落日的光辉像熔解的金子一样赤。暮云合璧:形容四周暮云连成一片。璧,圆形而中有孔的玉。人在何处:置身在什么地方。人,自指。以上三句,看到落日暮云而引起异乡飘泊之感。

〔2〕染柳烟浓:浓浓的雾气似乎渐渐地给柳树染上了春天的颜色。

〔3〕吹梅笛怨:笛子吹出《梅花落》曲的哀怨声音。

〔4〕几许:多少。

〔5〕元宵:元宵节,阴历正月十五日。次第:转眼。以上三句说,元宵佳节,虽然天气融和,保不定转眼就有风雨。

〔6〕香车宝马:华美的车马。以上三句说:一些饮酒作诗的朋友乘坐香车宝马来召唤她,她辞谢不去。

〔7〕中州:今河南省地,古称中州,这里指北宋首都汴京。盛日:兴盛时期。三五:古人有时把月半称为三五,这里是指正月十五。以上三句说,记得过去在汴京时,妇女们空闲较多,对于元宵节特别看重。

〔8〕铺翠冠儿:装饰着翡翠的帽子。捻金雪柳:《大宋宣和遗事》记载,汴京人在正月十四日夜预赏元宵节,"尽头上戴着玉梅、雪柳、闹蛾儿,直到鳌山下看灯",雪柳大约是用彩纸搓成柳枝模样的装饰物。捻,搓。簇带:宋时俗语,插戴的意思。济楚:整齐。以上三句回忆在汴京时元宵节夜妇女看灯的盛装。

〔9〕风鬟霜鬓:发髻零乱,两鬓如霜,形容自己衰老。霜,一

作"雾"。

〔10〕怕见:怕得,懒得。

〔11〕帘儿底下:帘里。

过去,在元宵节,人们看灯游乐,总要热闹一番。作者写这首词时,寓居南方,面对着佳节的热闹气氛,心里却充满了国破家亡的凄凉之感。上片写节日景物,带着一种黯淡的色彩。下片写她回忆汴京沦陷前和女伴看灯,对比今日的"憔悴"。南宋刘辰翁《永遇乐·序》说:"余自己亥上元,诵李易安《永遇乐》,为之涕下,今三年矣。每闻此词,辄不自堪",他也依声写了一首寄托他的"悲苦"。李清照这首词中多用"寻常语",很自然,却能动人。

武陵春

风住尘香花已尽[1],日晚倦梳头。物是人非事事休,欲语泪先流。　　闻说双溪春尚好[2],也拟泛轻舟。只恐双溪舴艋舟[3],载不动,许多愁。

〔1〕尘香:尘土里掺杂落花的香气。

〔2〕双溪:水名,在今浙江金华。

〔3〕舴艋(zé měng 责猛)舟:小船。

这首词作于绍兴五年(1135),这时作者避难居金华,已经五十一岁了。赵明诚病死之后,她几经波折,流离转徙,词中反映了她当时的愁苦。宋代词人对于"愁",常有一些夸张的描写,如秦观"落红万点愁如海"之类。但李清照这里所写,却是有她生活遭遇的根据的。

蝶恋花

上巳召亲族[1]

永夜恹恹欢意少[2]。空梦长安[3],认取长安道。为报今年春色好,花光月影宜相照。　　随意杯盘虽草草[4],酒美梅酸,恰称人怀抱[5]。醉莫插花花莫笑,可怜春似人将老。

[1] 上巳:古时阴历三月上旬的巳日为上巳,是一个节日,三国魏时固定为三月初三。
[2] 永夜:长夜。恹恹(yān烟):生病的样子。
[3] 长安:见张舜民《卖花声》注[7],第152页。
[4] 草草:随便。王安石《示长安君》诗:"草草杯盘供笑语,昏昏灯火话平生。"
[5] 称(chèn趁)人怀抱:合人意。

作者晚年时常在怀念故国,"空梦长安,认取长安道",可见感情之深。词中对她的亲族说家常话,表达出了一种亲切的心情。

声声慢

寻寻觅觅,冷冷清清,凄凄惨惨戚戚[1]。乍暖还寒时候[2],最难将息[3]。三杯两盏淡酒,怎敌他,晚来风急[4]!雁过也,正伤心,却是旧时相识[5]。　满地黄花堆积,憔悴损,如今有谁堪摘[6]?守着窗儿,独自怎生得黑[7]!梧桐更兼细雨,到黄昏点点滴滴。这次第,怎一个愁字了得[8]!

〔1〕戚戚:忧愁的样子。以上三句是有层次的,"寻寻觅觅"写心中若有所失,思索追寻;"冷冷清清",写当时周围环境是一片空虚寂寞;"凄凄惨惨戚戚",写当时无可奈何的凄惨心情。

〔2〕乍暖还寒:指深秋天气变化无常。

〔3〕将息:保养、调养的意思。

〔4〕晚,一作"晓"。

〔5〕正,一作"最"。以上三句说,看到雁从北来,自伤身世,缅怀故国,已是难受的了,而此雁却又是过去在家乡见过似的,益发触动悲伤的心情。

〔6〕黄花:指菊花。谁:何、什么。堪,一作"忺"。以上三句说,地上开着一丛一丛的菊花,都已憔悴了,现在还有什么可摘的呢?

〔7〕怎生:怎样。生,语助词。这句说,独自一人,对此情景,越发感到时光难度,怎能挨得到天黑。

〔8〕次第:光景、情况。以上两句说,面对着这些光景,心中万般滋味,一个"愁"字怎能概括得了。

这首词是李清照晚年的作品。词中写一个秋天黄昏的景物:秋雁、菊花、梧桐、细雨、晚风,这些无不触动了她的愁绪。这里所写的愁,有着国破家亡的具体生活内容,不同于无病呻吟。但这种消极、绝望心情,却是深深地打上了作者的阶级烙印。词的艺术特色是把情感活动和自然景物、生活细节结合来写,刻画入微,语言也有新颖独到之处。过去人们称赞它开头一连用了十四个叠字,用得非常自然。到快结尾时,又用了"点点滴滴"四个叠字。这不独富有音乐性,而且表现了作者孤独的心情和单调冷清的环境。此外它还用了"黑"、"得"等难押的"险韵",都恰到好处,表现了作者在词的写作艺术上的造诣。

摊破浣溪沙

病起萧萧两鬓华[1],卧看残月上窗纱。豆蔻连梢煎熟水,莫分茶[2]。　　枕上诗书闲处好[3],门前风景雨来佳。终日向人多酝藉,木犀花[4]。

〔1〕萧萧:这里是凄凉的意思。两鬓华:两鬓花白。

〔2〕豆蔻:草本植物,可供药用,治胃中胀闷、消化不良及呕吐恶心。分茶:宋代烹茶的一种方式,作者另词《调转满庭芳》:"活火分茶。"以上两句说,豆蔻子连梢煎汤服用,不可饮茶(传说茶可解药性)。

〔3〕这句说,病中随意读书,和平日正襟危坐只求记诵不同,更能领略其中的妙处。

〔4〕酝藉:同蕴藉,含蓄有馀的意思。木犀花:即桂花。以上两句描写桂花的神态和它的有馀不尽的清香。

这首词没有写愁苦,而是表现一种闲适心情,似乎作者暮年已习惯于颠沛流离的生活。文字平淡,描写作者的日常生活和意趣,颇为真切自然。

吕本中

吕本中(1084—1145)，字居仁，号紫微，人称东莱先生，寿州(今安徽寿县)人。徽宗赵佶时曾任枢密院编修官等职，高宗赵构时又历任起居舍人、中书舍人兼侍讲。他曾向赵构陈述恢复大计。后触怒秦桧，被免职。

他是江西派诗人，曾作《江西诗社主客图》。他虽曾学黄庭坚、陈师道句法，但他的诗有写得自然轻灵处，不完全受江西诗派的限制。

他的词，以婉丽见长。宋曾季狸《艇斋诗话》曾说："东莱晚年长短句，尤浑然天成，不减唐、《花间》之作。"就他词的内容来说，有的反映了当时的社会动乱，这是唐五代词人很少做到的。

著有《东莱集》。存词二十七首。

采桑子

恨君不似江楼月[1]，南北东西。南北东西，只有相随无别离。　　恨君却似江楼月，暂满还亏[2]。暂满还亏，待得团圆是几时[3]？

〔1〕江楼：江边的楼阁。
〔2〕暂满还亏：暂时圆满了一下，却又亏缺不圆了。

〔3〕团圆,一作"团团"。

这首写别情的词,很生动晓畅,比喻和构思都很巧妙,具有民歌的艺术特色。

南歌子

驿路侵斜月〔1〕,溪桥度晓霜〔2〕。短篱残菊一枝黄,正是乱山深处过重阳。　旅枕元无梦,寒更每自长〔3〕。只言江左好风光〔4〕,不道中原归思转凄凉〔5〕。

〔1〕驿(yì译)路:设有驿站的大路。这句说,天未明时,行进在斜月照耀的驿路上。

〔2〕度:过。这句说,清晨走过了有霜的溪桥。

〔3〕元:同"原"。寒更:寒夜的更次。以上两句说,在旅店里睡不着,觉得寒夜很长。

〔4〕江左:江东,这里指东南地区。

〔5〕不道:不料。转:反而。

作者在这首词中写他在旅途中度过重阳节的凄凉心情,以及他因怀念中原故土而夜不成寐的痛苦。全词清新爽朗,饶有情致。

胡世将

胡世将(1085—1142),字承公,常州晋陵(今江苏武进)人。徽宗崇宁五年(1106)进士。曾任尚书右司员外郎、兵部侍郎、四川安抚制置使等官。绍兴九年和十年(1139—1140),他任川陕宣抚使。这时金兵大举进攻关中,长安陷落;西北守军分屯各地,面临覆灭的危险。胡世将调动吴璘、田晟等人出击,使"分屯之军,得全师而还"。绍兴十一年,收复陇州等地,在西北建立了战功。

他的词仅传一首。

酹江月

秋夕兴元使院作,用东坡赤壁韵[1]

神州沉陆[2],问谁是,一范一韩人物[3]。北望长安应不见,抛却关西半壁[4]。塞马晨嘶,胡笳夕引[5],赢得头如雪[6]。三秦往事[7],只数汉家三杰[8]。　　试看百二山河,奈君门万里,六师不发[9]。阃外何人回首处,铁骑千群都灭[10]。拜将台欹,怀贤阁杳,空指冲冠发[11]。阑干拍遍,独对中天明月[12]。

〔1〕兴元:兴元府,治所在今陕西汉中。使院:指川陕宣抚使衙门。用东坡赤壁韵:即用苏轼《念奴娇·赤壁怀古》一词的原韵。苏词见本书第135页。《酹江月》是《念奴娇》词牌的别名。

〔2〕神州沉陆:指北方和中原地区的沦陷。神州,旧称中国。沉陆,即陆沉,无水而沉,比喻土地被敌人占领。西晋时,王衍任宰相,正值匈奴贵族起兵侵扰,他清谈误国,丧失了很多国土。桓温说:"遂使神州陆沉,百年丘墟,王夷甫(王衍的字)诸人不得不任其责。"见《晋书·桓温传》。

〔3〕一范一韩:指范仲淹和韩琦,两人都是北宋仁宗时人(韩琦稍晚,活到神宗时),都曾守卫陕西,防御西夏。《范文正公集》附录《范文正公年谱》据《名臣传》引"边上谣":"军中有一韩,西贼闻之心胆寒;军中有一范,西贼闻之惊破胆。"

〔4〕长安:指当时西京,今陕西西安市。关西半壁:指函谷关以西之地。半壁,半边的意思。以上两句说,金兵占领了长安和关中大片土地。

〔5〕胡笳:我国古代北方少数民族的一种吹奏乐器。引:这里是演奏的意思。

〔6〕赢得:剩得。

〔7〕三秦:指关中地区。秦亡后,项羽分关中地区为三部分,以封秦降将章邯等三人,称为三秦。

〔8〕汉家三杰:指张良、萧何、韩信,三人辅佐汉高祖刘邦定天下。

〔9〕百二山河:指关中地形险要。据《史记·高祖本纪》,田肯谈到关中"河山之险",说"持戟百万,秦得百二焉",意思是秦兵二万可当诸侯兵百万,一说秦兵百万可当诸侯兵二百万。骆宾王《帝京篇》诗:"秦塞重关一百二,汉家离宫三十六",则以"百二"为关塞的数目。君门:指朝廷。六师不发:指南宋朝廷不出兵。这句原注:"朝议主和。"六师,周代天子军队的建制。以上三句说,朝廷一味议和,不肯出兵,不能保住

241

关中。

〔10〕阃(kǔn捆)外：古代将军领兵在外，称为阃外，有权决断全军大事。《史记·冯唐传》："阃以外，将军主之。"阃，郭(外城)门限。铁骑千群：指驻守关中的南宋军队。这句原注："富平之败。"富平在今陕西。绍兴十年，长安一带被金兵攻占，关中震动。以上两句说，谁负守土重任，回头只见军队都被敌人消灭了。

〔11〕拜将台：汉高祖刘邦拜韩信为大将处，遗址在今陕西南郑的南郊。攲(qī欺)：倾斜。怀贤阁：宋代为纪念诸葛亮出师所建，遗址在今陕西凤翔东南，苏轼有《怀贤阁》诗。杳：远。指冲冠发：毛发竖立，形容盛怒。《史记·刺客列传》说燕丹设宴送荆轲入秦刺秦王，荆轲悲歌慷慨，"士皆怒发上指冠"。以上三句说，现在看不到刘邦的登台择将，看不到诸葛亮的出师，徒然有满腔怒火。

〔12〕中天：天空当中。

这首词当作于绍兴十年(1140)秋，正是作者任川陕宣抚使的第二年。这时，南宋各地区局势都很紧急，战事很激烈。五月，金兀术等分兵四路攻宋，撒离合带领一路攻入关中，陷长安。胡世将作为川陕的特派大员，调动诸将出击，在六月和七月，打了一些胜仗，遏制了金兵攻势。中原地区，岳飞、韩世忠等人也屡败金兵。可是到了八月和九月，朝廷罢斥一批抗战派人物，任用秦桧，专主和议。胡世将这首词即作于此时。词写得慷慨激烈，对于"朝议主和"表示极大的愤慨，可和岳飞《满江红》并读。词中"空指冲冠发"和《满江红》中"怒发冲冠"都同样表现了他们的激昂情绪。

词见《陕西通志》卷九十七。

赵 鼎

赵鼎(1085—1147),字元镇,解州闻喜(在今山西省)人,自号得全居士。

金兵破汴京,命百官议立张邦昌为傀儡,这时赵鼎任开封士曹,他和张浚、胡寅逃入太学,拒不附议。高宗时,历官侍御史、参知政事等,力主抗金,颇具谋略。后受秦桧迫害,贬谪漳州、潮州,后移吉阳。他知秦桧必欲置己死地,就自书铭旌云:"身骑箕尾归天上,气作山河壮本朝",绝食而死。

有《忠正德文集》,存词四十五首。

满江红

丁未九月南渡,泊舟仪真江口作[1]

惨结秋阴[2],西风送霏霏雨湿[3]。凄望眼,征鸿几字,暮投沙碛[4]。试问乡关何处是,水云浩荡迷南北[5]。但一抹寒青有无中,遥山色[6]。　　天涯路,江上客[7]。肠欲断,头应白。空搔首兴叹,暮年离拆[8]。须信道消忧除是酒,奈酒行有尽情无极[9]。便挽取长江入尊罍,浇胸臆[10]。

〔1〕丁未九月:即高宗赵构建炎元年(1127)九月。仪真:县名,即今江苏仪征,在长江北岸。

〔2〕这句形容秋空阴云凝聚。

〔3〕霏霏(fēi飞):形容雨下得稠密。霏霏,一作"丝丝"。

〔4〕凄望眼:悲伤地举目张望。征鸿:鸿雁。因雁是候鸟,按节候南飞北返,所以叫做征鸿。征,远行。几字:指几列。鸿雁飞行时,常排成"一"字或"人"字队列。沙碛(qì器):水中沙堆。以上三句写,目送鸿雁南飞,愈感自己离乡背井之可悲。

〔5〕浩荡:广阔的样子。

〔6〕一抹:形容轻微的痕迹有如用笔一抹。寒青:指心境凄凉时所望见的山色。这里化用王维《汉江临泛》"山色有无中"诗句意。一抹寒青,一作"修眉一抹"。

〔7〕以上两句说,自己远离家乡,飘泊江上。

〔8〕空:徒然。搔首:挠头,表示心烦意乱。离拆:分离,指离开家乡。以上四句,伤痛晚年遭变,背井离乡。离拆,一作"离隔"。

〔9〕信道:知道。除:除非。酒行:饮酒。行,斟酒劝饮。以上两句极言自己忧愁之深,非酒所能解除。须信道消忧,一作"欲待忘忧"。

〔10〕便:直须。挽(wǎn晚)取:引。取,语助词。尊罍(léi雷):酒器。胸臆:指心中的愁闷。以上两句说,直须把长江水全当做酒喝下去,来冲刷心头的愁闷。

这首词是北宋灭亡后赵鼎南逃途中所作。作者在词中即景抒怀,倾吐了国难当头、背井离乡的满腔悲愤。上片通过凄风苦雨、归雁远山等景色的描绘,烘托出他沉重而茫然的心情,表露了他对北方山河的眷恋。作者所要抒发的愁苦是如此强烈,以致下片虽然采用夸张的艺术手法,却仍然使人感到表达真实,合乎情理。这不失为一首有时代气氛的感人之作。

洪 皓

洪皓[1](1088—1155),字光弼,饶州鄱阳(今江西波阳)人。徽宗赵佶时,曾代理宁海县令等。高宗赵构建炎三年(1129),充任大金通问使。在金留居太原一年馀,以后转移到云中(今山西大同)半年,冷山(今吉林农安)十年,最后到燕京(今北京)。十馀年间屡遭软禁,受尽艰辛。金统治者曾逼迫他到伪齐刘豫手下去做官,又想任命他为翰林学士,他都拒绝了。

绍兴十三年(1143),洪皓回到南宋。他曾当面揭露秦桧昔年叛变的隐情,致使秦桧怀恨在心,将他逐出朝廷。后来死于贬窜途中。

著有《鄱阳集》、《松漠纪闻》。存词二十一首,大部分作于留北时,抒发了热烈的家国之思。

[1] 皓,应作"晧"。洪皓兄弟七人,其六弟之名依次为曦、晔、暎、晖、曜、杲。但《宋史》等书多作与"晧"通用的"皓"。

江梅引

顷留金国,四经除馆[1],十有四年[2],复馆于燕[3]。岁在壬戌[4],甫临长至[5],张总侍御邀饮[6]。众宾皆退,独留少款[7],侍婢歌《江梅引》[8],有"念此情,家万里"之句。仆曰[9]:"此词殆为我作也。"又闻本朝使命将至[10],感慨久之。既归,不寝,追和四章,多用古人诗赋,各有一"笑"字,聊以自宽。如"暗香"、"疏影"、"相思"等语[11],虽甚奇,经前人用者众,嫌其一律,故辄略之。卒押"吹"字[12],非"风"即"笛"[13],不可易也。此方无梅花,士人罕有知梅事者,故皆注所出[14]。

忆江梅

天涯除馆忆江梅[15],几枝开?使南来,还带馀杭春信到燕台[16]。准拟寒英聊慰远,隔山水,应销落,赴诉谁[17]?

空恁遐想笑摘蕊,断回肠,思故里[18]。漫弹绿绮,引三弄,不觉魂飞[19]。更听胡笳,哀怨泪沾衣[20]。乱插繁花须异日,待孤讽,怕东风,一夜吹[21]。

〔1〕除馆:指使臣居住的客馆。语出《左传》昭公十三年,原意是修治或洒扫馆舍。这句说,在除馆中居住,前后已经有四次之多。作者使金,曾至太原、云中、冷山、燕京四地。

〔2〕十有四年:作者使金,始于高宗建炎三年(1129),到写这首词的时候,首尾共十四年。

〔3〕燕:燕京。

〔4〕壬戌:宋高宗绍兴十二年(1142)。

〔5〕长至:指夏至,二十四节气之一。这一日在北半球白天最长,夜间最短。

〔6〕侍御:官名,侍御史的简称。

〔7〕款:款待。

〔8〕《江梅引》:指王观《江城梅花引》(年年江上见寒梅),见黄昇《花庵词选》。

〔9〕仆:作者自己的谦称。

〔10〕使命:这里指受命出行的使节。绍兴十二年二月,金同意送还宋徽宗赵佶和郑皇后的棺木,并遣还高宗赵构之母韦后。同年四月,南宋派孟忠厚、王次翁等人前去迎还。作者所指即此。

〔11〕"暗香"、"疏影"、"相思"等语:古人诗词中常用的描写梅花的词语。例如林逋《山园小梅》诗:"疏影横斜水清浅,暗香浮动月黄昏。"王观《江城梅花引》词:"冷艳一枝春在手,故人远,相思切,寄与谁?"

〔12〕这句说,王观的原词和洪皓的四首和词,最后一句都押"吹"字。

〔13〕非"风"即"笛":最后一句押"吹"字韵,只能用风吹或笛吹这样的意思。

〔14〕以上三句说,这里没有梅花,读书人极少有知道关于梅花的典故的,所以都注明了出处。洪皓《江梅引》第一首至第三首的原注,现保留于洪迈《容斋随笔》五集卷三《先公诗词》条中。我们在注文中已加以引用。

〔15〕江梅:泛指江南的梅花。作者原注引杜甫《立春》诗:"忽忆两京梅发时。"

〔16〕馀杭:指南宋的都城临安(今浙江杭州市)。作者原注引白居易《忆杭州梅花,因叙旧游寄萧协律》诗:"三年闲闷在馀杭,曾为梅花醉几场。"春信:指梅花。参见秦观《踏莎行》注〔6〕,第171页。燕台:相传战国时燕昭王筑黄金台,延请天下士。其故址在今河北易县南。这里借指燕京。以上两句,推想使者北上时将会带来京城梅花开

247

放的消息。

〔17〕准拟:料定。英:花。寒英指寒梅。慰远:安慰远方的人。远指作者自己。销落:消损、凋落。以上四句说,料想使者们会用寒梅慰赠远客,但千里迢迢,恐怕梅花早就在路上枯萎了,这时,满腹的心事又向谁倾诉呢?作者原注引柳宗元《早梅》诗:"欲为万里赠,杳杳山水隔。寒英坐销落,何用慰远客?"

〔18〕恁:这样。遐想:悠远地思念。故里:故乡,指南宋。以上三句写从遐想中回到现实,引起了怀念故乡的情绪。作者原注引江总《梅花落》诗:"桃李佳人欲相照,摘蕊牵花来并笑。"高适《人日寄杜二拾遗》诗:"遥怜故人思故乡,……梅花满枝空断肠。"

〔19〕绿绮(qǐ起):泛指琴。相传汉代司马相如所用的琴叫做绿绮琴。引:琴曲。弄:弹奏。漫弹,一作"强弹"。三弄,一作"三叠"。不觉,一作"恍若"。作者原注引卢仝《有所思》诗:"含愁更奏绿绮琴,……相思一夜梅花发。"

〔20〕胡笳:古代的一种管乐器,流行于塞北和西域一带。作者原注引杜甫《独坐》诗:"胡笳在楼上,哀怨不堪听。"

〔21〕繁花:指繁茂的梅花。须:等待。孤讽:独自吟诵。以上四句写对南归的期望。作者想象,有朝一日,能返回故乡,头上插满梅花,独自在花下吟诵诗句,但又担心一夜春风过后,枝头凋零。作者原注引杜甫《苏端薛复筵简薛华醉歌》诗:"安得健步移远梅,乱插繁花向晴昊。"刘方平《梅花落》诗:"晚岁芳梅树,繁花四面同。东风吹渐落,一夜几枝空。"苏轼《次韵李公择梅花》诗:"忽见早梅花,不饮但孤讽。"苏轼《梅花》诗:"一夜东风吹石裂,半随飞雪度关山。"

洪皓的《江梅引》作于绍兴十二年(1142)夏,共四首,这是其中的第一首。

词内通过对江南梅花的回忆,表达了作者对宋朝的怀念和热切盼望南归的心情。作者使用的典故虽多,但还贴切,不显牵强。这首词成功地运用了比兴手法,紧紧扣住梅花来描写,比较动人。

李弥逊

李弥逊(1089—1153),字似之,号筠溪翁,连江(在今福建省)人。徽宗赵佶时曾任起居郎。高宗赵构时,复召为起居郎,再迁户部侍郎。反对与金议和,受到秦桧排斥,出任端州等地知州,后落职。晚岁隐居连江的西山,有"十年去国心常赤"的诗句。著有《筠溪集》。

他的词,属于豪放一派。长调颇多,抒写他在乱离时的感慨。有不少和叶梦得、李纲、张元幹相唱和之作,他们对时局都有同感,在词的风格上也有相近之处。

有《筠溪乐府》,存词八十馀首。

菩萨蛮

江城烽火连三月[1],不堪对酒长亭别[2]。休作断肠声,老来无泪倾[3]。　　风高帆影疾,目送舟痕碧[4]。锦字几时来?薰风无雁回[5]。

〔1〕江城:江边的城市。烽火连三月:语出杜甫《春望》诗。烽火,战争的警报。古代边防,逢敌入侵,便举烽火报警。

〔2〕长亭:路边供行人休息的亭子。见李白《菩萨蛮》注〔4〕,

第6页。

〔3〕这句说,由于饱经苦难,泪已流尽,现在无泪可流了。

〔4〕舟痕碧:船行江上所留下的绿色波痕。

〔5〕锦字:指妻子写来的书信。《晋书·窦滔妻苏氏传》说,窦滔流放到边远地方,苏氏织锦为回文诗寄给他。薰风:指南风。以上两句说,现在已是到了刮起南风的季节,可是不见有大雁飞回,在这战乱的年代,几时才能收到家书呢?

这首词是南宋初年金兵逼近长江时,作者为送别妻子南下避难而作。词中表现了与亲人别离的沉痛之感和依依之情。这里从一个侧面反映了因金兵侵扰而带来的苦难。

词作者一题无名氏。

蝶恋花

福州横山阁[1]

百叠青山江一缕,十里人家,路绕南台去[2]。榕叶满川飞白鹭[3],疏帘半卷黄昏雨。　楼阁峥嵘天尺五,荷芰风清,习习消袢暑[4]。老子人间无著处,一尊来作横山主[5]。

〔1〕横山阁:故址在今福州市区西南隅乌石山上。

〔2〕百叠:形容山峦层叠。江:指闽江,闽江自西北流入福州境内,再东流入海。一缕:一条线。这里形容蜿蜒的江流。南台:山名,又名钓台山,在福州城南,下临闽江。以上三句写横山阁上远眺所见。

〔3〕榕叶:榕树叶。榕树是一种常绿乔木,树干长,树冠大,生长于气温高的地带。福州多榕树,有榕城之称。川:两山间的水流,这里指闽江。白鹭:一种栖息于沼泽、捕鱼为食的鸟。

〔4〕峥嵘:形容高峻。天尺五:即去天尺五,意谓离天很近。实际乌石山并不高,山上的楼阁也不可能很高,这里是夸张的写法。芰(jì技):菱。习习:形容微风轻吹。袢(fán凡)暑:闷热。以上三句写身在阁中,感觉地势高耸,伴有菱荷香气的清风吹来,凉爽喜人。

〔5〕老子:老人自称,如同说"老夫"。无著(zhuó浊)处:没有安身之处。尊:酒器。以上两句说,我在世间无处安身,只好做横山阁的主人,在这里喝酒。

这首词是作者退隐连江以后所作。词中描绘了福州景色,具有鲜明的地方色彩。同时,也倾吐了他对遭受打击、被迫退隐的愤懑心情。

王以宁

王以宁,字周士,湘潭(在今湖南省)人。高宗赵构建炎时,曾任鼎州知州、京西制置使等职。一度被贬,后又任全州知州。

存词三十馀首,不写闺情,不作绮艳语,风格以粗豪为特色。

水调歌头

呈汉阳使君[1]

大别我知友,突兀起西州[2]。十年重见,依旧秀色照清眸[3]。常记鲇碕狂客[4],邀我登楼雪霁[5],杖策拥羊裘[6]。山吐月千仞,残夜水明楼[7]。　黄粱梦,未觉枕,几经秋[8]。与君邂逅[9],相逐飞步碧山头。举酒一觞今古[10],叹息英雄骨冷,清泪不能收。鹦鹉更谁赋[11]?遗恨满芳洲[12]。

〔1〕汉阳:宋汉阳军,治所在今湖北武汉市。使君:指汉阳军的长官。

〔2〕大别:山名,在汉阳东北。突兀:高耸特出的样子。西州:指汉阳,它在南宋首都临安的西边。

〔3〕清眸:清莹的眼珠。以上两句说,十年后重见,秀丽的景色仍如从前那样映入眼帘。

〔4〕鲒碕(jié qí结奇)狂客:借指作者的朋友。鲒碕山在今浙江宁波市附近,山下有鲒碕亭。狂客,狂放不羁的人。唐贺知章晚年回到家乡做道士,自号四明狂客。四明即宁波的别称,因四明山而得名。

〔5〕雪霁:雪后放晴。这句说,邀我一道登楼观赏雪后景致。

〔6〕杖策:以手扶杖。杖,扶,动词。策,杖。拥:围裹。羊裘:羊皮袄。古书中常用以指贫士的冬服。

〔7〕仞(rèn认):古时八尺为仞(一说七尺)。水明楼:水面映射着月光,使楼台变得明亮。杜甫《月》诗:"四更山吐月,残夜水明楼。"

〔8〕黄粱梦:用《枕中记》故事,见贺铸《六州歌头》注〔12〕,第180页。以上三句意思说,多年来,被名利羁绊,未能醒悟。

〔9〕邂逅(xiè hòu谢后):不约而相遇。

〔10〕一觞:喝一杯。这句说,为悼念古今才人而同干一杯。

〔11〕鹦鹉:《后汉书·祢衡传》记载,江夏太守黄祖的长子黄射(yì亦)大会宾客,有人献鹦鹉,祢衡作鹦鹉赋,借物抒怀,辞采甚丽。李白《望鹦鹉洲怀祢衡》诗:"吴江赋鹦鹉,落笔超群英。"

〔12〕芳洲:指武汉市西南长江中的鹦鹉洲,是祢衡作鹦鹉赋的地方,祢衡被黄祖杀害后,葬于此。

这是一首登临抒怀之作,作者借吊古而伤今。起句写得有气势,其他语句也写得挺拔秀丽,有刚健之致。收尾几句着重写对祢衡的同情,并寄寓作者怀才不遇的心情。

陈与义

陈与义(1090—1139),字去非,号简斋,洛阳(在今河南省)人。徽宗赵佶时曾任太学博士等官。金兵陷汴京,陈与义避乱湖北、湖南,南逾五岭,经广东、福建,于高宗赵构绍兴元年(1131)到达当时朝廷所在地的绍兴府(在今浙江)。历官吏部侍郎、参知政事等。

陈与义是宋代著名诗人。他的诗学杜甫,风格清婉。一些感时念乱之作,有悲壮苍凉之音。虽然受过黄庭坚、陈师道的影响,却不同于江西诗派。有《简斋诗集》。

宋黄昇《花庵词选》说他的词"可摩坡仙之垒",词中豪爽处近似苏轼。宋胡仔《苕溪渔隐丛话》又称赞他的词"清婉奇丽"。词中不写艳情,意境和诗一致。

有《无住词》,共十八首。

虞美人

大光祖席,醉中赋长短句[1]

张帆欲去仍搔首[2],更醉君家酒[3]。吟诗日日待春风,及至桃花开后却匆匆[4]。　　歌声频为行人咽[5],记著尊前雪[6]。明朝酒醒大江流,满载一船离恨向衡州[7]。

〔1〕大光：席益，字大光，洛阳人，曾知郢州，绍兴三年（1133）任参知政事。他是作者的朋友，二人常以诗唱和。祖席：设宴送别。

〔2〕搔首：以手挠头，意谓踌躇、迟疑。这里有惜别之意。

〔3〕更：再，还。君：指席大光。

〔4〕匆匆：指仓促动身离去。以上两句说，原先我们在诗中总是表现期待春天的心情，等到春天真的到来时，我们却又要匆匆地离别了。

〔5〕歌声：指席间歌女劝饮的歌声。频：一再。咽：指歌声悲哀低哑。

〔6〕雪：这里指浪花。五代孙光宪《上行杯》词："回别，帆影灭，江浪如雪。"这句意思说，不要忘记送别的情景。

〔7〕衡州：今湖南衡阳，在湘江西岸。

这首词作于建炎四年（1130）初，是作者在湖南衡山县留别友人之作。同时，还作有《别大光》诗，中有"恍然衡山前，相遇各白发""衡阳非不遥，雁意犹超忽""滔滔江受风，耿耿客孤发"之句。词中"吟诗日日待春风，及至桃花开后却匆匆"两句，写出了诗友惜别的心情。"明朝酒醒大江流，满载一船离恨向衡州"，把离恨写成似乎是看得见摸得着的形象，而且写出了一叶扁舟飘泊江上的旅行气氛，成为传诵的名句。

临江仙

夜登小阁，忆洛中旧游[1]

忆昔午桥桥上饮[2]，坐中多是豪英。长沟流月去无声[3]，杏花疏影里,吹笛到天明。　　二十馀年如一梦,此身虽在堪惊[4]。闲登小阁看新晴[5],古今多少事,渔唱起三更[6]。

〔1〕洛中:指今河南洛阳,北宋时的西京。洛中,一作"吴中",误。

〔2〕午桥:桥名,在洛阳城南。

〔3〕这句说,沟水带着水中的月影悄悄地流逝。

〔4〕此身虽在:自己虽然还健在。这句包含身历国难的馀悸和对友人亡故的感叹。

〔5〕新晴:指雨后初晴的月夜景色。

〔6〕以上两句写,听到渔歌而发出感慨。

　　这首词是陈与义经过南渡的颠沛流离,终于到达高宗"行在"后的抚今思昔之作。上片追忆往昔"良朋雅会"的豪兴。"杏花疏影里,吹笛到天明"两句,过去曾受到一些人的称赏。下片表现了作者饱经丧乱以后的消极心情。

张元幹

张元幹(1091—1170?),字仲宗,号芦川居士、真隐山人,永福(在今福建省)人。

他在北宋宣和元年(1119)出仕,曾为李纲行营属官,官至将作监丞。靖康元年(1126)因罪落职南归。南宋绍兴年间,又因赠胡铨诗词而受到削籍除名的处分。晚年寓居福州。

张元幹的词主要分为两类:一类作品具有慷慨悲凉的艺术风格,例如本书所选的两首《贺新郎》,就是他的主要的代表作;另一类作品则以清丽婉转为特色。从词的发展历史上看,他生活在北宋末年和南宋初年,是一位承前启后的重要的作家。他继承了苏轼所开创的豪放派的词风,又通过自己的创作实践,使词的内容更紧密地同政治斗争结合起来,使词成为对国事发表见解和感触的一种艺术手段,这对南宋的许多优秀的词人都起了重要的影响。

著有《芦川归来集》。词集名《芦川词》,存词一百八十馀首。

石州慢

己酉秋吴兴舟中作[1]

雨急云飞,惊散暮鸦,微弄凉月[2]。谁家疏柳低迷[3],几点流萤明灭[4]。夜帆风驶,满湖烟水苍茫[5],菰蒲零乱秋声咽[6]。梦断酒醒时,倚危樯清绝[7]。　　心折[8],长庚光怒[9],群盗纵横[10],逆胡猖獗[11]。欲挽天河,一洗中原膏血[12]。两宫何处[13]?塞垣只隔长江[14],唾壶空击悲歌缺[15]。万里想龙沙[16],泣孤臣吴越[17]。

〔1〕己酉:高宗建炎三年(1129)。吴兴:县名,在今浙江省。

〔2〕以上两句,一作"瞥然惊散,暮天凉月"。

〔3〕低迷:模模糊糊的样子。

〔4〕明灭:忽明忽暗。

〔5〕苍茫:空阔辽远。

〔6〕菰(gū 姑):多年生草本植物,生长在浅水中,夏秋间开花。蒲:多年生草本植物,生长在河滩上。咽:声音悲切。

〔7〕危樯:高高的桅杆。清绝:风景清幽之至。

〔8〕心折:中心摧伤。江淹《别赋》:"使人意夺神骇,心折骨惊。"

〔9〕长庚:星名,即金星,又名太白。《史记·天官书》:"长庚如一匹布著天,见则兵起。"怒:指星光出现芒角。《史记·天官书》又说,太白星"小以角动,兵起","赤角,有战"。

〔10〕群盗:指孔彦舟、李成等人。当时,他们乘金兵侵扰大肆劫掠,后又投降金兵扶植的傀儡政权伪齐。纵横:奔驰无阻。

〔11〕逆胡:指金兵。我国古代称北方的少数民族为胡。猖獗:凶猛而放肆。

〔12〕挽:引。天河:银河。杜甫《洗兵马》诗:"安得壮士挽天河,净洗甲兵长不用。"膏血:血肉。膏,肥肉。以上两句说,要收复中原,使人民不再受蹂躏。

〔13〕两宫:指宋徽宗赵佶和钦宗赵桓。

〔14〕塞垣:边界。

〔15〕唾壶:承受唾液的器皿。缺:破碎。东晋时,王敦每逢酒后,就诵读曹操的《龟虽寿》诗句:"老骥伏枥,志在千里;烈士暮年,壮心不已。"并用如意打唾壶作节拍,壶口因而全部破碎了。见《世说新语·豪爽》。

〔16〕龙沙:白龙堆沙漠,在今甘肃西北部和新疆之间。这里借指金人囚禁徽宗、钦宗的地方。

〔17〕孤臣:作者的自称。吴越:指今江苏南部和浙江一带。作者所在的吴兴正处于这个地区。

建炎三年(1129)夏天,金兵南侵。冬天,高宗赵构一度逃往海上。这首词即写于这一年的秋天。

作者在上片描绘了他在舟中所见的夜色。雨急云飞,疏柳低迷,流萤明灭,菰蒲零乱,秋声呜咽,烟水苍茫,一切显得多么低沉、凄切。而这,又和当时政局危急的形势,作者忧虑的心情,都是一致的。所以从这里过渡到下片,再去正面表现作者的愤恨和对恢复中原的渴望,就像水到渠成一样的自然了。

贺新郎

寄李伯纪丞相[1]

曳杖危楼去[2],斗垂天[3],沧波万顷[4],月流烟渚[5]。扫尽浮云风不定[6],未放扁舟夜渡[7]。宿雁落,寒芦深处。

怅望关河空吊影[8],正人间鼻息鸣鼍鼓[9]。谁伴我,醉中舞[10]？　十年一梦扬州路[11],倚高寒[12],愁生故国[13],气吞骄虏[14]。要斩楼兰三尺剑[15],遗恨琵琶旧语[16]。谩暗拭,铜华尘土[17]。唤取谪仙平章看[18],过苕溪尚许垂纶否[19]？风浩荡,欲飞举[20]。

〔1〕李伯纪丞相:李纲,字伯纪。参见李纲小传,第222页。

〔2〕曳(yè业):拖。危楼:高楼。

〔3〕斗:指北斗七星。

〔4〕沧波:青绿色的水波。顷:百亩叫顷。

〔5〕流:形容月光像水一样地倾泻。烟渚(zhǔ主):烟波迷茫的小洲。

〔6〕风不定:风不停。

〔7〕扁(piān篇)舟:小船。

〔8〕吊影:形影相吊,表示孤独的意思。

〔9〕鼍(tuó驼)鼓:鼍皮所做的鼓。鼍是一种爬行动物,俗称猪婆龙。这句说人们酣睡,鼻息如雷。

〔10〕以上两句用东晋初祖逖和刘琨闻鸡起舞的故事。《晋书·祖逖传》载,祖逖"与司空刘琨俱为司州主簿,情好绸缪,共被同寝。中夜,闻荒鸡鸣,蹴琨觉曰:'此非恶声也。'因起舞"。原意是说祖逖和刘琨互相勉励,立志要恢复中原,听到鸡鸣而中夜起舞,表示奋发振作。这里说,有谁来陪伴我醉中起舞呢？意思是自己的壮怀不为世人了解,只有李纲才是知己。

〔11〕这句写十年往事如梦。建炎元年(1127)宋高宗赵构在南京(今河南商丘)即位,不久逃往扬州,金兵南下,他又匆匆渡江南逃。从

建炎三年(1129)金兵占领扬州起,到作者写此词时,其间相隔十年。

〔12〕高寒:指高楼。苏轼《水调歌头》词:"我欲乘风归去,又恐琼楼玉宇,高处不胜寒。"

〔13〕故国:指中原沦陷地区。这句写对沦陷地区的怀念,眼望中原,心生愁意。愁生,一作"愁中"。

〔14〕骄虏:指金统治者。匈奴王给汉朝皇帝的信说:"胡者,天之骄子也",见《汉书·匈奴传》。后多用以借指北方少数民族的统治者。

〔15〕楼兰:又称鄯善,都城在今新疆若羌县治卡克里克。汉昭帝时,楼兰王勾结匈奴,多次杀害汉使。元凤四年(前77),傅介子出使楼兰,设计刺死楼兰王。见《汉书·傅介子传》及《汉书·西域传》。这句表达了作者积极抗金,杀敌立功的意愿。

〔16〕这句用王昭君出塞和亲故事,对当时的统治阶级向金屈膝求和表示不满。杜甫《咏怀古迹五首》之三:"千载琵琶作胡语,分明怨恨曲中论。"

〔17〕谩:同"漫",姑且。暗拭,一作"暗涩"。铜华:指剑上的铜锈。以上两句说,宝剑埋在土内,长了铜锈,即使加以擦拭,也不能用以杀敌立功。表示自己的政治抱负无法施展。

〔18〕谪仙:《新唐书·李白传》载,李白往见贺知章,知章见其文,叹曰:"子真谪仙人也!"后人因称李白为谪仙。这里指李纲。平章:评论。

〔19〕苕溪:水名,在今浙江省北部,源出天目山,流入太湖。垂纶:垂钓。纶是钓丝。李白《行路难》诗三首之一:"闲来垂钓碧溪上,忽复乘舟梦日边。"这句化用其意,表示时势不容许隐退。

〔20〕飞举:乘风高举,表示雄心勃发,想有所作为。飞举,一作"轻举"。

这首词作于绍兴九年(1139)。

当时宋金议和,高宗赵构向金拜表称臣。李纲罢官在家,遂上书反对,赵构不听。作者写了这首词寄给李纲,对他的抗金主张表示支持和同情,并抒发了自己抗金报国的雄心壮志。

贺新郎

送胡邦衡谪新州[1]

梦绕神州路[2],怅秋风连营画角[3],故宫离黍[4]。底事昆崙倾砥柱,九地黄流乱注[5]?聚万落千村狐兔[6]。天意从来高难问,况人情老易悲难诉[7]。更南浦,送君去[8]。

凉生岸柳催残暑,耿斜河[9],疏星淡月,断云微度。万里江山知何处[10]?回首对床夜语[11]。雁不到,书成谁与[12]?目尽青天怀今古,肯儿曹恩怨相尔汝[13]!举大白[14],听金缕[15]。

〔1〕胡邦衡:胡铨,字邦衡。小传见第269页。新州:治所在今广东新兴。词题一作《送胡邦衡待制》。

〔2〕神州:古时称中国为赤县神州。见《史记·孟子荀卿列传》。这里指中原沦陷地区。这句写日夜牵念中原。

〔3〕画角:军中所用的号角,上面饰有彩绘。

〔4〕故宫:这里指北宋故都汴京的宫殿。离黍:语出《诗经·王风·黍离》首句:"彼黍离离。"黍,小米。离离,形容行列整齐的样子。《毛诗·序》说,周平王东迁后,有一个大夫经过西周故都,见宗庙宫室

263

已平为田地,长满了黍稷,他忧伤彷徨,"悯周室之颠覆",因而写了这首诗。这句表示对中原故土的怀念。

〔5〕底事:为什么。倾:倒塌。《神异经》:"昆仑之山,有铜柱焉。其高入天,所谓天柱也。"《淮南子·天文训》:"昔者共工与颛顼争为帝,怒而触不周之山,天柱折,地维绝。"九地,遍地。九,泛指多数。黄流乱注:黄河水乱流,泛滥成灾。九地,一作"九陌"。以上两句暗喻北宋王朝崩溃,金兵入侵给国家和人民带来了灾难。

〔6〕落:聚居的地方。狐兔:比喻金兵。这句说,无数村落已被敌军占领。

〔7〕以上两句,对南宋统治集团推行投降主义路线,逐渐丧失抗敌热情表示不满。杜甫《暮春江陵送马大卿公恩命追赴阙下》诗:"天意高难问,人情老易悲。"这里化用其意。人情,一作"人生"。老易,一作"易感"、"易老"。难诉,一作"如许"。

〔8〕南浦:泛指送别的地方。浦,水滨。屈原《九歌·河伯》:"送美人兮南浦。"江淹《别赋》:"送君南浦,伤如之何!"去,一作"路"。

〔9〕耿:明亮。斜河:银河斜转,表示夜深。

〔10〕江山,一作"家山"。这句写胡铨的远谪。

〔11〕对床夜语:指知己朋友深夜谈心。白居易《雨中招张司业宿》诗:"能来同宿否,听雨对床眠。"这句写对当年友谊的回忆。

〔12〕以上两句写书信难通。相传雁能传书,但北雁南飞,止于衡阳。胡铨所去的新州远在衡阳之南,正是雁所不到之处。

〔13〕肯:岂肯。儿曹:小儿女辈。尔汝:彼此以你我相称,表示亲密,叫做尔汝交。韩愈《听颖师弹琴》诗:"昵昵儿女语,恩怨相尔汝。"这句兼有临歧不作儿女惜别之态和感慨不是由于私人交情两意。

〔14〕大白:酒杯。

〔15〕金缕:即《贺新郎》。《贺新郎》词调又名《金缕曲》、《金缕

衣》、《金缕词》、《金缕歌》。

这首词作于绍兴十二年(1142)七月。

绍兴八年(1138),秦桧决策主和,向金屈膝投降。金派出使臣,竟使用了"诏谕江南"的名义。消息传来,朝廷内外,群情汹汹。枢密院编修官胡铨上书反对和议,指出"此膝一屈,不可复伸,国势凌夷,不可复振",表示"义不与桧等共戴天日",请斩秦桧等三人,并要求拘留金使,兴师问罪。结果,胡铨除名编管昭州,改监广州都盐仓。四年后,秦桧又策动谏官弹劾胡铨"饰非横议",胡铨因之除名编管新州。途经福州时,张元幹写了这首词,为他送行。

这首词表现了作者对祖国河山沦陷的悲痛,对投降派的愤怒,以及对友人的不幸遭遇的深切同情。"目尽青天怀今古,肯儿曹恩怨相尔汝"两句更说明,他同情胡铨是由于政治立场相同,政治见解相同,而不是从朋友的私交出发。

南宋词人杨冠卿曾说,秋日乘船过吴江垂虹桥时,"旁有溪童,具能歌张仲宗'目尽青天'等句,音韵洪畅,听之慨然"。见《客亭类稿》卷十四。由此可知张元幹的这首词在当时流传甚广。

点绛唇

丙寅秋社前一日溪光亭大雨作[1]

山暗秋云,暝鸦接翅啼榕树[2]。故人何处?一夜溪亭雨[3]。　　梦入新凉,只道消残暑[4]。还知否,燕将雏去[5],又是流年度。

〔1〕丙寅:高宗绍兴十六年(1146)。秋社:时令名,立秋后第五个戊日为秋社。社,见晏殊《破阵子》注〔1〕,第95页。

〔2〕暝鸦:昏暗中的乌鸦。

〔3〕以上两句,用白居易《雨中招张司业宿》诗意,参见张元幹《贺新郎·送胡邦衡谪新州》注〔11〕,第264页。

〔4〕只道:只觉,只以为。消:消减,消除。以上两句意谓梦中还以为残暑已消,实则此地炎热,暑天尚未过去。

〔5〕将:带领。

这首词作于绍兴十六年(1146),正是秦桧专权,主战派受到排斥和打击的时候。作者描写雨中暝暗的景色,表现了对友人的思念和关怀,抒发了岁月易过而功业未就的慨叹。

点绛唇

呈洛滨、筠溪二老〔1〕

清夜沉沉,暗蛩啼处檐花落〔2〕。乍凉帘幕,香绕屏山角〔3〕。
　　堪恨归鸿,情似秋云薄。书难托,尽交寂寞〔4〕,忘了前时约。

〔1〕洛滨:不详(疑是陈与义)。筠溪:李弥逊,号筠溪翁。

〔2〕沉沉:形容夜色深沉。蛩(qióng 穷):吟蛩,即蟋蟀。檐花:屋檐前的花。以上两句,化用杜甫《醉时歌》:"清夜沉沉动春酌,灯前细雨

檐花落。"杜甫此诗写他和郑虔友谊甚笃,相聚痛饮。

〔3〕屏山:屏风。

〔4〕尽教:尽教,任令如何。

这首词描写了作者的寂寞的处境,寂寞的心情。上片写景,以景寓情,起了很好的陪衬作用。下片全用比喻,曲折地表现了作者对中原沦陷地区久久不能收复的失望。

瑞鹧鸪

彭德器出示胡邦衡新句,次韵

白衣苍狗变浮云〔1〕,千古功名一聚尘〔2〕。好是悲歌将进酒〔3〕,不妨同赋惜馀春〔4〕。　　风光全似中原日〔5〕,臭味要须我辈人〔6〕。雨后飞花知底数〔7〕,醉来赢取自由身。

〔1〕这句说,天上的浮云一会儿像是白衣,一会儿又变成黑狗。比喻世事变幻不定。杜甫《可叹》诗:"天上浮云如白衣,斯须改变如苍狗。"

〔2〕一聚尘:比喻功名就像是一堆积聚起来的尘土。

〔3〕将进酒:汉府鼓吹铙歌曲调名。古辞大略以饮酒放歌为内容。这里是借用字面的意义。

〔4〕惜馀春:词调名,一名"惜馀春慢"。这里也是借用字面的意义。

〔5〕中原:这里指北宋都城汴京及其附近一带。这句慨叹眼前风

光虽与往年相同,时势却已起了巨大的变化。

〔6〕臭(xiù嗅)味:气类相同,志趣相投。《左传》襄公八年:"今譬诸草木,寡君在君,君之臭味也。"要须:总须。

〔7〕底数:多少。这句用杜甫《曲江》"一片花飞减却春,风飘万点正愁人"诗意,写对暮春的惋惜,暗寓对南宋前途的忧虑。

这首词大约作于张元幹的晚年。词中表现了作者对国家命运的关怀以及遭受统治集团排斥和打击之后的一种无可奈何的悲愤的感情。

胡　铨

胡铨(1102—1180),字邦衡,号澹庵,庐陵(今江西吉安)人。高宗时进士,任枢密院编修官。反对秦桧对金妥协求和,上书请斩秦桧、王伦、孙近三人头,被贬为福州佥判,后除名,押送新州(今广东新兴)编管,又远送吉阳军(今海南岛南部),流落将近二十年。孝宗乾道初召回,任起居郎,权兵部侍郎,仍反对与金议和。

著有《澹庵集》。杨万里称赞他的骚体为屈原以来"一人而已"。存词十六首。

好事近

富贵本无心,何事故乡轻别[1]？空使猿惊鹤怨[2],误薜萝秋月[3]。　囊锥刚要出头来,不道甚时节[4]。欲驾巾车归去[5],有豺狼当辙[6]。

〔1〕以上两句说,本来不想谋求富贵,却为什么轻易地离开了故乡？

〔2〕这句说,出来做官,白使故山猿鹤惊怪埋怨。南朝孔稚圭《北山移文》:"蕙帐空兮夜鹤怨,山人去兮晓猿惊。"

〔3〕误薜(bì 毕)萝秋月:耽误了山林中的风光。薜萝,薜荔和女

萝,指隐者所居。刘长卿《过元八所居》:"薜萝诚可恋。"

〔4〕囊锥出头:《史记·平原君列传》记载,毛遂向平原君推荐自己有才能,说像锥子放在布囊里,会整个挺现出来,而不仅仅露出锥尖。以上两句说,刚要显露自己的才能,没想到不是时候,遭到了权臣的打击。

〔5〕巾车:有帔盖的车。陶渊明《归去来辞》:"或命巾车。"

〔6〕豺狼当辙:比喻执政者的专横暴虐。《汉书·孙宝传》:"豺狼横道,不宜复问狐狸。"辙,车轮所碾过的印迹。

据宋王明清《挥麈录·后录》卷十和《宋名臣言行录·别集》载,胡铨被押送新州编管时,写了这首词,被秦桧的党羽郡守张棣知道了,上报给朝廷,于是他就被送到更远的海南岛去。这首词又见高登《东溪集》;但《挥麈录》注明这一条经胡铨之子胡澥"手为删定",当属可信。词中写要归隐,这是愤激之词,并非真想隐居。胡铨对秦桧等人斗争的气节,在历史上是很著称的。

岳 飞

岳飞(1103—1142),字鹏举,相州汤阴(在今河南省)人。南宋初抗金名将,屡破金兵,以恢复为己任。历官荆湖东路安抚都总、河南北诸路招讨使等职。绍兴十一年(1141),大败金兀术,进军至朱仙镇,距汴京四十五里。大河南北闻风响应。在金兵面临全面溃退的大好形势下,被宋高宗赵构用秦桧计以一日十二道金牌召回,诬陷至死。

他的作品不多,充满爱国激情。他的孙子岳珂编《金陀萃编》,收入他的遗文。又有《岳武穆集》。另外还有墨迹流传,如本书所选《满江红·登黄鹤楼有感》就是根据历代保存下来的他的墨迹。他的作品历来为人们所珍视。词虽仅存三首,却广为传诵。《小重山》和《满江红》(怒发冲冠)两首,南宋宁宗赵扩时人陈郁《藏一话腴》里都提到,赞扬它的指斥"和议之非"和"忠愤可见"。尤其是《满江红》(怒发冲冠),慷慨激烈,流传最广,千百年来感动过许多读者。

满江红

写怀

怒发冲冠,凭栏处潇潇雨歇[1]。抬望眼,仰天长啸[2],壮怀激烈。三十功名尘与土,八千里路云和月[3]。莫等闲白了少年头,空悲切[4]。　靖康耻[5],犹未雪。臣子恨,何时灭?驾长车踏破贺兰山缺[6]。壮志饥餐胡虏肉,笑谈渴饮匈奴血[7]。待从头收拾旧山河,朝天阙[8]。

〔1〕怒发冲冠:形容大怒时头发竖立,上冲冠帽。参见胡世将《酹江月》注〔11〕,第242页。凭:倚靠。处:时,际。潇潇:急骤的雨声。

〔2〕抬望眼:抬头遥望。

〔3〕尘与土:指到处奔走。云和月:指阴晴。以上两句说,为了抗金报国,建立功名,长途跋涉,转战南北。

〔4〕等闲:轻易。以上两句说,不要虚度年华,免得后悔莫及。

〔5〕靖康耻:指北宋灭亡的耻辱。靖康是宋钦宗的年号。靖康元年(1126),金兵攻破汴京,次年掳徽、钦二帝北去。

〔6〕长车:指战车。贺兰山:在今宁夏回族自治区。宋程大昌《北边备对》:"贺兰山,在灵州保静县,山里林木青白,望如骏马。北人呼驼马为贺兰。"缺:指山口。以上两句说,我要驾着战车,长驱北上,把敌人赶到沙漠中去。

〔7〕以上两句是形容对寇掠中原的敌人的仇恨。

〔8〕朝天阙:指朝见皇帝。天阙,指皇帝的宫殿。

这是一首脍炙人口的富有爱国思想的名篇。全词感情慷慨激昂,音调高亢。词里表现了作者对恢复中原、统一祖国的坚定的必胜信心,以及对寇掠中原的敌人的无比仇恨,其中也夹杂着忠君的思想。

满江红

登黄鹤楼有感[1]

遥望中原,荒烟外许多城郭。想当年,花遮柳护,凤楼龙阁[2]。万岁山前珠翠绕[3],蓬壶殿里笙歌作[4]。到而今铁骑满郊畿,风尘恶[5]。　　兵安在?膏锋锷[6]。民安在?填沟壑[7]。叹江山如故,千村寥落[8]。何日请缨提锐旅[9],一鞭直渡清河洛[10]。却归来再续汉阳游,骑黄鹤。

〔1〕黄鹤楼:故址在今湖北武昌蛇山的黄鹄矶头。孙权黄武二年(223)所建。楼的得名,传说不一。据《南齐书·州郡志》说,因仙人子安乘黄鹤过此而得名。宋乐史《太平寰宇记》则说,费文禕登仙,曾驾黄鹤憩此,所以号为黄鹤楼。

〔2〕凤楼龙阁:指皇宫雕有各种彩饰的楼阁。

〔3〕万岁山:徽宗政和四年(1122)建于汴京东北隅。珠翠:指山前的奇花异石。一说为妇女的装饰,代指宫女。《续资治通鉴》卷九十四载:"山(指万岁山)周十餘里,运四方奇花异石置其中,千岩万壑,麋鹿成群,楼观台殿,不可胜计。"

〔4〕蓬壶殿:指万岁山里的宫殿。蓬壶即蓬莱,是古代传说中渤海三仙山之一。

〔5〕铁骑:指金兵。郊畿:指汴京一带。畿(jī机),古代京城所管辖的地区。风尘:比喻战乱。《后汉书·班固传》:"设后北虏稍强,能为

风尘。"

〔6〕膏:血污。这里作动词用。锷:刀剑的刃。以上两句写兵士被屠杀。

〔7〕以上两句写人民被杀害。

〔8〕寥落:空虚,稀少。

〔9〕请缨:见贺铸《六州歌头》注〔22〕,第181页。提锐旅:统帅精锐的部队。这句的意思是,请求皇帝批准北伐。

〔10〕河洛:指黄河和洛水。洛水源出陕西雒南县冢岭山,东南流经河南,入黄河。

这首词写汴京和广大中原地区失陷后,敌人破坏了往昔的繁华,士兵和人民被杀害,千村寥落,一片凄凉。作者想到中原人民遭受到这样的惨状,气愤填膺,渴望领兵北伐,实现统一祖国的壮志。

小重山

昨夜寒蛩不住鸣〔1〕,惊回千里梦〔2〕,已三更。起来独自绕阶行,人悄悄,帘外月胧明〔3〕。　　白首为功名,旧山松竹老,阻归程〔4〕。欲将心事付瑶琴〔5〕,知音少,弦断有谁听〔6〕。

〔1〕蛩(qióng 穷):蟋蟀。

〔2〕这句说,回到中原去的好梦被惊醒了。

〔3〕月胧明:月光明亮。

〔4〕旧山:指故乡。以上三句说,想为国建立功业,却等白了头,还

未实现理想,中原故土仍被金兵占领,道路阻隔,故乡难归。

〔5〕付:付与。瑶琴:琴的美称。瑶,美玉。

〔6〕以上两句用伯牙和钟子期的典故,慨叹自己的政治主张无处述说。《吕氏春秋·本味》说,春秋时伯牙鼓琴,钟子期从琴音听得出来他心里想的是高山,或是流水。后来钟子期死,"伯牙破琴绝弦,终身不复鼓琴。"后人便以知己为知音。弦断是说没有知音者听自己的弹奏。

绍兴八年(1138)七月,南宋向金屈辱求和,达成协议。岳飞写了这首词,以示反对。见陈郁《藏一话腴》。

词的上片表现了作者理想与现实的矛盾。半夜不能入睡,独自在月光下徘徊,反映了他的惆怅心情。下片进一步写他多年在外艰苦抗战,头发白了,还未建立功名。"欲将心事付瑶琴,知音少,弦断有谁听"三句,表现了作者有志难伸的痛苦以及对投降派的极端不满。

黄中辅

黄中辅,号槐卿,义乌(在今浙江省)人。生平不详。

念奴娇

炎精中否[1]?叹人材委靡,都无英物[2]。胡马长驱三犯阙[3],谁作长城坚壁[4]?万国奔腾[5],两宫幽陷[6],此恨何时雪?草庐三顾,岂无高卧贤杰[7]? 天意眷我中兴[8],吾皇神武,踵曾孙周发[9]。河海封疆俱效顺,狂虏何劳灰灭[10]。翠羽南巡,叩阍无路,徒有冲冠发[11]。孤忠耿耿[12],剑铓冷浸秋月。

〔1〕炎精:太阳的别名。战国时期阴阳家邹衍提出"五德终始"的神秘学说,把五行(金、木、水、火、土)的属性称为"五德",用来附会到王朝的兴替和社会历史的变动上去。汉代是火德,故以炎精代表汉室的命运。《后汉书·冯衍传》:"社稷复存,炎精更辉。"中:居于当中。这句问赤日是否还在当空,意思指宋朝已呈衰颓气象。

〔2〕英物:奇才,杰出的人物。

〔3〕阙(què确):皇宫前面两边的门楼,用做天子所居的通称。这句是写1125年和1126年金兵大举进犯,包围了汴京。

〔4〕长城坚壁：比喻能保卫国家的将领。坚壁，坚固的壁垒。《唐书·李勣传》："勣在并州凡十六年，令行禁止，号为称职。太宗谓侍臣曰：'隋炀帝不能精选贤良，安抚边境，惟解筑长城以备突厥，情识之惑，一至于此。朕今委任李世勣于并州，遂使突厥畏威遁走，塞垣安静，岂不胜远筑长城耶？'"

〔5〕万国：泛指各个地区。国，郡国，汉代初年郡和国同为地方高级行政区划的名称。

〔6〕两宫幽陷：指宋徽宗赵佶和钦宗赵桓被金兵俘虏，押往五国城（今吉林扶馀）。

〔7〕草庐三顾：用刘备三顾草庐的故事。诸葛亮《出师表》："臣本布衣，躬耕于南阳，苟全性命于乱世，不求闻达于诸侯。先帝（刘备）不以臣卑鄙，猥自枉屈，三顾臣于草庐之中，谘臣以当世之事。由是感激，遂许先帝以驱驰。"以上两句说，在草野之中，如今岂无像诸葛亮那样的人才？

〔8〕眷：顾念，爱护。

〔9〕踵：追随。曾孙周发：指周武王姬发，他继承父亲文王的事业，率军东征，灭了商朝，建立了西周王朝。《尚书·武成》写周武王在伐商前祭告祖先的祷词中说："惟有道曾孙周王发，将有大正于商。"以上两句赞美宋高宗赵构是中兴之主。

〔10〕狂房：指金统治者。

〔11〕翠羽：指皇帝的车驾仪仗。皇帝出巡，用翠鸟羽毛做旗饰。叩阍：到皇帝那里去陈情或诉冤曲。阍，宫门。冲冠发：见胡世将《酹江月》注〔11〕，第242页。以上三句是感慨自己见不到皇帝，报国无门，徒有满腔的愤怒。

〔12〕孤忠耿耿：即忠心耿耿的意思，表示非常忠诚。

北宋覆亡后，康王赵构于1127年5月在南京（河南商丘）即位，标

277

榜"中兴"。实际上他畏敌如虎,一心筹划南逃。8月罢去力主抗战的李纲的宰相职位,10月间南宋小朝廷全部逃到扬州。金军大举进攻,次年他又渡过长江,从镇江逃到杭州。黄中辅的《念奴娇》词大概写于这个时期,是用苏轼《赤壁怀古》的原韵。"翠羽南巡"三句,表现了对朝廷的强烈不满。

陆　游

陆游(1125—1210),字务观,号放翁,越州山阴(今浙江绍兴)人。

他早年考进士,遭秦桧忌恨,被除名。秦桧死后始被起用,曾任镇江府、隆兴府通判。适逢抗金战事失利,又以"鼓唱是非,力说张浚用兵",被劾罢职。四十六岁入蜀,曾任四川宣抚使司幕僚,在南郑过了半年军旅生活,积极主张收复长安。五十四岁离蜀,任福建、江西常平茶盐公事,两年后退居山阴。六十五岁一度起用为朝议大夫、礼部郎中兼实录院检讨官,数月即被劾罢官,以后长期退居山阴。

陆游是南宋杰出的诗人。诗作今存九千馀首,主要抒写抗敌御侮、恢复中原的激越情怀和有志难伸的忧愤,气势雄浑,感情奔放,笔意流走,辞旨明快,在文学史上独树一帜,影响深远。

他的词同样富于政治激情,或写恢复之志,或抒压抑之感,风格以沉郁雄放为主要特色,而兼有柔婉清逸之美。过去人们说他的词在苏轼、秦观之间,然而他一扫纤艳,和秦观很有区别。词中有时流露出消沉闲适的情调。

有《渭南文集》、《剑南诗稿》;后人辑有《放翁词》。存词一百三十馀首。

钗头凤

红酥手,黄縢酒,满城春色宫墙柳[1]。东风恶[2],欢情薄,一怀愁绪,几年离索[3]。错,错,错! 春如旧,人空瘦。泪痕红浥鲛绡透[4]。桃花落,闲池阁[5]。山盟虽在,锦书难托[6]。莫,莫,莫[7]!

〔1〕酥:酥油,这里形容皮肤滋润细腻。黄縢(téng 腾)酒:即黄封酒。当时官酿的酒以黄纸封口。陆游《酒诗》:"一壶花露拆黄縢。"縢,一作"藤"。以上三句追忆昔日夫妻间和谐美满生活的一个场面:妻子劝酒,共赏春色。

〔2〕东风:这里喻指破坏了作者爱情生活的人。

〔3〕离索:"离群索居"的略语,这里指离散。《礼记·檀弓上》:"吾离群而索居,亦已久矣。"郑玄注:"索,犹散也。"以上两句,写夫妻被迫离异后的寂寞和痛苦。

〔4〕红:指泪水浸胭脂而染红。浥(yì 意):沾湿。鲛绡:神话中的人鱼(鲛人)所织的纱绢,见梁任昉《述异记》。这里指手帕。以上三句写重逢时妻子给作者留下的深刻印象:在和往常一样的春光中,妻子面容消瘦,粉泪湿透了绢帕。

〔5〕以上两句写重逢时所看到的景色:桃花凋谢、园林冷落。反映了作者凄凉的心情。

〔6〕山盟:指坚定不移的爱情盟约。古人盟约,多指山河为誓。锦书:前秦窦滔妻苏氏曾织锦为回文诗赠其夫,后人遂以锦书指夫妻间表达爱情的书信。以上两句意思说,双方既已另行婚嫁,为礼法所限,虽然爱情依旧,已难以用书信表达了。

〔7〕莫,莫,莫:罢,罢,罢的意思。唐司空图《耐辱居士歌》:"休休休,莫莫莫。"

这首词相传是陆游三十一岁时,为怀念他的被迫离婚的前妻唐婉而作。它反映了一出封建礼教压迫下的爱情悲剧,表现了作者因爱情遭到破坏而产生的痛苦、怨愤和无可奈何的心情。词切情深,流传人口。

关于陆游写这首词的背景故事,宋人周密《齐东野语》卷一、陈鹄《耆旧续闻》卷十、刘克庄《后村诗话》后集卷二,都有记载。其细节虽略有出入,但轮廓大体相同。

据说,陆游原娶舅父唐闳之女,夫妻相爱,但陆游的母亲不喜欢唐氏,遂被迫离婚,唐氏改嫁同郡赵士程。在一次春游中,二人偶遇于禹迹寺南之沈氏园(在今浙江绍兴)。唐氏遣人送酒肴致意。陆游"怅然久之",就题了这首词在园壁上。落款为绍兴乙亥(1155),一说辛未(1151)三月。墨迹受到保护,淳熙年间(1174—1189)还存在。

陆游于庆元五年(1199)七十五岁时,曾作《沈园》二绝:"城上斜阳画角哀,沈园非复旧池台。伤心桥下春波绿,曾是惊鸿照影来。""梦断香消四十年,沈园柳老不吹绵,此身行作稽山土,犹吊遗踪一泫然。"似乎可以看做是对《钗头凤》的自注。

秋波媚

七月十六日晚,登高兴亭,望长安南山[1]。

秋到边城角声哀[2],烽火照高台[3]。悲歌击筑[4],凭高酹酒[5],此兴悠哉[6]。　　多情谁似南山月,特地暮云开[7]。灞桥烟柳,曲江池馆,应待人来[8]。

〔1〕高兴亭:作者《重九无菊有感》诗自注:"高兴亭在南郑子城(大城附近的小城)西北,正对南山。"南山即终南山,横亘于陕西南部,主峰在今西安市南。

〔2〕边城:指南郑,当时南郑地处南宋抗金前线。

〔3〕烽火:此处指报前线无事的平安烽火。作者《辛丑正月三日雪》:"忽思西戍日,凭堞待传烽。"自注:予从戎日,尝大雪中登兴元(府治在南郑)城上高兴亭,待平安火至。《感旧》诗其四:"烽传绝塞秋"自注:平安火并南山来,至山南城下。这句说,遥望南山烽火传来前线平安的信号。

〔4〕筑:古代的一种弦乐器,以竹尺击弦发音。这句语出《史记·刺客列传》:"高渐离击筑,荆轲和而歌。"

〔5〕酹(lèi 类)酒:用酒洒地祭奠。

〔6〕悠哉:这里形容兴致高扬。

〔7〕以上两句将月拟人,说月亮在终南山上无比深情地特意为我破云而出。

〔8〕灞桥:即霸桥,见李白《忆秦娥》注〔3〕,第7页。曲江:池名,故址在今西安市大南门外,池边有亭台楼阁,是唐代长安著名的游宴风景区。以上三句想象长安城正等待着宋军的到来。

这首词作于乾道八年(1172),时陆游在南郑任四川宣抚使司干办公事兼检法官,积极向宣抚使王炎献策,筹划收复长安。词中写他关注前线战事、急于收复长安的心情。词的感情激荡,节奏轻快,对山月的拟人描写和对长安的想象,尤有情味。

汉宫春

初自南郑来成都作

羽箭雕弓,忆呼鹰古垒,截虎平川[1]。吹笳暮归,野帐雪压青毡[2]。淋漓醉墨,看龙蛇飞落蛮笺[3]。人误许[4],诗情将略,一时才气超然。　　何事又作南来[5],看重阳药市[6],元夕灯山[7]。花时万人乐处,欹帽垂鞭[8]。闻歌感旧,尚时时流涕尊前。君记取[9],封侯事在,功名不信由天。

　　[1]呼鹰:打猎时放鹰飞出猎取目的物。古垒:古时遗存的战地防御工事。截虎:拦击猛虎,指陆游在南郑刺虎事。见作者《怀昔》、《三山杜门作歌》之三等诗。平川:平原。以上三句回忆在南郑时的射猎生活和刺虎壮举。

　　[2]野帐:露营的帐幕。

　　[3]淋漓:形容饱满、酣畅。龙蛇:形容写草书时的笔势如龙蛇飞舞。李白《草书歌行》:"时时只见龙蛇走。"蛮笺:四川所产的一种彩色笺纸。宋韩浦《寄弟泊蜀笺》诗:"十样蛮笺出益州,寄来新制浣溪头。"以上两句回忆他在军中乘酒兴以草书写诗的情景。

　　[4]人误许:别人言过其实地夸奖、称许我。有自谦之意。

　　[5]何事:为何。南来:指来到成都。

　　[6]药市:卖药的集市。成都于每年阴历九月九日(重阳节)有药市,以玉局观为最盛。见作者《老学庵笔记》卷六。

〔7〕元夕:阴历正月十五日夜,旧俗为灯节。灯山:花灯罗列成山形,由官府设置于中心街市。

〔8〕花时:百花盛开群集游赏的时节。攲(qī奇)帽:歪戴着帽子。垂鞭:意谓徐缓地乘骑而行。以上两句描述作者在热闹人群之中闲逸地游赏的场景。

〔9〕君:泛指。记取:记着。取,语助词。

陆游于乾道八年岁暮自南郑抵成都,任成都路安抚司参议官。这首词当作于乾道九年(1173)。作者由前线调到成都,精神上感到很苦闷,很不适应。尽管如此,他对立功报国并没有灰心。"功名不信由天"就是他在这种情况下发出的自勉自励的声音。

夜游宫

记梦寄师伯浑〔1〕

雪晓清笳乱起〔2〕,梦游处,不知何地。铁骑无声望似水〔3〕。想关河,雁门西,青海际〔4〕。 睡觉寒灯里〔5〕,漏声断〔6〕,月斜窗纸。自许封侯在万里〔7〕,有谁知,鬓虽残,心未死〔8〕。

〔1〕师伯浑:名浑甫,四川眉山人,作者的朋友,没有做官,长于书法。作者《师伯浑文集序》说:"乾道癸巳(1173)予自成都适犍为(在今四川省),识隐士师伯浑于眉山,一见知其天下伟人。"

〔2〕清:凄清。笳:胡笳,我国古代北方少数民族的一种吹奏乐器。

这里指笳声。

〔3〕铁骑(jì寄):指骑兵。这句写整肃急驰的骑兵,远远望去好像流水。

〔4〕关河:关塞与河防。雁门:雁门关,在山西代县,是内长城著名关口之一。青海:青海湖,在青海省东北部。以上三句说,上述梦境似是在西北边远地区。

〔5〕觉:醒来。

〔6〕漏声断:夜将尽。断,停。

〔7〕封侯在万里:用班超事。见晁补之《摸鱼儿》注〔16〕,第185页。这句说自信能像班超那样立功于边塞。

〔8〕这句说抗金报国的抱负犹存,信念未改。

这首寄赠友人的词,当作于陆游任职成都期间。他调离南郑后,一直对前线的戎马生活念念不忘;收复中原、立功报国的信念,也始终坚守不移。这首词就从生活实感出发,表现了他的这种心情。

蝶恋花

桐叶晨飘蛩夜语〔1〕。旅思秋光,黯黯长安路〔2〕。忽记横戈盘马处,散关清渭应如故〔3〕。 江海轻舟今已具〔4〕。一卷兵书,叹息无人付〔5〕。早信此生终不遇,当年悔草长杨赋〔6〕。

〔1〕蛩(qióng穷):蟋蟀。

〔2〕旅思(sì似):旅愁。黯黯(àn暗):暗淡。长安:这里代指南宋

首都临安。以上两句写,于秋令登程后,遥望通向临安之路时的心情。

〔3〕横戈盘马:指骑马作战。散关:即大散关,又称崤谷,在陕西宝鸡市西南大散岭上。清渭:渭河,源出甘肃渭源县鸟鼠山,东南流至清水县入陕西,东流经宝鸡、西安,至华阴县入黄河。古人说:"渭水清,泾水浊。"以上两句回忆于渭河散关一带行军作战的情景。

〔4〕江海轻舟:驶向江海的小船。苏轼《临江仙》词:"小舟从此逝,江海寄馀生。"这句意思是说,现在已有了退居的可能。

〔5〕付:托付。以上两句暗用《史记·留侯世家》圯上老人付兵书与张良的故事,感叹自己的用兵策略和见解没有人可以托付,难以放心。

〔6〕信:知,料。不遇:不获知遇以展抱负。长杨赋:汉扬雄所作。汉成帝刘骜在长杨宫令人搏兽取乐,扬雄作此赋讽谏。扬雄好辞赋,被荐于汉成帝,经历几个皇帝,始终未得重用。古人常把他看做一个有才能而不遇的人。以上两句以扬雄自比,对自己向朝廷多次进言而不为所用,表示愤慨。

这首词可能是陆游晚年在临安一带所作。词中表现了作者对前线战斗生活的念念不忘,对抗金事业无人可以托付的极端忧虑和对自己始终不遇的无限愤慨。这种忧愤国事的激动心情,正是陆游作品的力量所在。

诉衷情

当年万里觅封侯,匹马戍梁州[1]。关河梦断何处[2],尘暗旧貂裘[3]。　胡未灭[4],鬓先秋[5],泪空流。此生谁料,心在天山[6],身老沧洲[7]。

〔1〕万里觅封侯:用班超事。见晁补之《摸鱼儿》注〔16〕,第185页。梁州:今陕西南郑一带。以上两句回忆过去在南郑一带地方参军任职的事。

〔2〕关河:关塞与河防。梦断:梦醒。这句说,一梦醒来不见关河要塞在何处。意谓已脱离了自己异常关切的前线。

〔3〕貂裘:貂皮衣服。《战国策·秦策》载,苏秦游说秦王,没有达到目的,"书十上而不行,黑貂之裘敝,黄金百斤尽,资用乏绝,去秦而归"。这句说自己的貂皮衣服已破旧不堪。意谓自己不受重用,未能施展抱负。

〔4〕胡:指当时占据中原的金兵。

〔5〕秋:这里形容鬓发斑白、疏落,如植物在秋天凋零。

〔6〕天山:在新疆。《旧唐书·薛仁贵传》载,薛仁贵征西,"军中歌曰:'将军三箭定天山'"。这里借指南宋的抗金前线。

〔7〕沧洲:滨水之地,指隐者的居处。这里指绍兴镜湖边,作者退隐之地。

这首词作于陆游晚年退居山阴以后。词中回顾了作者当年慷慨从戎的英雄气概;为壮志未酬,被迫退隐,深感痛心。"谁料"二字,包含了对南宋统治集团的不满。

卜算子

咏梅

驿外断桥边[1]，寂寞开无主[2]。已是黄昏独自愁,更着风和雨[3]。　无意苦争春,一任群芳妒[4]。零落成泥碾作尘[5],只有香如故。

〔1〕驿:驿站。
〔2〕无主:意思是无人培护、无人欣赏。
〔3〕更着(zhuó琢):又遭到、又加上。
〔4〕群芳:群花。
〔5〕碾(niǎn 捻):这里指被车轮轧碎。

作者在这首词中以受到风雨摧残和群花妒忌的梅花自喻,宣称:即使被粉碎成尘土也不会改变它芳香的品质。词中形象地表现了坚持理想的信念,但也流露了孤芳自赏的心情。毛主席的《咏梅》词反其意而用之,描写梅花在和冰雪斗争中显得更加俏丽,而且在迎来春天之后,她在百花丛中欢笑;抒写了无产阶级的乐观主义和集体主义的情怀。

唐 婉

唐婉,陆游舅父唐闳之女,陆游的前妻。由于陆游之母不喜欢她,被迫离婚,改嫁赵士程,抑郁而死。

钗头凤

世情薄[1],人情恶。雨送黄昏花易落。晓风乾,泪痕残。欲笺心事,独语斜阑[2]。难,难,难! 人成各,今非昨[3]。病魂常似秋千索[4]。角声寒[5],夜阑珊[6]。怕人寻问,咽泪装欢[7]。瞒,瞒,瞒!

〔1〕薄:不厚道,冷酷。
〔2〕笺:表露,倾吐。以上两句说,想剖白心事,又无人可以谈心,只好斜倚阑干,自言自语。
〔3〕以上两句说,两人已各自分飞,如今的处境与从前大不相同。
〔4〕病魂:痛苦的心灵。这句形容自己心神恍惚,动荡不安。
〔5〕角:号角。寒:指凄凉。
〔6〕阑珊:将尽。
〔7〕咽(yàn 宴):同"嚥",吞。

这首词据传是陆游前妻唐婉为和答陆游《钗头凤》而作。《耆旧续闻》曾引"世情薄,人情恶"两句,并说"惜不得其全阕"。词的全文见于康熙年间的《御选历代诗馀》卷一一八《词话》转引夸娥斋主人所谈,又见于《古今词统》卷十。

这首词为深受迫害的女子所写,它抒发的感情就更为凄楚。女主人公或是"独语斜阑",或是"咽泪装欢",都深刻地揭示了她内心的痛苦。通篇如泣如诉,字字句句都像是对封建礼教的控诉。

范成大

范成大(1126—1193),字致能,号石湖居士,吴县(在今江苏省)人。

他于绍兴二十四年(1154)中进士。历知静江府兼广西南道安抚使、四川制置使、参知政事等职。乾道六年(1170)曾出使于金,能坚持民族气节。晚年退居故乡石湖。

他是南宋著名的诗人,在四川常与陆游唱和。使金期间所写纪行组诗绝句七十二首,反映了沦陷地区人民渴望摆脱民族压迫、切盼宋军恢复河山的思想感情;晚年所写组诗《四时田园杂兴》反映了农民的劳动生活和他们身受压榨的痛苦。

有《范石湖诗集》、《石湖词》及杂记数种。词存八十馀首。清人陈廷焯说:"石湖词音节最婉转,读稼轩词后读石湖词,令人心平气和。"范成大的词当然不如辛弃疾词慷慨激昂,但有时也发一点感慨,颇带悲凉之音。

鹧鸪天

休舞银貂小契丹[1],满堂宾客尽关山[2]。从今袅袅盈盈处[3],谁复端端正正看[4]！　　摸泪易,写愁难[5]。潇湘江上竹枝斑[6]。碧云日暮无书寄,寥落烟中一雁寒[7]。

〔1〕银貂:银灰色的貂皮衣服。《小契丹》:当是契丹族的一种舞蹈。作者《次韵宗伟阅番乐》诗:"绣靴画鼓留花住,剩舞春风《小契丹》。"契丹,古代居住在西辽河上游(今内蒙巴林右旗一带)的一个少数民族,曾建立辽朝,北宋宣和七年(1125)为金所灭。

〔2〕尽关山:意思是全都来自边防前线。关山,边防的关塞。这里指桂林(作者《甲午除夜犹在桂林……》诗:"万里关山灯自照。")或四川成都一带。

〔3〕袅袅盈盈:形容舞姿摇曳美好。

〔4〕这句说,谁还有心思仔细欣赏。

〔5〕模:模仿。以上两句说,表演悲伤容易,抒发深切的哀愁就难了。

〔6〕潇湘江上竹枝斑:参见刘禹锡《潇湘神》注〔1〕、〔2〕,第16页。这句说像帝舜二妃的泪水可以使竹枝生斑,这是多么强烈的悲痛啊!

〔7〕寥落:寂寞。以上两句说,暮色中虽有能传书的孤雁横空,可是我却无书信可寄。意谓只能把忧国的满腔悲痛压抑在心头。

作者的《次韵宗伟阅番乐》诗,作于新安(今安徽歙县),在使金之前。与此词情调不同,当非同时之作。这首词可能是作者自桂州去四川,途经潇湘时,或者是到了成都以后(1175—1177),观舞有感而作。当时南宋统治集团对金称侄纳贡,沦陷地区收复无日,在这种失地辱国的形势下,作者看到了被金所灭亡的契丹族舞蹈,感慨万分,在词中借题抒愤,注入了深沉的忧国之痛。

水调歌头

细数十年事,十处过中秋[1]。今年新梦,忽到黄鹤旧山头[2]。老子个中不浅[3],此会天教重见[4],今古一南楼[5]。星汉淡无色,玉镜独空浮[6]。　敛秦烟,收楚雾,熨江流[7]。关河离合,南北依旧照清愁[8]。想见姮娥冷眼,应笑归来霜鬓,空敝黑貂裘[9]。酾酒问蟾兔,肯去伴沧洲[10]?

〔1〕十处过中秋:作者自乾道元年(1165)到淳熙四年(1177),十三年间在十一个不同的地方过中秋。句中说"十年""十处",是约举成数而言。

〔2〕黄鹤旧山头:指黄鹤山,又名黄鹄山,今称蛇山,在湖北武昌西。

〔3〕老子:老人自称,如同"老夫"。个中:此中。东晋庾亮镇守武昌时,曾在秋夜登南楼,遇见他的僚属殷浩等人,他说:"老子于此处兴复不浅。"和他们一起吟诗饮酒,谈笑甚欢。见《世说新语·容止》。

〔4〕此会:这种盛会。

〔5〕南楼:旧址在武昌黄鹤山上,宋时为著名的登临胜地,今已不存。陆游《入蜀记》记载南楼"在仪门之南石城上,一曰黄鹤山。制度闳伟,登望尤胜"。

〔6〕玉镜:比喻圆月。

〔7〕秦:指今陕西一带。楚:指今湖北一带。熨(yù 预):烫平。这里形容江面平静。江:指长江。以上三句写南楼望中景物。

〔8〕离合:这里用作偏义复词,指分割。以上两句感叹在圆月之下的河山依然南北分割,使人忧虑。

〔9〕姮娥:嫦娥。空:徒然。空敝黑貂裘:用苏秦事,见陆游《诉衷情》注[3],第287页。敝,破烂。以上三句说,想来嫦娥也会嘲笑我年华虚度,一事无成。

〔10〕酾(shī 师)酒:斟酒。蟾兔:古代神话传说,月中有蟾蜍、白兔。沧洲:指隐者居住地。以上两句透露了作者有退隐之意。

范成大于淳熙四年(1177)五月离开成都,乘船东下,八月十五日晚登上武昌黄鹤山上的南楼与友人集会。他看到"天无纤云,月色奇甚",想到"向在桂东时,默数九年之间九处见中秋,其间相去或万里,不胜漂泊之叹……及徙成都,两秋皆略见月,十二年间,十处见中秋。""今年又复至此,通计十三年间十一处见中秋,亦可以谓之游子,然余以病乞骸骨,傥恩旨垂允,自此归田园带月荷锄,得遂此生矣。"于是就写下了这首词(见作者《吴船录》)。词中通过登临南楼的描写,抒发了明月虽圆而山河破碎的忧国之痛,以及虽有抱负而难以实现的压抑之感,表现出豪放的风格。

张孝祥

张孝祥(1132—1170),字安国,号于湖居士,历阳乌江(今安徽和县乌江镇)人。绍兴二十四年(1154)中进士第一;秦桧的儿子失去了第一名,秦桧怀恨在心,张孝祥因此被诬陷下狱。秦桧死,才出任秘书正字。孝宗赵昚隆兴元年(1163),经张浚举荐,任中书舍人,直学士院兼都督府参赞军事,继又代张浚为建康留守。他积极支持张浚收复中原的主张,反对屈辱的"隆兴和议"。曾两度被朝廷中投降派弹劾落职。最后任荆南知州、湖北路安抚使,筑守金堤,免除荆州水患,做了有益于人民的事。

张孝祥的词,感情洋溢,气势豪迈,直抒胸臆,不事雕琢。同时代人汤衡在他的《紫薇雅词》序里正确地指出他的词和苏轼词"同一关键",并且说,自从苏轼死后,"能继其轨者"是张孝祥。他的词在生前就广泛流传,同时代人陈应行在《于湖先生雅词序》里说它"散落人间,今不知其几"。在南宋初期,继承苏轼的词风,慷慨悲歌,抒发爱国热情,以致蔚成风气,张元幹和张孝祥是起了重要作用的人物。张孝祥的词,在当时似乎影响更大。

张孝祥死的那一年,他的词就有建安刘温父和建安陈应行所编集刊印的两个本子。据陈应行的序说,他得到张孝祥的"长短句凡数百篇"。

今存《于湖词》一百七十馀首。

六州歌头

长淮望断[1],关塞莽然平[2]。征尘暗[3],霜风劲,悄边声[4]。黯销凝[5]。追想当年事,殆天数,非人力[6]。洙泗上,弦歌地,亦膻腥[7]。隔水毡乡[8],落日牛羊下[9],区脱纵横[10]。看名王宵猎[11],骑火一川明[12]。笳鼓悲鸣,遣人惊[13]。　念腰间箭,匣中剑,空埃蠹[14],竟何成!时易失,心徒壮,岁将零[15]。渺神京[16]。干羽方怀远[17],静烽燧[18],且休兵。冠盖使[19],纷驰骛[20],若为情[21]?闻道中原遗老,常南望,翠葆霓旌[22]。使行人到此,忠愤气填膺[23],有泪如倾。

〔1〕长淮:淮河。绍兴十一年(1141),南宋向金屈膝求和,约定以淮河为界,因此淮河便成了南宋的前线。望断:极目远望。

〔2〕莽然:草木茂密的样子。这句说战备不修,戍守无人,关塞埋没在一片草木里。

〔3〕征尘:路上扬起的尘埃。

〔4〕悄边声:边境寂静。意谓南宋前沿阵地毫无战斗气氛。

〔5〕黯销凝:默默伤神。销凝,销魂凝神,形容忧思。

〔6〕当年事:指金兵占领中原。殆:大约。以上三句是作者愤激之词。大意说,宋王朝丢失中原,被迫南渡,也许是天意,非人力所能挽回。

〔7〕洙泗:洙水和泗水,流经孔子聚徒讲学的山东曲阜。弦歌地:春秋时代注重礼乐,学堂里常常传出弦歌之声。这里指孔子的家乡和他讲

学的地方,也是被认为是儒学最兴盛的地方。羶腥:牛羊的腥臊气。这里指被金兵所蹂躏。以上三句说,连文化教育最昌盛的地方,也遭到野蛮的践踏。

〔8〕毡乡:指游牧民族的居住地。毡,毡制的篷帐等。这句说,淮河北岸竟成了金人的聚居地。

〔9〕落日牛羊下:黄昏时牛羊成群地回栏。《诗经·君子于役》:"日之夕矣,牛羊下来。"

〔10〕区(ōu 欧)脱:本是匈奴所筑土室,作为侦察警戒用,这里借指金兵的哨所。区,一作"瓯"。

〔11〕名王:指金兵的将帅。《汉书·宣帝纪》:"匈奴单于遣名王奉献。"唐颜师古注:"名王者,谓有大名,以别诸小王也。"宵猎:夜间打猎,这里指军事示威。

〔12〕骑(jì 季)火:骑兵手执的火把。

〔13〕遣:使。

〔14〕埃蠹(dù 杜):尘封虫蛀。指武器久放不用。

〔15〕岁将零:一年将尽。

〔16〕渺:邈远的样子。神京:指北宋首都汴京。

〔17〕干羽:盾和雉尾,都是舞者所持的道具。《尚书·大禹谟》记载,虞舜"舞干羽于两阶",不久有苗(古部族名)就来归顺。怀远:用礼乐来使边远的少数民族归顺。怀,安抚。这句是讥讽南宋统治者借口以礼服人,放弃抵抗,屈辱求和。

〔18〕烽燧(suì 岁):古代在高台上举烽燧,作为报警的信号。黑夜举火叫烽,白天升烟叫燧。这句说戒备松弛。

〔19〕冠盖使:指求和的使臣。冠盖,冠服和车盖。

〔20〕驰骛(wù 务):奔驰忙碌。

〔21〕若为情:何以为情。

297

〔22〕翠葆霓旌:指皇帝的车驾。翠葆,以翠鸟羽毛为装饰的车盖。霓旌,彩旗。以上三句说,中原遗老常盼望着南逃的皇帝能够回来。

〔23〕填膺:充满胸腔。

宋孝宗继位后,起用主战派张浚,并于隆兴元年(1163)兴师北伐。但因将帅不和,在符离为金兵所败。从此主和言论又甚嚣尘上,主和派与金人通使往来,酝酿着屈辱的"隆兴和议"。作者对此悲愤难抑,就写了这首词。

这首词具有深刻的思想内容,艺术造诣也很高。作者利用《六州歌头》句短节促、音调悲壮的特点,抒写激烈的情绪和深沉的感触。伴随着感情的起伏变化,声调也时而沉郁,时而昂扬。词中描述了金军占领下的中原地区令人痛心的景象和中原父老渴望宋军北伐的心情,倾诉了作者对主和派放弃武备、屈辱求和行为的愤恨,以及壮志难酬的悲哀。清陈廷焯《白雨斋词话》说这首词"淋漓痛快,笔饱墨酣,读之令人起舞"。据宋无名氏《朝野遗记》记载,张孝祥"在建康留守席上作《六州歌头》,张魏公(张浚)读之,罢席而入"。可见此词感人之深。

水调歌头

泛湘江[1]

濯足夜滩急,晞发北风凉[2]。吴山楚泽行遍[3],只欠到潇湘[4]。买得扁舟归去,此事天公付我,六月下沧浪[5]。蝉蜕尘埃外[6],蝶梦水云乡[7]。　制荷衣[8],纫兰佩[9],把琼芳[10]。湘妃起舞一笑,抚瑟奏清商[11]。唤起九歌忠愤,拂拭三闾文字,还与日争光〔12〕。莫遣儿辈觉,此乐未渠央〔13〕。

〔1〕词题一作《过潇湘寺》。

〔2〕濯足:洗脚。晞(xī希)发:晒干头发。这两句用晋陆云《九愍·纡思》"朝弹冠以晞发,夕振裳而濯足"句意,写自己不耐尘俗,喜洁身自好。

〔3〕吴山楚泽:泛指长江中下游的山水。

〔4〕潇湘:指湘江。见刘禹锡《潇湘神》注〔2〕,第16页。

〔5〕沧浪:指碧绿的江水。《孟子·离娄》:"沧浪之水清兮,可以濯吾缨。"

〔6〕蝉蜕尘埃外:蝉出土后,脱去外壳,飞到高处,这里用以表示超世绝俗。《史记·屈原列传》:"蝉蜕于浊秽,以浮游尘埃之外。"

〔7〕蝶梦:梦自己化为蝴蝶。《庄子·齐物论》:"昔者庄周梦为蝴蝶,栩栩然蝴蝶也。"水云乡:云雾弥漫的水乡。这句说,像梦中蝴蝶一样,嬉戏于山水之间。秦观《题赵团练画江干晓景》诗:"惟应斗帐梦,曾到水云乡。"

〔8〕制荷衣:屈原《离骚》:"制芰荷以为衣兮,集芙蓉以为裳。"后人以"荷衣"喻指高人隐士的衣服。

〔9〕纫兰佩:缀连兰草为身上佩物,表示性喜芬芳高洁。屈原《离骚》:"纫秋兰以为佩。"

〔10〕把琼芳:手里拿着芳香的琼枝。屈原《九歌·东皇太乙》:"盍将把兮琼芳。"

〔11〕湘妃:湘水的女神。传说尧的二女为舜妃,舜死于苍梧,二女投湘水死,为水神。抚瑟:弹瑟。《楚辞·远游》:"使湘灵鼓瑟兮,令海若舞冯夷。"清商:指悲凉的曲调。曹丕《燕歌行》:"援瑟鸣弦发清商。"

299

以上两句说,湘水之神起舞笑迎,弹瑟时音调悲凉。

〔12〕九歌:这里以屈原的《九歌》代指屈原的作品。三闾:屈原做过"三闾大夫",这里以官称代指屈原。与日争光:《史记·屈原列传》:"推此志也,虽与日月争光可也。"以上三句说,屈原作品仍然能激起人们的忠愤,它的文字仍然放射着灿烂的光辉。

〔13〕未渠央:未尽。汉乐府《相逢行》:"调丝未遽央。"遽,同"渠"。以上两句说,不要让儿辈知道,纵情山水的无穷乐趣。这是因为作者在政治上不得意,而产生的独善其身的念头。句意袭用《晋书·王羲之传》:"恒恐儿辈觉,损其欢乐之趣。"

这首词写于乾道二年(1166),作者被罢去广南西路经略安抚使官职,从桂林北归,船泛湘江之时。作者有意摘取屈原的诗句或有关屈原的记述,来歌颂屈原和他的出于忠愤的诗篇,并借此寄寓自己无辜被逐的感慨。这样写易于激发读者对屈原和他著名诗篇的回忆,也有助于加深对作者不平之鸣的同情。

念奴娇

过洞庭

洞庭青草[1],近中秋、更无一点风色[2]。玉界琼田三万顷[3],着我扁舟一叶。素月分辉[4],明河共影[5],表里俱澄澈。悠然心会[6],妙处难与君说。　　应念岭海经年[7],孤光自照,肝胆皆冰雪[8]。短发萧疏襟袖冷[9],稳泛沧溟空阔[10]。尽吸西江[11],细斟北斗[12],万象为宾客[13]。

叩舷独啸[14],不知今夕何夕[15]。

〔1〕洞庭青草:湖南洞庭湖和青草湖,两湖相连,自古并称。
〔2〕风色:风势。唐韩偓《江行》诗:"舟人偶语忧风色。"
〔3〕玉界:像玉一般洁净的境界。琼田:美玉般的田野。这句说,辽阔的湖面洁白如玉。界,一作"鉴"。
〔4〕素月:白色的月亮。
〔5〕明河:银河。
〔6〕悠然:闲适的样子。
〔7〕岭海:两广北靠五岭(大庾、始安、临贺、桂阳、揭阳),南临大海,故称岭海。经年:一年或一年以上。作者曾任广南西路经略安抚使,因罢官离开桂林。岭海,一作"岭表"。
〔8〕孤光:月光。沈约《咏湖中雁》诗:"群浮动轻浪,单泛逐孤光。"以上两句说,自己襟怀坦白,洁白无瑕。胆,一作"肺"。
〔9〕萧疏:稀稀落落。疏,一作"骚"。
〔10〕沧溟:茫茫大水。溟,一作"浪"。
〔11〕尽吸西江:宋代道原《景德传灯录》卷八:"待汝一口吸尽西江水,即向汝道。"这里借禅宗语表达自己浪漫的想法。西江,西来的大江。吸,一作"挹"。
〔12〕细斟北斗:屈原《九歌·东君》:"援北斗兮酌桂浆。"北斗是天上由七颗星组成的星座,状如长柄勺。这里作者想象将它拿来做舀酒的酒斗。
〔13〕万象:宇宙间万物。这里作者设想自己是宇宙的主人,以万物为宾客,共同畅饮。
〔14〕叩舷:拍打船旁。啸,一作"笑"。
〔15〕今夕何夕:常用以赞叹良辰美景。《诗经·绸缪》:"今夕何

301

夕,见此良人。"苏轼《念奴娇·中秋》:"起舞徘徊风露下,今夕不知何夕。"

这首词写于作者因遭谗毁罢官,离开广西,经湖南北归的途中。这是一首具有浓厚的浪漫主义色彩的作品。作者船过洞庭湖,见月光皎洁,水色澄澈,仿佛置身于白玉无瑕的世界,心神为之一爽。想到自己志趣高洁,肝胆照人,觉得主观的精神境界与大自然的奇特景色心通神会,相映成趣。随着想象力的自由飞翔,作者似乎暂时忘却了官场的烦恼。正如宋魏了翁所说:"'洞庭'所赋,在集中最为杰特。方其吸江酌斗,宾客万象时,讵知世间有紫微青琐(官署衙门)哉!"(见《绝妙好词笺》引)。

西江月

题溧阳三塔寺[1]

问讯湖边春色[2],重来又是三年。东风吹我过湖船,杨柳丝丝拂面。　世路如今已惯[3],此心到处悠然[4]。寒光亭下水连天[5],飞起沙鸥一片。

〔1〕溧阳:在今江苏省。三塔寺:在溧阳县三塔湖。

〔2〕问讯:寻访。

〔3〕世路:指世俗生活道路。这句说,如今已熟悉人情世故。

〔4〕悠然:闲适的样子。

〔5〕寒光亭:在三塔寺中。

作者在这首词里,自言经过四处奔波,阅尽人情世态,对世事已经淡漠。由于心境恬淡,所以能很好领略寒光亭幽静的自然景色。作者因不满现实,曾产生过摆脱尘网,返归自然的想法,这在词中也隐约可见。

宋岳珂《玉楮集》有《三塔寺寒光亭张于湖书词寺柱,吴毅夫命名后轩》诗,诗题所说张孝祥在寺柱上书写的词,当即此词。

王 炎

王炎(1138—1218),字晦叔,号双溪,婺源(在今江西省)人。孝宗赵眘乾道五年(1169)进士,曾任崇阳主簿、临湘知县等。

他反对写词"字字言闺闱",认为这"语懦而意卑";也不赞成"豪壮语"(《双溪诗馀自叙》)。他要求写得"不溺于情欲,不荡而无法"。他的作品写到农事,如"生计一犁春雨"(《清平乐·越上作》),"社近东皋农务急,催耕"(《南乡子·甲戌正月》)以及本书所选的《南柯子》等。宋词的题材一般比较狭窄,王炎却于吟风弄月之外写到了这个方面,是比较新颖的。

著有《双溪诗馀》,存词五十二首。

南柯子

山冥云阴重[1],天寒雨意浓。数枝幽艳湿啼红[2]。莫为惜花惆怅,对东风。　　蓑笠朝朝出,沟塍处处通[3]。人间辛苦是三农[4]。要得一犁水足[5],望年丰。

〔1〕山冥:山色昏暗。
〔2〕啼红:花朵上的水气很重,逐渐聚成水珠,像噙着眼泪。
〔3〕塍(chéng 成):田间的界路。

〔4〕三农:指春耕、夏耘、秋收。

〔5〕这句说,需要下一场透雨,好犁地。

这首反映农民辛勤劳动生活的词,不仅在王炎的词中算作佳作,而在唐宋词中也不失为好作品。作者不赞成文人的闲情逸致,劝他们不要为惜花而惆怅,要他们看到农民在田间辛勤劳动的情景。这种思想是难能可贵的,表现了作者对劳动人民的同情。

辛弃疾

辛弃疾（1140—1207），字幼安，号稼轩，历城（今山东济南市）人。他出生在南宋初年金兵占领地区，目睹金贵族统治者对北方人民的蹂躏，从小就深深地埋下了对金贵族的仇恨。绍兴三十一年（1161），辛弃疾组织了两千人的一支抗金队伍，在济南南边的山区起义，不久投归耿京领导的农民起义军，在军中任"掌书记"。绍兴三十二年，耿京部下张安国杀了耿京，投降金营，辛弃疾这时正被派往南宋接洽联合抗金事宜，归来途中闻讯，随同手边仅有的五十馀人，闯进金营，生擒张安国，率领被张安国裹胁的耿京旧部万馀人，突破金兵的包围封锁，投归南宋。

这时，南宋统治集团中的一些主张对金屈膝言和的人得势，辛弃疾和他们做了针锋相对的斗争。孝宗乾道元年（1165），他写了《美芹十论》；过了六七年，他又写了《九议》。他系统地批驳了一些人散布的抗金必败的荒谬论点，提出了他的一整套抗金的战略方针和具体措施，但都没有被南宋统治者采用。

南宋统治者派辛弃疾任了几处地方官，辛弃疾在各地也都积极从事抗金事业。他任滁州（治所在今安徽滁县）知州时，使地处前线的滁州的萧条的经济得到明显的恢复。他任潭州（治所在今湖南长沙）知府和湖南安抚使时，建立了威震金兵的"飞虎军"。任福建安抚使时，积极储备粮食和计划建立一支能打仗的军队。晚年任镇江（在今江苏）知府时，配合韩侂胄北伐，做了许多军事准备。可是南宋统治者不支持他,百般排斥打击他,在南归后的四十馀年中,先后被免官闲居带湖(在今江西上饶)、瓢泉(在今江西铅山)等处二十馀年。

辛弃疾的抗金抱负不得施展,就用词作为斗争的武器。他热切盼望祖国统一,反对金贵族压迫,批判投降政策。在各种题材的作品里,不论是登山临水,送别友人,或是怀古忆昔,感叹时事等,他都表现了这种心情。他对于南宋统治者的揭露和鞭挞是很深刻的;他指斥他们目光短浅,不以恢复大计为重;他痛恨理学家们空谈误国。他的大量的优秀作品,都离不开抗金爱国的主题,而且都写得那样深切动人。另外,在他的一些描写自然景物的词里,也常表现了朴素辩证法和朴素唯物论的思想。

辛弃疾的词在艺术上的主要特色是雄浑豪放。他继承了苏轼词的豪放风格,不受音律和流行的纤艳语言的束缚。他的词在思想内容上比苏轼更深广,他要求艺术表现形式和思想内容相适应,因此他的豪放风格比苏轼更有所发展。他娴熟地运用经、史、子、集中的书面语言和民间口语来自由地表达自己的思想感情,使得语言生动而丰富。我们读他的词,就能深切地感到它所包含的慷慨激烈和悲壮苍凉的心情。另外,他的词里又常用一些暗喻的比兴手法,写得委宛含蓄。他还有一些写得清新活泼、轻快流丽的小词。在艺术风格上,是变化多样的。

辛弃疾的词,给当时和后世以巨大的影响。南宋一代,反映抗金或抗元的主题思想的词,风格上很多和他的作品相似。许多世纪以来,凡是反映重大题材,词人总是效法辛词的。

当然,辛弃疾有他的阶级局限性和时代局限性。作为地主阶级知识分子,他抗金是从维护宋王朝的利益出发的。他在南归后曾参加过镇压江西赖文政领导的茶农起义。他在一些表现抗金思想的词中常常流露出消极情绪,其中虽然包含了对南宋统治者的不满和控诉,但也暴露了他思想上的弱点。他在抗金的问题上是坚决的,但看不到人民的力量,只把希望寄托在几个志同道合的朋友即一些和他阶级地位相同的人身上,这就使他在现实斗争中常常处于孤立地位,有时感到前途是无望的。这些情绪不免在词中反映出来。

他的词,有《稼轩词》和《稼轩长短句甲、乙、丙、丁稿》两种版本,前者刻于元代;后者有宋刻本,其中甲稿为他生前所刻。存词六百余首。

水龙吟

登建康赏心亭[1]

楚天千里清秋[2],水随天去秋无际。遥岑远目,献愁供恨,玉簪螺髻[3]。落日楼头,断鸿声里[4],江南游子[5]。把吴钩看了[6],栏杆拍遍,无人会[7],登临意。　　休说鲈鱼堪脍,尽西风,季鹰归未[8]?求田问舍,怕应羞见,刘郎才气[9]。可惜流年,忧愁风雨,树犹如此[10]!倩何人唤取,红巾翠袖,揾英雄泪[11]?

〔1〕建康:今江苏南京市。赏心亭:《景定建康志》:"赏心亭,在下水门之城上,下临秦淮,尽观览之胜。"

〔2〕楚天:见柳永《雨霖铃》注〔8〕,第107页。

〔3〕遥岑：远山。远目：远望。玉簪螺髻：比喻山的形状。螺髻：螺旋形的发髻。韩愈《送桂州严大夫同用南字》诗："江作青罗带,山如碧玉簪。"皮日休《缥缈峰》诗："似将青螺髻,撒在明月中。"以上三句说,看那远处的山峰,多么像美人头上的玉簪和发髻,好像它们由于中原的沦陷,也表现出一种忧愁和仇恨的样子。

〔4〕断鸿：失群的孤雁。

〔5〕游子：漂泊异乡的人。

〔6〕吴钩：古代吴地制造的宝刀。

〔7〕会：理解。

〔8〕堪：可。脍（kuài 快）：把肉削成细片。季鹰：张翰,字季鹰。《世说新语·识鉴》记载：西晋张翰,吴地人,在洛阳做官,见秋风起,便思念家乡美味的莼菜羹和鲈鱼脍。他说："人生贵得适意尔,何能羁宦数千里以要名爵？"于是,他就辞官归家。后来士大夫文人称思乡和归隐为莼鲈之思。作者在这里的意思是说,国难当头,还根本谈不上回乡享受美味,但毕竟也表现了他有家难归的乡思。

〔9〕求田问舍：购买田地和房屋。《三国志·陈登传》记载,许汜（sì 四）与刘备共在荆州牧刘表坐。表与备共论天下人。汜曰："陈元龙（陈登的字）湖海之士,豪气不除。"……备问汜："君言豪,宁有事耶？"汜曰："昔遭难,过下邳,见元龙。元龙无客主之意,久不相与语,自上大床卧,使客卧下床。"备曰："君有国士之名,今天下大乱,帝王失所,望君忧国忘家,有救世之意；而求田问舍,言无可采,是元龙所讳也,何缘当与君语？如小人（刘备自己谦称）,欲卧百尺楼上,卧君于地,何但上下床之间耶！"刘郎：指刘备。以上三句说,像许汜那种一心购置田地和房屋而不关心国家大事的人,见到雄才大略的刘备,恐怕会感到羞耻吧？

〔10〕树犹如此：晋朝桓温北征,看见他早年栽种的柳树,粗已十围,便叹息地说："木犹如此,人何以堪！"见《世说新语·言语》和庾信《枯树

赋》。以上三句说,大好时光白白地度过,人都老了,只能为风雨飘摇的国势而忧愁、叹息。

〔11〕红巾翠袖:指女子。红巾,一作"盈盈"。揾(wèn 问):擦。以上三句写缺少知音。

这首词大约作于乾道五年(1169),当时作者在建康任职。上片抒写他有一腔爱国忠心,却无人理解的痛苦。下片写他满怀壮志,老大无成,表现了英雄无用武之地的感慨。"把吴钩看了,栏杆拍遍,无人会,登临意"四句,写得很形象生动,具有深刻的含意。

太常引

建康中秋夜为吕叔潜赋[1]

一轮秋影转金波[2],飞镜又重磨[3]。把酒问姮娥[4]:被白发欺人奈何[5]！　乘风好去,长空万里,直下看山河[6]。斫去桂婆娑,人道是清光更多[7]！

〔1〕吕叔潜:吕大虬(qiú 球),字叔潜,作者友人,生平不详。

〔2〕金波:指月光。

〔3〕飞镜:比喻月亮。重磨:古代的镜子是铜做的,需要经常擦磨。

〔4〕姮(héng 恒)娥:即嫦娥,月宫中的仙女。参见黄庭坚《念奴娇》注〔8〕,第159页。

〔5〕这句说,头上的白发不断增多,好像在欺负我,该怎么办呢?

〔6〕以上三句说,乘风直上万里长空,俯瞰祖国的锦绣山河。

〔7〕斫(zhuó浊):砍。婆娑(suō梭):形容枝叶摇晃的样子。传说月中有桂树。杜甫《一百五日夜对月》诗:"斫却月中桂,清光应更多。"以上两句说,若把桂树的枝叶砍去,月光会更加明亮。

淳熙元年(1174),辛弃疾在建康任安抚司参议官,这首词大约写于这年中秋之夜。

词的上片抒写了作者对虚度年华的苦闷心情。下片用隐喻的手法反映了他对祖国大好河山的热爱,以及对黑暗势力的深恶痛绝。

青玉案

元夕〔1〕

东风夜放花千树〔2〕,更吹落,星如雨〔3〕。宝马雕车香满路〔4〕。凤箫声动〔5〕,玉壶光转〔6〕,一夜鱼龙舞〔7〕。　　蛾儿雪柳黄金缕〔8〕,笑语盈盈暗香去〔9〕。众里寻他千百度。蓦然回首〔10〕,那人却在,灯火阑珊处〔11〕。

〔1〕元夕:阴历正月十五日夜晚。
〔2〕花千树:形容花灯灿烂,像千树花开。
〔3〕星如雨:比喻花灯多,如群星飞舞。《东京梦华录》"正月十六日"条说,这天晚上,京城各坊巷,"各以竹竿出灯毬于半空,远近高低,若飞星然"。
〔4〕这句写街道上人来车往观看灯火的情景。
〔5〕凤箫:箫的美称。

〔6〕玉壶光转:指月亮慢慢落下。玉壶,比喻月亮。

〔7〕鱼龙舞:指舞蚌壳灯及耍龙灯之类。

〔8〕蛾儿、雪柳、黄金缕:都是观灯妇女头上戴的装饰品,用彩绸或彩纸制成。这里形容观灯妇女的盛装。参见李清照《永遇乐》注〔8〕,第233页。

〔9〕盈盈:形容仪态美好的样子。暗香:借指观灯的妇女。古时妇女常佩香囊等物。

〔10〕蓦(mò 莫)然:突然。

〔11〕阑珊:稀落。

这首词从内容看,大约是乾道七年(1171)左右,或淳熙五年(1178)辛弃疾在京师临安任职期间所写。

词中大力渲染满城灯火、满街游人、通宵欢乐的热闹景象。"众里寻他千百度。蓦然回首,那人却在,灯火阑珊处"几句,突出地表现了"那人"的与众不同的性格。从作者始终不渝地坚持抗战理想来看,这正是他的自况。

菩萨蛮

书江西造口壁[1]

郁孤台下清江水[2],中间多少行人泪。西北望长安[3],可怜无数山。　青山遮不住,毕竟东流去。江晚正愁余,山深闻鹧鸪[4]。

〔1〕造口:造口镇,在今江西万安西南。或称皂口。

〔2〕郁孤台:古台名,在今江西赣州市西南之贺兰山上,因"隆阜郁然,孤起平地数丈"而得名。唐代李勉为虔州刺史,登台北望京城长安,慨然有感地说"心在魏阙",所以又称望阙台。见宋王象之《舆地纪胜》。清江:指赣江。它经赣州向东北流入鄱阳湖。

〔3〕长安:借指北宋京城汴京。

〔4〕愁余:使我感到忧愁。鹧鸪:鸟名,古人认为它的叫声像"行不得也哥哥!"以上两句暗寓作者不能实现理想的苦闷。

建炎三年(1129),由于宋高宗赵构腐败无能,战备不修,金兵大举南侵,如入无人之境。一路直下临安,猛追宋高宗。另一路从湖北进军江西,隆裕太后(高宗的伯母)由南昌仓皇出走,到造口弃舟登陆,逃往虔州(今江西赣州市)。

辛弃疾这首词写于淳熙三年(1176)。当时他任江西提点刑狱,途经造口。他想起四十多年前金兵烧杀掠抢、人民遭受苦难的情景,直到今日,广大中原地区仍未收复,因而感慨万端。看到那浩荡的江水冲破重山的阻碍,奔腾向前,他恨自己被迫滞留在后方做官,不能去前线参加战斗,心情十分痛苦。

念奴娇

书东流村壁[1]

野棠花落[2],又匆匆过了,清明时节。划地东风欺客梦,一枕云屏寒怯[3]。曲岸持觞[4],垂杨系马,此地曾轻别[5]。

楼空人去,旧游飞燕能说[6]。　　闻道绮陌东头[7],行人曾见,帘底纤纤月[8]。旧恨春江流不尽[9],新恨云山千叠。料得明朝,尊前重见,镜里花难折[10]。也应惊问:近来多少华发?

〔1〕东流:旧县名,在今安徽东至。

〔2〕野棠,一作"野塘"。

〔3〕刬(chàn忏)地:无端。云屏:云母石制作的屏风。一枕,一作"一夜"。云屏,一作"银屏"。以上两句说,无端的东风惊醒了我的好梦,看到床前云屏,就感到有些寒意。

〔4〕觞(shāng伤):古代喝酒用的器皿。

〔5〕轻,一作"经"。

〔6〕以上两句说,现在人去楼空了,只有那飞来飞去的燕子还能叙说旧事。

〔7〕绮(qǐ起)陌:繁华的街道。

〔8〕帘底:帘里。纤纤月:形容妇女细长的眉毛。这里代指女子。刘孝威《奉和逐凉》诗:"月纤张敞画。"罗虬《比红儿》诗:"初月纤纤映碧池,池波不动独看时。凝情尽日君知否?真似红儿罢舞眉。"

〔9〕旧恨:指不能和那人相见的怨恨。不尽,一作"不断"。

〔10〕尊前:酒席前。镜里花:古人常用"镜花水月"表示空幻之意。以上三句说,以后再想和分别了的那个女子在席前相会,恐怕像攀折镜中之花那样困难了。

淳熙五年(1178),作者由江西安抚使调往京师任大理少卿,途经东流,写了这首词。

词的上片写从前他在东流这个地方,曾和一个心爱的人在这里分手告别。现在已是"楼空人去"了,因此,他便产生了物是人非的感慨。下片写他对那位女子的深深怀念。"旧恨春江流不尽,新恨云山千叠"两句,是抒发他不能和心爱的人相会的怨恨。这首词实际上也可以看做是采用比兴的手法,表现了他政治理想难以实现的怨愤。

水调歌头

舟次扬州,和杨济翁、周显先韵[1]

落日塞尘起[2],胡骑猎清秋[3]。汉家组练十万,列舰耸层楼[4]。谁道投鞭飞渡?忆昔鸣髇血污,风雨佛狸愁[5]。季子正年少,匹马黑貂裘[6]。　　今老矣,搔白首,过扬州。倦游欲去江上,手种橘千头[7]。二客东南名胜[8],万卷诗书事业,尝试与君谋[9]:莫射南山虎,直觅富平侯[10]。

〔1〕次:停留。杨济翁:杨炎正,号济翁,作者的友人,当时著名的词人。周显先:作者的友人,生平不详。

〔2〕塞尘:骑兵驰骋边塞所扬起的尘土。

〔3〕胡骑:指金兵。猎清秋:在古代,我国北方少数民族的统治者经常在秋高马肥的时候侵扰中原。这里指金主完颜亮于1161年的南侵。

〔4〕组练:组甲被练,代指军队。组甲,铠甲。被练,战袍之类。《左传》襄公三年,楚国子重"使邓廖帅组甲三百,被练三千以侵吴"。以上两句是形容南宋军队的雄壮威武。

〔5〕投鞭:前秦苻坚进攻东晋时,号称八十万大军,气势汹汹,不可

一世。他说:"以吾之众,投鞭于江,足断其流。"见《晋书·苻坚载记》。鸣镝(xiāo 消):响箭。《史记·匈奴传》载,匈奴头曼单于为他的太子冒顿(mò dú 墨独)作鸣镝,命令部下说:"鸣镝所射而不悉射者斩之。"后来冒顿随从其父头曼去打猎,便用鸣镝射头曼,他的部下也都跟着鸣镝发箭,头曼被射死。佛狸:北魏太武帝拓跋焘的小字。他南侵中原受挫,被太监杀死。以上三句是借苻坚、头曼和拓跋焘被杀的事,写金主完颜亮南侵也逃避不了失败和被杀的命运。

〔6〕季子:苏秦,字季子,战国时的纵横家。苏秦年轻时入秦游说,身穿黑貂裘。裘:皮衣。以上两句是作者回忆自己当时正是青年,有一股积极进取的锐气。

〔7〕倦游:厌倦了宦游的生活。手种橘千头:三国时,吴丹阳太守李衡曾在龙阳县的氾洲种橘千株,临死对儿子说:"吾州里有木奴千头,不责衣食,岁绢千匹。"见《水经注·沅水》。以上两句说,已对宦游生活感到厌倦,想归田隐居。

〔8〕二客:指杨济翁和周显先二人。名胜:享有盛名的人。

〔9〕谋:商议。

〔10〕莫射南山虎:意谓目前可不要再习武了。《史记·李将军列传》载,李广曾"屏野居蓝田南山中射猎","广所居郡闻有虎,尝自射之"。直觅:但求。富平侯:《汉书·张汤传》载,汉元帝时,张放幼袭富平侯,得到皇帝宠信,斗鸡走马,骄奢淫逸,无恶不作。元帝与他一起在外游乐,自称富平侯家人。富平侯,一作"富民侯"。以上两句讽喻南宋统治者不重视有才能的军事将领,只重用那些谄媚皇帝的人。作者说的是气话,反映了他的不满。

辛弃疾南归之前,曾带领义军在扬州以北地区抗击金兵。淳熙五年(1178),他又路过这里,抚今思昔,无限感慨,于是便写了这首词。

词的上片写他年轻时参加抗战,信心百倍,情绪高昂。下片写他老大无成,理想不能实现,心中充满悲愤。

摸鱼儿

淳熙己亥,自湖北漕移湖南,同官王正之置酒小山亭,为赋[1]。

更能消几番风雨[2],匆匆春又归去。惜春长怕花开早,何况落红无数[3]。春且住,见说道[4],天涯芳草无归路[5]。怨春不语。算只有,殷勤画檐蛛网,尽日惹飞絮[6]。　　长门事,准拟佳期又误,蛾眉曾有人妒[7]。千金纵买相如赋,脉脉此情谁诉[8]?君莫舞[9]!君不见,玉环、飞燕皆尘土[10]!闲愁最苦,休去倚危栏,斜阳正在烟柳断肠处[11]。

〔1〕淳熙己亥:即孝宗淳熙六年(1179)。漕:漕司的简称。漕司即转运司,掌财赋及谷物转运等事务。移:调任。同官:同僚。王正之:王正己,字正之,作者的朋友。小山亭:在漕司衙内。
〔2〕这句说,花儿再也经不起风雨的吹打了。
〔3〕落红:落花。长怕,一作"长恨"。以上两句写惜春的心理状态。
〔4〕见说道:听说。
〔5〕这句说,天边长满了芳草,春天的去路已被堵塞。无归路,一作"迷归路"。
〔6〕算:料想。画檐:画有彩饰的屋檐。惹:牵,挂。以上三句说,算

来只有檐下的蜘蛛网还在整天地粘住纷飞的柳絮,想殷勤地挽留春天。

〔7〕长门:汉代宫名。司马相如《长门赋序》说:"孝武皇帝陈皇后,时得幸,颇妒,别在长门宫,愁闷悲思,闻蜀郡成都司马相如天下工为文,奉黄金百斤,为相如、文君取酒,因于解悲愁之辞。而相如为文以悟主上,皇后复得幸。"准拟:这里是约定的意思。佳期:指汉武帝和陈皇后相会的日子。蛾眉:美女的代称。以上三句说,陈皇后失宠,被打入冷宫,汉武帝和她约好相会的日子,却又不至,因为有人在妒忌她,从中破坏。

〔8〕脉脉:含情的样子。

〔9〕舞:这里用做双关语,既指舞蹈,又指得意忘形,胡作非为。

〔10〕玉环:杨玉环,唐玄宗的宠妃。安禄山叛乱,玄宗逃到马嵬坡(今陕西兴平西),军士杀杨国忠,她被缢死。见《新唐书·后妃传》。飞燕:赵飞燕,汉成帝的宠妃,后废为平民,自杀而死。杨贵妃和赵飞燕都善舞,并以妒忌著称。

〔11〕危栏:高楼上的栏杆。烟柳:笼罩着烟雾的柳树。

这首词是淳熙六年(1179)三月间,辛弃疾由湖北转运副使调往湖南时所作。

词的上片抒写他惜春、留春、怨春的感情,运用比兴的手法表现了年华虚度、志不得伸的感慨。下片借用陈皇后故事,暗喻自己受到排挤,满腔爱国深情无处申述;并用杨玉环和赵飞燕的悲剧结局,来警告投降派。

据南宋罗大经《鹤林玉露》说,宋孝宗看了这首词以后很不高兴,可见词的内容刺痛了当时的朝廷。

满江红

送李正之提刑入蜀[1]

蜀道登天[2],一杯送绣衣行客[3]。还自叹,中年多病,不堪离别[4]。东北看惊诸葛表,西南更草相如檄[5]。把功名收拾付君侯,如椽笔[6]。　　儿女泪,君休滴[7]。荆楚路[8],吾能说。要新诗准备,庐山山色[9]。赤壁矶头千古浪,铜鞮陌上三更月[10]。正梅花万里雪深时,须相忆。

[1] 李正之:李大正,字正之,时任利州路(今川北、陕南一带)提点刑狱。

[2] 这句说,入蜀的道路崎岖险阻,难如登天。李白《蜀道难》诗:"蜀道之难,难于上青天。"

[3] 绣衣:绣衣直指,汉武帝时官名,本由侍御史充任,又称绣衣御史。宋代各路设提点刑狱公事,简称提刑,官职与汉代的绣衣直指大略相当,所以作者称李大正为"绣衣行客"。

[4] 以上三句自叹中年多病,易因离别而感伤。《世说新语·言语》:"谢太傅(安)语王右军(羲之)曰:'中年伤于哀乐,与亲友别,辄作数日恶。'"

[5] 诸葛表:诸葛亮出师北伐时,曾写《出师表》,向蜀后主刘禅陈述军政大计。草:拟写。相如檄(xí习):《史记·司马相如列传》记载,司马相如曾为汉武帝撰写《喻巴蜀檄》,安抚西南巴蜀军民。以上两句

是作者以激励口气,希望李大正能在抗金和治国方面建立功勋。

〔6〕君侯:汉时原指列侯,后用以称上层官吏,这里指李大正。如椽(chuán 船)笔:指文笔高超,如言大手笔。《晋书·王珣传》:"珣梦人以大笔如椽与之,既觉,语人曰:'此当有大手笔事。'俄而帝崩,哀册谥议,皆珣所草。"椽,屋顶上的圆木条。以上两句说,你才华出众,能胜任重托,正是立功成名的时候。

〔7〕以上两句说,不要作儿女之态,临别哭泣。唐王勃《送杜少府之任蜀州》:"无为在歧路,儿女共沾巾。"

〔8〕荆楚路:指入蜀时经过江西、湖北等地。

〔9〕庐山:在江西九江市,以风景壮丽著称。以上两句说,这一路山川秀丽,你要准备写出新诗佳句。

〔10〕赤壁矶:见苏轼《念奴娇·赤壁怀古》注〔1〕,第 135 页。千古浪:苏轼《念奴娇·赤壁怀古》中有"大江东去,浪淘尽千古风流人物"句。铜鞮陌:在湖北襄阳。唐雍陶《送客归襄阳旧居》诗:"唯有白铜鞮上月,水楼闲处待君归。"以上两句中的"赤壁矶"、"白铜鞮",都是古代诗人喜欢题咏的地方。

这是一首赠别的词,作于淳熙十一年(1184)。词的开头和末尾虽然也写朋友间惜别之情,但中心内容则是表达作者对李大正的鼓励和期望。作者有意用"诸葛表"、"相如檄"这些与治理西蜀有关的历史典故,勉励朋友治理好西蜀,为抗金事业做出贡献,还用沿途壮丽的山川景色来激发朋友的诗情和对祖国山河的热爱,意切情深,有很强的感染力。

千年调

蔗庵小阁名曰"卮言"[1],作此词以嘲之。

卮酒向人时,和气先倾倒[2]。最要然然可可,万事称好[3]。滑稽坐上,更对鸱夷笑[4]。寒与热,总随人,甘国老[5]。

少年使酒[6],出口人嫌拗[7]。此个和合道理[8],近日方晓。学人言语,未会十分巧。看他们,得人怜,秦吉了[9]。

〔1〕蔗庵:辛弃疾的朋友郑汝谐,字舜举,于淳熙十二年(1185)任信州(治所在今江西上饶市)知州,蔗庵是他在上饶的书斋名。卮(zhī支)言:支离断碎之言,或漫不经心之言。《庄子·寓言》:"卮言日出。"陆德明释文引王叔之曰:"卮器满即倾,空则仰,随物而变,非执一守故者也。施之于言,而随人从变,己无常主者也。"

〔2〕卮:古代的一种圆形饮酒器。和气:指酒的芳香。黄庭坚《谢答闻善二兄九绝句》:"尊中欢伯(酒)笑尔辈,我本和气如三春。"这两句是以卮比喻一味顺从讨好的人,说添酒时,卮总是先倾着身子,以"和气"待人。

〔3〕然然可可:唯唯诺诺。万事称好:《世说新语·言语》注引《司马徽别传》说,三国司马徽总是讲人好话。宋黄庭坚《次韵任道食荔支有感》诗:"万事称好司马公。"以上两句说,这种人以唯唯诺诺、讲好话作为最要紧的处世准则。

〔4〕滑(gǔ古)稽:一种转注流引酒浆的器皿,因为它刚灌满又吐

出,好像没有穷竭的时候。所以古人用来形容那些讲话滔滔不绝,言辞油滑的人。鸱(chī痴)夷:皮制的酒囊,它的特征是容量大,可张可弛,所以也常用以比喻善于忍让,巧于应对的人。《汉书·陈遵传》引扬雄作《酒箴》讽刺成帝君臣,说"鸱夷滑稽,腹如大壶。尽日盛酒,人复借酤。常为国器,托于属车(侍从的车子)。出入两宫,经营公家。"以上两句说,宴席上,"滑稽"与"鸱夷"笑脸相对,十分投合。

〔5〕甘国老:中草药甘草,又名国老,性平和,味甘甜,能调和诸药,攻寒去热都可用。以上三句是嘲笑上述那类人,说他们只知随机应变,息事宁人。

〔6〕使酒:喝了酒就使性子,不知忌讳。

〔7〕拗:别扭,不合时宜。

〔8〕和合:附和迎合。

〔9〕秦吉了:鸟名,又叫鹩哥,效人言笑的本领胜过鹦鹉。以上三句说,看他们所以能讨人喜欢,就因能像秦吉了那样,是非不分,人云亦云。

这首词大约作于淳熙十二年(1185)左右。

面对着金统治者的南侵,南宋朝廷中主战派和主和派的斗争持续不断,时起时伏。而主和势力则始终占据上风。一些置国家安危不顾,只求个人安乐的达官贵人,则对主和派百依百顺,成了他们的应声虫。作者这首词,给予这类人以辛辣的讽刺。他借郑汝谐给小阁取名"卮言"做题目,加以巧妙发挥,以酒器拟人,极形象地勾勒出这类人谄媚逢迎的丑态。嘻笑怒骂,皆成鞭挞。词的下片,全说反话,表明作者跟他们尖锐对立的立场。

丑奴儿

书博山道中壁[1]

少年不识愁滋味,爱上层楼[2]。爱上层楼,为赋新词强说愁[3]。 而今识尽愁滋味,欲说还休[4]。欲说还休,却道天凉好个秋[5]。

[1] 博山:山名,在江西广丰西南。

[2] 层楼:高楼。建安诗人王粲曾作《登楼赋》抒写他不得志而怀乡的愁绪。后来的诗人往往登楼望远,赋诗写愁,把登高与愁绪联系在一起。以上两句说,年幼时因不懂得愁苦的滋味,才爱上高楼瞭望。

[3] 强(qiǎng 抢):勉强。

[4] 欲说还休:想说而终于不说。

[5] 这句是"顾左右而言他"的意思。

这首词为辛弃疾闲居带湖时所作。词中通过回顾少年时的不知愁苦,反衬如今饱尝愁苦而又有愁难吐的心情,抒发了他壮志难酬的忧愤和对统治集团的不满。写得跌宕有致,耐人寻味。

清平乐

村居

茅檐低小[1],溪上青青草[2]。醉里吴音相媚好[3],白发谁家翁媪[4]? 大儿锄豆溪东,中儿正织鸡笼。最喜小儿亡赖[5],溪头卧剥莲蓬[6]。

〔1〕茅檐:茅屋的房檐。
〔2〕溪上:指溪边。
〔3〕吴音:这里指作者当时居住的江西上饶一带的口音。因春秋时地属吴国,故称。相媚好:指相互亲切地交谈。吴,一作"蛮"。
〔4〕媪(ǎo袄):年老的妇女。
〔5〕亡(wú吴)赖:这里指顽皮,也有爱称的意味。亡,通"无"。
〔6〕卧剥,一作"看剥"。

这首词从一个侧面描绘了江南农村人家的一幅风俗画。作者选择了老少两组人物的几个镜头,表现了他对淳朴农民的友善之情,和对小儿情态的欣赏。感情真挚,描写生动,较有生活情味。

贺新郎

陈同父自东阳来过余[1],留十日,与之同游鹅湖,且会朱晦庵于紫溪,不至,飘然东归[2]。既别之明日,余意中殊恋恋,复欲追路,至鹭鹚林[3],则雪深泥滑,不得前矣。独饮方村[4],怅然久之,颇恨挽留之不遂也。夜半投宿吴氏泉湖四望楼,闻邻笛悲甚,为赋《乳燕飞》以见意[5]。又五日,同父书来索词,心所同然者如此[6],可发千里一笑。

把酒长亭说[7]。看渊明,风流酷似,卧龙诸葛[8]。何处飞来林间鹊,蹴踏松梢残雪[9]。要破帽,多添华发[10]。剩水残山无态度,被疏梅,料理成风月[11]。两三雁,也萧瑟[12]。

佳人重约还轻别[13]。怅清江,天寒不渡,水深冰合。路断车轮生四角[14],此地行人销骨[15]。问谁使,君来愁绝[16]?铸就而今相思错,料当初,费尽人间铁[17]。长夜笛,莫吹裂[18]。

[1]陈同父:陈亮,参见陈亮小传,第356页。东阳:县名,在今浙江省。过余:来到我这里。

[2]鹅湖:鹅湖山,在江西铅山东北。朱晦庵:朱熹,字元晦,号晦庵,南宋唯心主义理学家。紫溪:地名,在江西铅山县南。不至:指朱熹没有到。飘然东归:指陈亮返回东阳。

[3]殊恋恋:很留恋。追路:追赶陈亮。鹭鹚林:地名,约在江西上饶东。

[4]方村:地名,约在鹭鹚林附近。

[5]乳燕飞:词调《贺新郎》的别名。

[6]索词:索取词作。心所同然:两个人所想的相同。

[7]长亭:见李白《菩萨蛮》注[4],第6页。这句说持杯在长亭

话别。

〔8〕渊明:陶潜,字渊明,晋代著名诗人。以上三句把陈亮比做陶渊明和诸葛亮。

〔9〕蹙(cù促):踩踏,踢。

〔10〕破帽:汉末管宁曾隐居辽东,戴皂帽。后来文人常在作品里写自己戴破帽,表示清高。以上两句说,雪落在帽子上,似乎增添了花白的头发。

〔11〕剩水残山:这里指大地覆盖着雪,只有部分的地方残露在外面,显得零零落落。无态度:不好看,不成样子。料理:装饰打扮之意。风月:清风明月,是美丽的夜景,这里泛指美景。以上三句说,大部分地方覆盖着雪,有些地方露在外面,零乱不堪,只有疏疏落落的梅花,妆点出一番好景来。这里暗喻山河破碎,只有少数抗战派支撑危局。

〔12〕萧瑟:冷落凄凉的样子。

〔13〕佳人:美人,也可称品格好的男子,这里指陈亮。重约:重视约会。轻别:轻易地别去。

〔14〕车轮生四角:车轮转动不了,像长了四只角。陆龟蒙《古意》:"安得双车轮,一夜生四角。"

〔15〕销骨:形容很伤心。

〔16〕君:作者自指。以上两句说,请问是谁使你愁得这样不能自拔。

〔17〕错:《资治通鉴》卷二百六十五说天雄节度使罗绍威,联合朱温消灭田承嗣在魏、博所遗留下来的"牙军"。嗣后朱温所部在魏州居留半年,把魏州的物资积蓄消耗殆尽。罗绍威的力量也因此削弱。罗绍威很懊悔,说"合六州四十三县铁,不能为此错也!"错,即用铁铸成的磨治骨角铜铁的工具。这里语意双关,暗指错误。以上三句用夸张手法,说自己没有留住陈亮,于今两地相思,成为大恨事。

〔18〕吹裂:《太平广记》卷二百零四《李謩》条说唐代有一个独孤生会吹笛,曾把笛子吹裂。以上两句说,听到邻家笛声,心里更加难受。

淳熙十五年(1188)冬,陈亮远道来访,和辛弃疾同游鹅湖,虽然为期只有十天,这在辛弃疾一生中,是一次很有意义的会见。陈亮东归之后,辛弃疾写了这首《贺新郎》,两人往返唱和,各自写了三首。他们两人在词中所写的,离不开抗金这个中心思想。这首词上片除对陈亮做了很高的评价外,抒写了他对国事的忧愤,但这是在通过描写雪景中很自然地流露出来,形象鲜明,感情浓郁。下片深刻地写出了他在陈亮走后的怅惘和怀念。词的小序是一篇简短的优美散文,对于了解这首词和作者当时的心境,都很有帮助。

贺新郎

同父见和,再用前韵

老大那堪说[1]。似而今,元龙臭味,孟公瓜葛[2]。我病君来高歌饮,惊散楼头飞雪。笑富贵,千钧如发[3]。硬语盘空谁来听,记当时,只有西窗月[4]。重进酒,换鸣瑟[5]。　事无两样人心别。问渠侬,神州毕竟,几番离合[6]?汗血盐车无人顾,千里空收骏骨[7]。正目断,关河路绝[8]。我最怜君中宵舞[9],道"男儿到死心如铁"。看试手[10],补天裂[11]。

〔1〕这句说老大无成,没有可说的。

〔2〕元龙:即陈登,见辛弃疾《水龙吟·登建康赏心亭》注〔9〕,第309页。臭味:比喻气味相同。见张元幹《瑞鹧鸪》注〔6〕,第267页。孟公:西汉陈遵,字孟公,为当时著名游侠。瓜葛:瓜藤和葛藤,比喻亲友互相牵连。以上三句,作者用陈登和陈遵比陈亮,说自己和陈亮彼此契合,关系亲密。

〔3〕千钧:形容很重。钧,古代重量单位名称,三十斤为一钧。以上两句说,千钧的富贵,笑它像毛发般轻。

〔4〕硬语盘空:语言刚劲陡健。韩愈《答孟东野》诗:"横空盘硬语。"以上三句回忆他们两人在鹅湖相会时的叙谈情景。

〔5〕以上两句回忆会见时饮酒弹瑟,感情融洽。

〔6〕渠侬:古代吴地方言自称为我侬,称他人为渠侬,这里指朝廷中主张向金贵族妥协求和的执政者。离合:指分裂和统一,这里强调的是离。以上三句说,试问那些执政者,祖国毕竟要分裂多久。

〔7〕汗血:《汉书·武帝纪》注说大宛(在今中亚细亚乌兹别克)有天马种,汗从前肩髆流出,像血,一日行千里。盐车:载盐的车。《战国策·楚策》说,衰老的良马,拉着盐车上太行山,负伤疲惫,爬不上去,伯乐遇见了,下车摸着它哭,脱下衣服披盖在它身上。这是比喻贤才受到压抑。骏骨:指良马的尸骨。《战国策·燕策》说有一个人出千金重价买千里马,三年没有买到,看到一匹好马已死,用五百金买了它的骨头。不到一年,就买到三匹千里马。后人用这个故事来比喻急切求贤。以上三句说贤才被摧残埋没,统治者却空喊求贤。

〔8〕以上两句说,北方被金兵占领,山河破碎,隔绝不通。

〔9〕怜:爱重。中宵舞:见张元幹《贺新郎·寄李伯纪丞相》注〔10〕,第261页。

〔10〕试手:试试身手。

〔11〕补天裂:《淮南子·览冥训》说,在遥远的古代,有一次,撑天

的柱子断了,天也裂开,女娲取来五色石烧炼成岩浆,把天补了起来。这里比喻完成祖国统一。

鹅湖会面后的第二年(1189)春天,辛弃疾得到陈亮的和韵的词,就再写了这一首。这首词上片回忆他们去年会见时情景:他们当时纵饮高歌,硬语盘空,激昂慷慨;而令人窒息的政治空气,却使他们心地十分凄暗。下片斥责南宋统治集团对金妥协,不肯任用抗金的人材,坐使南北分裂,不得统一。结尾处转述陈亮对他说过的"男儿到死心如铁"的豪迈誓言,情绪达到了高潮,词也就此结束。但激越的声音,似乎还在回响。

贺新郎

用前韵赠金华杜叔高[1]

细把君诗说。恍馀音,钧天浩荡,洞庭胶葛[2]。千丈阴崖尘不到,唯有层冰积雪[3]。乍一见,寒生毛发。自昔佳人多薄命,对古来,一片伤心月。金屋冷,夜调瑟[4]。　去天尺五君家别[5]。看乘空,鱼龙惨淡,风云开合[6]。起望衣冠神州路,白日销残战骨[7]。叹夷甫诸人清绝[8]。夜半狂歌悲风起,听铮铮,阵马檐间铁[9]。南共北,正分裂。

〔1〕杜叔高:名斿(yóu 游),金华(在今浙江省)人,能写诗,兄弟五人都有文名,人称"金华五高"。
〔2〕钧天:指钧天广乐,古代传说中天上的音乐,见《史记·赵世

家》。洞庭:《庄子·天运篇》:黄帝在"洞庭之野",叫人演奏《咸池》乐曲。胶葛:广阔的样子。司马相如《上林赋》:"张乐乎胶葛之㝢。"以上三句称赞杜叔高的诗像神奇、美妙的音乐,在寥阔的天空和原野回旋。

〔3〕阴崖:朝北的悬崖。以上两句形容杜叔高诗的风格严峻、清冷。陈亮在给杜叔高的信里,也称他的诗"如干戈森立"。

〔4〕金屋冷:《汉武故事》说汉武帝幼时,他的姑母把他抱在膝上,问他:"欲得妇否?"并指着女儿阿娇说:"好否?"他笑着回答:"若得阿娇作妇,当以金屋贮之。"后来陈阿娇嫁给汉武帝后失宠,黜居长门宫。调瑟:即弹瑟。调,和协的意思。以上五句说,杜叔高诗流露了怀才不遇的情绪,读了使人联想到古来像陈阿娇那样的遭遇不幸的美女,夜间在金屋里调瑟,对着一片月伤心。

〔5〕去天尺五:唐时长安城南韦氏和杜氏是世代相传的贵族。辛氏《三秦记》:"城南韦杜,去天尺五",是说两家离皇帝很近。别:特别。这句用唐代的杜家来比杜叔高家世显赫,与其他人家不同。

〔6〕乘空:升上天空。鱼龙:古人用鱼龙比"君子",《乐动声仪》:"风雨感鱼龙,仁义动君子。"古代又有鱼化龙,龙飞升的传说。这里鱼龙指杜叔高。惨淡:辛苦经营,杜甫《送从弟赴河西判官》诗:"惨澹苦士志",淡通澹。风云开合:风云变化。以上两句说,杜叔高在政治上会有好遭遇。

〔7〕衣冠:古人用衣冠象征文明。以上两句说,遥望沦陷了多年的中原,在凄惨的阳光下,战士们的尸骨都已销蚀腐朽了。

〔8〕夷甫:王衍,字夷甫,西晋末年任宰相。参见胡世将《酹江月》注〔2〕,第241页。清绝:清高极了。是对脱离现实的讽刺之词。这句借王衍讽刺南宋统治集团中某些人的空谈误国。

〔9〕铮铮:金属撞击的声音。檐间铁:古时在檐下挂铁马测风。

这首词的基本精神还是作者在鹅湖和陈亮所谈论的话题。杜叔高是作者和陈亮的朋友,他们志同道合。上片赞扬杜叔高的诗,同情他在诗中所反映的不得志的心情。下片转入对杜叔高的鼓励和对国事的感慨。感情越写越激烈,音调越变越高昂,最后以"南共北,正分裂"作结,令人想见作者当时怒发上指的气概。

破阵子

为陈同甫赋壮词以寄之[1]

醉里挑灯看剑[2],梦回吹角连营[3]。八百里分麾下炙,五十弦翻塞外声[4],沙场秋点兵[5]。　马作的卢飞快,弓如霹雳弦惊[6]。了却君王天下事,赢得生前身后名,可怜白发生[7]!

〔1〕陈同甫:即陈亮。

〔2〕挑灯:拨亮灯光。

〔3〕梦回:梦醒。吹角连营:驻地相连的各个兵营都吹响了号角。

〔4〕八百里:健壮的牛。《世说新语·汰侈》:"王君夫(恺)有牛,名八百里驳。"这里兼言营寨分布之广,语涉双关。麾(huī 灰)下:部下。炙(zhì 智):烤肉。五十弦:瑟。李商隐《锦瑟》诗:"锦瑟无端五十弦。"这里泛指乐器。翻:演奏。塞外声:反映边塞征战生活的乐曲。以上两句说,烤熟的牛肉分送各营犒赏士兵,乐器奏出悲壮的军歌。

〔5〕沙场:战场。点兵:检阅军队。

〔6〕作:像。的卢:骏马的名称。《三国志·蜀书·先主传》注引

331

《世语》说,刘备在一次逃难中,横渡檀溪,陷进深水中,所骑"的卢乃一踊三丈,遂得过"。霹雳:形容弓弦的响声。《隋书·长孙晟传》载,长孙晟善射,突厥一降官说,突厥人"闻其弓声,谓为霹雳;见其走马,称为闪电"。以上两句写在战场上跃马张弓,使敌军闻风丧胆。

〔7〕了却:完成。君王天下事:指收复中原等大事。这里作者没能摆脱封建主义的正统观念,认为天下属帝王一家,统一天下是帝王的事业。身后:死后。以上三句写立功扬名的志愿未能实现,人却老了。

据《历代诗话》引《古今词话》说,有一天陈亮与作者"纵谈天下事",陈亮离开后,作者写了这首词寄给他。词中,作者以激动而又自豪的心情,追怀少年时驰骋沙场,抗击金兵的英雄气概和战斗经历,回忆了当时为国立功的抱负。这些都写得激昂慷慨,不愧"壮词"之称。但是,南宋朝廷腐败懦弱,主和派得势,爱国志士被排斥的现实,又使作者感到深切哀痛。"可怜白发生"一句,极为沉痛,使"壮词"成了悲壮愤激之词。

踏莎行

庚戌中秋后二夕,带湖篆冈小酌[1]。

夜月楼台,秋香院宇[2],笑吟吟地人来去。是谁秋到便凄凉,当年宋玉悲如许[3]。　　随分杯盘[4],等闲歌舞[5],问他有甚堪悲处?思量却也有悲时,重阳节近多风雨[6]。

〔1〕庚戌:绍熙元年(1190)。带湖:在今江西上饶市北郊。小酌:

小饮。

〔2〕秋香:指桂花散发出的香味。唐李贺《金铜仙人辞汉歌》:"画栏桂树悬秋香。"

〔3〕宋玉:战国时楚人,他的作品《九辩》是感伤时世之作,中有"悲哉秋之为气也,萧瑟兮草木摇落而变衰"等悲秋之词,被后人视为最善于悲秋的诗人。这里作者以宋玉自比。如许:如此。

〔4〕随分杯盘:随意吃喝。

〔5〕等闲歌舞:任意地听歌观舞。等闲,视若平常。

〔6〕宋费衮《梁溪漫志》记载,北宋诗人潘大临,听到风雨声动了诗情。但刚写了一句"满城风雨近重阳",因催租人来到,大为扫兴,再也写不下去。这里借用潘大临的诗句,以"多风雨"隐喻国家多忧患。

这首词写秋夜月明花香,宴饮歌舞,大家似乎都很快乐,只有作者感伤国事,独自悲愁。作者用反衬的手法,于美酒佳肴、清歌妙舞的欢乐气氛中,写沉重的忧国之情,表明作者宴饮听唱不过是苦中作乐而已。

西江月

夜行黄沙道中[1]

明月别枝惊鹊[2],清风半夜鸣蝉[3]。稻花香里说丰年,听取蛙声一片。　七八个星天外[4],两三点雨山前。旧时茅店社林边,路转溪桥忽见[5]。

333

〔1〕黄沙:黄沙岭,在今江西上饶西。

〔2〕别枝:斜出的树枝。这句说月光明亮,惊醒了栖息在枝头的喜鹊。苏轼《次韵蒋颖叔》诗:"月明惊鹊未安枝。"

〔3〕这句说,蝉在清风吹拂的深夜鸣叫。

〔4〕天外:天的远处。五代卢延让《松门寺》诗:"两三条电欲为雨,七八个星犹在天。"见五代何光远《鉴诫录》卷五。

〔5〕社林:土地庙周围的树林。以上两句说,从小桥过溪拐个弯,土地庙树丛旁那家旧时见过的茅店又出现在眼前。

这是一首描写山村夏夜景物的佳作,笔调轻快,语言浅明,摹写逼真,使人闻到一股浓郁的乡土气息。作者置身于美好自然中的快意,和展望丰收年景而感到的喜悦,无不跃然纸上,给人一种历历在目之感。

水调歌头

壬子三山被召,陈端仁给事饮饯席上作〔1〕。

长恨复长恨,裁作短歌行〔2〕。何人为我楚舞,听我楚狂声〔3〕?余既滋兰九畹,又树蕙之百亩〔4〕,秋菊更餐英〔5〕。门外沧浪水,可以濯吾缨〔6〕。　　一杯酒,问何似,身后名〔7〕。人间万事,毫发常重泰山轻。悲莫悲生离别,乐莫乐新相识,儿女古今情〔8〕。富贵非吾事〔9〕,归与白鸥盟〔10〕。

〔1〕壬子:绍熙三年(1192)。三山:今福建福州市的别称。因旧城中有三座山(九仙山、闽山、越王山)而得名。陈端仁:陈岘,字端仁,闽

县人。给事:官名。辛弃疾于绍熙三年初任福建提刑,年底奉召赴杭州。当时免官在家的陈岘为他饯行,此词即作于宴席上。

〔2〕裁作:写成。作诗须经一番精心剪裁制作的工夫,所以古人称写诗为"裁诗"。短歌行:古代乐府曲调名称。以上两句说,把绵绵长恨,剪裁节缩成一首短诗。

〔3〕为我楚舞:《史记·留侯世家》记载,戚夫人因儿子未能立为太子,向刘邦哭泣,刘邦很为难,便对她说:"为我楚舞,吾为若(你)楚歌"。歌中,刘邦向戚夫人表达了事不由己的苦衷。又《论语·微子篇》记载,楚隐士接舆,曾当面唱歌讥刺孔子,《论语》称他为"楚狂(疯子)接舆"。作者把这两个典故巧妙地合在一起,表示满腹怨恨无人可倾诉。宋刘辰翁《辛稼轩词序》:"为我楚舞,吾为若楚歌。英雄感怆,有在常情之外,其难言者,未必区区妇人孺子间也。"见《须溪集》。也就是说,这两句另有寄托,意在言外。

〔4〕滋:培植。九畹:古时十二亩为一畹。树:栽种。屈原《离骚》:"余既滋兰之九畹兮,又树蕙之百亩。"屈原本以兰蕙比喻优秀人物,意思说我曾努力培育大批人才。这里,作者借用《离骚》诗句,表示自己曾大力支持和鼓励过抗金志士。

〔5〕英:花瓣。《离骚》:"朝饮木兰之坠露兮,夕餐秋菊之落英。"这里作者以饮食芬香洁净的东西来表示品德高尚,不与投降派同流合污。

〔6〕沧浪:碧绿的江水。濯(zhuó茁):洗。缨:系冠的带,借指冠。《楚辞·渔父》写渔父劝屈原应顺从时势,随波逐流,屈原答以宁死不做这种人。渔父于是边摇船而去,边唱道:"沧浪之水清兮,可以濯吾缨;沧浪之水浊兮,可以濯吾足。"表示自己采取的是与时俯仰,随俗沉浮的处世态度。渔父所唱的这首歌,原是楚国的一首民歌,《孟子》记载,孔子也听到过这首歌。以上两句大意是,这地方很适合过渔父式的隐居生活。

335

〔7〕一杯酒:《世说新语·任诞》记载,张翰曾说:"使我有身后名,不如即时一杯酒。"以上三句是愤慨之词,意思是问生前饮酒行乐,比起身后的荣名,哪样更值得追求。

〔8〕以上三句说,最悲伤莫过于跟亲友离别,最快乐莫过于结识新的知交,这是古来人之常情。这里,作者借屈原《九歌·少司命》:"悲莫悲兮生别离,乐莫乐兮新相知"诗句,表示与陈岘友情很深,不忍分离。

〔9〕这句借用陶渊明《归去来兮》中"富贵非吾愿"一语,表示自己不愿追求个人名利。

〔10〕盟:结交。古人常用与鸥鸟交游,形容置身云水间的隐居生活。黄庭坚《登快阁》诗:"万里归船弄长笛,此心吾与白鸥盟。"

此词开头就点明了这是一首感时抚事之作。词中讽刺了言行悖逆、轻重倒置的南宋朝廷,同时也表达了作者既不愿与投降派同流合污,又不忍避世隐居、独善其身的进退两难的处境。

水龙吟

过南剑双溪楼〔1〕

举头西北浮云〔2〕,倚天万里须长剑〔3〕。人言此地,夜深长见,斗牛光焰〔4〕。我觉山高,潭空水冷,月明星淡。待燃犀下看,凭栏却怕,风雷怒,鱼龙惨〔5〕。　　峡束苍江对起,过危楼,欲飞还敛〔6〕。元龙老矣,不妨高卧,冰壶凉簟〔7〕。千古兴亡,百年悲笑,一时登览〔8〕。问何人,又卸片帆沙岸,系斜阳缆〔9〕?

〔1〕南剑:南剑州,治所在延平(今福建南平市)。双溪楼:因剑溪和樵川二水而得名。

〔2〕举头:抬头远望。西北浮云:形容被金兵占领的中原上空,笼罩着一片乌云。

〔3〕这句意思说,需要倚天万里的长剑,扫开云雾而重见青天。宋玉《大言赋》:"方地为车,圆天为盖,长剑耿耿倚天外。"

〔4〕斗牛:指二十八宿的斗宿、牛宿两个相邻的星座。《晋书·张华传》记载,张华见斗牛间常有紫气,问雷焕是何原故,雷焕说是"宝剑之精上彻于天"。后雷焕任丰城(在今江西省)县令,在监狱的屋基下,掘地四丈馀,得一石函,光气非常,有两把宝剑,上有题刻,一曰龙泉,一曰太阿,张华、雷焕各分得一把,紫气从此消失。张华死时,所得剑突然不见,雷焕死后,其子雷华佩宝剑过延平津(即剑溪),剑忽从腰间跃入水中,请人下水寻找,只见两条数丈长的纹龙,顷刻间,"光彩照水,波浪惊沸"。

〔5〕燃犀(xī西):点燃犀牛的角。《晋书·温峤传》记载,温峤路经牛渚矶,听当地人说矶下水中多妖怪,温峤"遂燃犀角而照之,须臾见水族覆火,奇形异状,或乘车马著赤衣者"。惨:凶狠。以上四句说,待要点燃犀角倚着临水栏杆寻找宝剑,又恐风雷震怒,水怪逞凶肆虐。

〔6〕峡束:山峡夹住。苍江:青苍色的江流。对起:隔江对峙。杜甫《秋日夔府咏怀》诗:"峡束苍江起,岩排古树圆。"危楼:高楼。飞:飞泻。敛:收住。以上三句说,江水受到对峙着的两山所阻,流经双溪楼,收敛了奔泻之势。

〔7〕元龙:见辛弃疾《水龙吟·登建康赏心亭》注〔9〕,第309页。冰壶:盛着冰的玉壶。凉簟(diàn店):竹制的凉席。以上三句说,我已经老了,不妨像陈登那样,鄙视那些小人,干脆一言不发,独自过着喝凉

337

水、睡竹席的冷清生活。

〔8〕以上三句说,千百年来兴盛和衰亡,悲伤和欢乐的往事,登览时纷纷交集在心头。

〔9〕卸:解下。缆:拴船的绳子

这首词写于作者在福州任职期间。作品巧妙地借剑溪宝剑化为龙的故事,以长剑象征抗金的军事力量,抒写作者念念不忘收复中原,时时担心投降派兴妖作祟的忧国之情。词中也流露了作者自伤岁月虚度,壮志消磨,因而产生的"不妨高卧"的消极情绪。

贺新郎

邑中园亭,仆皆为赋此词[1]。一日,独坐"停云",水声山色竞来相娱,意溪山欲援例者[2]。遂作数语,庶几仿佛渊明"思亲友"之意云[3]。

甚矣吾衰矣[4]!怅平生[5],交游零落[6],只今馀几[7]?白发空垂三千丈,一笑人间万事,问何物能令公喜[8]?我见青山多妩媚,料青山见我应如是。情与貌,略相似[9]。　一尊搔首东窗里,想渊明,《停云》诗就,此时风味[10]。江左沉酣求名者[11],岂识浊醪妙理[12]!回首叫云飞风起[13]。不恨古人吾不见,恨古人不见吾狂耳[14]。知我者,二三子[15]。

〔1〕邑中园亭:指作者当时所在铅山县境内的园亭。邑,县。仆:第一人称的谦称,作者自指。此词:指《贺新郎》词调。

〔2〕停云:停云堂,在铅山县东期思渡,作者闲居时常在此游息。相娱:使我高兴。意:猜想。援例:援例写一首《贺新郎》词。

〔3〕庶几:差不多。仿佛:好像。渊明"思亲友"之意:陶渊明写过一首《停云》诗,序里说:"停云,思亲友也。"

〔4〕甚矣吾衰矣:我老得多么厉害啊!《论语·述而》:"甚矣吾衰也,久矣吾不复梦见周公。"

〔5〕怅:懊恼、感叹。

〔6〕交游:朋友。

〔7〕馀几:剩下不多的意思。

〔8〕白发空垂三千丈:形容白发很长。李白《秋浦歌》:"白发三千丈,缘(因)愁似个(像这样)长。"空,白白地。能令公喜:能使你高兴。《世说新语·宠礼》说王恂、郗超"能令公喜,能令公怒"。以上三句说,白白地老了,人间万事,只有付之一笑,有什么能使你高兴呢?

〔9〕妩媚:姿态美好。《新唐书·魏徵传》记载唐太宗李世民说:"人言魏徵举动疏慢,我但觉妩媚。"以上几句把青山拟人化,写它有情有貌,并且物我两融。

〔10〕尊:酒杯。搔首东窗:陶渊明《停云》诗:"静寄东轩(窗),春醪(米酒)独抚。良朋悠邈(远隔),搔首延伫(心情烦恼,盼望朋友来)。"以上三句写他领略陶渊明《停云》诗一挥而就时的情景。

〔11〕江左:这里指历史上的南朝。江左,又称江东,即江南部一带,东晋、宋、齐、梁、陈等都以此为统治中心。沉酣求名:苏轼《和陶渊明饮酒》诗:"江左风流人,醉中亦求名。"

〔12〕浊醪妙理:酒中妙处。杜甫《晦日寻崔戢、李封》:"浊醪有妙理。"浊醪,即浊酒。古人酿米作酒,呈乳色,似浑浊。

339

〔13〕云飞风起:汉高祖刘邦《大风歌》:"大风起兮云飞扬。"这句表现作者的豪放心情。

〔14〕不恨古人吾不见:《南史·张融传》载,张融曾说:"不恨我不见古人,所恨古人又不见我。"

〔15〕二三子:指作者几个志同道合的朋友。以上两句,是作者感慨能了解他的人很少。

陶渊明有一首《停云》诗,其中写了"思亲友",也写了饮酒。辛弃疾给铅山的一座园亭命名"停云堂",写了这首词,也用陶渊明诗意。但作者借此抒写他在政治上遭受排斥的满腹牢骚,词中由"思亲友"而抒发他的抗金理想在当时得不到很多人理解和支持的寂寞心情,由"饮酒"而讽刺了南宋统治集团的沉醉不醒和求名逐利。词中镕铸了许多经、史中的语言,而又都用得那样自然契合,一种悲壮苍凉之感在字里行间鲜明生动地显现出来。作者对其中"我见青山多妩媚,料青山见我应如是","不恨古人吾不见,恨古人不见吾狂耳"等句很得意。据岳珂《桯史》说,辛弃疾每逢招待客人,酒席上"必令侍姬歌其所作,特好《贺新郎》一词",并自诵以上几句,"辄拊髀自笑,顾问坐客何如?"岳珂当时很年轻,有一次被辛弃疾问到时,回答说,"我见青山"两句和"不恨古人"两句有点相似。辛弃疾对他的意见表示赞赏,想加以改动,但一直没有改出来。辛弃疾的虚心和对创作的认真态度是值得佩服的,然而这几句虽然相似,却不显得重复,因为它们恰当地表现了辛弃疾的抑郁心情,前者写他只能与青山为侣,后者写他只有在古人中求知己来慰藉自己。经过这样反覆渲染,更加深了读者的印象。

鹧鸪天

有客慨然谈功名,因追念少年时事,戏作[1]。

壮岁旌旗拥万夫[2],锦襜突骑渡江初[3]。燕兵夜娖银胡䩮,汉箭朝飞金仆姑[4]。　　追往事,叹今吾,春风不染白髭须[5]。却将万字平戎策,换得东家种树书[6]。

〔1〕慨然:激昂慷慨地。戏作:古人写词词命题常用的谦词,表示是带游戏性的非正式作品。

〔2〕旌旗:指军旗。拥万夫:统领人数众多的部队。

〔3〕锦襜(chān 搀)突骑:穿着漂亮军服的精锐部队。突骑,能突破敌阵的骑兵。《后汉书·光武帝纪》:"将突骑来助击王郎。"

〔4〕燕兵:指金兵。娖(chuō 戳):整顿。银胡䩮(lù 录):银色的箭袋。胡䩮多用皮革制成,可装箭,又可作探测远处声响用。唐杜佑《通典》卷 152 说:卧地枕空胡禄(䩮),可以听到周围三十里外的人马踏地声响。汉箭:宋军所发箭。金仆姑:箭名。《左传》鲁庄公十一年,鲁庄公"以金仆姑射南宫长万"。以上两句写宋军向金兵进攻,打得金兵惊慌不安。

〔5〕追:追忆。今吾:今天的我。髭(zī 姿):嘴上边的胡子。以上三句感叹年老,胡子白了不能再黑。

〔6〕平戎策:指作者以前向南宋统治者所上《美芹十论》、《九议》等条陈。《新唐书·王忠嗣传》:"因上平戎十八策。"以上两句说,过去上

341

了那么多抗金条陈,今天所得到的结果却是向邻家学种树。

这是作者晚年闲居时,回忆青年时代率众起义抗金,后来又生擒叛将张安国,突围南归的那一段轰轰烈烈的战斗历史。词中还写了他南归后的几十年受到排斥冷遇,壮志未酬,人已衰老,表现了无限的感慨和愤懑。

贺新郎

别茂嘉十二弟[1]。鹈鴂、杜鹃实两种,见《离骚补注》[2]。

绿树听鹈鴂,更那堪,鹧鸪声住,杜鹃声切[3]。啼到春归无寻处,苦恨芳菲都歇[4]。算未抵,人间离别[5]。马上琵琶关塞黑[6],更长门,翠辇辞金阙[7]。看燕燕,送归妾[8]。
将军百战身名裂,向河梁,回头万里,故人长绝[9]。易水萧萧西风冷,满座衣冠似雪,正壮士悲歌未彻[10]。啼鸟还知如许恨[11],料不啼清泪长啼血[12]。谁共我,醉明月[13]?

[1] 茂嘉:辛弃疾的族弟。刘过有《沁园春·送辛幼安弟赴桂林官》。

[2]《离骚补注》:南宋洪兴祖著。书中引汉服虔《离骚》注,说鹈鴂(tí jué 提决)是伯劳鸟。

[3] 那堪:那能忍受。鹧鸪:鸟名,古人说它叫声像"行不得也哥哥"。杜鹃:即子规鸟,古人说它的叫声像"不如归去"。以上四句写送

别时听到三种啼鸟发出的凄切声音。

〔4〕芳菲都歇:百花凋谢。芳菲,花香。《离骚》:"恐鹈鴂之先鸣兮,使夫百草为之不芳。"

〔5〕以上两句说,春归花谢,鸟啼悲切,比不上人间离别之苦。

〔6〕马上琵琶:西汉元帝时,对匈奴实行"和亲政策",把宫女王昭君出嫁给匈奴呼韩邪单于。晋石崇《王昭君辞》序里想象汉元帝送王昭君时,一定和汉武帝送乌孙公主一样,叫她在马上弹琵琶自遣;后来就产生了王昭君马上弹琵琶的传说。关塞黑:形容北方边塞荒凉。杜甫《梦李白》:"魂返关塞黑。"这一句是写王昭君出塞。

〔7〕更:表示另叙一事。长门:陈阿娇失宠后居长门宫。见《摸鱼儿》(更能消几番风雨)注〔7〕,第 318 页;《贺新郎》(细把君诗说)注〔4〕,第 330 页。翠辇(niǎn 碾):装饰有翡翠羽毛的宫车。金阙:指皇帝所居的宫殿。以上两句写陈阿娇失宠后,辞别汉武帝黜居长门宫。

〔8〕以上两句写庄姜送戴妫(guī 规)事。《诗经·邶风》有《燕燕》诗,据汉代注释家说,这首诗是卫庄公夫人庄姜送庄公妾陈女戴妫归陈时所作。戴妫在卫国有一段悲惨的遭遇,儿子被卫君州吁所杀,是不得已而回娘家的。

〔9〕将军百战声名裂:指汉李陵身经百战,最后投降匈奴,身败名裂。河梁:相传李陵在匈奴送别苏武归汉的诗有"携手上河梁"之句。梁,桥。故人:指苏武。长绝:永远分别。以上四句写李陵别苏武事。

〔10〕易水萧萧西风冷:《史记·刺客列传》说燕太子丹派荆轲入秦,企图刺杀秦始皇,在易水边上为荆轲饯行,满座都穿戴白衣白帽,高渐离击筑(乐器名),荆轲伴唱道:"风萧萧兮易水寒,壮士一去兮不复还。"易水,在今河北西部。萧萧,风声。壮士:指荆轲。未彻:未完。以上两句写荆轲别燕丹事。

〔11〕还知:如果知道。如许恨:人间这么多恨事。指上面所写别离

343

的故事。

〔12〕料:料想。不啼清泪长啼血:啼叫时流下来的不是泪水而是血。

〔13〕醉明月:在月下醉饮。

一首送别的词,其中写了五个别离的故事,像是江淹的一篇《别赋》,这在词的创作中是别具一格的。这五个别离的故事都是悲剧性的,其中王昭君、陈阿娇、戴妫都遭遇不幸;荆轲入秦,李陵别苏武,也都为过去封建时代文人所同情。据张惠言《词选》说,辛茂嘉"盖以罪谪徙",从词中所写的五个别离故事看,张惠言的说法是可信的。作者写进这几个故事,显然是寄寓了自己的悲愤。

词中虽然罗列许多离别的故事,结构却很严整。前面用"算未抵,人间离别"总起,后面用"啼鸟还知如许恨"收束,安排很妥帖。最后用"谁共我,醉明月"作结,馀意不尽,更显出作者的笔力。

此词作于辛弃疾闲居瓢泉的期间。

永遇乐

京口北固亭怀古[1]

千古江山,英雄无觅孙仲谋处[2]。舞榭歌台,风流总被雨打风吹去[3]。斜阳草树,寻常巷陌,人道寄奴曾住[4]。想当年,金戈铁马,气吞万里如虎[5]。 元嘉草草,封狼居胥,赢得仓皇北顾[6]。四十三年,望中犹记,烽火扬州路[7]。可堪回首,佛狸祠下,一片神鸦社鼓[8]。凭谁问,廉颇老矣,尚能饭否〔9〕?

〔1〕京口:古城名。故址在今江苏镇江市。《元和郡县志》:"孙权自吴(今江苏苏州)徙治丹徒,号曰京城。后徙治建业,于此置京口镇。北固亭:一名北固楼,在今镇江市东北北固山上。晋人蔡谟为储军备而建。

〔2〕孙仲谋:孙权,字仲谋,三国时吴国的君主。以上三句慨叹像孙权那样的英雄已见不到了。

〔3〕舞榭(xiè 谢)歌台:歌舞的楼台。榭,高台上的建筑物。以上两句说,过去英雄的流风馀韵,歌舞楼台,都随着时代的风吹雨打而消逝了。

〔4〕寻常巷陌:普通街巷。寄奴:南朝宋武帝刘裕的小名。他生长在京口,曾在这里起兵。他在东晋末年出兵北伐,灭鲜卑贵族统治者建立的南燕、后燕、后秦,一度收复洛阳、长安等地。后来推翻东晋,做了皇帝。以上三句说,刘裕住过的地方,现在成了斜阳草树中的普通街巷。

〔5〕以上三句写刘裕当年北伐的英雄气概。

〔6〕元嘉草草:指刘裕的儿子宋文帝刘义隆北伐的事。刘义隆准备不足,草率出兵。元嘉,刘义隆年号(424—453)。封:古代在山上筑坛祭天的仪式。狼居胥:古山名。约在今内蒙古克什克腾旗西北至阿巴嘎旗一带。一说即今河套西北的狼山。汉代霍去病追击匈奴,封狼居胥而还。见《史记·卫将军骠骑列传》。《宋书·王玄谟传》记载,刘义隆曾对殷景仁说:听王玄谟论兵,使人有封狼居胥之意。于是命王玄谟伐北魏,大败而归。赢得:剩得。仓皇北顾:于匆忙败退中,回头北望。刘义隆诗有"北顾涕交流"句,见《宋书·索虏传》。以上三句借刘义隆草率出兵北伐,结果一败涂地的事劝告南宋统治者接受历史教训,

345

要做好充分准备才能出兵。

〔7〕四十三年:辛弃疾南归时在1162年,到写这首词时已四十三年。扬州路:指今江苏扬州一带。以上三句说,四十三年后的今天,登亭遥望扬州一带,当年抗金烽火,还能记忆。

〔8〕可堪:怎能忍受得了。佛狸祠:北魏太武帝拓跋焘率兵追击王玄谟,驻军长江北岸瓜步山(在今江苏六合东南),在山上修建一座行宫,后称佛狸祠。佛狸即拓跋焘的小名。神鸦:吃祠神祭品的乌鸦。社鼓:社日祭神的鼓声。以上三句说,人们忘记了过去的历史,竟在佛狸祠下迎神赛社,真不堪回首。

〔9〕廉颇:战国时赵将,善用兵,晚年被黜奔魏。秦攻赵,赵王想再用廉颇,怕他已衰老,派人去探看。廉颇在使者面前"一饭斗米肉十斤",还披甲上马,以示不老。使者受廉颇仇人郭开贿赂,回报赵王说廉颇虽老,还能吃饭,但和我坐了一会儿,就拉了三次屎。赵王信以为真,没有用他。见《史记·廉颇蔺相如列传》。以上三句作者以廉颇自比,表示自己还可有为,可是不见重用。

宁宗开禧元年(1205),辛弃疾年六十五岁,任镇江知府。这时,韩侂胄正筹划出兵北伐。辛弃疾积极支持,而且见诸行动,如他派人侦探金兵情况,预制万件战袍,准备在沿边地区招募万名士兵等。他希望韩侂胄等人要做好充分准备,不要蹈南朝刘义隆、王玄谟草草出兵的覆辙。词中写了这个意思,并且表示自己虽老,还能出力。据岳珂《桯史》,岳珂在对《贺新郎》(甚矣吾衰矣)提出意见的同时,对这首词也提出了"微觉用事多"的批评,辛弃疾说"实中余痼",感觉到用典故多是他的一个痼疾。用典故多诚然是作诗的弊病,但这首词用得都比较恰当,他在当时处境下所要说的话都恰到好处地表达了出来,而且还表达了一种悲壮苍凉的情绪,这很能代表辛词特色的一个方面。

南乡子

登京口北固亭有怀[1]

何处望神州?满眼风光北固楼[2]。千古兴亡多少事,悠悠。不尽长江滚滚流[3]。　　年少万兜鍪[4],坐断东南战未休[5]。天下英雄谁敌手?曹刘[6]。生子当如孙仲谋[7]。

[1] 京口北固亭:见辛弃疾《永遇乐·京口北固亭怀古》注[1],第345页。

[2] 神州:中国的古称。这里指当时的中原沦陷地区。以上两句说,在北固楼上,只见满目风光而不见中原故土。

[3] 不尽长江滚滚流:杜甫《登高》诗:"无边落木萧萧下,不尽长江滚滚来。"以上三句说,古往今来有多少王朝盛衰兴替发生在这里,好像那流不尽的滚滚江流。

[4] 兜鍪(móu谋):头盔。这里借指士兵。这句称颂孙权十九岁就继孙策为吴主,统率东吴军队。

[5] 坐断:占据住。东南:三国时吴国地处中原的东南方。这句说孙吴雄据东南,与魏、蜀频战不息。

[6] 曹刘:指曹操和刘备。《三国志·蜀书·先主传》载,曹操曾对刘备说:"今天下英雄,惟使君与操耳。"以上两句化用其意,反衬孙权是只有曹操和刘备才能匹敌的英雄。

[7] 孙仲谋:孙权,字仲谋。《三国志·吴书·吴主传》裴松之注引《吴历》说,曹操与孙权战于濡须坞(故址在今安徽巢县一带),失利,见

孙权"舟船、器仗、军伍整肃,喟然叹曰:'生子当如孙仲谋,刘景升儿子若豚犬耳!'"曹操赞美孙权而鄙视向他投降的刘琮。这里借用他的话,含有讽刺怯懦畏敌的南宋统治者的意思。

这首词是辛弃疾于嘉泰四年(1204)至开禧元年(1205)知镇江府时所作。词中把登临怀古和感慨国事交融在一起,借古喻今,表现了他对中原的怀念和对当朝者的轻蔑与指责。写得感情激越,笔法活泼,用典自然、贴切,境界开阔,弦外有音,讽咏有味。

祝英台近

晚春[1]

宝钗分,桃叶渡,烟柳暗南浦[2]。怕上层楼,十日九风雨[3]。断肠片片飞红,都无人管;更谁劝啼莺声住[4]。

鬓边觑,试把花卜归期,才簪又重数[5]。罗帐灯昏[6],哽咽梦中语[7]:是他春带愁来,春归何处,却不解带将愁去[8]。

〔1〕晚春,一作"春晚"。

〔2〕宝钗:钗的美称。钗,古时妇女别在发髻上的一种首饰,由两股合成。古时夫妇或情人离别时,有将钗分成两股,各持一股作为纪念的习俗。南朝梁陆罩《闺怨》诗:"偏恨分钗时。"宋王明清《玉照新志》卷四也有宋时分钗赠别的事例。桃叶渡:渡口名,在南京秦淮河与青溪合流处,据传因晋王献之曾于此送别其妾桃叶而得名。这里指夫妇于渡口离

别。南浦:泛指送别处。此处用南朝梁江淹《别赋》"送君南浦,伤如之何"之意。以上三句写送别丈夫于柳荫葱郁的水边。

〔3〕层楼:高楼。以上两句写送别后害怕登高会触景生情,引起怀念。

〔4〕飞红:飘落的花瓣。片片,一作"点点"。更谁劝,一作"倩谁唤"。啼莺,一作"流莺"。以上三句进一步刻画主人公伤春怀远、怨天尤人的心情。

〔5〕鬓边觑(qù去):指斜看鬓边所插的花朵。觑,斜看。把花卜归期:用花瓣的数目来占卜丈夫归家的日期。才簪又重数:意谓反覆占卜。簪在这里用做动词,意思是把花插在发髻上。以上三句写她盼望丈夫早日归来的殷切心情。

〔6〕罗帐:一种丝织品做的床帐。

〔7〕哽咽:抽泣。哽,一作"呜"。

〔8〕以上三句是她怨春的梦话。

伤春和怀人之类,在宋词中是常见的题材。这首词向来人们认为可能有所寄托。它在艺术上比较细腻,写得缠绵悱恻,表现了辛弃疾艺术风格的另一个方面。过去一些"婉约派"词人,对于这首词也不能不表示十分赞赏。

自此首以下所收的辛弃疾词,写作时间无考。

木兰花慢

中秋饮酒,将旦。客谓前人诗词有赋待月、无送月者,因用《天问》体赋[1]。

可怜今夕月,向何处,去悠悠[2]?是别有人间,那边才见,光影东头[3]?是天外,空汗漫,但长风浩浩送中秋[4]?飞镜无根谁系,姮娥不嫁谁留[5]? 谓经海底问无由,恍惚使人愁[6]。怕万里长鲸,纵横触破,玉殿琼楼[7]。虾蟆故堪浴水,问云何玉兔解沉浮[8]?若道都齐无恙,云何渐渐如钩[9]?

〔1〕将旦:天将破晓。待月:等待月出。《天问》体:采用屈原所作《天问》的形式。该篇由一百七十多个对"天"提出的问题组成。

〔2〕可怜:可爱。悠悠:形容遥远。以上三句问,今晚这可爱的明月,降落到什么遥远的所在去了?

〔3〕以上三句问,是不是另外还有一个人间,那里的人们刚刚看到月亮从东方升起?

〔4〕天外:古人认为目力所能看到的天体之"外"为天外。汗漫:空阔无边。但:仅,只。长风:持续不断的风。浩浩:广大的样子。以上三句问,是不是天外边空空荡荡无涯无际,只是一股大风把中秋明月送走了?

〔5〕飞镜:比喻明月。系:用绳拴住。姮娥:嫦娥。古代神话传说中的月中仙女。见黄庭坚《念奴娇》注〔8〕,第159页。以上两句问,明月悬空而不坠,是谁把它拴在当空?嫦娥永远住在月宫中不出嫁,是被谁留住了?

〔6〕谓:认为。问无由:无从问起。恍惚:搞不清楚。以上两句是说,据传月亮运行经过海底,可又无从查问,令人难以捉摸,心中纳闷。

〔7〕长鲸:巨鲸。纵横:横冲直闯。玉殿琼楼:精美的宫殿。古代神话传说,月中有"琼楼玉宇"。见苏轼《水调歌头》注〔7〕,第129页。以

上三句说,如果月亮经过海底,真是担心那奔突的巨大的鲸鱼,会撞坏了月宫的华美建筑。

〔8〕虾蟆:蛤蟆。古代神话传说,月中有癞蛤蟆(蟾蜍)。故:本来。堪:能够。浴水:游水。云何:为什么。玉兔:白兔。古代神话传说,月中有白兔捣药。汉乐府《董逃行》:"采取神药若木端,玉兔长跪捣药虾蟆丸。"晋傅咸《拟天问》:"月中何有?白兔捣药。"解沉浮:指通晓水性。以上两句继续从月经海底的假设提问说,蛤蟆本会游水,没有关系;白兔是怎么通过海水这一关的呢?

〔9〕无恙(yàng样):完好无损。恙,病。以上两句说,如果说没有发生任何意外,试问圆月为什么渐渐变成了月牙儿?

咏月,历来是诗人们感兴趣的一个主题。李白《把酒望月》诗说:"但见宵从海上来,宁知晓向云间没。白兔捣药秋复春,姮娥孤栖与谁邻?"辛弃疾这首词更进一步,从"送月"这一新的角度,探讨了他已朦胧猜到的,月亮绕地球旋转这一宇宙现象。词的视野广阔,构思新颖,想象丰富,既有神话色彩,又包含生活的逻辑,引人入胜。

鹧鸪天

代人赋[1]

陌上柔桑破嫩芽[2],东邻蚕种已生些[3]。平岗细草鸣黄犊[4],斜日寒林点暮鸦[5]。　　山远近[6],路横斜[7],青旗沽酒有人家[8]。城中桃李愁风雨,春在溪头荠菜花[9]。

〔1〕代人赋：替别人或拟他人口吻作词。

〔2〕陌：田间的道路。柔桑：小桑树。破：破皮冒出的意思。破嫩芽，一作"初破芽"。

〔3〕蚕种：蚕卵。生些：成长了。些，语助词。

〔4〕平岗：平坦的高地。细草：小草。犊：小牛。

〔5〕点：形容遥望中的暮鸦小如墨点。

〔6〕山远近：远山与近山相映衬。

〔7〕路横斜：道路横七竖八地相交错。

〔8〕青旗：指酒店门前悬挂的酒幌子。参见王安石《桂枝香》注〔8〕，第115页。沽：卖。

〔9〕荠菜花，一作"野荠花"。以上两句说，正当城中桃李花在风雨中凋零而春意阑珊的时候，在田野溪边却盛开着荠菜花，使人感到春色方浓。

这首词写山村春色。作者更多着笔于桑芽、蚕种、小牛……那些有生气的农村景物，表现了他对农事的关切，也透露了他生活情趣的一个方面。最后两句将城市与农村对照起来，使他对农村的赞美增添了新的意义。

西江月

遣兴[1]

醉里且贪欢笑，要愁那得工夫。近来始觉古人书，信着全无是处[2]。　　昨夜松边醉倒，问松我醉何如[3]？只疑松动要来扶,以手推松曰去[4]。

〔1〕遣兴:抒写一时的情致。
〔2〕以上两句说,近来我才认识到,对古人的书盲目相信是全然不对的。作者自认为他是按照古人的遗训去建功立业、匡时济世的,结果反而受到当朝者的排挤和打击,故而发出这种愤激之词。
〔3〕我醉何如:我醉得怎么样?
〔4〕以上两句生动地表现了酒醉后的情态和心理,同时,也巧妙地刻画了作者的倔强性格。

这首词的特色,不仅在于用新鲜的手法描绘了活灵活现的醉态,尤其在于作者利用醉态的掩饰,把他的悲愤写得更加深沉。

沁园春

将止酒,戒酒杯使勿近[1]

杯,汝前来!老子今朝[2],点检形骸[3]。甚长年抱渴[4],咽如焦釜[5];于今喜睡,气似奔雷[6]。汝说刘伶,古今达者,醉后何妨死便埋[7]。浑如此,叹汝于知己,真少恩哉[8]!

更凭歌舞为媒[9],算合作平居鸩毒猜[10]。况怨无小大,生于所爱;物无美恶,过则为灾[11]。与汝成言[12]:"勿留亟退[13],吾力犹能肆汝杯[14]!"杯再拜道:"麾之即去[15],招则须来。"

〔1〕止酒:戒酒。戒:这里是命令、告诫的意思。

〔2〕老子:老人自称,老夫的意思。

〔3〕点检:考核、检查。形骸:身体。这句是说认真考查自己。

〔4〕甚:为什么。长年:经年累月。抱渴:嗜酒成瘾,非酒不能解渴。《世说新语·任诞》:"刘伶病酒渴甚(酒瘾发作很厉害),从妇求饮。"

〔5〕咽:咽喉。焦釜:烧烫的锅。

〔6〕奔雷:形容鼾声。

〔7〕刘伶:西晋时人,喜饮酒,常乘鹿车,携一壶酒,叫人扛着铁锹跟在后面,说:"死便埋我。"达者:古代士大夫文人中所谓旷达的人,他们轻视世务,只求个人自适,实际是逃避现实。以上三句说,你只顾叫人醉,说应该像达者刘伶一样,醉后不妨死便埋。

〔8〕浑:全,这里有竟然的意思。知己:指好饮酒的人。真少恩哉:用韩愈《毛颖传》语:"秦真少恩哉。"以上三句批驳酒,说你竟叫人醉而致死,你对于喜欢你的人真是少恩了。

〔9〕歌舞为媒:指酒席上以歌舞助兴。

〔10〕合:应当。平居:平常生活中间。平居,一作"人间"。作……鸩(zhèn 震)毒猜:被人猜测其中有毒。鸩,毒鸟,羽毛置酒中可成毒酒。

〔11〕以上四句说,怨恨不管是大是小,都是由爱产生的;事物不论是好是坏,过了头就成灾。后两句侧重在"美"字,说好的东西也不能爱过头,指的是酒。小大,一作"大小"。

〔12〕成言:定约。屈原《离骚》:"初既与余成言兮,后悔遁而有他。"

〔13〕亟(jí 吉):快。

〔14〕肆:古代统治者处人死刑之后,陈尸示众叫肆。《论语·宪问》:"吾力犹能肆诸市朝。"这句是说我的力量还能处理你这个酒杯。

〔15〕麾:同"挥"。

以问答语入词,起源甚早,如敦煌曲子词《鹊踏枝》(见第2页),写人和喜鹊的对话。文人采用此体的有北宋的张先,他在《菩萨蛮》里写道:"含笑问檀郎:'花貌妾貌强?'檀郎故相恼,刚道'花枝好'。"辛弃疾有两首《沁园春》,也都是写人和酒杯的对话,这里选了第一首。

作者因嗜酒过度而生病,想到要戒酒,就假设和酒杯对话,说出他的心意。其中有对伤酒以后身体反应的描写,有对酒的谴责,尤妙在把酒杯拟人化,呼唤指点,笔意纵横恣肆,生动活泼,很有特色。

下片"况怨无小大,生于所爱;物无美恶,过则为灾"四句,说爱产生怨,美可成灾。世间事物本来都是在一定的条件下转化的,这符合辩证法,但词中做了绝对化的表述,抽去了条件,容易使人误解。作者生活在八百年前,而且写的是词,指的又是饮酒的事,当然不必苛求。

陈　亮

陈亮(1143—1194)，字同甫，婺州永康(在今浙江省)人。南宋时代著名的进步思想家、文学家。他具有朴素唯物论思想和历史进化的观点，曾和当时的道学家朱熹有过激烈的辩论。他很强调要注重"事功"，"独好伯(霸)王大略，兵机利害，颇若有自得于心者"(《酌古论》序)。他的《上孝宗皇帝书》四篇和《中兴论》等文，纵论当时政治、军事，极力主张抗金，并且提出了一些重要的建议。但所言都不被采纳。一生几次下狱，不曾做官，被人目为"狂怪"。晚年中了进士第一名，不久死去。

陈亮认为"意与理胜则文字自然超众"(《书作法后》)，这是他作文的准则，写词也实践了这个主张。陈亮自述他的写词："本之以方言俚语，杂之以街谭(谈)巷歌，转掇义理(糅合他所主张的政治、哲学道理)，劫剥经传(采用经史中语言)，而卒归之于曲学之律，可以奉百世豪英一笑"(《与郑景元提㺟》)。他这些关于词的创作理论，很能概括辛弃疾一派词的某些特点。

陈亮和辛弃疾志趣相投，词的风格也有相似之处。但陈亮的词一般都较质朴。明毛晋说他"不作妖语、媚语"(《〈龙川词〉补跋》)，这说明了陈亮词的主要特色。他的词，形象性不如辛弃疾，一些独到的议论却和辛词不相上下。

著有《龙川集》。据《宋史·艺文志》所载有词四卷，已佚。存词七十四首。

水调歌头

送章德茂大卿使虏[1]

不见南师久,谩说北群空[2]。当场只手,毕竟还我万夫雄[3]。自笑堂堂汉使,得似洋洋河水,依旧只流东[4]?且复穹庐拜,会向藁街逢[5]。　尧之都,舜之壤,禹之封,于中应有,一个半个耻臣戎[6]。万里腥膻如许[7],千古英灵安在[8],磅礴几时通[9]?胡运何须问,赫日自当中[10]。

〔1〕章德茂:章森,字德茂,孝宗淳熙十一年(1184)八月、十二年(1185)十一月两度出使金朝。章森当时任"试户部尚书",故称大卿。

〔2〕南师:指南宋北伐的军队。谩:胡乱。北群空:指没有人才。韩愈《送石处士序》:"伯乐一过冀北之野,而马群遂空。"意思是说伯乐善相马,把冀北的好马都取走了,用没有好马来比喻没有人才。以上两句说,久未见南宋出兵北伐,有人胡说宋朝没有人才。

〔3〕只手:能够支持局面的强有力的手。以上两句说,且看章德茂是能够支持场面的巨手,毕竟我们有了这样力敌万夫的人才。

〔4〕得似:岂得似。洋洋:水大的样子。此句用《诗经·卫风·硕人》"河水洋洋"。流东:古代用江河流水东归大海来比喻诸侯朝见天子。这里是用说反话的语气来比喻章德茂朝贺金主。以上三句代替章德茂的口吻说:自笑堂堂汉使,难道像江河水归大海一样,一再去朝见金主?这里表现了作者对南宋统治者经常要派人去金行朝贺之礼表示

不满。

〔5〕且复:姑且再一次。穹庐:我国古代北方少数民族住居的毡帐,圆形,如今天的蒙古包。会:当、应。藁街:汉代长安街名,是当时少数民族政权派来的使者所居住的地方。汉元帝时陈汤斩匈奴郅支单于,上疏请"悬颈藁街"。以上两句说,暂且再向金主朝拜一次吧,将来要叫他像郅支单于一样"悬颈藁街"的。穹庐、藁街,俱出《文选》中丘迟《与陈伯之书》。

〔6〕都:都城。壤:土地。封:封疆。耻臣戎:以向金朝称臣为可耻。戎,古代对少数民族的蔑称。以上五句说,在尧、舜、禹的故土北方和中原地带,总有一些不肯屈服于金朝统治者的人。

〔7〕腥膻:牛羊的腥臊气。如许:像这个样子。这句指中原被金兵占领。

〔8〕千古英灵:指古代杰出人物的英魂。承上文尧、舜、禹而言。

〔9〕磅礴:这里是气郁积不通的意思。韩愈《送廖道士序》:"气之所穷,盛而不过","必磅礴而郁积"。

〔10〕胡运:指金朝的气数。赫日自当中:南宋国势如烈日当空。赫,火红的样子。以上两句说,金朝的命运不长久了,宋朝正如太阳升到高空,方兴未艾。

据《宋史·孝宗纪》:淳熙十一年"八月庚申,遣章森使金贺正旦";十二年,"十一月壬辰,遣章森等贺金生辰。"这是根据宋金和议,宋朝皇帝尊金主为叔父,所以每逢过年和金主生辰,宋朝要派使臣去庆贺。此词从"且复穹庐拜"句看,当是作于第二次出使时。这种出使对于宋朝来说是有屈辱性的。

这首词的特点是笔意曲折。它感叹南宋的积弱、屈辱,却写得充满战斗的气概和胜利的信心;它用嘲弄的方式表示了对宋朝统治者派使朝金的不满,对于章森却加以鼓励和安慰,相信他担任这个工作能做得很出色。这些复杂曲折的心情都是挥洒自如地表现出来,充分表达了作者渴望报仇雪耻、统一祖国的愿望。

陈亮《龙川集》中,有《与章德茂侍郎》的四封信,称赞他"英雄磊落","负一世之望",他们之间的关系是比较亲密的。

念奴娇

登多景楼[1]

危楼还望,叹此意,今古几人曾会[2]。鬼设神施,浑认作,天限南疆北界[3]。一水横陈,连岗三面,做出争雄势[4]。六朝何事,只成门户私计[5]。　　因笑王谢诸人,登高怀远,也学英雄涕[6]。凭却长江管不到,河洛腥膻无际[7]。正好长驱,不须反顾[8],寻取中流誓[9]。小儿破贼[10],势成宁问疆场[11]。

〔1〕多景楼:在京口(今江苏镇江市)北固山甘露寺内,北临长江。乾道六年(1170),知润州军州事陈天麟重建,并作《多景楼记》,其中说:"至天清日明,一目万里,神州赤县,未归舆地,使人慨然有恢复意。"见宋卢宪《镇江志》。

〔2〕危楼:高楼。还:通"环"。会:理会、领悟。以上三句说:我登上高楼眺望,可叹我的心意古今有几个人懂得。

〔3〕鬼设神施:指江山的布局巧妙,形势险要。浑:简直。以上三句说,这江山像鬼斧神工特意安排,人们简直把长江看成天然划分的南北

疆界。

〔4〕一水:指长江。以上三句写京口形势,说长江在北面横过,东西南三面是山冈环绕,形成北出争雄的有利地形。

〔5〕六朝:见欧阳炯《江城子》注〔3〕,第45页。以上两句说,六朝干些什么,他们只知道靠京口的屏障来保住家族私利,做偏安一隅的打算。

〔6〕王谢诸人:泛指东晋初期南迁的一部分上层人物。王谢是当时南迁统治集团中的两大家族。刘义庆《世说新语·言语》说:"过江诸人,每至美日,辄相邀新亭(三国吴时所建,在今南京市南),藉卉(就在草地上)饮宴,周侯(即周𫖮〔yǐ〕)中坐而叹曰:'风景不殊,举目有河山之异。'皆相视流泪。惟王丞相(王导)愀然变色曰:'当共戮力王室,克复神州,何至作楚囚相对!'"以上三句说,笑东晋初年一些人,登上新亭怀念北方,也学英雄模样,叹息流泪。

〔7〕凭却:依仗着。长江,一作"江山"。腥膻:见《水调歌头·送章德茂大卿使虏》注〔7〕,第358页。以上两句说,凭仗一条长江,管不了沦于敌手的广大中原。

〔8〕反顾:向后看。这里是徘徊、退缩的意思。

〔9〕中流誓:《晋书·祖逖传》:祖逖领兵北伐,"渡江,中流击楫(桨)而誓曰:'祖逖不能清中原而复济者,有如大江!'"这句说要追寻祖逖足迹。

〔10〕小儿破贼:淝水之战,谢安之侄谢玄、弟谢石、子谢琰大破秦苻坚兵八十万。谢安收到军中的信,知道秦兵已败。这时他正同客人下棋,将信放在床上,"了无喜色"。客人问他,他慢慢地回答:"小儿辈遂已破贼。"见《世说新语·雅量》和《晋书·谢安传》。

〔11〕宁:岂。疆场(yì易):疆界。《晋书·谢安传》:"时苻坚强盛,疆场多虞,诸将败退相继。安遣弟石及兄子玄等应机征讨,所在克捷。"

这句说,胜利的形势已经形成,还管什么南疆北界。

南宋词中用登多景楼为题的很多,陈亮这首最为出色。词中借批判东晋的偏安江左,不图恢复中原,指责了南宋统治者的萎靡不振,只图对金妥协,不知利用有利条件,北上争衡,统一中国。议论精辟,笔力挺拔。作者在《戊申再上孝宗皇帝书》中说:"京口连冈三面,而大江横陈,江傍极目千里,其势大略如虎之出穴,而非若穴之藏虎也。""天岂使南方自限于一江之表,而不使与中国而为一哉!"这首词所表现的就是这个卓见,所以有雄视一世之概。

贺新郎

答辛幼安和见怀韵[1]

老去凭谁说[2]?看几番,神奇臭腐,夏裘冬葛[3]。父老长安今馀几?后死无仇可雪,犹未燥,当时生发[4]。二十五弦多少恨[5],算世间,那有平分月[6]?胡妇弄,汉宫瑟[7]。

树犹如此堪重别[8]。只使君[9],从来与我,话头多合[10]。行矣置之无足问,谁换妍皮痴骨[11]!但莫使,伯牙弦绝[12]。九转丹砂牢拾取,管精金,只是寻常铁[13]。龙共虎[14],应声裂[15]。

〔1〕辛幼安:即辛弃疾。和见怀韵:用辛弃疾为怀念陈亮而写的《贺新郎》(把酒长亭说)原韵。辛词见第324页。

〔2〕这句说:年纪老了,找谁去诉说。

〔3〕神奇臭腐:指把好事弄坏。《庄子·知北游》:"臭腐复化为神奇,神奇复化为臭腐。"这里和《庄子》原意不同。夏裘冬葛:夏天穿皮衣,冬天穿葛布衣。以上三句说,南宋统治者倒行逆施,几次把大好局面弄坏。

〔4〕父老:这里指金兵占领区父老。长安:代指以汴京为中心的中原地区。后死:后辈,指青年一代。生发:胎毛。南朝宋文帝刘义隆要收复黄河以南故土,北魏太武帝拓跋焘说:"我自生发未燥即知河南是我境土,安得为南朝故地。"以上四句说:北方和中原地区的父老还剩下几个?年轻的一代生下来就在金统治下,他们已不知道什么报仇雪耻了。

〔5〕二十五弦:指瑟。这句说瑟中弹出多少悲恨。

〔6〕平分月:月亮分成两半,比喻大好河山南北分裂。

〔7〕以上两句说,北宋故都宫殿里的瑟被金贵族占领者的妇女弹弄。

〔8〕树犹如此:见辛弃疾《水龙吟》(楚天千里清秋)注〔10〕,第309页。这句说,人都老了,不堪忍受再度别离的痛苦。

〔9〕使君:指辛弃疾。使君是古时对州郡行政长官的尊称,三国时曹操对豫州牧刘备说:"天下英雄,惟使君与操耳。"辛弃疾曾做过知隆兴府一类的地方长官。

〔10〕话头多合:彼此谈话非常投机。

〔11〕妍皮痴骨:表面好看,心里痴狂。《晋书·慕容超载记》说,燕慕容超在后秦,想逃脱后秦主姚兴的羁绊,就装疯行乞。有人劝姚兴任用他,姚兴召见之后,说:"谚云:'妍皮不裹痴骨',妄语耳。"意思是说慕容超妍皮下面裹的就是痴骨。陈亮在当时被一些人目为"狂怪"。以上两句说,我走了,那些事且放在一边,没有什么可说的,我这副"痴骨"是不会改变的。

〔12〕伯牙弦绝:指失去知音。见岳飞《小重山》注〔6〕,第275页。

以上两句说,我们要永远保持我们的信念和深厚友谊。

〔13〕九转丹砂:古代道教徒炼丹,认为吃了炼过九次的丹砂可以成仙。拾取:收领。管:即使。精金:指纯钢。以上三句,和辛弃疾共同勉励,说要像炼丹一样,一定要坚持修炼,精金就是由普通的铁炼成的。

〔14〕龙共虎:古代传说中的龙剑和虎剑。唐李峤《宝剑篇》:"一朝配偶逢大仙,虎吼龙鸣飞上天。"陈亮用来比他和辛弃疾两人。

〔15〕应:应当。声裂:发出最高的声调。

淳熙十五年(1188)冬,陈亮访辛弃疾于带湖住所,并且同游鹅湖,两人纵论天下大事。辛弃疾先写了一首《贺新郎》(见第324页)寄给陈亮,陈亮和了一首。接着又各写了两首。这是陈亮所和的第一首。词中写了他对时局的焦虑,对北方和中原地区长期被金兵占领的痛心,以及对南宋统治者的不满。同时也写了他们两人之间的友谊和坚持抗金的信念。情绪激烈,音调高昂,很有一些气概。

刘 过

刘过(1154—1206),字改之,自号龙洲道人,吉州太和(在今江西省)人。他力主北伐,曾多次上书朝廷,提出恢复中原的方略,未被采纳。四次应举未中,长期流浪在江湖间,依人作客。晚年和辛弃疾有过交往,辛弃疾任浙东安抚使时,曾把他从临安请到绍兴,对他甚为赏识。

有《龙洲集》和《龙洲词》,存词七十馀首。

他的词多歌颂抗战,感慨时局,发泄自己的不平之气。淋漓奔放,不受束缚,充分表现了他豪爽的性格。黄昇《花庵词选》说他"词多壮语,盖学稼轩"。它的艺术特色在于粗豪中有俊逸之致,而且内容比较充实,形象和语言也比较丰满,和当时某些苦于词意艰涩的豪放派词人不同。比起辛弃疾的词,当然没有那样宛转,没有那样富于变化的风格,然而也并不单调,如有的词写得凄怆,有的词富有柔情;但也有的词却流于纤刻而受到指责。

沁园春

寄辛稼轩[1]

古岂无人,可以似吾,稼轩者谁[2]?拥七州都督,虽然陶侃,机明神鉴,未必能诗[3]。常衮何如[4],羊公聊尔[5],千骑东方侯会稽[6]。中原事,纵匈奴未灭,毕竟男儿[7]。　平生出处天知[8],算整顿乾坤终有时[9]。问湖南宾客,侵寻老矣;江西户口,流落何之[10]。尽日楼台[11],四边屏幛[12],目断江山魂欲飞。长安道,奈世无刘表,王粲畴依[13]?

〔1〕辛稼轩:辛弃疾,号稼轩。宁宗嘉泰三年(1203),他被朝廷重新起用,知绍兴府兼浙东安抚使。

〔2〕以上两句从意义上讲本是一句,即"可以似吾稼轩者谁?"意思是说,有谁可以和我们的稼轩相比?

〔3〕陶侃:东晋的著名将领,官至侍中太尉,封长沙郡公,加都督交、广、宁(即今广东、广西、云南)七州军事,拜大将军。机明神鉴:形容人头脑清楚,有洞察力。以上四句说,陶侃虽然拥有七州都督的职位,长于指挥军事,可是缺乏文学的修养。

〔4〕常衮(gǔn滚):唐代宗时官门下侍郎、同平章事,封河内郡公。他参赞朝政时,堵塞买卖官爵的途径,重用文人。唐德宗时任福建观察使,设立乡校,提倡教育,当地文风始盛。

〔5〕羊公:指羊祜,西晋人。公元269年出镇襄阳,在任十年,常轻裘缓带,身不披甲,有儒将之风。皇帝加封他为征南大将军。聊尔:姑且这样。这句说,拿羊祜来比还勉强凑合。

〔6〕千骑东方侯会稽:指辛弃疾知绍兴府兼浙东安抚使。千骑东方,出于汉代乐府《陌上桑》:"东方千馀骑,夫婿居上头。……三十侍中郎,四十专城居。"形容为州牧、太守之官,随从众多。侯,古时把州牧之类的地方长官称做侯,这里做动词用。会稽即今浙江绍兴。

365

〔7〕中原事：恢复中原之事。匈奴：代指金朝，当时占领了北方。以上三句赞美辛弃疾一生为恢复中原而奋斗，纵然尚未完成他的宿愿，也毕竟是个了不起的男子汉。

〔8〕出处(chǔ楚)：指人的进退，即出仕和退隐。《易经·系辞》："君子之道，或出或处。"

〔9〕算：料想到。整顿乾坤：指收复失地、统一国家。

〔10〕湖南宾客：作者曾客游湖南，故用以自指。他在《沁园春·送王玉良》中写道："万里湖南，江山历历，皆吾旧游。"侵寻：逐渐。江西户口：作者是江西人，故用以自指。户口，居民。《史记·高祖功臣年表》："故大城、名都散亡户口，可得而数者十二三。"以上四句是作者自伤之词。因辛弃疾以前曾经做过湖南安抚使和江西安抚使，和湖南、江西两地有密切关系，所以作者如此写。

〔11〕尽日：终日。这句是说整天在楼上眺望。

〔12〕屏幛：指山，形容群山罗列，像屏风和帷幔一样。

〔13〕长安道：指作者当时所在的临安，长安常被人用做国都的代称。王粲：山阳(今山东省邹县)人，是汉末建安七子之一。他年轻时避难荆州(治所在今湖北襄樊市)，依靠刘表，未被重用。曾登荆州城楼，写了一篇《登楼赋》，抒发乡国之思及怀才不遇之情。畴：谁，疑问词。以上三句是作者自比王粲，感慨在京城里无人赏识自己的才学。

作者和辛弃疾的政治立场是一致的，都力主北伐，恢复中原。词中热情赞扬了辛弃疾既有军事才能，又富文采，是个难得的人才，对他寄予了殷切的期望；并向他倾诉了自己的内心痛苦，在这文恬武嬉、纸醉金迷的临安，抗战的主张无人理睬，面对这眼前的"无限江山"，不免为国事而感到忧愁和焦急。作者写到自己的处境，是充满着悲愤之情的。

沁园春

风雪中欲诣稼轩,久寓湖上,未能一往,因赋此词以自解[1]。

斗酒彘肩,风雨渡江,岂不快哉[2]?被香山居士,约林和靖,与东坡老,驾勒吾回[3]。坡谓:"西湖正如西子,浓抹淡妆临镜台[4]。"二公者,皆掉头不顾,只管传杯[5]。　白云:"天竺去来[6]!图画里峥嵘楼阁开[7]。爱东西双涧,纵横水绕;两峰南北,高下云堆[8]。"逋曰:"不然。暗香浮动[9],争似孤山先探梅[10]?须晴去[11],访稼轩未晚,且此徘徊。"

〔1〕诣:往。湖上:指杭州的西湖。自解:为自己解释。词题一作《寄辛承旨。时承旨招,不赴》。

〔2〕斗酒彘(zhì 至)肩:在鸿门宴上,项羽称赞樊哙是壮士,赏给他斗酒彘肩。见《史记·项羽本纪》。彘肩,猪肘子。渡江:指渡钱塘江。作者由杭州去绍兴和辛弃疾会晤,要过钱塘江。以上三句说冒着风雨过江,赴好友之宴,本是件快意的事情。

〔3〕香山居士:白居易号香山居士,曾出任杭州刺史。林和靖:林逋,字和靖。参见林逋小传,第81页。东坡老:苏轼号东坡居士,在词中自称"东坡老"(《八声甘州·寄参寥子》)。驾勒吾回:即"勒吾驾回"之倒装句,意思是说把我硬拉了回来。东坡老,一作"坡仙老"。以上四句,作者假托三位热爱西湖的古代诗人挽留他,不放他走。

367

〔4〕西子:春秋时越国的有名美女西施。以上两句化用苏轼《饮湖上初晴后雨》诗:"水光潋滟晴方好,山色空濛雨亦奇。欲把西湖比西子,淡妆浓抹总相宜。"镜台,一作"照台"。

〔5〕传杯:斟酒递杯,相互劝饮。传杯,一作"衔杯"。

〔6〕天竺:山名。在西湖灵隐山飞来峰之南,分上中下三个天竺,皆有寺庙,长松夹道。去来:去。"来"是语助词。

〔7〕图画里:形容风景如画。白居易《春题湖上》诗:"湖上春来似画图,乱峰围绕水平铺。"峥嵘:高峻貌。楼阁:指天竺寺的佛殿楼阁。楼阁,一作"楼观"。

〔8〕东西双涧:西湖灵隐有东西二涧。两峰南北:西湖灵隐山有南高峰和北高峰。高下云堆:形容山峰为云所绕。以上四句描写天竺、灵隐一带所见之景,化用白居易《寄韬光禅师》诗:"东涧水流西涧水,南山云起北山云。"爱东西双涧,纵横水绕,一作"爱纵横二涧,东西水绕"。

〔9〕暗香浮动:指梅花散发出阵阵幽香。见洪皓《江梅引》注〔11〕,第247页。

〔10〕争似:即怎似。孤山:在西湖的后湖与外湖之间,山上植梅成林。争似孤山先探梅,一作"不若孤山先访梅"。

〔11〕须:待,等到。

刘过的这首《沁园春》是受了辛弃疾的直接影响,以问答语入词,并且带有浓厚的浪漫主义色彩。全篇想象大胆,构思奇特,写得生动活泼,富有风趣,使人读后兴味盎然。词中写了三位古代诗人的对话,都是融化他们的诗句,符合各人的性格及爱好,也显示出作者的匠心。

沁园春

张路分秋阅[1]

万马不嘶,一声号角,令行柳营[2]。见秋原如掌,枪刀突出;星驰铁骑[3],阵势纵横[4]。人在油幢,戎韬总制,羽扇从容裘带轻[5]。君知否?是山西将种,曾系诗盟[6]。　　龙蛇纸上飞腾[7],看落笔四筵风雨惊[8]。便尘沙出塞,封侯万里,印金如斗,未惬平生[9]。拂拭腰间,吹毛剑在[10],不斩楼兰心不平[11]。归来晚,听随军鼓吹,已带边声[12]。

[1]张路分:姓张,担任路分总管的官职,生平不详。路分,宋代习惯指路一级的武官都监、钤辖或总管。秋阅:古时军队常在秋天举行演习,由长官检阅,叫秋阅。

[2]柳营:军营。西汉名将周亚夫曾在细柳(地名,在陕西咸阳的西南)屯军,以号令严明著称。以上三句写检阅开始,发出号令。

[3]星驰铁骑:带甲的骑兵如流星般奔驰。

[4]阵势纵横:兵士们不断地变化着各种阵形。

[5]油幢:油布制的帐幕,古代军中所用。戎韬总制:以兵法来部勒指挥。戎韬,指兵法。羽扇从容:三国时,蜀汉诸葛亮常手执羽扇,从容地指挥军事。裘带轻:即轻裘缓带,用西晋的羊祜故事,见作者《沁园春·寄辛稼轩》注[5],第365页。以上三句写主帅(即张路分)有古代儒将之风,从容自如,指挥三军。

〔6〕山西将种：《汉书·赵充国、辛庆忌传赞》说："秦汉以来，山东出相，山西出将。秦将军白起郿人，王翦频阳人。"山西指华山以西之地，古人认为是出将才的地方。系：参加。诗盟：诗人的盟会。以上三句说张路分是西北地区人，不但有将才，而且会写诗。

〔7〕龙蛇：比喻书法，见陆游《汉宫春》注〔3〕，第283页。

〔8〕落笔四筵风雨惊：形容才思敏捷，诗写得好。杜甫《寄李十二白二十韵》："笔落惊风雨，诗成泣鬼神。"《八仙歌》："高谈雄辩惊四筵。"惊四筵是指在座的人都为之惊讶和佩服。刘过将以上诗句熔铸在一起。

〔9〕印金如斗：即金印如斗。据《世说新语·尤悔》，东晋的大将军王敦举兵叛乱，周顗说："今年杀诸贼奴，当取金印如斗大，系肘后。"惬（qiè 窃）：满足，畅快。以上四句说，即使在边地作战建功，封万里侯，悬黄金印，也未能快平生之意。

〔10〕吹毛剑：指锋利的剑。《碧岩录·百则评唱》："剑刃上吹毛试之，其毛自断，乃利剑，谓之吹毛也。"

〔11〕楼兰：见张元幹《贺新郎·寄李伯纪丞相》注〔15〕，第262页。这里借指金统治者。

〔12〕随军鼓吹：军中乐队的演奏。边声：边地肃杀之声。参见毛文锡《甘州遍》注〔2〕，第39页。以上三句写检阅完毕。因为演习时间很长，而且给人印象很深，使人如临战场，故有"听随军鼓吹，已带边声"的感觉。

这首词写阅兵，突出描绘了统帅的精神风貌，可以看出作者对当时主张抗战的将领的热烈赞扬和殷切期望。

贺新郎

弹铗西来路[1]，记匆匆，经行数日[2]，几番风雨。梦里寻秋秋不见,秋在平芜远渚[3]。雁信落,家山何处[4]?万里西风吹客鬓,把菱花自笑人憔悴[5]。留不住,少年去。　　男儿事业无凭据,记当年悲歌击楫,酒酣箕踞[6]。腰下光铓三尺剑,时解挑灯夜语[7],更忍对灯花弹泪[8]?唤起杜陵风雨手,写江东渭北相思句。歌此恨,慰羁旅[9]。

〔1〕弹铗(jiá芙):战国时,齐人冯谖在孟尝君田文处作客,因不受重视,弹铗而歌,表示要离去。铗,剑。这句是说自己依人作客很不得意。

〔2〕数日,一作"十日"。

〔3〕渚:水中的小洲。远渚,一作"远树"。

〔4〕雁信落:雁信沉落。古人传说大雁能够捎带书信。雁信落,一作"想雁信"。这句是说家中没有音信。

〔5〕菱花:镜子。人憔悴,一作"人如许"。

〔6〕击楫:见陈亮《念奴娇·登多景楼》注〔9〕,第360页。箕踞:伸两腿而坐,其形如畚箕,这是一种傲慢的态度。三国时,魏国著名诗人阮籍在大将军司马昭的宴会上,"箕踞啸歌,酣放自若"。见《世说新语·简傲》。悲歌击楫,一作"击筑悲歌"。以上两句是写自己当年豪情满怀有不可一世之气概。

〔7〕这句是说,夜间挑灯看剑,宝剑似乎懂得主人的心事。

〔8〕更忍:岂忍。更忍对灯花弹泪,一作"谁更识此时情绪"。

〔9〕杜陵风雨手:指杜甫。他住在长安县南五十里的杜陵附近,自称杜陵野客、杜陵布衣。风雨手,写诗的能手,参见作者《沁园春·张路分秋阅》注〔8〕,第370页。江东渭北相思句:杜甫有《春日怀李白》诗,其中有"渭北春天树,江东日暮云"的名句。风雨,一作"风月"。

羁旅:旅居在外。以上四句,作者以李白自比,希望有杜甫那样的人,能了解他,安慰他。

作者早年曾给皇帝上书,向宰相陈述过"恢复方略",但都未被采用,一直放浪江湖,依人作客。时光易逝,人已衰老,收复中原的理想却始终不能实现,他为此而抱恨。这首词很好地表现了他的抑郁不平的情绪,写得颇为悲壮。

唐多令

安远楼小集[1],侑觞歌板之姬,黄其姓者[2],乞词于龙洲道人[3],为赋此《唐多令》。同柳阜之、刘去非、石民瞻、周嘉仲、陈孟参、孟容,时八月五日也[4]。

芦叶满汀洲,寒沙带浅流。二十年重过南楼[5]。柳下系船犹未稳[6],能几日,又中秋。　　黄鹤断矶头,故人曾到否[7]?旧江山浑是新愁[8]。欲买桂花同载酒,终不似,少年游[9]!

〔1〕安远楼:在武昌的黄鹄山(一名黄鹤山,即今之蛇山)上。淳熙十三年(1186),此楼建成,姜夔曾写《翠楼吟》词。
〔2〕侑(yòu 幼)觞歌板之姬:在酒宴上唱曲劝饮的歌女。
〔3〕龙洲道人:作者的自号。
〔4〕以上是词的"小序"。一本有词题,作"重过武昌",无此小序。
〔5〕南楼:见范成大《水调歌头》注〔5〕,第293页。指安远楼。这

句是说二十年后重登此楼。

〔6〕这句是说刚到此地,船停泊不久。船,一作"舟"。

〔7〕黄鹤断矶头:指矶头不见黄鹤飞来。黄鹤矶又名黄鹄矶,上面有著名的黄鹤楼。参见岳飞《满江红·登黄鹤楼有感》注〔1〕,第273页。以上两句是借仙人骑鹤归来的故事发感慨,怀念当年同游的友人,含蓄曲折地表现作者二十年后重来此地的复杂情绪。故人曾到否,一作"故人今在不"。

〔8〕浑是:全是。

〔9〕以上三句说,这次重游,虽想买花载酒,但终究失去当年的那种少年豪情了。终不似,一作"终不是"。

这首词所表现的思想感情基本上和上一首相同,但作者结合重游安远楼这一题材来写,不是淋漓尽致地从正面铺叙,而是采用了颇为曲折含蓄的表达方式,因此别具特色。读来十分苍凉,感人甚深,无怪它能传诵一时。南宋末年,刘辰翁在临安沦陷后,曾步此词原韵,一连和了七首之多。

朱淑真

朱淑真,号幽栖居士,钱塘(今浙江杭州市)人,一说海宁(在今浙江省)人。相传因婚姻不美满,抑郁而死。是宋代著名的女诗人、词人[1]。

她有才艺,善绘画,通音律。她的词主要写闺阁之感。笔触轻柔,语言婉丽,形象自然。

有《断肠诗集》、《断肠词》,存词二十馀首。

[1] 她生活的时代,历来有南宋、北宋两说。南宋说的主要依据是传本《断肠集》所附的明田艺蘅的《纪略》,它称朱淑真为朱熹的侄女。《四库全书总目提要》从朱氏谱系查无旁证。北宋说的主要依据是相传她是曾布妻魏夫人之友,而曾布死于宋徽宗大观元年(1107)。此说首出于清人,可能是从《断肠集》卷十《会魏夫人席上命小鬟妙舞曲终求诗于予以飞雪满群山为韵作五绝》推断而来,也缺少确证。现姑且排列于此。

谒金门

春半

春已半,触目此情无限[1]。十二阑干闲倚遍,愁来天不管[2]。　好是风和日暖,输与莺莺燕燕[3]。满院落花帘不卷[4],断肠芳草远[5]。

[1] 此情:指春愁。

[2] 十二阑干:指十二曲的阑干。李商隐《碧城三首》之一:"碧城十二曲阑干。"以上两句写她百无聊赖、心神不宁的心情。

[3] 输与:不如,比不上。以上两句意思说,春光大好,自己却不能像莺燕一样成双成对。

[4] 这句说,不愿看外面的景物。

[5] 这句说,因芳草绵绵而思念那离家远出的人。

这首写仲春闺思的小词,以真率自然而又蕴藉婉丽取胜。

眼儿媚

迟迟春日弄轻柔[1],花径暗香流。清明过了,不堪回首,云锁朱楼[2]。　午窗睡起莺声巧,何处唤春愁[3]?绿杨影里,海棠亭畔,红杏梢头。

[1] 迟迟:运行舒缓的样子,指天长。弄轻柔:指和煦的春风与温暖的阳光在抚弄花柳。

[2] 锁:形容云雾笼罩。朱楼:华美的楼阁,指词中女主人公所居住的地方。

[3] 以上两句说,午睡醒来,听到窗外黄莺婉啭的鸣声,它是在何处唤起人们的春愁?

这首词写一闺中女子在明媚的春光中回首往事而愁绪万端。词中从感到的暖意,嗅到的馨香,听到的啼莺,看到的色彩,描绘了一幅鸟语花香的图画。

蝶恋花

送春

楼外垂杨千万缕,欲系青春,少住春还去[1]。犹自风前飘柳絮,随春且看归何处[2]。　　绿满山川闻杜宇[3],便作无情,莫也愁人苦[4]。把酒送春春不语,黄昏却下潇潇雨[5]。

[1] 系:拴住。青春:春天。以上两句说,柳丝似乎想系住春天,但春天只是稍稍停留,仍然匆匆归去。

[2] 犹自:仍然。以上两句说,柳絮仍然随风飘荡,似乎要尾随春天去探看它的去处。

[3] 绿满山川:漫山遍野草木茂密,意谓春深。杜宇:即杜鹃鸟。见李重元《忆王孙》注[3],第209页。

[4] 以上两句说,鸟类即便无情,莫非也担心人意忧苦吗?

[5] 潇潇:形容疾雨。

这首词写惜春的心情。通篇将春拟人,并结合柳条、飘絮的形象特征,设想用它们来系春、随春,想象丰富活泼。通过由系春而随春、最后不得不送春这种心理变化,有层次地表现了惜春的主题。以"潇潇雨"

的景色作结,似是作为春去的注脚,又似是被送而不语的春的回答。不语而语,耐人寻味。

姜　夔

　　姜夔(kuí葵)(1155—1221)，字尧章，号白石道人，饶州鄱阳(在今江西省)人。他一生未做官，一直过着清客的生活。擅长诗词及书法，尤以写词著名。当时的著名诗人萧德藻欣赏他的文才，把侄女嫁给他。他和杨万里、范成大、辛弃疾都有交往。对音乐也很精通，宁宗时曾向朝廷上《大乐议》，载《宋史·艺文志》。晚年旅食浙东、嘉兴、金陵间，卒于西湖，贫不能殓，友人吴潜等葬之于钱塘门外西马塍。著有《白石道人诗集》、《白石道人歌曲》等。

　　他现存的词有八十多首，多抒写个人身世及离别相思之情，也有一些纪游和咏物之作，感慨国事的较少。由于他回避现实斗争，爱好隐逸风雅，缺乏远大的抱负和为国献身的愿望，所以词的内容比较空虚，局限于个人的小天地。他接受了北宋周邦彦的影响，讲究音律和炼句，刻意求工而不流于浮艳轻靡，以清幽冷隽为其特点。他的词表现方式比较含蓄，意味深远，音调谐婉。有时用典过多，词意晦涩，是其弱点。他在词坛上能以其特色自成一派，影响较大。清人朱彝尊说："词莫善于姜夔，宗之者张辑、卢祖皋、吴文英、蒋捷、王沂孙、张炎、周密、陈允平、张翥、杨基，皆具夔之一体，基之后，得其门者寡矣。"清代以朱彝尊、厉鹗为代表的浙派词人，也是宗法姜夔的。

　　现在他的词集里尚有他自注工尺旁谱的词十七首，是研究宋词音乐的重要资料，而在音乐史上也有很大价值。

扬州慢

淳熙丙申至日[1],予过维扬[2]。夜雪初霁[3],荠麦弥望[4]。入其城,则四顾萧条,寒水自碧,暮色渐起,戍角悲吟[5]。予怀怆然[6],感慨今昔,因自度此曲[7],千岩老人以为有黍离之悲也[8]。

淮左名都[9],竹西佳处[10],解鞍少驻初程[11]。过春风十里[12],尽荠麦青青[13]。自胡马窥江去后,废池乔木,犹厌言兵[14]。渐黄昏,清角吹寒,都在空城[15]。　杜郎俊赏[16],算而今重到须惊[17]。纵豆蔻词工,青楼梦好,难赋深情[18]。二十四桥仍在,波心荡,冷月无声[19]。念桥边红药,年年知为谁生[20]?

〔1〕淳熙丙申:孝宗淳熙三年(1176)。至日:指"冬至"日。
〔2〕维扬:扬州的别名。《尚书·禹贡》:"淮海维扬州",后人因称扬州为"维扬"。
〔3〕霁(jì计):这里指雪止转晴。
〔4〕荠(jì计)麦:野生的麦子。弥望:满眼。
〔5〕戍角:守兵吹的号角。
〔6〕怆然:悲痛的样子。
〔7〕自度此曲:自己创制了这个曲调。
〔8〕千岩老人:萧德藻,字东夫,号千岩老人,福建闽清人。绍兴三

十一年进士,在当时很有诗名。黍离之悲:指对故国的怀念。参见张元干《贺新郎·送胡邦衡谪新州》注〔4〕,第263页。

〔9〕淮左:宋代在淮水下游的南岸设置淮南东路,称为淮左。扬州是淮南东路的著名城市。

〔10〕竹西:亭名。杜牧的《题扬州禅智寺》诗有"谁知竹西路,歌吹是扬州"之句,后人因以竹西作亭名。南宋王象之《舆地纪胜》:"扬州竹西亭在北门外五里。"清李斗《扬州画舫录》卷一:"竹西芳径在蜀冈上……上方禅智寺在其上。"又:"寺左建竹西亭。"

〔11〕初程:头一段路程。

〔12〕春风十里:指先前十分繁华的扬州街道。杜牧《赠别》诗:"娉娉袅袅十三馀,豆蔻梢头二月初。春风十里扬州路,卷上珠帘总不如。"

〔13〕这句写到处都长满了野生的麦子,一片荒芜景象。

〔14〕胡马窥江:指金兵侵扰到长江附近。高宗建炎三年(1129)及绍兴三十一年(1161),金兵两次南下,占领扬州等地。窥,窥探。废池:被毁坏的城池。乔木:古老的大树。以上三句说,金兵侵扰扬州退走之后,仅存的废池乔木是兵燹的见证,人们不愿再受金兵的蹂躏。

〔15〕以上三句写号角在黄昏中回响,声音凄清,似乎把寒意散布在这座空城里。

〔16〕杜郎:指唐代诗人杜牧。俊赏:指对风景有高度的欣赏能力。

〔17〕算:料想。

〔18〕纵:即使。豆蔻(kòu 扣):指杜牧所写的《赠别》诗,其中有"豆蔻梢头二月初"的名句,见注〔12〕。青楼梦好:代指杜牧在扬州的浪漫生活。杜牧《遣怀》诗:"落魄江南载酒行,楚腰纤细掌中轻。十年一觉扬州梦,赢得青楼薄倖名。"青楼,指歌妓的住处。以上三句说,杜牧虽有写"豆蔻梢头二月初"那样好诗的才华,留恋他在扬州的浪漫生活,如果现在重来,面对这残破的扬州,也难以写出他那样感情的诗来。

〔19〕二十四桥:泛指唐代扬州的名桥。唐代扬州有二十四座桥,北宋沈括在《梦溪笔谈·补笔谈》卷三曾记载这些桥的名字,并注明只存了八桥,因此这里并非实指。荡:摇荡。冷月:形容映在水中的月亮倒影显得凄冷。以上三句的描写,作者有意和杜牧在《寄扬州韩绰判官》诗中所写的"二十四桥明月夜,玉人何处教吹箫"形成强烈的对比。

〔20〕红药:即芍药花。王观《扬州芍药谱》:"扬之芍药甲天下。"以上两句意思说,如今经过动乱之后,虽然桥边的芍药花年年在春风中盛开,可是已无人去欣赏它了。

绍兴三十一年(1161),金主完颜亮大举南侵,曾占领扬州等地,造成了严重的破坏。据史书上记载,孝宗乾道六年(1170)江淮东路的农田,荒芜四十万亩以上。1176年姜夔路过扬州,仍是一片劫后的萧条景象。他在此词里描绘了这种惨状,以眼前的荒凉对比往日的繁华,寄托了自己的哀思,揭露了金统治者的暴行。但由于过于渲染战争的后果,怀念过去的风月繁华,情绪比较低沉。

点绛唇

丁未冬过吴松作[1]

燕雁无心,太湖西畔随云去[2]。数峰清苦,商略黄昏雨[3]。第四桥边[4],拟共天随住[5]。今何许[6]?凭阑怀古,残柳参差舞[7]。

〔1〕丁未:孝宗淳熙十四年(1187)。吴松:即吴淞江。源出太湖,

自太湖东北流,经吴江、苏州、松江、嘉定等地,至上海会合黄浦江入海。

〔2〕燕(yān 淹)雁:北方的大雁。古人根据观察,说大雁在春分前后向北飞到沙漠,在秋分前后向南飞往彭蠡(鄱阳湖)。以上两句说,北来的大雁无心在太湖西岸停留,随着云彩继续向南飞去。

〔3〕商略:商量,酝酿。

〔4〕第四桥:即吴江城外的甘泉桥,以泉水被品评为居全国第四而得名,见乾隆《苏州府志》。

〔5〕天随:唐代陆龟蒙自号天随子。他辞官后,隐居在吴江的甫里镇,常泛舟太湖,带着笔墨书画及茶灶、钓具,在船上生活,当时人称他为江湖散人。姜夔每以陆龟蒙自比,如他在《除夜自石湖归苕溪》诗中说:"三生定是陆天随,又向吴松作客归。"

〔6〕何许:如何,怎样。

〔7〕参差(cēn cī):形容柳条长短不齐。这句写飒飒的西北风吹着衰柳,一片凄凉景象。

这首词只写眼前的景物,而感伤时事之情自然表现出,是它的特点。其中的"数峰清苦,商略黄昏雨",历来称为名句。作者通过自己的感觉来写寒山的寥落,以"清""苦"二字给所描绘的景物赋予了感情的色彩,又用拟人化的手法,以"商略"一词写出了雨意的浓酣和垂垂欲下。

暗香

辛亥之冬〔1〕,予载雪诣石湖〔2〕。止既月,授简索句,且徵新声〔3〕,作此两曲。石湖把玩不已〔4〕,使工妓隶习之〔5〕,

音节谐婉,乃名之曰《暗香》、《疏影》[6]。

旧时月色,算几番照我,梅边吹笛[7]?唤起玉人,不管清寒与攀摘[8]。何逊而今渐老,都忘却春风词笔[9]。但怪得竹外疏花,香冷入瑶席[10]。　　江国,正寂寂[11]。叹寄与路遥[12],夜雪初积。翠尊易泣,红萼无言耿相忆[13]。长记曾携手处,千树压西湖寒碧[14]。又片片吹尽也,几时见得?

〔1〕辛亥:光宗绍熙二年(1191)。

〔2〕载雪:冒雪乘船。诣(yì 艺):到。石湖:南宋著名诗人范成大,晚年退居苏州西南的石湖,自号石湖居士。

〔3〕止既月:住了一个多月。授简:给以纸笔。新声:新的词调。以上三句是说范成大要求作者创作新词。

〔4〕把玩不已:反覆吟味、欣赏。

〔5〕工妓:乐工和歌妓。隶习:学习。

〔6〕《暗香》、《疏影》:语出林逋诗句,见洪皓《江梅引》注〔11〕,第247页。

〔7〕以上三句,是写旧时月色之佳,情境之美。

〔8〕玉人:美人。与:共,一同。以上两句化用了贺铸《浣溪沙》词:"玉人和月摘梅花",写作者往日的爱情生活。

〔9〕何逊:南朝梁代的诗人,曾做扬州法曹,他的《咏早梅》诗很有名。杜甫在《和裴迪登蜀州东亭送客逢早梅相忆见寄》诗中说:"东阁官梅动诗兴,还如何逊在扬州。"以上两句,作者以何逊自比,说自己如今年纪渐老,才华也消失了。

〔10〕竹外疏花:竹林外几枝稀疏的梅花。苏轼《和秦太虚梅花》

诗:"江头千树春欲闇,竹外一枝斜更好。"瑶席:对宴席的美称。瑶,琼玉。谢朓《七夕赋》:"临瑶席而宴语。"以上两句写在宴会上,梅花的幽香频频袭来,又引起作者的忧思,使他有无可奈何之感。

〔11〕江国:水乡之地。以上两句写江南的夜雪之景。夜晚下雪,格外显得静寂,使人更加感到孤独。

〔12〕寄与路遥:暗用南朝陆凯自江南寄赠梅花给范晔的故事。参见秦观《踏莎行》注〔6〕,第171页。这句是感叹所思念的人相隔太远,不能寄赠梅花以表相思之情。

〔13〕翠尊:碧绿的酒尊,指酒。红萼(è 饿):指红梅。耿:耿然于心,不能忘怀的意思。以上两句写作者看到绿酒和红梅,觉得它们似乎都在深深地怀念着那人。

〔14〕千树:指梅林,语出苏轼《和秦太虚梅花》诗,见注〔10〕。宋时,杭州西湖上的孤山,种梅最多。这句描绘西湖边上的红梅映着碧水,用一"压"字,在碧波荡漾之中更显出红梅之艳丽。

这首词虽然句句都不离梅花,实际却是在写对一个女子的思念。作者见梅而怀人,追忆过去在一起的幸福生活,为彼此分离隔绝而悲叹,今昔的对比使他不胜感慨。在写法上很有独特之处。他从石湖的梅花写到西湖的梅花,由梅花的盛开写到"片片吹尽",而就在这描写中,把他的那种由思念人而产生的复杂感情很好地表达出来了。

疏 影

苔枝缀玉[1],有翠禽小小,枝上同宿[2]。客里相逢[3],篱角黄昏,无言自倚修竹[4]。昭君不惯胡沙远[5],但暗忆江南江北。想佩环月夜归来,化作此花幽独[6]。　犹记深宫旧事,那人正睡里,飞近蛾绿[7]。莫似春风,不管盈盈[8],早与安排金屋[9]。还教一片随波去[10],又却怨玉龙哀曲[11]。等恁时重觅幽香,已入小窗横幅[12]。

〔1〕苔枝:长有苔藓的梅枝。范成大《梅谱》载有一种梅树,"其枝樛曲万状,苍藓鳞皴,封满花身,又有苔须垂于枝间,或长数寸,风至,绿丝飘飘可玩"。缀玉:形容梅花像玉一般缀在枝上。

〔2〕翠禽:绿色羽毛的鸟。以上两句,暗用隋代赵师雄在罗浮遇见美人的故事。传说赵师雄调任广东罗浮,天寒日暮,在松林中遇一美人,同到酒店对饮,又有一绿衣童子来歌舞助兴。师雄醉卧,醒来已是拂晓,发觉自己是在大梅花树下,"上有翠羽刺嘈相顾"。原来美人便是梅花神,绿衣童子是翠鸟所幻化。见《龙城录》(伪托柳宗元作)。

〔3〕客里:在外作客的时候。

〔4〕无言自倚修竹:语出杜甫《佳人》诗:"绝代有佳人,幽居在空谷。……天寒翠袖薄,日暮倚修竹。"修竹,长长的竹子。以上两句是把梅花比做品格高洁的美人,孤芳自赏。

〔5〕昭君:见辛弃疾《贺新郎·别茂嘉十二弟》注〔6〕,第343页。

〔6〕佩环:衣上所系的玉饰。杜甫《咏怀古迹》五首之三是咏王昭君,其中说:"画图省识春风面,环佩空归月夜魂。"以上两句,作者想象梅花是王昭君的灵魂在月夜归来所化。

〔7〕蛾绿:指女子的眉毛。蛾是形容眉毛的细长,绿是指用青黛色涂眉。以上三句,作者由梅花飞落联想到"梅花妆",暗用南朝寿阳公主的故事,参见欧阳修《诉衷情》注〔1〕,第100页。

〔8〕盈盈:仪态美好的样子。本是形容美人,这里代指梅花。苏轼《再和杨公济梅花》:"盈盈解佩临烟浦,脉脉当垆傍酒家。"以上两句说,

莫像春风那样无情,任梅花到处飘荡。

〔9〕金屋:见辛弃疾《贺新郎·用前韵赠金华杜叔高》注〔4〕,第330页。这句意思是说,春风不肯把梅花像美人一样爱护。

〔10〕这句是说,虽有护花之心,而事与愿违,花随波去,无计挽留。

〔11〕玉龙哀曲:指古代的笛曲《梅花落》。玉龙,笛子名,见《事物异名录》。李白《与史郎中钦听黄鹤楼上吹笛》诗:"黄鹤楼中吹玉笛,江城五月落梅花。"这句是说,又不能不怨笛中哀曲。

〔12〕恁(nèn嫩)时:那时。横幅:指横挂的画幅。以上两句说,等梅花落了的时候再去寻找,只有从画上才能见到它了。

作者在这首词中写他作客时见到梅花所引起的一些联想。上片把梅花暗比被遗弃的美人,更联想到那秉有绝代姿容而不为汉宫所重、终致客死异域的王昭君。下片抱怨春风无情,偏把梅花吹落,等人们重觅幽香,为时已晚。这些都像有所寄托。作者大概是借咏叹梅花来感伤自己的身世,觉得自己是个布衣,一直未受到朝廷的赏识和重用,为此而抱屈,表示出郁郁不平的情绪。

齐天乐

丙辰岁〔1〕,与张功父会饮张达可之堂〔2〕。闻屋壁间蟋蟀有声,功父约予同赋,以授歌者。功父先成,辞甚美。予裴回茉莉花间〔3〕,仰见秋月,顿起幽思,寻亦得此〔4〕。蟋蟀,中都呼为促织〔5〕,善斗。好事者或以三二十万钱致一枚,镂象齿为楼观以贮之〔6〕。

庾郎先自吟《愁赋》[7],凄凄更闻私语[8]。露湿铜铺,苔侵石井,都是曾听伊处[9]。哀音似诉,正思妇无眠,起寻机杼[10]。曲曲屏山,夜凉独自甚情绪[11]？　西窗又吹暗雨,为谁频断续,相和砧杵[12]？候馆迎秋[13],离宫吊月[14],别有伤心无数。《豳》诗漫与[15]。笑篱落呼灯,世间儿女[16]。写入琴丝[17],一声声更苦[18]。

〔1〕丙辰岁:宁宗庆元二年(1196)。

〔2〕张功父:张镃(1153—?),字功父,南宋将领张俊之孙,有《南湖集》。他在庆元元年(1195)任司农寺主簿。张达可:不详。

〔3〕裴回:即徘徊。

〔4〕寻:一会儿的工夫。此:指这首《齐天乐》词。

〔5〕中都:都城的泛称。这里指汴京(今河南开封)。促织:蟋蟀的别名。古人说它的鸣声似催人赶快织布,早日准备冬衣,故名促织。

〔6〕镂:雕刻。象齿:象牙。楼观:楼阁台榭。这里指制作精巧的蟋蟀盆。

〔7〕庾郎:指北朝作家庾信。他擅长写作诗赋,晚年作品多抒发乡关之思,有《庾子山集》。《愁赋》:庾信的作品。今本《庾子山集》不载,叶廷珪《海录碎事》卷九保存了其中的片段。

〔8〕私语:形容蟋蟀的鸣声如同有人在暗地里悄悄对话。

〔9〕铜铺:即铜的铺首。人们称门环上所饰的兽面为铺首。石井:石砌的井栏。以上三句写蟋蟀夜间在门旁和井边鸣叫。

〔10〕思妇:怀念远人的妇女。机杼(zhù 祝):纺织的工具。以上两句说,思妇听见蟋蟀的鸣声,睡不着觉,担心丈夫受寒,便起来纺织,赶制冬衣。

387

〔11〕屏山:屏风上画有远山,故称屏山。以上两句写她望着屏风上的重重远山,心中充满了离情别意。

〔12〕砧杵(zhēn chǔ 针楚):古代妇女的捣衣工具。砧,捣衣石。杵,捶衣的木棒。以上两句写蟋蟀的鸣声和妇女在夜间捣衣的声音不断应和。

〔13〕候馆:见欧阳修《踏莎行》注〔1〕,第101页。这句是化用王褒《四子讲德论》:"蟋蟀候秋吟。"

〔14〕离宫:皇帝出巡所住的行宫。这句是化用李贺《宫娃歌》:"啼蛄吊月钩栏下。"

〔15〕《豳》(bīn 宾)诗:这里指《诗经·豳风》的《七月》篇,其中描写了蟋蟀的活动:"七月在野,八月在宇,九月在户,十月蟋蟀入我床下。"漫与:即景写诗,率然而成。杜甫《江上值水如海势聊短述》诗:"老去诗篇浑漫与,春来花鸟莫深愁。"

〔16〕以上两句描写儿童提着灯笼,夜间在园子里捉蟋蟀,十分兴高采烈。

〔17〕写入琴丝:即谱成琴曲。

〔18〕句下作者自注:"宣(和)政(和)间,有士大夫制《蟋蟀吟》。"

这是一首咏蟋蟀的词。作者不从正面着笔,而是从侧面描写,通过愁人和思妇听蟋蟀的感受来写。他写蟋蟀的鸣声像私语,像哀诉,又用暗雨声和捣衣声,候馆的秋景,行宫的月色来烘托,最后并用小儿女的自得其乐来反衬有心人之苦,写得曲折尽致,颇为传神。其中"候馆迎秋,离宫吊月,别有伤心无数"几句,使人容易联想到被拘的使臣和在幽囚中的皇帝,隐含有对北宋沦亡的悲痛。

刘仙伦

刘仙伦,一名儗,字叔拟,号招山。庐陵(今江西吉安市)人。据岳珂《桯史》说,"庐陵在淳熙间先后有二士",其一是刘过,另外一个是刘仙伦。刘仙伦"才豪甚,其诗往往不肯入格律",是刘过一流人物,一生没有做过官。

有词二卷。现存三十一首。

念奴娇

送张明之赴京西幕[1]

艅艎东下[2],望西江千里[3],苍茫烟水[4]。试问襄州何处是[5],雉堞连云天际[6]。叔子残碑[7],卧龙陈迹[8],遗恨斜阳里。后来人物,如君瑰伟能几[9]？　其肯为我来耶[10]？河阳下士[11],差足强人意[12]。勿谓时平无事也,便以言兵为讳[13]。眼底河山,楼头鼓角,都是英雄泪[14]。功名机会,要须闲暇先备。

[1] 京西:熙宁(1069—1085)年间,京西路分为南北两路,这里指京西南路,治所在襄阳府(今湖北襄樊市)。幕:官署。即幕府的简称。

〔2〕艅艎:即余皇,古代大船名。晋郭璞《江赋》:"漂飞云,运艅艎。"

〔3〕西江:西来的大江,这里指流经襄阳的汉水。

〔4〕苍茫:辽阔迷茫的样子。烟水:烟雾笼罩的水面。

〔5〕襄州:州名,西魏时置,旧治所在襄阳。这里指襄阳。

〔6〕雉堞:城上排列如齿状的矮墙。

〔7〕叔子残碑:西晋羊祜,字叔子,镇守襄阳十年,开屯田,储军粮,准备灭吴。死后,人们于襄阳岘山建碑立庙,"望其碑者莫不流涕,杜预因名为堕泪碑"(见《晋书·羊祜传》)。唐张九龄《登襄阳岘山》诗:"蜀相吟安在,羊公碣已磨。"可见唐时碑石就已磨损残缺。

〔8〕卧龙陈迹:《三国志·蜀书·诸葛亮传》记载,徐庶"谓先主曰:'诸葛孔明者,卧龙也'。"东汉末,诸葛亮曾隐居襄阳西的隆中山,后人在故宅处建武侯祠。

〔9〕瑰(guī龟)伟:奇伟;卓异。以上两句恭维张明之才能卓绝。

〔10〕其肯为我来耶:唐韩愈《送石处士序》写河阳军节度御使大夫乌重胤对推荐石洪的人说:"先生(石洪)有以自老,无求于人,其肯为某来邪?"

〔11〕河阳:古县名,治所在今河南孟县,唐建中时置河阳三城节度使于此。这里以京西路军政长官比做乌重胤。下士:屈降自己的地位,去抬举普通的读书人。韩愈《送石处士序》和《送温处士赴河阳军序》两文,称赞乌重胤能礼贤下士,把石洪、温造等所谓多才之士先后罗致幕下。

〔12〕差足强人意:尚足以振奋人的意志。后亦解释为还能使人满意。《后汉书·吴汉传》:"诸将见战陈(阵)不利,或多惶惧,失其常度。汉意气自若,方整厉器械,激扬士吏。帝(光武帝刘秀)时遣人观大司马何为,还言为修战功之具,乃叹曰:'吴公差强人意,隐若一敌国

矣'。"这句意思说,上司正奋发图强,整修战备,张明之一定大有作为。差足,一作"正自"。

〔13〕讳:忌讳。以上两句说,不要以为太平无事了,就不敢谈论战事。

〔14〕眼底:眼里。以上三句说,眼看山河破碎,耳听楼头战鼓军号之声,都能使英雄伤心流泪。

襄阳是宋金对峙时的一个前沿地区。作者因为张明之要到那里去做官,就写了这首词送他。词中提到历史上著名的政治家、军事家诸葛亮和羊祜在襄阳的遗迹。显然是勉励张明之要以他们为榜样。此词还特别强调要重视军事,加强战备,这一点跟当时抗战派的主张是一致的。

词中用了一些散文化的句子,写得很流畅,也很妥帖,表现出作者纯熟的写作技巧。

程　珌

程珌(1164—1242),字怀古,自号洺水遗民,休宁(在今安徽省)人。光宗绍熙四年(1193)进士。历任秘书省著作郎、礼部尚书、翰林学士知制诰、福建安抚使等官,封新安郡侯。

程珌十岁时写《咏冰》诗,有"莫言此物浑无用,曾向滹沱渡汉兵"句,设想颇奇。他的词常常有一些比较奇特的想象。他是辛弃疾的朋友,曾写过送辛弃疾的词。

有《洺水集》。存词四十馀首。

水调歌头

登甘露寺多景楼望淮有感[1]

天地本无际,南北竟谁分[2]?楼前多景,中原一恨杳难论[3]。却似长江万里,忽有孤山两点[4],点破水晶盆。为借鞭霆力,驱去附崑崙岑[5]。　　望淮阴,兵冶处[6],俨然存。看来天意,止欠士雅与刘琨[7]。三拊当时顽石[8],唤醒隆中一老[9],细与酌芳尊[10]。孟夏正须雨,一洗北尘昏[11]。

〔1〕甘露寺多景楼:见陈亮《念奴娇·登多景楼》注〔1〕,第359页。

〔2〕际:交界。以上两句说,天地之间本来没有地域的界限,究竟是谁如今把大好河山分成南北两半呢?按:根据宋金和约,淮水是当时双方的分界线。作者在多景楼上眺望淮水,所以发出这样的感慨。

〔3〕中原一恨:指中原沦陷、尚未恢复这一件大恨事。杳:无影无声。

〔4〕孤山两点:指京口附近的金山和焦山,两山对峙,相距十里,屹立在大江之中。

〔5〕鞭霆力:形容雷电的威力。古人把闪电想象成为有神人在"吐火施鞭"。霆,迅猛的雷。崑峇:即昆仑山,是我国最大的山脉之一。西起帕米尔高原的葱岭,由新疆、西藏向东伸入青海、甘肃、四川。延续千里,高出云霄。古时传说长江发源于青海境内的昆仑山。据今考察,长江以沱沱河为源,江源起点位于青海省的唐古拉山脉主峰各拉丹冬雪山西南侧;长江全长为6380公里。按唐古拉山脉即昆仑山脉的中支。以上两句,借用了"神人鞭石"的传说。《三齐略记》:"(秦)始皇作石桥,欲渡海看日出处。时有神人,能驱石下海,石去不速,神辄鞭之,皆流血,至今悉赤。"不过词里不是说驱石下海,而是说希望借助雷电的威力,把两座山一直驱赶到昆仑山那儿去。作者暗喻以武力把金兵驱出中原。

〔6〕望淮阴,兵冶处:淮阴,县名,故治在今江苏淮阴市东南。兵冶处,指锻铸兵器的场所。《晋书·祖逖传》载,祖逖北伐,渡过长江后,"屯于淮阴,起冶铸兵器,得二千馀人而后进。"

〔7〕士雅与刘琨:祖逖字士雅,刘琨字越石,都是东晋著名的将领。他们任司州主簿时,以收复中原来相互勉励,中夜闻鸡起舞,其事参见张元幹《贺新郎·寄李伯纪丞相》注〔10〕,第261页。后来刘琨听到祖逖破敌立功,他在给友人的信中说:"吾枕戈待旦,志枭叛逆,常恐祖生先我着鞭。"这句说,只是缺少像祖逖和刘琨这样的爱国志士。

〔8〕拊:拍。《尚书·尧典下》:"予击石拊石。"顽石:指狠石。苏轼《甘露寺》诗自注:"寺有石如羊,相传谓之狠石,云诸葛亮孔明坐其上与孙仲谋(权)论曹公(操)也。"

〔9〕隆中一老:指诸葛亮。他曾隐居在湖北襄阳县西的隆中,胸怀大志,自比春秋时政治家管仲和战国时军事家乐毅。后来刘备三顾草庐,请他出来辅佐。经他筹划,刘备终于摆脱流亡状态,一跃而成为蜀国之主。刘备死后,他辅佐刘禅执政,规划北伐,曾上《出师表》说:"今南方已定,兵甲已足,当奖率三军,北定中原。庶竭驽钝,攘除奸凶,兴复汉室,还于旧都。"

〔10〕芳尊:见钱惟演《木兰花》词注〔3〕,第77页。

〔11〕孟夏:阴历四月,称为孟夏。以上两句说,目前正需下场透雨,希望能把北方漫天的尘沙洗刷干净。作者以此暗喻须澄清中原,使北方父老重见天日。

甘露寺多景楼是当时著名的游览胜地,南宋诗人登临此楼,多有感慨之作。程珌的这首词大约是他早期的作品,写得很有气势,战斗性强,锋芒所向,直指金和南宋的统治者。他怀念古人,如像孙权这样的君主,诸葛亮这样的丞相,祖逖和刘琨这样的将领,无一不是针对现实而发,对南宋统治集团的腐败无能、苟且偷安表示强烈的不满。

戴复古

戴复古(1167—?),字式之,自号石屏,天台黄岩(在今浙江省)人。一生在仕途上不得意,游历各地,最后在家乡过着隐居的生活。活了八十馀岁。

他的诗学唐贾岛、姚合,属于"江湖派",在当时很有名。有一部分诗很能指斥时政,反映人民的悲惨生活。他的词也具有较强的现实意义。有不少词表现了"一片忧国丹心"(《大江西上曲》);有些词表现了对当时统治者的牢骚和不满,如"巧语不如喑"(《望江南》)等句。他在《沁园春·自述》里说:"夫诗者,皆吾侬平日愁叹之声。"当然,他的作品中也流露出了逃避现实的消极思想。

他的词写得较工整、自然,有的气势比较奔放。

有《石屏集》,存词四十馀首。

贺新郎

寄丰真州[1]

忆把金罍酒[2],叹别来光阴荏苒,江湖宿留[3]。世事不堪频着眼[4],赢得两眉长皱。但东望故人翘首[5]。木落山空天远大,送飞鸿北去伤怀久[6]。天下事,公知否[7]?

钱塘风月西湖柳,渡江来百年机会,从前未有。唤起东山丘壑梦,莫惜风霜老手[8],要整顿封疆如旧[9]。早晚枢庭开幕府[10],是英雄尽为公奔走。看金印,大如斗[11]。

〔1〕丰真州:作者的朋友,曾任真州(治所在今江苏仪征)知州。生平不详。

〔2〕金罍(léi雷):古代木制的礼器,可用来盛酒。因用金子装饰,刻有云雷的形象,所以叫金罍。这句回顾过去共饮的情景。

〔3〕荏苒:指时间逐渐流逝。

〔4〕不堪:不胜。频着眼:意谓多看。

〔5〕翘首:抬头。

〔6〕木落山空天远大:语出黄庭坚《登快阁》诗:"木落千山天远大,澄江一道月分明。"以上两句寄托了作者怀念中原沦陷区的思想感情。

〔7〕以上两句说,恢复中原,统一祖国的大事,您没有忘记吧?

〔8〕唤起东山丘壑梦:这里用了东晋谢安的故事。在晋文帝时,谢安被召为佐著作郎等职,他以生病辞退,隐居会稽的东山,与王羲之等人游山玩水,吟诗作文,被称为"放情丘壑","无处世意"。后来出任宰相,做出了很多事情。见《晋书·谢安传》。风霜老手:指有经验和才干的老手。以上两句,要丰真州不要像谢安早年一样过隐居生活,而要发挥才干,抓紧时机,大干一番事业。

〔9〕这句说,要积极抗金,收复中原,统一祖国。

〔10〕枢庭:指枢密院,当时为宋代朝廷中掌管军事的最高机关。以上两句是盼望丰真州开幕府,延揽人才。

〔11〕看金印,大如斗:见刘过《沁园春·张路分秋阅》注〔9〕,第370页。这两句是祝愿丰真州破敌立功。

这首词表现了作者的一腔爱国热情。可以看出,作者虽然是"江湖宿留"之人,但并非专意放情山水,不关心"世事",还是殷切地关注着国家的命运,惦念着收复中原、统一祖国的"天下事"。

望江南

仆既为宋壶山说其自说未尽处[1],壶山必有答语,仆自嘲三解[2]。

石屏老,家住海东云[3]。本是寻常田舍子[4],如何呼唤作诗人?无益费精神[5]。　　千首富,不救一生贫[6]。贾岛形模元自瘦[7],杜陵言语不妨村[8]。谁解学西崑[9]?

〔1〕仆:作者的自我谦称。宋壶山:宋自逊,字谦父,号壶山,工词,有《渔樵笛谱》,失传。作者在第一首《望江南》词题后自序里说:"壶山宋谦父寄新刊雅词,内有《壶山好》三十阕,自说平生。仆谓犹有说未尽处,为续四曲。"

〔2〕自嘲三解:又写了三首《望江南》词来为自己解嘲。这里选的是第一首。

〔3〕石屏老:作者自称。家住海东云:指家住黄岩,靠近东海,可见海上云气。作者有一首《西江月》词,其中说道:"醉来东望海茫茫,家近蓬莱方丈。"

〔4〕田舍子:即农家子弟。

〔5〕无益费精神:王安石《韩子》诗:"可怜无补费精神。"

397

〔6〕以上两句说,即使富有一千首诗,也不能改变自己贫穷的处境。

〔7〕贾岛:唐代著名的诗人。他一生中生活很不得意。他与诗人孟郊都以苦吟著名,后人曾用"郊寒岛瘦"来评价他们的诗风。

〔8〕杜陵:指杜甫。参见刘过《贺新郎》注〔9〕,第371页。杜甫写诗,常用俗字,并且以方言俚谚入诗,这是很大的优点,但西崑体诗人杨亿却骂他为"村夫子"。杜甫一生的生活也很潦倒。村为宋代口语,粗俗之意。

〔9〕解:会。西崑:指西崑体。宋初西崑体主要诗人有杨亿、刘筠、钱惟演。他们互相唱和的诗集叫《西崑酬唱集》。他们的诗,内容空虚,形式上追求对仗、华美,其实不过摭拾典故,堆积词藻而已。

在古典诗歌中评论诗的作品是很多的,但在词作中却非常少见。这首词不仅肯定了杜甫、贾岛的诗歌,由于作者自己生活上的潦倒境况,因此对杜、贾的处境也给予了同情。显而易见,"谁解学西崑",是对西崑体诗人追求形式主义的诗风采取了批判的态度。也不难看出,在词中虽然作者自称"田舍子",说不该作诗人,"千首富,不救一生贫",但在字里行间,作者还是流露出对自己诗词的自负感。

史达祖

史达祖,字邦卿,号梅溪,汴(今河南省开封市)人。生卒年不详。做过宰相韩侂胄的堂吏。韩侂胄办事常倚靠他,公文、文告之类都出于他的手笔。韩侂胄失败后,他也遭到黥刑。著有《梅溪词》。

史达祖的词,过去一些有形式主义倾向的词人对它的评价很高。在他生前,姜夔替他的《梅溪词》作序,说它"奇秀清逸,有李长吉之韵,盖能融情景于一家,会句意于两得"(《花庵词选》引)。虽是捧场话,然而也说出了它的艺术上的某些特色。他和姜夔的艺术风格不完全相同,他的词一般偏于轻盈、柔媚,和姜夔的偏于清劲者甚至相反。但姜夔对他所称赏的,就是他们两人风格相接近的地方。他的咏物词,精于描写刻画,最为有名。有的词也有怨愤语,如《满江红·书怀》:"好领青衫,全不向诗书中得","三径就荒秋自好,一钱不值贫相逼",发泄了一个潦倒落魄的地主阶级知识分子的牢骚。他的《满江红·中秋夜潮》比较沉郁,说明他的艺术风格还是有变化的。

绮罗香

咏春雨

做冷欺花[1],将烟困柳[2],千里偷催春暮[3]。尽日冥迷,愁里欲飞还住[4]。惊粉重,蝶宿西园[5];喜泥润,燕归南浦[6]。最妨它佳约风流,钿车不到杜陵路[7]。　　沉沉江上望极[8],还被春潮晚急,难寻官渡[9]。隐约遥峰,和泪谢娘眉妩[10]。临断岸,新绿生时,是落红,带愁流处。记当日,门掩梨花,剪灯深夜语[11]。

〔1〕做:使。这句说,春雨带有寒意,使花儿受到侵袭。

〔2〕将:与。这句说,下起雨来,烟雾茫茫,笼罩着柳树。

〔3〕这句说,雨下的范围很广,起着催促春暮早日到来的作用。

〔4〕以上两句写,天空整日愁云密布,雨一会儿下,一会儿停。

〔5〕西园:这里泛指一般的林园。以上两句说,雨水打湿了蝴蝶,身重难飞。

〔6〕南浦:这里泛指面南的水边草地。以上两句说,由于下雨,泥土湿润,适宜于燕子衔泥筑巢。

〔7〕钿车:古代贵家女子乘坐的用金子和宝石装饰的车子。或指有彩饰的车子。杜陵:汉代县名。汉宣帝元康元年(前65)在杜东原上筑陵,故称杜陵。

〔8〕这句说,极目遥望远方,江水茫茫无际。

〔9〕官渡:官府设的渡船。

〔10〕谢娘:唐时歌妓名。这里泛指歌女。眉妩:即"妩眉"。周密《一枝春》(帘影移阴):"金花谩剪,倩谁画,旧时眉妩。"以上两句说,隐隐约约的远处山峰,好像和带着泪痕的美人的眉峰一样的美丽。

〔11〕以上三句是对过去生活的回忆。李重元《忆王孙》词:"欲黄昏,雨打梨花深闭门。"李商隐《夜雨寄北》诗:"何当共剪西窗烛,却话巴山夜雨时。"

全词紧紧围绕着"春雨"来描写,作者把他在生活里所看到的春雨中的事物,都给予艺术的再现。虽然词中未见一个"雨"字,但处处都是在写雨。这便是这首词的突出特色。缺点是用事太多。

双双燕

咏燕

过春社了,度帘幕中间,去年尘冷[1]。差池欲住[2],试入旧巢相并。还相雕梁藻井[3],又软语商量不定。飘然快拂花梢,翠尾分开红影[4]。　芳径[5],芹泥雨润[6]。爱贴地争飞,竞夸轻俊。红楼归晚,看足柳昏花暝[7]。应自栖香正稳,便忘了天涯芳信[8]。愁损翠黛双蛾,日日画阑独凭[9]。

[1]春社:见晏殊《破阵子》(燕子来时新社)注[1],第95页。以上三句说,春社过后,燕子从南方飞来,在落满冷尘的帘幕中间飞来飞去。

[2]差池:指燕子飞时尾翼张舒不齐的样子。《诗经·邶风·燕燕》:"燕燕于飞,差池其羽。"

[3]相:看。藻井:即承尘,俗称天花板。用方木架成井形,上面画有水草。

[4]红影:指花影。

[5]芳径:布满花香的小路。

[6]芹泥:指水边种植芹菜的泥土。芹菜有两种,一种是旱芹,另一种是水芹,种植在浅水边。这句说燕子衔芹泥筑巢。

401

〔7〕红楼:这里指有钱人家的住处。以上两句说,燕子归巢很晚,在外边看足了傍晚时候的柳昏花瞑的景色。

〔8〕芳信:指闺中人的书信。以上两句说,大概是燕子贪于过着香甜安稳的生活,忘记了从闺房向远方传递信息。

〔9〕翠黛双蛾:指妇女的眉毛。画阑:饰有彩绘的栏杆。以上两句写闺中女子日日盼望着远方的爱人的归来。

这首词写双燕共同衔泥筑巢,自由飞翔,过着相亲相爱的美满生活,并运用借景抒情的手法,表现了闺中人的寂寞愁苦和等待爱人的焦急心情。

满江红

中秋夜潮

万水归阴[1],故潮信盈虚因月[2]。偏只到,凉秋半破[3],斗成双绝[4]。有物揩磨金镜净,何人挐攫银河决[5]?想子胥今夜见嫦娥[6],沉冤雪[7]。　　光直下,蛟龙穴[8]。声直上,蟾蜍窟[9]。对望中天地,洞然如刷[10]。激气已能驱粉黛[11],举杯便可吞吴越[12]。待明朝说似与儿曹,心应折[13]。

〔1〕阴:指低凹处。

〔2〕潮信:因月球和太阳互相吸引力的作用,使海洋水面发生周期性的升降,这种现象称为潮汐。白天涨潮叫潮,夜晚涨潮叫汐。潮汐的

大小和涨落的时间,主要随月球的运行情况而变化。

〔3〕这句说,秋天过了一半。半破原指半轮月亮。韩愈《合江亭》诗:"穷秋感平分,新月怜半破。"杜牧《池州送孟迟先辈》诗:"一罇中夜酒,半破前峰月。"

〔4〕斗成:拼成。斗是拼合的意思。双绝:指明亮的圆月和壮观的潮水。

〔5〕金镜:比喻月亮。挐攫(jué 厥):夺取。挐同拿。以上两句分写月亮和潮水,以照应上文的"双绝"。

〔6〕子胥:伍子胥。春秋时代,吴越交战,吴王夫差打败了越王勾践。勾践使用美人计,送给吴太宰嚭两个美女,促成了吴越和议。伍子胥向吴王进谏,反对与越讲和。吴王不但不听,反而赐予子胥属镂之剑,令他自刎,并把他的尸首装进皮袋,沉于江中。后人因此有"子胥作涛"的传说。嫦娥:月中仙子。见黄庭坚《念奴娇》注〔8〕,第159页。

〔7〕沉冤:久未昭雪的冤屈。

〔8〕蛟龙穴:传说水底有蛟龙居住的宫殿,即龙宫。以上两句写月光下照。

〔9〕声直上:指潮水的涛声。蟾蜍窟:即月宫。古代传说月中有蟾蜍,蟾蜍即蛤蟆。以上两句写涛声上闻。

〔10〕洞然:洁净的样子。刷:刷去污垢。以上两句说,月夜太空的广阔天地,洁净澄澈,犹如用刷子刷过一般。

〔11〕粉黛:粉傅面而助白,黛画眉而增黑,都是妇女使用的妆饰品。这里用来比喻美女,指春秋时吴越的故事,详见注〔6〕。

〔12〕这句指吴王夫差杀死伍子胥和越王勾践杀死大夫文种的事,是对他们杀害大臣的谴责。

〔13〕心应折:江淹《别赋》:"使人意夺神骇,心折骨惊。"心折,中心摧伤,即撼动了心灵。

作者借中秋之夜涨潮和月圆的自然景物,抒写了伍子胥无辜被杀的冤案,对他寄予了同情。显然作者是在借古喻今,抒发了他对南宋朝廷的强烈愤懑。词写得很含蓄,并有激荡难遏的气势。

刘学箕

刘学箕,字习之,自号种春子,崇安(在今福建省)人。他是理学家刘子翚(1101—1147)的孙子,隐居不仕。

有《方是闲居士小稿》。存词三十馀首。其中有的相当口语化。南宋后期一部分人写词,有口语化的风气,然不免有拗口之处,刘学箕却写得比较自然流畅。

贺新郎

近闻北虏衰乱[1],诸公未有劝上修饬内治以待外攘者[2]。书生感愤不能已,用辛稼轩《金缕词》韵述怀[3]。此词盖鹭鹭林寄陈同甫者,韵险甚[4]。稼轩自和凡三篇[5],语意俱到。捧心效颦[6],辄不自揆[7],同志毋以其迂而废其言。

往事何堪说[8]。念人生,消磨寒暑,漫营裘葛[9]。少日功名频看镜,绿鬓髿髿未雪[10]。渐老矣愁生华发。国耻家仇何年报?痛伤神遥望关河月。悲愤积,付湘瑟[11]。　　人生未可随时别[12]。守忠诚,不替天意[13],自能符合。误国诸人今何在[14]?回首怨深次骨[15]。叹南北久成离绝。中夜闻鸡狂起舞[16],袖青蛇戛击光磨铁[17]。三太息[18],眦空裂[19]。

〔1〕北房:这是对金的蔑称。

〔2〕诸公:指南宋朝廷中把持国政的大臣。上:皇帝。外攘:抗拒外敌。

〔3〕《金缕词》:词调《贺新郎》的别名。这里是指辛弃疾寄给陈亮的《贺新郎》词,见第324页。

〔4〕韵险甚:韵脚用字冷僻,特别不好押。

〔5〕本书选了其中的两篇,见第324页、第327页。

〔6〕捧心效颦:比喻自不量力地摹仿别人。《庄子·天运》:"西施病心而矉其里,其里之丑人见之而美之,归亦捧心而矉其里。其里之富人见之,坚闭门而不出;贫人见之,挈妻子而去走。"矉,同颦,即皱眉头。

〔7〕揆:度量。

〔8〕何堪:那堪。

〔9〕漫营裘葛:徒然张罗衣食,追求温饱。裘是冬天穿的皮衣,葛是夏天穿的葛布衣服。

〔10〕绿鬓:形容少年人黑油油的头发。鬅鬙(péng zēng 朋曾):头发蓬乱。雪:形容发白。

〔11〕湘瑟:瑟的别称。见刘禹锡《潇湘神》注〔2〕,第16页。

〔12〕这句是说,人生应有一贯的正确道路,不得随时另图,趋向别径。

〔13〕不替天意:即不废天意。《尚书·大诰》:"不敢替上帝命。"

〔14〕误国诸人:指主持对金和议的大臣,如秦桧等人。

〔15〕怨深次骨:恨之入骨。次,至。

〔16〕中夜闻鸡狂起舞:用东晋祖逖事,见张元幹《贺新郎·寄李伯

纪丞相》注〔10〕,第261页。

〔17〕青蛇:代指宝剑。唐郭元振《宝剑篇》:"精光黯黯青蛇色。"韦庄《秦妇吟》:"匣中秋水拔青蛇。"

〔18〕太息:大声叹气。

〔19〕眦(zì字)空裂:白白发怒。裂眦是形容盛怒的样子,睁大眼睛,目眶欲裂。《淮南子·泰族》:"荆轲西刺秦王,高渐离、宋意为击筑,而歌于易水之上。闻者莫不瞋目裂眦,发植穿冠。"

作者的这首《贺新郎》,不但步辛弃疾寄陈亮词的原韵,而且继承了辛词的战斗传统。他所念念不忘的是"国耻家仇何年报?"为祖国长期分裂而深感痛心。"误国诸人今何在?回首怨深次骨",表达了南宋广大人民对投降派的愤怒,也是对继续坚持投降路线的南宋统治集团的鞭挞。

王埜

王埜(yě野),字子文,号潜斋,金华(在今浙江省)人。他在任两浙转运判官时,以察访使名义巡视江防,增修兵船。其后历任代理镇江知府、沿江制置使、江东安抚使等,设置水师水舰,致力于长江防务。理宗宝祐二年(1254),拜端明殿学士、签书枢密院事,封吴郡侯。不久,被劾,主管洞霄官。

存词三首。

西河

天下事,问天怎忍如此[1]!陵图谁把献君王[2],结愁未已。少豪气概总成尘,空馀白骨黄苇[3]。　千古恨,吾老矣[4]。东游曾吊淮水[5]。绣春台上一回登[6],一回揾泪[7]。醉归抚剑倚西风,江涛犹壮人意。　只今袖手野色里[8],望长淮犹二千里[9]。纵有英心谁寄[10]!近新来,又报胡尘起[11]。绝域张骞归来未[12]?

〔1〕以上两句说,老天怎么忍心让国事发展到这种不堪的地步!

〔2〕陵图:皇陵的舆图。北宋诸陵均在河南巩县,这里以陵图象征失陷的中原。把:持。唐宣宗大中五年,沙州人张义潮起兵逐吐蕃统治

者,自摄州事,被任命为沙州防御使,收复了河湟诸州,曾遣使献河湟图籍于朝廷。这句暗用其事。

〔3〕以上两句说,一些有抱负的人,总是壮志难于实现而饮恨于地下。

〔4〕千古恨:永难弥平之恨。以上两句感叹自己在抱恨中衰老。

〔5〕淮水:指秦淮河。见周邦彦《西河·金陵怀古》注〔12〕,第199页。

〔6〕绣春台:在池州贵池(在今安徽省)城南齐山上。贵池北临长江,登上齐山绣春台可以眺望长江。南宋吴潜《满江红·齐山绣春台》:"十二年前,曾上到绣春台顶。……重来依旧佳风景。想牧之,千载神游,空山冷。"

〔7〕揾(wèn问):擦。

〔8〕袖手:缩手袖中。不过问的意思。这句说自己现在身处闲职,不在其位。

〔9〕这句说自己远离淮河前线。

〔10〕英心:指恢复领土之心。谁寄:托付给谁?

〔11〕胡尘:指北方少数民族发动的战争。这句说蒙古族统治者于1234年灭金之后,接连出兵侵扰南宋。

〔12〕张骞:西汉名将,汉武帝时随大将卫青出击匈奴,封博望侯。又以中郎将通西域有功。这句说,希望出现像张骞那样的名将来对付蒙古统治者的侵扰。

这首词是王埜晚年所作。他在词中对前人未能实现恢复中原之志而饮恨于地下深为感叹;重温了自己当年巡视江防前线时的豪迈情怀;表现了他虽身遭闲置仍对南宋安危至为关切的心意。词中贯注了抚时感事的激愤心情,一唱三叹,苍凉遒劲。特别是登台揾泪、醉归抚剑数句,再现了作者当年遥望神州、壮怀激烈的情景,尤为生动感人。

曹豳

曹豳(bīn 宾)，字西士，号东亩，一作东畎，温州瑞安(在今浙江省)人。

宁宗嘉泰二年(1202)中进士，历任安吉州教授、秘书丞兼仓部郎官、左司谏等官。以能在皇帝面前说直话被称为"嘉熙四谏"之一。

存词二首。

西河

和王潜斋韵[1]

今日事[2]，何人弄得如此！漫漫白骨蔽川原[3]，恨何日已[4]！关河万里寂无烟，月明空照芦苇。　谩哀痛，无及矣[5]。无情莫问江水：西风落日惨新亭，几人堕泪[6]？战和何者是良筹？扶危但看天意[7]。　只今寂寞薮泽里，岂无人高卧闾里，试问安危谁寄[8]？定相将，有诏催公起[9]。须信前书言犹未[10]？

〔1〕王潜斋：即王埜。
〔2〕事：指当时南宋的政治局面。

〔3〕漫漫:无边无际的样子。这句感叹人民受到涂炭。

〔4〕恨:指对误国者的愤慨。已:终结。

〔5〕谩:徒然。以上两句说,空自悲伤已无济于事。

〔6〕无情莫问江水:即"莫问无情江水"。新亭:一名劳劳亭,在今南京市南。见陈亮《念奴娇·登多景楼》注〔6〕,第360页。以上三句,用新亭对泣事,感叹当时在朝者不以恢复中原为意。

〔7〕战和:抗战与求和。良筹:上策。以上两句含有对当朝决策者无谋寡断,贻误国事的讽刺。

〔8〕只今:如今。薮(sǒu 叟)泽:指荒野。薮,多草的湖。泽,聚水之地。高卧:高枕而卧。这里是隐居不仕的意思。晋大都督谢安以淝水之战大败秦王苻坚而闻名,他出仕前曾隐居会稽东山,多次不应征召,有人说他"高卧东山"。见《世说新语·排调》。谁寄:寄托于谁人。以上三句说,现在有才能的人埋没于草莽之间,指望谁来负起国家安危之责呢?

〔9〕相将:行将,即将。公:指王埜。起:出仕。

〔10〕须信:应信。前书:指以前的书信。这句说,对于以前在书信中说过的话,你信还是不信呢?

作者在词中抒发了对山河破碎人民惨遭涂炭的悲愤;表现了对当朝者不以恢复失地为念、尸位误国的不满;并寄希望于老友王埜能再度出山,负起安邦重任。全词同王埜的原作格调和谐,内容呼应得体而又发挥了新意,和韵自然贴切,毫不勉强。这不仅由于他们二人思想艺术上的契合,也表现了曹豳驾驭填词艺术形式的功力。

吴　泳

吴泳,字叔泳,号鹤林,潼川(今四川三台)人。嘉定元年(1208)进士。理宗时曾任秘书丞、秘书少监、起居舍人、权刑部尚书等官,直言敢谏,不避权贵。当时边防废弛,吴泳对于某些地区山川形势比较了解,多所筹划,慷慨陈辞,所上有"西陲八议"、"保蜀三策"、"救蜀四策"等。著作多散佚,清人从《永乐大典》中辑出《鹤林集》四十卷,有词一卷。

上西平

送陈舍人[1]

跨征鞍,横战槊,上襄州[2]。便匹马,蹴踏高秋[3]。芙蓉未折[4],笛声吹起塞云愁[5]。男儿若欲树功名,须向前头。　　凤雏寒,龙骨朽,蛟渚暗,鹿门幽[6]。阅人物渺渺如沤[7]。棋头已动,也须高著局心筹[8]。莫将一片广长舌[9],博取封侯[10]。

〔1〕陈舍人:不详,大概是作者的朋友。舍人,官名。
〔2〕征鞍:指马。槊(shuò硕):长一丈八尺的矛,马上所持。襄州:

西魏所置,治所在今湖北襄樊市,宋时为襄阳府。以上三句写陈舍人赴襄州上任。

〔3〕蹴(cù 醋)踏:踩踏。高秋:秋天。以上两句写秋日驰骋战场。

〔4〕芙蓉未折:荷花没有衰败。宋晁冲之《重过鸿仪寺》诗:"废圃犹残菊,枯池但折荷。"

〔5〕塞:边塞。襄阳在当时临近宋金边界。

〔6〕凤雏:指庞统,东汉末襄阳人,司马徽称他为"凤雏"。龙:指诸葛亮,三国蜀相,曾在襄阳居住,司马徽称他为"卧龙"。蛟渚:晋邓遐斩蛟处。《晋书·邓遐传》:襄阳城北沔水中有蛟,常为人害,邓遐拔剑入水截蛟数段。鹿门:在今襄樊市东南,唐代诗人孟浩然曾在此隐居。以上四句写襄阳的著名人物卧龙、凤雏久已死去,尸骨早朽。蛟渚、鹿门等遗迹也已色彩暗淡,不似当年了。

〔7〕渺渺如沤:像水泡一般地消逝了。

〔8〕高著:高明的一着。局:棋局。筹:筹划。

〔9〕广长舌:巧言利舌。《诗经·大雅·卬》:"妇有长舌,惟厉(祸乱)之阶。"

〔10〕封侯:封赐爵禄,指做大官。

这是作者送友人去襄阳上任的一首词。词中写到了襄阳的一些著名历史人物和古迹,对他做了一些勉励。作者希望他努力向前,树立功名。说像下棋一样,要在棋局中想好高著。词的风格比较遒劲,结尾"莫将一片广长舌,博取封侯",是有意义的警句。

黄 机

黄机,字几仲,一说字几叔,东阳(在今浙江省)人。浪迹江淮湖湘,历任州郡的下属官吏。和岳珂用《六州歌头》长调相唱和,又写过寄辛弃疾的词。他的词在风格上和辛弃疾相近,并且有模拟辛词之迹。

存《竹斋诗馀》一卷。

满江红

万灶貔貅,便直欲,扫清关洛[1]。长淮路,夜亭警燧,晓营吹角[2]。绿鬓将军思下马,黄头奴子惊闻鹤[3]。想中原父老已心知,今非昨[4]。　狂鲵剪[5],于菟缚[6];单于命[7],春冰薄。政人人自勇,翘关还槊[8]。旗帜倚风飞电影[9],戈铤射月明霜锷[10]。且莫令,榆柳塞门秋,悲摇落[11]。

〔1〕万灶貔貅(pí xiū 皮休):极言军队众多。灶,军中临时炊灶,灶的多少标志着军队人数的多少。貔貅:猛兽名,古人称勇猛的军士为"貔貅之士"。关洛:指盘据在西北和中原地区的金兵。关,函谷关。洛,洛水。以上两句说,南宋百万雄兵都想北伐,扫清敌人。

〔2〕长淮路:指淮河一带。南宋和金以淮河为界,划分淮南西路、淮

南东路两行政区。亭燧：古代防边，每隔一定距离就筑亭派兵卒守望，有寇警就举烽火传递信号，叫亭燧。燧，烽火。《后汉书·西羌传》："边海亭燧相望。"角：号角。以上三句说，淮河一带，夜晚所设边亭烽火严密地警戒着敌人，早晨军营里吹起了号角。

〔3〕绿鬓将军：指敌人的青壮年将军。绿鬓，黑发。下马：指投降。黄头奴子：指敌人水军。《汉书·枚乘传》："遣羽林黄头，循江而下。"颜师古注："羽林黄头郎，习水战者也。"奴子，对敌人的轻蔑称呼。惊闻鹤：苻坚在淝水之战被晋军打败后，"闻风声鹤唳（鸣）"，都以为是晋军。以上两句说，金兵士气低落，害怕战斗。

〔4〕这句说，金朝统治者势力衰弱，已不比以前了。

〔5〕狂鲵（ní 尼）：比喻金朝统治者。鲵，大鱼名，《左传》宣公十二年说古代帝王"伐不敬"（讨伐叛乱），"取其鲸鲵而封之"（宰杀鲸鲵，埋了，垒成土堆），以示除强暴。剪：剪除。

〔6〕於菟（wū tú 乌图）：老虎，古代楚地方言。这里也是比喻金朝统治者。

〔7〕单（chán 缠）于：古代匈奴的最高统治者称单于，这里借指金朝皇帝。

〔8〕政：同正。翘关：举起城门的"关"。翘，举；关，闩门的横木。《淮南子·主术训》："孔子力招城关"，高诱注："招，举也，以一手招城门关端能举之。"还槊：挥舞长矛。还，同旋；槊，见吴泳《上西平·送陈舍人》注〔2〕，第412页。以上两句说，现在正是人人自动奋起，拿起武器要和金兵搏斗的时候。

〔9〕飞电影：形容旗帜迎风飘动的迅疾。

〔10〕铤（chán 缠）：扬雄《方言》说南方人称矛为铤。霜锷：像霜一样洁白的锋刃。

〔11〕令（líng 岭）：叫。榆柳：古代边塞多种榆树和柳树。摇落：凋

残。以上三句说，不要让边塞的榆柳在秋天空悲摇落，意思是要抓紧时机北伐。

十三世纪初时，蒙古在北方兴起，成为金的大患。金贵族统治者的势力一天天衰弱下去，而南宋朝廷也是积弱不振。广大人民是迫切要求收复中原，统一北方的。这首词反映了人们渴望出师北伐的心情，写得形象鲜明，感情充沛，颇有鼓舞人心的力量。

严 羽

严羽,字仪卿,一字丹邱,自号沧浪逋客,邵武(在今福建省)人。生卒年不详,大约是理宗时(1225—1264)人。他是南宋后期著名的文学批评家,对诗歌的艺术形式和风格做了些探讨。他提倡汉魏盛唐的诗歌,并以禅学说诗,强调诗的"神韵"、"妙悟",对后世的影响很大。

著有《沧浪诗话》、《沧浪集》,存词两首。

满 江 红

送廖叔仁赴阙[1]

日近觚棱[2],秋渐满蓬莱双阙[3]。正钱塘江上,潮头如雪[4]。把酒送君天上去,琼琚玉珮鹓鸿列[5]。丈夫儿富贵等浮云,看名节[6]。　　天下事,吾能说;今老矣,空凝绝[7]。对西风慷慨,唾壶歌缺[8]。不洒世间儿女泪,难堪亲友中年别[9]。问相思他日镜中看,萧萧发[10]。

〔1〕廖叔仁:生平不详,大概是作者的友人。赴阙:到京城去朝见皇帝。

〔2〕觚(gū孤)棱:皇宫中殿堂楼阁的屋角瓦脊。班固《西都赋》:"设壁门之凤阙,上觚棱而栖金爵(雀)。"

〔3〕蓬莱:传说中的海上神山,仙人所居。《史记·始皇本纪》:"蓬莱、方丈、瀛洲,此三山在海中,诸仙人、不死药皆在焉,黄金银为阙。"这里借指皇宫。

〔4〕以上两句点明是在阴历八月,钱塘江上这时潮水最盛。

〔5〕琼琚玉珮:佩带的玉饰。"琚"原误作"裾"。琼琚,美玉。珮,同佩。《诗经·郑风·有女同车》:"将翱将翔,佩玉琼琚。"鹓(yuān渊)鸿:鹓即鹓鶵,古代传说中凤凰一类的鸟。鸿,大雁。古人认为这两种鸟飞行时很有次序,用以比喻朝官。张九龄《出为豫章郡次庐山》诗:"岂匪鹓鶵列,惕如泉壑临。"以上两句说廖叔仁将参加百官的行列去朝见皇帝,意思是说他要在朝中供职。

〔6〕富贵等浮云:对富贵毫不在意,视若浮云。《论语·述而》:"不义而富且贵,于我如浮云"。以上两句说,大丈夫应轻视富贵而看重名誉和节操。

〔7〕凝绝:即凝伫愁绝,企待而至出神,内心非常愁苦。

〔8〕唾壶歌缺:见张元幹《石州慢》注〔15〕,第260页。以上两句表明作者仍然壮心不已。

〔9〕不洒世间儿女泪,难堪亲友中年别:见辛弃疾《满江红·送李正之提刑入蜀》注〔4〕、〔7〕,第319、320页。

〔10〕萧萧发:满头白发。

作者的这首词,不作寻常泛泛的送别之语,写得较有意义。他不同于一般的祝贺,而是对进京的友人提出了鼓励和期望:"丈夫儿富贵等浮云,看名节。"说到他自己,尽管对南宋的时局忧心忡忡,却仍然要求自己奋发有为。全词所表现的思想情绪比较积极。

刘克庄

刘克庄(1187—1269),字潜夫,号后村居士,莆田(在今福建省)人,南宋著名的诗人、词人。

他曾任建阳县令,因作《落梅》诗,中有"东风谬掌花权柄,却忌孤高不主张"两句,被言官指为讪谤,受到免官的处分。淳祐六年(1246)赐同进士出身,官至龙图阁直学士。他前后四次在朝廷上做官,但时间都不长,多则一二年,少仅数月。

著有《后村大全集》,词集名《后村长短句》,又名《后村别调》。

刘克庄所写的诗词都比较多。在诗歌创作方面,他崇尚晚唐,是"江湖派"中的优秀作家。在词的创作方面,他是南宋后期重要的辛派词人。词的内容以关怀国家大事,抒发个人抱负为主,笔力豪宕,风格粗犷肆放,学辛弃疾而能有自己的特点。尤其在词的散文化、议论化和打破格律的束缚等方面更有所发展。但缺点也恰恰在于说理过多,比较散漫,铸词造句不够精炼,减弱了艺术感染力。

沁园春

梦孚若[1]

何处相逢,登宝钗楼,访铜雀台[2]。唤厨人斫就,东溟鲸脍[3],圉人呈罢,西极龙媒[4]。天下英雄,使君与操,馀子谁堪共酒杯[5]?车千乘,载燕南赵北,剑客奇材[6]。饮酣鼻息如雷[7],谁信被晨鸡轻唤回[8]。叹年光过尽,功名未立,书生老去[9],机会方来。使李将军遇高皇帝,万户侯何足道哉[10]!披衣起,但凄凉四顾,慷慨生哀[11]。

〔1〕孚若:方信孺,字孚若,莆田人,作者的朋友。

〔2〕宝钗楼:故址在今陕西咸阳市,汉武帝时所建,宋时为著名的酒楼。陆游《对酒》诗:"但恨宝钗楼,胡沙隔咸阳。"自注:"宝钗楼,咸阳旗亭(酒楼)也。"铜雀台:故址在今河北磁县东南,三国时曹操所建。以上两句写梦游中原沦陷地区,表达了作者恢复中原的渴望。

〔3〕厨人:厨师。斫(zhuó 茁):用刀砍。东溟:东海。脍(kuài 快):细切的肉片。

〔4〕圉(yǔ 羽)人:官名,掌管养马之事。西极龙媒:西域出产的骏马。汉代《郊祀歌》说:"天马徕(来),从西极","天马徕,龙之媒"。古人认为,天马和神龙是同类,天马已来,就是神龙必至的预兆。所以骏马又称龙媒。

〔5〕使君:古时对州郡长官的称呼。这里指刘备。刘备当时任豫州牧。操:曹操。馀子:其他的人。曹操有一次在酒席上对刘备说:"今天下英雄,唯使君与操耳。"见《三国志·蜀书·先主传》。白居易《哭刘梦得》诗二首之一:"杯酒英雄君与操。"以上三句以古代英雄人物称许方信孺和作者自己,兼写二人相知之深。

〔6〕乘:古时一车四马叫乘。燕南赵北:指今河北、山西一带。韩愈《送董邵南序》:"燕赵古称多感慨悲歌之士。"剑客奇材:这里指才能出众的豪杰。李陵曾说,"臣所将屯边者,皆荆楚勇士,奇材剑客也。"见《汉书·李陵传》。以上三句写方信孺的豪侠气概。《宋史·方信孺传》

说:"信孺性豪爽,挥金如粪土,所至宾客满其后车。"作者《宝谟寺丞诗境方公行状》也说,方信孺"尤好士,所至从者如云,闭户累年,家无担石,而食客常满门"。千乘,一作"千两"。赵北,一作"代北"。

〔7〕饮酣:酒喝得很痛快。鼻息,一作"画鼓"。这句写酒后酣睡。

〔8〕谁信:谁知,谁料到。轻,一作"催"。

〔9〕老去,一作"老矣"。

〔10〕使:假如。李将军:指李广,西汉名将,曾和匈奴作战七十馀次,以勇敢善战闻名。但他虽有战功,未得封侯。有一次,汉文帝刘恒说他时运不好:"惜乎!子不遇时。如令子当高帝时,万户侯何足道哉!"见《史记·李将军列传》。高皇帝:指汉高祖刘邦。万户侯:指封地食邑有万户人家的侯爵。

〔11〕四顾,一作"感旧"。

方信孺是作者的同乡好友,曾三次出使金朝,以"不少屈慑"闻名于时。这首追怀亡友的词,写于宁宗嘉定十五年(1222)之后。词的上片以梦境开始,用夸张的笔法,写二人豪情满怀,志同道合。下片接写梦醒,直抒胸臆,表现了他们怀才不遇的悲哀。

这首词是作者的代表作。浪漫主义的色彩浓厚,史传散文的移用和融化都很自然,这明显地表现了他的词的艺术特点。

沁园春

答九华叶贤良[1]

一卷阴符[2],二石硬弓[3],百斤宝刀。更玉花骢喷[4],鸣鞭电抹[5];乌丝阑展[6],醉墨龙跳[7]。牛角书生[8],虬髯豪客[9],谈笑皆堪折简招[10]。依稀记[11],曾请缨系粤[12],草檄征辽[13]。　　当年目视云霄[14],谁信道凄凉今折腰[15]。怅燕然未勒[16],南归草草[17];长安不见[18],北望迢迢[19]。老去胸中,有些磊块,歌罢犹须著酒浇[20]。休休也[21],但帽边鬓改[22],镜里颜凋[23]。

〔1〕九华:山名,在安徽青阳西南,又名九子山。因九峰攒簇如莲花,所以叫做九华山。贤良:贤良文学,汉代选拔官吏的科目之一,简称贤良,中选者则授予官职。宋代以为制科之一种,亦偶一行之。

〔2〕阴符:阴符经,书名,凡一卷,相传为黄帝所作。古人把这部书列为"兵家"的著作。

〔3〕二石硬弓:需要有提起二石重的东西的臂力才能拉得开的弓。石是重量单位,古时以一百二十斤为一石。

〔4〕玉花骢(cōng 聪):骏马名。杜甫《丹青引赠曹将军霸》诗:"先帝御马玉花骢。"骢是青白色相杂的马。喷:吼鸣。

〔5〕电抹:形容马像闪电一样地奔驰前进。

〔6〕乌丝阑:在纸上或绢上所画的界格,叫做阑。用墨画的,称乌丝阑;用䍁画的,称朱丝阑。唐李肇《国史补》卷下:"宋、亳间有绢织成界道者,谓之乌丝阑。"

〔7〕龙跳:形容书法如龙在飞跃。梁武帝曾评王羲之书法"如龙跳天门,虎卧凤阙"。见《宣和书谱》。

〔8〕牛角书生:李密年少时家贫,曾以蒲鞯乘牛,把一帙《汉书》挂在牛角上,且行且读,见《旧唐书·李密传》。

〔9〕虬(qiú 求)髯豪客:隋末张仲坚,号虬髯客,有雄才大略,时世

方乱,欲起事争天下,路遇李靖,同至太原,见李世民,"识为英主",乃举家赠李靖而别去。见唐人传奇《虬髯客传》。虬髯,蜷曲的胡须。

〔10〕折简:指写信。古人书信写在竹简上,所以把写信叫做折简。招:邀请。皆堪,一作"皆从"。

〔11〕依稀:仿佛。

〔12〕请缨系粤:见贺铸《六州歌头》注〔22〕,第181页。

〔13〕草:起稿。檄(xí席):古代用以征召或声讨的文书。隋时,虞世南曾为隋炀帝起草《征辽指挥德音敕》。见《隋遗录》。

〔14〕目视云霄:形容眼界高。

〔15〕折腰:弯腰下拜,表示受到屈辱的意思。陶渊明做彭泽令的时候,不愿束带去见督邮,叹说:"吾不能为五斗米折腰,拳拳事乡里小人!"见《晋书·陶潜传》。道,一作"到"。

〔16〕燕然未勒:见范仲淹《渔家傲》注〔7〕,第85页。

〔17〕草草:随便。辛弃疾《永遇乐》词:"元嘉草草,封狼居胥,赢得仓皇北顾。"以上两句回忆当年参军,未建立功名而南归。

〔18〕长安:借指北宋的都城汴京。东晋明帝幼时,其父元帝问他:太阳和长安,哪个远?他回答说,长安远,太阳近。因为"举目见日,不见长安"。这个故事表现了东晋人士对西晋故都的怀念。见《世说新语·夙慧》。李白《登金陵凤凰台》诗:"总为浮云能蔽日,长安不见使人愁。"

〔19〕迢迢:形容路程遥远。

〔20〕磊块:同"垒块",比喻心中怀有不平之气。著:用。《世说新语·任诞》:"阮籍胸中垒块,故须酒浇之。"

〔21〕休休:罢休。辛弃疾《鹧鸪天·鹅湖归病起作》词:"书咄咄,且休休,一丘一壑也风流。"

〔22〕鬓改,一作"鬓减"。

〔23〕颜凋:面容衰老。

423

这首词抒发了恢复中原的雄心壮志，倾诉了英雄抱负无法实现的悲愤。其中写战马奔驰和醉中写字几个动态的形象，栩栩如生。全篇洋溢着慷慨悲凉的情调。用典多而妥帖，也是这首词的一个特点。

昭君怨

牡丹

曾看洛阳旧谱[1]，只许姚黄独步[2]。若比广陵花[3]，太亏他[4]。　　旧日王侯园圃，今日荆榛狐兔[5]。君莫说中州[6]，怕花愁。

〔1〕洛阳：古时洛阳出产的牡丹很有名。谱：指花谱、牡丹谱之类的书籍。

〔2〕许：称赞。姚黄：牡丹的珍贵品种之一，古时与魏紫齐名。欧阳修《洛阳牡丹记》："姚黄者，千叶黄花，出于民姚氏家；魏家花者，千叶肉红花，出于魏相仁溥家。"独步：处于独一无二的地位。

〔3〕广陵花：指芍药。广陵，郡名，治所在今江苏扬州市，古时以产芍药闻名。

〔4〕亏：委屈。他：指牡丹。这句说，洛阳牡丹不如广陵芍药的遭遇好。

〔5〕荆榛：泛指丛生的荆棘，形容一片荒凉。狐兔：泛指野兽，暗喻敌兵。张元幹《贺新郎·送胡邦衡谪新州》词："聚万落千村狐兔。"

〔6〕中州：指今河南省一带。其地古为豫州，处于九州之中，所以叫做中州。

作者先赞美洛阳的牡丹,再叹息洛阳园圃的荒芜,最后对洛阳所在的中原沦陷地区寄予了深沉的愁思。咏花而能有寄托,这就使作品有了深刻的含义。

满江红

夜雨凉甚,忽动从戎之兴[1]。

金甲琱戈[2],记当日辕门初立[3]。磨盾鼻,一挥千纸,龙蛇犹湿[4]。铁马晓嘶营壁冷[5],楼船夜渡风涛急[6]。有谁怜猿臂故将军,无功级[7]。　平戎策[8],从军什[9],零落尽,慵收拾[10]。把茶经香传,时时温习[11]。生怕客谈榆塞事[12],且教儿诵《花间集》[13]。叹臣之壮也不如人,今何及[14]。

〔1〕从戎:从军。
〔2〕琱(diāo 雕)戈:雕刻着彩色花纹的兵器。
〔3〕辕门:军营的外门。
〔4〕磨:指磨墨。盾鼻:盾的钮。盾是古代的一种防御武器。挥:指挥笔写字。龙蛇:比喻书法。见陆游《汉宫春》注〔3〕,第283页。南北朝时,荀济得知其友萧衍将受禅为王,负气不服,对人说:"会于盾鼻上磨墨檄之。"见《北史·荀济传》。以上三句是对当年在军中担任文书工作的回忆。
〔5〕铁马:披有铁甲的战马。嘶:马叫。

〔6〕楼船:高大的战船。

〔7〕猿臂:形容长臂。故:旧任。级:指官爵的等次。《史记·李将军列传》说:"广为人长,猿臂,其善射亦天性也。"又说:有一次,李广外出饮酒,归途过霸陵亭,霸陵尉喝醉了酒,呵斥李广,不让他通过。李广的从人就说:这是"故李将军"。霸陵尉说:"今将军尚不得夜行,何乃故也!"竟勒令李广停宿在驿亭中。以上两句写李广与匈奴大小七十馀战而不得封侯,意在讽刺南宋统治集团不重视将才。

〔8〕戎:我国古代称西方的民族为戎。辛弃疾《鹧鸪天》词:"却将万字平戎策,换得东家种树书。"

〔9〕什:诗篇。古时凡十数往往以什为名,《诗经》的雅、颂就以十篇为什。后来就转称诗篇为什。

〔10〕慵:懒。

〔11〕茶经香传:泛指一些详细叙述茶叶的品种、制茶的器具、烹饮的方法,以及香的品种、焚香的器具和方法的专门书籍。例如唐陆羽的《茶经》、宋丁谓的《天香传》。

〔12〕榆塞:北方的边塞。《汉书·韩安国传》:"累石为城,树榆为塞。"宋王明清《挥麈后录》:"太祖尝令于瓦桥一带,南北分界之所,专植榆柳,中通一径,仅能容一骑。岁月浸久,日益繁茂,合抱之木,交络翳塞。宣和中,童贯悉命剪薙之,胡马南骛,遂成坦途。"

〔13〕《花间集》:五代时蜀赵崇祚编辑的一部词集,所收都是唐五代人的作品,内容很少反映当时的社会动乱和时代的面貌。这句说,生活无聊,所以教儿学词。

〔14〕壮:指壮年。以上两句,感叹自己年老,已不能有所作为。《左传》僖公三十年,烛之武对郑文公说:"臣之壮也,犹不如人;今老矣,无能为也已。"

作者在这首词的上片回忆了当年的从军生活。"铁马晓嘶营壁冷,楼船夜渡风涛急",环境是艰苦的;"磨盾鼻,一挥千纸,龙蛇犹湿",人却是意气风发的。可见作者对于这段生活还是留恋的,充满了怀念之情。这和下片构成了鲜明的对比。下片写的是现在,"慵"、"怕"、"叹"等字眼给人的印象是辛酸和消沉。但这只是表面的东西。收拾起"平戎策"和"从军什",代之以温习"茶经"和"香传",不谈论"榆塞事",代之以诵读《花间集》,这其实都是作者的愤激之词,背后掩盖着报国无门的悲痛。否则,他怎么还会像题目中所说的"忽动从戎之兴"?

贺新郎

送陈仓部知真州[1]

北望神州路[2],试平章这场公事,怎生分付[3]。记得太行兵百万[4],曾入宗爷驾驭[5],今把作握蛇骑虎[6]。君去京东豪杰喜[7],想投戈下拜真吾父[8]。谈笑里,定齐鲁[9]。
　　两河萧瑟惟狐兔[10],问当年祖生去后,有人来否[11]?多少新亭挥泪客,谁梦中原块土[12]?算事业须由人做。应笑书生心胆怯,向车中闭置如新妇[13]。空目送,塞鸿去[14]。

〔1〕陈仓部:陈韡,字子华,曾以仓部员外郎知真州(治所在今江苏仪征)。词题,一作《送陈真州子华》或《送陈子华赴真州》。
〔2〕神州路:指中原沦陷地区。见张元幹《贺新郎·送胡邦衡谪新

州》注〔2〕,第263页。

〔3〕平章:评论。公事:指经略中原,收复失地。分付:发落。

〔4〕太行:山名,在今山西、河南、河北境内。熊克《中兴小纪》卷十九:"自靖康以来,中原之民不从金者,于太行山相保聚。"兵,一作"山"。

〔5〕宗爷:指宗泽,北宋末年的抗金名将。他知磁州时,曾募集义勇,抗击金兵。后任东京留守,招集王善等义军百万人协助防守,屡败金兵。宗泽威名日著,金人对他畏惧而又尊敬,称为"宗爷爷"。见《宋史·宗泽传》。驾驭:统率。

〔6〕把作:当作。握蛇骑虎:比喻处于危险的境地,就像手拿毒蛇、骑在猛虎背上一样。南北朝时,魏孝文帝死,咸阳王禧对彭城王勰有怀疑,就对他说:"汝非但辛勤,亦危险至极。"彭城王勰回答说:"兄识高年长,故知有夷险。彦和(勰字彦和)握蛇骑虎,不觉艰难。"见《北史·彭城王勰传》。这句写南宋统治集团对义军的不信任和疑惧。

〔7〕京东:宋代路名,辖境包括今河南东部、山东南部、江苏北部一带。豪杰:指抗金的义军将士。

〔8〕投戈:放下武器。真吾父:果真像我们的父亲一样。唐时,仆固怀恩勾结回纥等入侵,代宗急召郭子仪屯泾阳。郭子仪曾率数十骑,免胄入回纥营,责备他们背信弃义,回纥士兵放下武器,下马拜说:"果吾父也!"誓好如初。见《新唐书·郭子仪传》。

〔9〕齐鲁:指今山东一带。

〔10〕两河:黄河南北。萧瑟:萧条,冷落。狐兔:指金兵。张元幹《贺新郎·送胡邦衡谪新州》词:"底事昆仑倾砥柱,九地黄流乱注?聚万落千村狐兔。"两河,一作"两淮"。

〔11〕祖生:指祖逖,东晋著名的将领,曾率兵北伐,收复豫州地区。以上两句慨叹南宋军队不再北上。

〔12〕新亭:见陈亮《念奴娇·登多景楼》注〔6〕,第360页。谁梦,

一作"不梦"。以上两句指责南宋士大夫官僚对于收复失地,只有空言,而没有实际的行动。

〔13〕书生:作者自指。以上两句写心情悒郁,就像闭置在车中的新婚妇女一样。南北朝时,曹景宗性情急躁,曾对人说:"今来扬州作贵人,动转不得,路行开车幔,小人辄言不可。闭置车中,如三日新妇。遭此邑邑,使人无气。"见《梁书·曹景宗传》。

〔14〕塞鸿:生长在北方边境的鸿雁。以上两句叹息自己不能随友人北上。嵇康《赠秀才入军》诗第十四首:"目送归鸿,手挥五弦。"

这首词作于理宗宝庆三年(1227),表达了作者渴望收复中原的壮志。上片指责南宋统治集团不真心抗金,轻视人民群众的力量,对北方的抗金义军视若蛇虎。作者因此对陈鞾寄以厚望,建议他联合义军,收复失地。下片讽刺南宋统治集团只知苟安江左,早已把中原沦陷地区抛在脑后,并叹息自己不受朝廷重用,壮志难酬。

贺新郎

九日[1]

湛湛长空黑[2],更那堪斜风细雨,乱愁如织。老眼平生空四海[3],赖有高楼百尺[4],看浩荡千崖秋色[5]。白发书生神州泪,尽凄凉不向牛山滴[6]。追往事,去无迹。　　少年自负凌云笔[7],到而今春华落尽[8],满怀萧瑟[9]。常恨世人新意少,爱说南朝狂客,把破帽年年拈出[10]。若对黄花孤负酒[11],怕黄花也笑人岑寂[12]。鸿北去,日西匿[13]。

〔1〕九日:九月九日,重阳节。

〔2〕湛(zhàn站)湛:深沉的样子。

〔3〕空四海:望尽天下。这句说,平生看遍各地风光,眼界甚高。

〔4〕高楼百尺:用刘备典故,见辛弃疾《水龙吟·登建康赏心亭》注〔9〕,第309页。

〔5〕浩荡:广阔。

〔6〕白发书生:作者自指。神州泪:因中原地区沦陷,长期没有收复,感到伤心而掉下的眼泪。参见陈亮《念奴娇·登多景楼》注〔6〕,第360页。尽:尽管。牛山:地名,在今山东临淄南。春秋时,齐景公游于牛山,北望齐国的都城临淄,流泪说:"若何滂滂去此而死乎?"见《晏子春秋·内篇谏上》。杜牧《九日齐山登高》诗:"古往今来只如此,牛山何必泪沾衣。"以上两句写作者年老,仍关怀国家大事,而不计较个人的生死。

〔7〕凌云笔:高超的大手笔。《史记·司马相如传》:"相如既奏《大人》之颂,天子大悦,飘飘有凌云之气,似游天地之间意。"

〔8〕春华:春天的花朵。比喻文采。《颜氏家训·勉学》:"讲论文章,春华也;修身利行,秋实也。"这句说,豪情已消尽。

〔9〕萧瑟:悲凉,这里指家国之思。杜甫《咏怀古迹五首》诗之一:"庾信平生最萧瑟,暮年诗赋动江关。"

〔10〕南朝狂客:指东晋孟嘉。九月九日桓温和僚佐游龙山,风吹孟嘉帽堕落,孟嘉自己还不觉得。桓温命孙盛作文嘲笑孟嘉。孟嘉见后,即答作一篇,其文甚美。见《晋书·孟嘉传》。以上三句指责一般文人不关怀国家大事,逢年过节只写些应景文章,玩弄陈词滥调。

〔11〕黄花:指菊花。孤负:对不住。

〔12〕岑寂:寂寞。

〔13〕匿:隐藏。

这首词用凄凉的景色衬托凄凉的心怀。"白发书生神州泪",点出了主题。"神州"二字在作者的词中曾反复出现,正说明了恢复中原是作者念念不忘的头等大事。

"常恨世人新意少,爱说南朝狂客,把破帽年年拈出"三句,是对某些文人的尖锐讽刺。他们的诗文缺乏"新意",没有真情实感,充满了陈词滥调,千篇一律,不是歌功颂德,粉饰太平,就是吟风弄月,流连光景,无病呻吟。作者所说的"新意"又是指的什么呢?新的题材,新的意境,新的形象等等,都可以叫做"新"。看来作者意不在此。他的主张显然是:文学作品要有深刻的社会内容,要跳出个人的小圈子,对国家大事发表意见。从他的一些优秀作品来看,他也确实是按照这个主张去进行创作的。

玉楼春

戏呈林节推乡兄〔1〕

年年跃马长安市〔2〕,客舍似家家似寄〔3〕。青钱换酒日无何〔4〕,红烛呼卢宵不寐〔5〕。　易挑锦妇机中字〔6〕,难得玉人心下事〔7〕。男儿西北有神州〔8〕,莫滴水西桥畔泪〔9〕。

〔1〕节推:节度推官。宋代在节度使下设推官,掌管勘问刑狱等事。《戏呈林节推乡兄》,一作《戏林推》。

〔2〕长安:借指南宋的都城临安。

〔3〕寄:客居。这句说客居的日子多于家居的日子。

〔4〕青钱:古时的铜钱因配铸成色的不同而分为黄钱和青钱两种,颜色发青的一种叫做青钱。日无何:日无何事。《汉书·袁盎传》:袁盎"能日饮,无何"。颜师古注:"无何,言更无馀事。"这句说,成天用钱买酒来喝,其他一切事情概不过问。

〔5〕呼卢:赌博时的喊声。古代的樗蒲戏具有五木,相当于后世的骰子。五木共五子,一子两面,一面涂黑,画牛犊,一面涂白,画雉。投子时,五子皆黑,叫做卢;四黑一白,叫做雉;依次而下,叫做枭、犍。其中,卢为最高之采。见宋程大昌《演繁露》卷六。所以人们称赌博为呼卢,或呼卢喝雉。另一种说法是:樗蒲法,其骰五枚,分上黑下白,黑者刻二为犊,白者刻二为雉。掷时,全黑者为卢,二雉三黑为雉,二犊三白为犊,全白者为白,以此四采为贵。见唐李肇《国史补》。

〔6〕挑:一种刺绣的方法,用针挑起经线或纬线,把针上的线从底下穿过去。锦妇:织锦的妇女。机:指刺绣机。字:指织在锦上的字。《晋书·窦滔妻苏氏传》载:"滔,苻坚时为秦州刺史,被徙流沙(泛称西北一带沙漠之地)。苏氏思之,织锦为回文旋图,以赠滔。宛转循环以读之,词甚凄婉。"这句说,家中的妻子思念远出的丈夫的感情是真挚的。

〔7〕玉人:美人。这里指妓女。这句说,妓女的心意是不易捉摸的。

〔8〕神州:指中原沦陷地区。见张元幹《贺新郎·送胡邦衡谪新州》注〔2〕,第263页。这句劝勉友人要关心国家大事,时刻记住中原地区还没有收复。

〔9〕水西桥:大约指妓女们聚集的地方。这句说,不要为妓女们浪费自己的眼泪。

这首词是写给一位姓林的友人的。这位友人是作者的同乡,又是节度推官。从《后村大全集》中可以找到符合上述条件的两个人。一个是林起初,莆田人,平海军节度推官;另一个是林兴宗,字景复,莆田人,泉州节度推官。不知是不是写给他们之中的一个?

"男儿西北有神州,莫滴水西桥畔泪"是著名的警句。从对友人的勉励中,显示了作者本人的思想境界。

卜算子

片片蝶衣轻[1],点点猩红小[2]。道是天公不惜花[3],百种万般巧。　朝见树头繁,暮见枝头少。道是天公果惜花,雨洗风吹了[4]。

〔1〕蝶衣:指蝴蝶的翅膀。这句描写花瓣的轻盈有致。
〔2〕猩红:血红色。这句描写飞花。
〔3〕天公:天老爷,指自然界的主宰者。惜:怜爱。
〔4〕了:尽。

这首小词写惜花,曲折地表现了作者的一种遭受压抑的思想感情。

忆秦娥

梅谢了,塞垣冻解鸿归早[1]。鸿归早,凭伊问讯[2],大梁遗老[3]。　浙河西面边声悄[4],淮河北去炊烟少[5]。炊烟少,宣和宫殿,冷烟衰草[6]。

〔1〕塞垣:泛指北方边界上可做屏障的险要地带。

〔2〕凭:凭仗,烦请。伊:第三人称代词,这里指鸿。

〔3〕大梁遗老:这里指北宋遗民。大梁,地名,即今河南开封市。战国时期,魏惠王迁都于此。这里用来代指北宋的都城汴京。储光羲《田家杂兴》诗:"楚山有高士,梁国有遗老。"梁国遗老原指曾事梁孝王的枚乘。

〔4〕浙河:浙江。这句写前线无战事,暗喻南宋统治集团只知苟安,失去了收复中原的热情和雄心。

〔5〕这句说,金人占领区人烟稀少,一片荒凉。

〔6〕宣和:宋徽宗赵佶的最后一个年号(1119—1125)。以上两句描写故宫的冷落、衰败的景象。

鸿雁是作者经常描写的对象。除了这首词以外,像前面所选的《贺新郎·送陈仓部知真州》("空目送,塞鸿去")和《贺新郎·九日》("鸿北去,日西匿")都属于同样的例子。这不是偶然的。作为一种候鸟,鸿雁在秋季自河北渡江南,在春季则自江南还河北。古时又有鸿雁传书的说法。这样,鸿雁就把江南和河北联系在一起了。所以在作者的笔下,鸿雁有了新的富有时代特征的意义。他通过鸿雁的描写,形象地表达了自己对沦陷的半壁江山和生活在敌军蹂躏下的人民群众的痛苦生活的关怀。

冯取洽

冯取洽,字熙之,自号双溪拟巢翁,延平(今福建南平市)人,生卒年不详。他常与黄昇往来,互相唱和赠答。

有《双溪词》。

贺新郎

次玉林感时韵[1]

知彼须知此[2]。问筹边,攻守规模,云何则是[3]。景色憎憎犹日暮[4],壮士无由吐气[5]。又安得,将如廉李[6]。燕坐江沱甘自蹩[7],笑腐儒,枉楦朝家紫[8]。用与舍,徒为耳[9]。　黄芦白苇迷千里[10]。叹长淮,篱落空疏,仅馀残垒[11]。读父兵书宁足恃[12],击楫谁盟江水[13]?有识者知其庸矣[14]。多少英雄沉草野[15],岂堂堂吾国无君子[16]。起诸葛,总戎事[17]。

[1] 玉林:黄昇,字叔旸,号玉林,又号花庵。曾编选《花庵词选》,著有《散花庵词》。

[2] 知彼须知此:《孙子·谋攻》:"知彼知己,百战不殆。"这句说,

对敌方和我方的情况都须了解透彻。

〔3〕筹边:筹划边境防卫的事情。规模:格局,部署。云何则是:如何才好。云,语助词。以上三句说,问边境的攻守部署如何是好。意谓负责军事的人心中无数。

〔4〕愔愔(yīn 音):寂静的样子。这句暗指南宋王朝日薄西山,前途暗淡。

〔5〕吐气:指得意时吐出胸中积郁的闷气。

〔6〕廉李:战国时赵国著名的将领廉颇和李牧。《汉书·冯唐传》记载,汉文帝说:"嗟呼,吾独不得廉颇、李牧为将,岂忧匈奴哉!"

〔7〕燕坐:安坐。江沱(tuó 驼):代指江南一带。江,长江。沱,指长江的支流。《诗经·召南·江有汜》:"江有沱"。蹙(cù 醋):收缩。《诗经·大雅·召旻》:"今也日蹙国百里。"以上三句说,南宋统治者偏安江南,自甘放弃中原大片土地。

〔8〕腐儒:迂腐保守的读书人。楦(xuàn 炫)朝家紫:宋曾慥《类说》引唐张鷟《朝野佥载》说,唐杨炯每称朝官为麒麟楦,说是今天有一种做假麒麟的游戏,给驴子戴上麒麟的头角,披覆一张麒麟皮,及揭去假皮,还是一头驴子。无德而穿着朱紫官服的人,跟伪装成麒麟的驴子一个样。楦,用楦头填紧或撑大物体的中空部分。朝家,国家。这里指朝廷。紫,大官的衣服,唐代五品以上官员穿紫衣。以上两句说,大官虚有其表,很不称职。

〔9〕用:为世所用,指做官。舍:不为世所用,指隐居。徒为:徒劳无益。以上两句说,这种人做官也好,退隐也好,对国家都没有好处。

〔10〕黄芦白苇:即芦苇。黄芦,黄枯的芦草。白苇,因芦苇开白花,所以称白苇。这句说,淮水边迷乱的芦苇绵延千里。

〔11〕长淮:淮河。是南宋抗金的前沿地带。篱落:篱笆。引申为边防。以上三句说,淮河沿岸,防守不严,堡垒残破。

〔12〕读父兵书:赵国的将军赵括,空谈其父赵奢的兵法,不会灵活运用。赵王用他代替廉颇,廉颇说:"括徒能读其父书传,不知合变也。"(见《史记·廉颇蔺相如列传》)赵王不听,结果赵军被秦军包围,四十万人被俘活埋。这句说,主将只会纸上谈兵,缺少实战经验,岂可依靠。

〔13〕击楫:用祖逖事。见陈亮《念奴娇·登多景楼》注〔9〕,第360页。这句说缺少像祖逖那样决心收复中原的将领。

〔14〕庸:无能。这句说,有见识的人都知道这些人不中用。

〔15〕草野:指乡野,与朝廷相对而言。这句说,有多少英雄被埋没,得不到任用。

〔16〕堂堂:广大的样子。《史记·滑稽列传》:"以楚国堂堂之大,何求不得?"君子:这里指有才德的人。

〔17〕诸葛:诸葛亮。未遇刘备前,曾隐居隆中。总:总管,主持。戎事:军事。以上两句说,要起用像诸葛亮那样的人来主持军事。

这是一首以议论入词的作品,大胆恣肆,别具一格。作者以尖锐辛辣的笔调,戳穿了南宋当权者腐朽无能,虚有其表的丑恶面目,表现了作者对他们误国行径的强烈不满,和对主战派被贬斥不用的深切同情。

吴 渊

吴渊(1190—1257),字道父,号退庵,宣州宁国(在今安徽省)人,嘉定七年(1214)进士,官至兵部尚书,参知政事。他在任镇江知府、太平州知州、江西安抚使、江东安抚使等地方官时,赒济流民,重视战备,是当时南宋统治集团中一个比较有作为的人物。

有《退庵词》,仅存六首。

念奴娇

我来牛渚[1],聊登眺[2],客里襟怀如豁[3]。谁著危亭当此处[4],占断古今愁绝[5]。江势鲸奔,山形虎踞,天险非人设[6]。向来舟舰,曾扫百万胡羯[7]。　　追念照水然犀[8],男儿当似此,英雄豪杰。岁月匆匆留不住,鬓已星星堪镊[9]。云暗江天,烟昏淮地,是断魂时节[10]。栏干捶碎,酒狂忠愤俱发[11]。

〔1〕牛渚:山名。在今安徽马鞍山市长江东岸,下临长江,突入江中处为采石矶,形势险要,自古为争战之地。

〔2〕登眺:登高远望。

〔3〕襟怀如豁:心胸顿觉开朗。豁,开阔,疏散。

〔4〕著:安设。危亭:高的亭子。这里指牛渚山的"燃犀亭"。

〔5〕占断:占尽,独自占有。愁绝:极愁。

〔6〕鲸奔:形容江中浪涛翻腾如同鲸鱼逃窜。虎踞:晋张勃《吴录》载,诸葛亮论金陵形势云:"锺山龙盘,石头(即石头城)虎踞,帝王之宅也。"这里形容山势雄伟险要。天险:天然险阻。以上三句说,江山形势险峻,自然条件优越。

〔7〕向来:近来。胡羯:古代对少数民族的蔑称,这里指金兵。绍兴三十一年(1161),金主完颜亮大举攻宋,直抵长江,宋虞允文至采石犒师,激励将士,迎击金军,以海鳅船猛冲金船,大获全胜。完颜亮转至瓜洲,被部将完颜元宜等所杀。

〔8〕照水然犀:指东晋温峤点燃犀角照看采石矶下水怪事。然,同"燃"。见辛弃疾《水龙吟·过南剑双溪楼》注〔5〕,第337页。然犀,后来常被用以形容洞察奸邪。温峤初在北方从刘琨抵抗刘聪、石勒,南下后又与庾亮等讨伐消灭王敦势力集团,平定苏峻、祖约的叛乱。所以作者把他看做抗击外患,平定内乱的英雄。

〔9〕星星:形容鬓发花白。镊(niè聂):拔除,夹取。

〔10〕淮地:指淮水流域一带。断魂:极为哀痛。以上三句说,江淮之间,云烟迷漫,战事未休,是令人哀伤的时节。

〔11〕酒狂:酒醉。以上两句说,酒后激于忠愤,以拳猛击栏杆。

采石之战,阻止了金主完颜亮的南侵,主战派一时为之扬眉吐气。作者登临著名的战地,见山川形势险要,想到这次胜利对人们的鼓舞,心胸大为舒畅。但转念自己年纪已老,又缺少像温峤那样人物来扭转当时忧患重重的政局,致使前方形势依然险恶,不禁悲愤交集。

李好古

李好古,生平不详。他的一些词,或感怆时事,或呼吁收复中原,言词激切,情绪昂扬。

有《碎锦词》。

江城子

平沙浅草接天长[1]。路茫茫,几兴亡?昨夜波声,洗岸骨如霜[2]。千古英雄成底事[3]?徒感慨,谩悲凉[4]。　少年有意伏中行[5],馘名王[6],扫沙场[7]。击楫中流[8],曾记泪沾裳。欲上治安双阙远[9],空怅望,过维扬[10]。

〔1〕平沙:这里指岸边平坦的沙地。梁何逊《慈姥矶》诗:"远岸平沙合。"浅草:短草。

〔2〕这句说,波涛冲刷着岸边色白如霜的遗骨。

〔3〕底事:何事。这句是说,千古以来,英雄们的成就在哪里呢?

〔4〕谩:徒然。

〔5〕伏:制服。中行(háng杭):指中行说,汉文帝的宦官,后投降匈奴,教唆单于侵扰边境,进逼长安,造成很大的祸害。见《史记·匈奴列传》。这里指宋朝廷的投降派。

〔6〕馘(guó国):杀敌后割下其耳朵。《诗经·鲁颂·泮水》:"在泮献馘。"郑玄笺:"馘,所格者之左耳。"名王:见张孝祥《六州歌头》注〔11〕,第297页。这里指金军的将帅。

〔7〕扫沙场:把战场上的敌军扫荡一空。

〔8〕击楫:见陈亮《念奴娇·登多景楼》注〔9〕,第360页。

〔9〕治安:《汉书·贾谊传》载,贾谊曾献"治安之策"。这里指军政主张。双阙:古代宫殿前面设有门楼,左右各一,称双阙。这里指朝廷。这句说,想陈述治国计策,但是皇宫遥远,无由得达。

〔10〕维扬:即扬州。见姜夔《扬州慢》注〔2〕,第379页。

长江两岸是古来兵争之地,岸边白骨使人想起每经历一次兴亡,都曾出现多少英雄。作者船过扬州时,回想自己当年也曾以英雄自许,对着江水,发誓要击退金兵,收复中原,如今抱负犹在,却难实现,想为朝廷献策也办不到。因此一路上徒生感慨。

清平乐

清淮北去〔1〕,千里扬州路〔2〕。过却瓜州杨柳树〔3〕,烟水重重无数。　柂楼才转前湾〔4〕,云山万点江南。点点尽堪肠断,行人休望长安〔5〕。

〔1〕清淮:指清河军与淮南东路,其地即今淮扬一带。

〔2〕千里扬州路:扬州为《禹贡》九州之一,包括今江苏、江西、浙江、安徽等地。北周庾信《哀江南赋》:"淮海维扬,三千馀里。"

〔3〕瓜州:即瓜洲,南宋时是守卫江南的要地。见白居易《长相思》

注〔1〕,第19页。

〔4〕柁楼:船上掌舵之室,代指船。前湾:前面水流弯曲处。

〔5〕行人:指因中原沦陷而流落江南的人。长安:代指北宋故都汴京。

作者乘船经瓜洲北上,回首江南,只见云山万点,愈觉与中原隔绝已久,推想流落在江南的老百姓,北望汴京,一定会因思念家乡而悲恸欲绝。

清平乐

瓜州渡口,恰恰城如斗〔1〕。乱絮飞钱迎马首,也学玉关榆柳〔2〕。　面前直控金山,极知形胜东南〔3〕。更愿诸公著意〔4〕,休教忘了中原。

〔1〕城如斗:形容瓜洲城小如斗。

〔2〕乱絮:纷飞的柳絮。飞钱:飘扬的榆荚。榆荚圆而小,状似古钱,俗称榆钱。玉关:玉门关,在甘肃敦煌西北。榆柳:古代北方边远关塞多种植榆柳。以上两句意谓前线南移,如今长江边上竟成了边塞关防。

〔3〕金山:山名,在镇江市西北,原在长江中,因江沙淤积,后与南岸相连。以上两句说,瓜洲渡口直对着金山,是东南地区的江防要地。

〔4〕著意:注意。

这首短词的文字饶有风趣,作者故意把瓜洲比做玉门关,讽刺南宋统治集团依恃长江险阻,龟缩在江南,全忘了中原。

王　澜

王澜,蕲州乡贡进士,存词一首,见《辛巳泣蕲录》。

念奴娇

避地溢江,书于新亭[1]

凭高远望,见家乡,只在白云深处。镇日思归归未得[2],孤负殷勤杜宇[3]。故国伤心[4],新亭泪眼,更洒潇潇雨。长江万里,难将此恨流去。　　遥想江口依然[5],鸟啼花谢,今日谁为主[6]。燕子归来,雕梁何处[7],底事呢喃语[8]?最苦金沙[9],十万户尽[10],作血流漂杵[11]。横空剑气,要当一洗残房[12]。

〔1〕溢江:地名,当在今江苏南京市。新亭:在今江苏南京市南,三国时吴所建。

〔2〕镇日:整天。

〔3〕杜宇:杜鹃,古人说它的鸣声像"不如归去"。

〔4〕故国伤心:用新亭对泣事。参见陈亮《念奴娇·登多景楼》注〔6〕,第360页。故国指故乡。

〔5〕江口:蕲水在蕲州城(今湖北蕲州县)流入长江,江口即指其处。

〔6〕以上两句是说蕲州现被敌人占领。

〔7〕雕梁:雕饰的屋梁。

〔8〕底事:何事。

〔9〕金沙:嘉靖《蕲州志》:"金沙湖,在州东十里,又名东湖。"这里代指蕲州。

〔10〕十万户:宋代蕲州在这次金兵骚扰前未曾遭受过兵火,比较富庶,户口较多。十万户是夸张之词。尽:都被消灭了。

〔11〕血流漂杵(chǔ楚):形容杀人很多,流的血可以把舂杵漂起来。晋人伪造的《古文尚书·武成》:"前徒(前面的兵)倒戈,攻于后以北(向后攻击败退),血流漂杵。"

〔12〕残虏:指金兵。

宁宗嘉定十四年(1221),金兵围蕲州,知州李诚之和司理权通判事赵与襃等坚守。由于援兵逗留不进,二十五天后城陷。金兵大肆屠杀,掠夺一空。李诚之和他的僚佐家属都死。赵与襃只身逃出,写了一本《辛巳泣蕲录》,记述事实经过较详。这首词见于述古堂抄本《辛巳泣蕲录》。王澜这首词和《辛巳泣蕲录》可以互相印证。词中写他逃难在外的思乡情绪,却如实地反映了一次历史事件,这在宋词中颇为新鲜。

吴 潜

吴潜(1196—1262),字毅夫,号履斋,宣州宁国(在今安徽省)人。吴渊之弟。他是南宋著名的政治家、文学家。

他在嘉定十年(1217)登进士第一,历任中央和地方军政官职。他曾建议北伐不宜轻举妄动,面对着强大的敌兵,要"以和为形,以守为实,以战为应"。淳祐十一年(1251)为参知政事,拜右丞相兼枢密使,封崇国公。次年,受到政敌萧泰来等的弹劾,说他"如王安石而又过之",因而罢相。开庆元年(1259),元兵渡江,攻鄂州(治所在今湖北武昌)。吴潜又被任为左丞相,进封庆国公、许国公。他认为,当前国势衰弱的原因在于"近年奸臣憸士设为虚议,迷国误军",因此主张清除腐朽的官僚集团。他还说,"年将七十,捐躯致命,所不敢辞",表达了积极抗敌的决心。但他却受到了贾似道等人的谗毁,结果在景定元年(1260)再次罢相,贬建昌军(治所在今江西南城),又窜潮州(治所在今广东潮安)、循州(治所在今广东惠阳)。

著有《履斋诗馀》,存词二百五十馀首。内容主要是抒写济时忧国的抱负以及理想无法实现的悲愤,风格则激昂、凄劲,兼而有之。

水调歌头

焦山[1]

铁瓮古形势[2],相对立金焦[3]。长江万里东注[4],晓吹卷惊涛[5]。天际孤云来去,水际孤帆上下,天共水相邀。远岫忽明晦[6],好景画难描。　　混隋陈[7],分宋魏[8],战孙曹[9]。回头千载陈迹,痴绝倚亭皋[10]。惟有汀边鸥鹭,不管人间兴废,一抹度青霄[11]。安得身飞去,举手谢尘嚣[12]。

〔1〕焦山:又名谯山,在今江苏镇江市东,屹立长江中,因东汉时处士焦先隐居于此而得名。

〔2〕铁瓮:镇江古名铁瓮城。《镇江府志》:"子城,吴大帝所筑,内外甃以甓,号铁瓮城。"明初改筑砖城,旧城废。

〔3〕金焦:金山和焦山。金山,又名浮玉山,在今江苏镇江市西北,本在长江中,后因山下四周沙涨,已与南岸相连。金山和焦山对峙,世称金焦。

〔4〕注:流。

〔5〕晓吹:风。姚鹄《风不鸣条》诗:"晓吹何曾歇,柔条自不鸣。"

〔6〕岫(xiù袖):峰峦。晦:昏暗。

〔7〕混:统一。这句说,隋灭陈,南北统一。

〔8〕宋:朝代名,南朝之一。公元420年,刘裕代晋称帝,建都建康,

国号宋。魏:朝代名,北朝之一。公元386年,鲜卑族拓跋珪称王,国号魏,建都平城(今山西大同),后统一北方,迁都洛阳。这句说,宋与魏隔江对峙。

〔9〕孙:指吴,三国之一。曹:指魏,三国之一。

〔10〕痴绝:指回想历代史事时想得出神了。亭皋:水边高地上的哨所。《汉书》颜师古注:"亭皋,为亭候于皋隙之中。"

〔11〕一抹:形容轻微的痕迹。度:过。青霄:指天空。

〔12〕举手:分别时的动作。《孔雀东南飞》:"举手长劳劳,二情同依依。"谢:告辞。尘嚣:指尘世。尘,尘世,人间。嚣,市集,做买卖的地方。

这首词由写景、怀古和抒情三者组成,自然浑成,有诗意,也有情味。下片虽然流露了出世的思想,但因上片写的是开朗壮阔的景色,所以整首词并没有给人消极和低沉的印象。

满江红

豫章滕王阁[1]

万里西风,吹我上滕王高阁[2]。正槛外[3],楚山云涨[4],楚江涛作[5]。何处征帆木末去[6],有时野鸟沙边落。近帘钩暮雨掩空来[7],今犹昨[8]。　　秋渐紧,添离索[9]。天正远,伤漂泊。叹十年心事,休休莫莫[10]。岁月无多人易老,乾坤虽大愁难着[11]。向黄昏断送客魂消,城头角[12]。

〔1〕豫章:郡名,汉置,治所在今江西南昌市。滕王阁:旧址在今南昌市新建县西章江门上,西临赣江,唐高祖李渊的儿子李元婴任洪州都督时所建。

〔2〕以上两句用王勃故事。相传唐代文学家王勃自马当一夕而至南昌,后人称为"时来风送滕王阁"。

〔3〕槛(jiàn 剑):栏杆。

〔4〕楚山:指西山,又名南昌山,在新建县西。古时江西一带属楚地,所以称为楚山。

〔5〕楚江:指赣江,流经新建县。作:起。

〔6〕木末:树梢。木末,一作"林杪"。这句说,从阁上眺望,只见过往的船只在远处好像从树梢驶过。

〔7〕这句写雨袭窗前,化用王勃《滕王阁》诗"珠帘暮卷西山雨"句意。

〔8〕这句说,今日这情景与往昔王勃登滕王阁所见正相仿佛。

〔9〕离索:离群索居之感。离开同伴而过孤独生活时所产生的一种寂寞的心情。

〔10〕十年:理宗十一年(1251)三月,吴潜任参知政事,至景定元年(1260)秋作此词时,首尾共十年。休休莫莫:罢休,罢了。司空图《耐辱居士歌》:"休休休,莫莫莫。"休休,一作"悠悠"。莫莫,一作"漠漠"。

〔11〕着(zhuó 拙):安放。

〔12〕断送:逗引。角:号角。以上两句说,城头的号角声在将近黄昏的时刻吹响,勾引起自己的羁旅的愁思,感到十分难受。

这首词作于景定元年(1260)贬谪建昌军的途中。词内描绘了登滕王阁远眺所见的景色,抒发了岁月易老,政治理想难以实现的悲愤。

满江红

送李御带珙[1]

红玉阶前,问何事翩然引去[2]。湖海上,一汀鸥鹭[3],半帆烟雨。报国无门空自怨,济时有策从谁吐?过垂虹亭下系扁舟,鲈堪煮[4]。　　拚一醉,留君住;歌一曲,送君路。遍江南江北,欲归何处?世事悠悠浑未了[5],年光冉冉今如许[6]。试举头一笑问青天,天无语。

[1] 李珙:作者的友人,生平不详。御带:官名。

[2] 翩(piān篇)然:形容动作轻快的样子。

[3] 汀(tīng厅):水边平地。

[4] 垂虹亭:地名,在今江苏吴江县垂虹桥上,建于宋仁宗庆历(1041—1048)年间。宋代许多文学家都在诗词中提到了它。扁舟:小船。鲈:鲈鱼。参见辛弃疾《水龙吟·登建康赏心亭》注[8],第309页。以上两句写李珙将回故乡隐居。

[5] 悠悠:众多的样子。浑:全。

[6] 冉冉:形容时间渐渐过去的样子。

这首送别的词,洋溢着作者对友人的深情厚谊。可以看出,作者对友人的抱负和才能是了解的,对友人的遭遇是同情的。其实,"报国无门空自怨,济时有策从谁吐",也正是他自己的写照。结尾两句则倾吐了封建社会知识分子怀才不遇、遭受压抑的感情。

李曾伯

李曾伯(1198—?),字长孺,号可斋,覃怀(今河南沁阳附近)人。历官濠州通判、淮东制置使兼淮西制置使、四川宣抚使等。他留心军事,主张抗金。任淮东制置使时,曾上疏言"边饷贵于广积,将材贵于素储,赏与不可以不精,战士不可以不恤"等。对于边防,还有一些积极的建议。著有《可斋类稿》,有词九卷。词多长调,不作绮艳语。自称"愿学稼轩翁"(《水调歌头·寿刘舍人》),颇受辛弃疾影响。

沁园春

饯税巽甫[1]

唐人以处士辟幕府如石、温辈甚多[2]。税君巽甫以命士来淮幕三年矣,略不能挽之以寸[3]。巽甫号安之,如某歉何[4]。临别,赋《沁园春》以饯。

水北洛南,未尝无人,不同者时[5]。赖交情兰臭,绸缪相好;宦情云薄,得失何知[6]?夜观论兵,春原吊古,慷慨事功千载期[7]。萧如也[8],料行囊如水[9],只有新诗。　　归兮,归去来兮[10],我亦办征帆非晚归[11]。正姑苏台畔,米廉酒好,吴松江上,莼嫩鱼肥[12]。我住孤村,相连一水,载月不妨时过之[13]。长亭路[14],又何须回首,折柳依依[15]。

〔1〕饯:设酒席送行。税巽甫:作者的朋友,生平不详。

〔2〕处(chǔ 楚)士:古代称闲居不曾做官的知识分子。辟:召,古代召集出身非官僚阶层的知识分子授以官职叫辟。幕府:古代将军出征或镇守在外的府署。石、温辈:唐宪宗元和五年,乌重胤任河阳(治所在今河南洛阳市)节度使,征辟两个处士,一姓石,一姓温,韩愈写了《送石处士序》和《送温处士序》。

〔3〕命士:名士。命,这里是出名的意思。淮幕:指当时设在濠州的行政和军事官府,濠州当时属淮南西路。略:稍。挽之以寸:尽力引荐。挽,引。寸,微薄的力量,自谦之词。

〔4〕某:自指。歉:这里是不安的意思。

〔5〕水北:指作者当时所在的长江以北。以上三句说,我们这里也跟当日石、温辈所在的洛南一样,不是没有人才的,可是时代不同,石、温辈能遇到乌重胤,而税巽甫却遇不到。

〔6〕交情兰臭(xiù 秀):指作者和税巽甫臭味相投,彼此契合。《易经·系辞》:"同心之言,其臭如兰",即闻起来像兰草一般香。臭,同嗅。绸缪:指情感的缠绵耐久。宦情:做官的心情。云薄:像轻云一样淡薄。以上四句说,他们两人交情很好,对于做官却看得淡薄;做官的得失也难逆知。

〔7〕观(guàn 贯):这里指道士所居的地方。期:希冀。以上三句说,两人曾经夜里一同在道观谈兵,春天在郊原吊古,激昂慷慨,以千秋功业相期许。

〔8〕萧如:这里是清贫的意思。萧,清静冷落。

〔9〕行囊:出家在外时身边的财物。囊,口袋。

451

〔10〕归去来兮:回家去吧。晋陶渊明有《归去来辞》,首句为"归去来兮"。兮是语尾助词。

〔11〕办:备置好。

〔12〕姑苏台:台名,春秋时吴国所建,在今江苏苏州市姑苏山上。吴松江:源出太湖,东北流经苏州等地,至上海合黄浦江入海,又名松江、苏州河。莼嫩鱼肥:用张翰事。见辛弃疾《水龙吟·登建康赏心亭》注〔8〕,第309页。莼,草本植物,生湖沼河流浅水中,叶可食。鱼,指鲈鱼。以上四句写税巽甫家在吴中。

〔13〕以上三句说,我的住处和你一水相连,不妨时常月夜乘船来相会。

〔14〕长亭:见李白《菩萨蛮》注〔4〕,第6页。

〔15〕折柳依依:古人送行时折柳枝相赠。依依,柔弱的样子,形容杨柳。《诗经·小雅·采薇》:"昔我往矣,杨柳依依。"

这首词为送别之作,写得比较别致。词中表现了作者和税巽甫二人之间的亲密的友情。税巽甫到淮南来谋事,作者未能助他一臂之力,深感不安,因此在饯别时加以安慰,并且表示自己不久也要回到家乡,以后可以时常见面。措语平淡,感情恳挚,如话家常,是这首词的特色。

沁园春

丙午登多景楼和吴履斋韵〔1〕

天下奇观,江浮两山〔2〕,地雄一州〔3〕。对晴烟抹翠〔4〕,怒涛翻雪〔5〕;离离塞草〔6〕,拍拍风舟〔7〕。春去春来,潮生潮落,几度斜阳人倚楼。堪怜处,怅英雄白发,空敝貂裘[8]。淮头,虏尚虔刘[9],谁为把中原一战收。问只今人物,岂无安石[10];且容老子[11],还访浮丘[12]。鸥鹭眠沙,渔樵唱晚,不管人间半点愁。危栏外[13],渺沧波无极[14],去去休休[15]。

〔1〕丙午:理宗淳祐六年(1246)。多景楼:见陈亮《念奴娇·登多景楼》注〔1〕,第359页。吴履斋,即吴潜,见第445页。

〔2〕两山:金山、焦山,在京口(今江苏镇江市)江中。

〔3〕一州:这里指扬州,古代九州之一,包括长江下游一带。

〔4〕晴烟抹翠:晴天,含着水气的翠绿的山色如抹。

〔5〕翻,一作"如"。

〔6〕离离:草深的样子。塞草:边塞的草。宋金以淮河为界,江北即靠近边界。

〔7〕拍拍:形容船和波浪相撞击。

〔8〕堪怜:可怜。敝貂裘:貂皮袍子都破了。参见陆游《诉衷情》注〔3〕,第287页。以上三句说,可怜英雄老去,事业无成。

〔9〕淮头:淮水的上游。虔刘:劫掠。

〔10〕安石:谢安石,即谢安,东晋时人。淝水之战在他领导下,击败秦苻坚八十万众。

〔11〕老子:老人自称,老夫的意思。

〔12〕浮丘:浮丘公,古代传说中的仙人。

〔13〕危栏:高楼的栏杆。

〔14〕渺:水长的意思。沧波:青苍色的水波。沧,通苍。无极:无尽。

〔15〕去去休休:走吧,回去算了。

这首登多景楼词,在思想性上虽不及陈亮《念奴娇》,但对景抒情,感慨身世,怀念中原,悲愤之意,宛然可见。它妙在用平淡的语言写出了一种苍凉的色调,耐人寻味。

吴文英

吴文英(1200?—1260?),字君特,号梦窗,四明(今浙江宁波市)人。没做过官,常与吴潜交往,并以清客身份出入贾似道、史弥远之子史宅之等官僚权贵之门,留下的三百馀首词作中,与朝官应酬的作品竟有八十馀首之多。他作词学周邦彦。宋尹焕为《梦窗集》作序,说:"求词于吾宋者,前有清真,后有梦窗",其实吴文英词没有这样重要的地位。吴文英词的最大弱点在于内容贫乏,脱离现实。他虽精通音乐,能自度曲,但过于讲究词藻格律,偏重艺术技巧,加上喜欢堆砌典故,故作含蓄,反使语意不明、词旨晦涩。张炎《词源》说:"吴梦窗如七宝楼台,眩人眼目,碎拆下来,不成片段。"清代一些词人如周济、冯煦、况周颐等都极为推崇他,他的那种过分追求形式的晦涩的词风,正适合清代某些词人的需要。当然,他的词也有疏快和轻灵处,不能一概而论。

有《梦窗词》。

风入松

听风听雨过清明,愁草瘗花铭[1]。楼前绿暗分携路,一丝柳,一寸柔情[2]。料峭春寒中酒,交加晓梦啼莺[3]。西园日日扫林亭,依旧赏新晴。黄蜂频扑秋千索,有当时纤手香凝。惆怅双鸳不到[4],幽阶一夜苔生。

〔1〕草:起草,拟写。瘗(yì 意):埋,葬。铭:文体的一种。古代常把铭文刻在墓碑或器物上,内容多为歌颂功德,表示哀悼,申述鉴戒。

〔2〕绿暗:绿枝成荫。分携:分手,分别。以上三句说,楼前分手的路上,绿柳已成荫,柳长一丝,别情也增长一寸。

〔3〕交加:纷纷交错。以上两句说,饮酒御寒消愁,但在梦中仍被莺的啼声惊醒。

〔4〕双鸳:一双鸳鸯鞋。这里指女人的踪迹。

此词写对一个女子的思念,所言亦不脱睹物思人,触景伤情的陈套。不同处,是借奇特的想象,生动地表达出作品主人公的一片痴情,如见黄蜂飞扑秋千索,竟联想到那一定是所思念的女子纤手接触时留下了香泽,似乎她刚刚离去;见台阶已生绿苔,又想到这是因踪迹久绝,才醒悟她已经离开了很久。

唐多令

何处合成愁?离人心上秋[1]。纵芭蕉不雨也飕飕[2]。都道晚凉天气好,有明月,怕登楼。　年事梦中休[3],花空烟水流[4]。燕辞归,客尚淹留[5]。垂柳不萦裙带住,漫长是,系行舟[6]。

〔1〕以上两句语含双关:一是说愁字由秋心二字拼合而成。这与秦观《南歌子》"天外一钩残月带三星"寓一"心"字相似;二是说离人悲

秋是愁的原因。

〔2〕飕飕:形容风声。这句说,即使没有雨,芭蕉叶也沙沙作响。古人认为蕉叶的响声使人有凄凉之感。杜牧《雨》诗:"一夜不眠孤客耳,主人窗外有芭蕉。"

〔3〕年事:岁数,年纪。这句说岁月像是在梦中消逝。

〔4〕花空:花已落尽。

〔5〕淹留:久留。以上两句说,燕子开始南归,旅客仍滞留他乡。曹丕《燕歌行》:"群燕辞归雁南翔,念君客游思断肠。慊慊思归恋故乡,何为淹留寄他方。"此用其意。

〔6〕萦:缠绕。裙带:借指女人。漫:徒然。以上三句说,垂柳不缠住裙带使她留下,反而系住我的行舟老不放归去。晏殊《踏莎行》:"垂杨只解惹春风,何曾系得行人住。"

这首词写羁旅秋思,文字轻巧。开头两句,虽近于字谜游戏,但并无离题之嫌。张炎《词源》对吴文英词评价不高,独称许此作,说:"此辞疏快,却不质实,如是者集中尚有,惜不多耳。"

张绍文

张绍文,字庶成,南徐(今江苏镇江市)人。存词四首,见《江湖后集》。

酹江月

淮城感兴[1]

举杯呼月,问神京何在[2],淮山隐隐[3]。抚剑频看勋业事,惟有孤忠挺挺[4]。宫阙腥膻,衣冠沦没[5],天地凭谁整?一枰棋坏,救时着数宜紧[6]。 虽是幕府文书,玉关烽火,暂送平安信[7]。满地干戈犹未戢[8],毕竟中原谁定?便欲凌空,飘然直上,拂拭山河影[9]。倚风长啸,夜深霜露凄冷。

〔1〕淮城:淮水边的城市。疑指寿州(今安徽寿县),汉代淮南王刘长、刘安父子曾在此建都,宋代属淮南西路。
〔2〕神京:国都。这里指北宋的首都汴京。
〔3〕淮山:指八公山,在寿州附近,相传淮南王刘安与八公登此山,埋金于地,白日升天成仙。苏轼有《出颖口,初见淮山,是日至寿州》诗

〔4〕挺挺:正直的样子。

〔5〕衣冠:代指世家大族,也用来象征文明。以上两句是说汴京沦陷,衣冠文物荡然无存。

〔6〕枰:棋盘。着数:围棋的下子叫着数。以上两句说,一盘棋已经走坏了,应该赶紧想出救着来。作者比喻时局危险,必须迅速挽救。

〔7〕幕府文书:指前方的军事长官所发出的公文。玉关烽火:此处指平安烽火。玉关即玉门关,在甘肃,代指边地。古时边塞,如无敌军来犯,举烽火作为报告平安无事的信号。以上三句是说前方暂时平静无事。

〔8〕戢(jí疾):收藏。这句是说战争还未结束。

〔9〕山河影:即月亮里面的黑影。见周邦彦《锁阳台》注〔11〕,第197页。以上三句,作者借以表现澄清中原和重整河山的强烈愿望。

淮水是当时的前线。作者在淮水边的城市,遥望久未收复的中原,不禁感慨系之。他不为眼前暂时平静无事的假象所迷惑,清醒地看到了时局已坏,危机四伏,行将一发而不可收拾。"一枰棋坏,救时着数宜紧",这一比喻极为鲜明生动,是对当时苟且偷安的执政者的当头棒喝。

陈人杰

陈人杰，又名经国，号龟峰，福建长乐人[1]。少年时为了应考，曾寓居临安（今浙江杭州市）。二十岁时又曾在建康（今江苏南京市）参加举子考试。接着又以幕客身份，浪游两淮荆湘等地。最后又回到杭州。卒于理宗淳祐三年（1243），终年约二十五六岁[2]。

陈人杰在南宋后期是一位很值得重视的爱国词人。他的词有自己的特色。他一生科第不得意，是一个胸怀壮志而又不得施展的青年。他对于救国的事业曾经怀着满腔的热忱，认为自己可以为改变当时的局面而贡献出他的力量。当他对现实有着更深一步的认识时，对于南宋统治者亦有着不可抑制的愤慨。他的忧国的感情始终是沉挚的浓郁的。在他的词中很鲜明地表现了这些特征。像"渠自无谋，事犹可做，更剔残灯抽剑看"，"不许请缨，犹堪草檄"，都写得很有气概。他的词全用《沁园春》调，笔力豪纵，挥洒自如，词风逼近辛弃疾，于激昂慷慨之中，又有着浑朴的特点，能够很恰当地表达一种悲壮苍凉的情调。

存《龟峰词》一卷，共三十一首。陈容公所写的跋文说他的"旧作已轶"。今所传《龟峰词》，大部分是他生命的最后几年旅食临安时写的。

[1] 陈人杰《沁园春·问杜鹃》云："闽山路，待封侯事了，归去非迟。"《沁园春·送陈起莘归长乐》云："君归日，见家林旧竹，为报平安。"可见他的家乡在福建长乐。有人说他是广东海阳人，不确。此说据宝祐

四年《登科录》，其中有陈经国，为四甲第一百四十八名，潮州海阳县南城坊人。但二人时代不合，陈人杰已于宝祐四年(1256)之前的十馀年死去，故知此陈经国非陈人杰。

〔2〕据陈容公、陈合《龟峰词》跋文，知陈人杰卒于淳祐三年癸卯(1243)冬天以前；据陈人杰《沁园春》(道骨仙风)词，知他在淳祐二年壬寅(1242)正月还活着。

沁园春

问杜鹃[1]

为问杜鹃，抵死催归，汝胡不归[2]？似辽东白鹤，尚寻华表；海中玄鸟，犹记乌衣[3]。吴蜀非遥，羽毛自好，合趁东风飞向西[4]。何为者[5]，却身羁荒树，血洒芳枝[6]？ 兴亡常事休悲，算人世荣华都几时。看锦江好在，卧龙已矣；玉山无恙，跃马何之[7]。不解自宽[8]，徒然相劝，我辈行藏君岂知[9]？闽山路，待封侯事了，归去非迟[10]。

〔1〕杜鹃：鸟名，又名布谷鸟。古代文人把它的鸣声谐音为"不如归去"。

〔2〕胡：为何。

〔3〕辽东白鹤：传说辽东城门有华表柱，忽有一白鹤飞来歇在上面，口吐人言说："有鸟有鸟丁令威，去家千岁今来归，城郭如故人民非。何不学仙去，空见冢垒垒。"原来白鹤是汉代的学道成仙的丁令威所化。

见《搜神后记》。华表:矗立在城门前的雕刻着花纹的石柱。海中玄鸟:从海上飞来的燕子。《礼记·月令》:"仲春之月,玄鸟至。"玄鸟就是燕子。乌衣:即乌衣巷,故址在今南京市。东晋的王导和谢安两大家族住在这里。参见周邦彦《西河·金陵怀古》注〔15〕,第 199 页。以上四句,作者是以白鹤和燕子尚知重返故地的故事来告诫杜鹃鸟。

〔4〕吴蜀:吴指江浙湘鄂一带,三国时吴国的孙权据此。蜀指四川一带,蜀国的刘备据此。合:应当。以上三句,作者因杜鹃鸟相传为古蜀帝杜宇之魂所化,所以劝它飞回四川去。

〔5〕何为者:为什么。

〔6〕血洒芳枝:指杜鹃啼血。杜鹃鸟口中有血色的斑点,所以古人传说杜鹃啼血。

〔7〕锦江:在四川成都南。卧龙:指诸葛亮。三国时,徐庶曾向刘备推荐诸葛亮,说:"诸葛孔明,卧龙也。将军宜枉驾顾之。"玉山:即玉垒山,在四川灌县西。跃马:指公孙述。左思《蜀都赋》:"公孙跃马而称帝。"公孙述在王莽篡国时任蜀郡太守,自恃地势险要与人心归附,自立为帝,建都成都,后为汉军所破,被杀。何之:到哪儿去了的意思。以上四句,化用杜甫《阁夜》诗:"卧龙跃马皆黄土,人事音书漫寂寥。"意思是说锦江和玉山如今还在,可是像诸葛亮和公孙述这样的风云人物都早已死去。

〔8〕自宽:安慰自己。

〔9〕行藏:指人出来做官和回家闲居。《论语·述而》:"用之则行,舍之则藏。"君:你,指杜鹃鸟。

〔10〕闽山:泛指福建一带的山。封侯事了:指建功立业,受封为侯。《史记·卫将军传》上记载,西汉名将卫青,少时与人为奴,曾有人为他相面,说:"贵人也,官至封侯。"卫青笑着回答:"人奴之生得无笞骂即足矣(奴隶不挨打受骂,就满足了),安得封侯事乎?"后来他受汉武帝重

用,曾率领军队屡次击退匈奴入侵,官至大将军,封长平侯。以上三句说,等到打败了敌人,建立了奇功,然后回去隐居也不算晚。

古代的文人听到杜鹃鸟叫,声声似唤人"不如归去",顿起思乡之情,在诗词中常有反映。作者的这首词,却是通过问杜鹃来从侧面表达自己建功立业的思想,反映了一种积极的人生态度,构思新颖,别开生面。

沁园春

诗不穷人[1],人道得诗,胜如得官[2]。有山川草木,纵横纸上;虫鱼鸟兽,飞动毫端[3]。水到渠成,风来帆速,廿四中书考不难[4]。惟诗也,是乾坤清气,造物须悭[5]。　　金张许史浑闲,未必有功名久后看[6]。算南朝将相,到今几姓;西湖名胜,只说孤山[7]。象笏堆床,蝉冠满座,无此新诗传世间[8]。杜陵老,向年时也自,井冻衣寒[9]。

[1] 诗不穷人:诗并不使人贫困。欧阳修《梅圣俞诗集序》:"凡士之蕴其所有,而不得施于世者,多喜自放于山颠水涯之外,见虫鱼草木风云鸟兽之状类,往往探其奇怪,内有忧思感愤之郁结,其兴于怨刺,以道羁臣寡妇之所叹,而写人情之难言。盖愈穷则愈工;然则非诗之能穷人,殆穷者而后工也。"

[2] 以上两句化用唐郑谷《静吟》诗:"骚雅荒凉我未安,月和馀香夜吟寒。相门相客应相笑,得句胜于得好官。"意思是说,诗人写出好诗来,比得到好的官位还要高兴。

〔3〕毫端:笔尖。古人所用毛笔,以羊、狼或兔毛制成。以上四句,化用欧阳修《梅圣俞诗集序》里的话,见注〔1〕所引。意思是说,山川草木和虫鱼鸟兽都可以写进诗里。

〔4〕这句说,诗写得好,功夫到了家,可以通过一切考试。唐朝的郭子仪作中书令,在任很久,曾主考计二十四次之多。《旧唐书·郭子仪传》:"校中书令,考二十有四,权倾天下。"

〔5〕惟:只。乾坤清气:天地间的清明灵秀之气。古人认为天地间有清浊二气,清气产生一切美好的事物,浊气产生一切邪恶的事物。造物:天。古人认为天创造万物,所以称天为造物。悭(qiān谦):吝啬。以上三句意思说,诗是美好的东西,所以老天很吝惜,不让人轻易写出好诗来。

〔6〕金张许史:代指达官贵人。汉宣帝时,秺侯金日䃅和富平侯张安世都受皇帝宠用,官居高位。许伯是宣帝皇后之父,史高是宣帝舅家的人,这两个外戚也显赫一时。《汉书·盖宽饶传》:"上无许史之属,下无金张之托。"浑闲:简直平常得很。以上两句说,达官贵人们也没有什么了不起,他们未必有功名能传留后世。

〔7〕南朝:从公元420年东晋灭亡到589年隋统一的一百七十年间,历史上形成南北对立的局面,称为南北朝。南朝经历宋、齐、梁、陈四代。孤山:见刘过《沁园春》(斗酒彘肩)注〔10〕,第368页。北宋著名诗人林逋在孤山隐居,种梅养鹤,人称"梅妻鹤子"。以上四句说,那南朝的将相,如今人们还记得几个人的姓名?当人们谈起西湖的名胜,总是提到林逋住过的孤山。

〔8〕象笏堆床:比喻家中做大官的人多。唐玄宗时,崔神庆的儿子崔琳等人都做大官,每当家宴,专用一个床榻来放置他们的象牙笏,一个个重叠在上面。见《旧唐书·崔义玄传》。象笏是象牙做的笏板,古时大臣朝见皇帝时手中所捧。蝉冠满座:形容家中来往的客人都是达官显

要。蝉冠即貂蝉冠,古时大官的官服。以上三句说,那些达官贵人们享受荣华富贵,写不出传留后世的好诗来。

〔9〕杜陵老:即杜甫。参见刘过《贺新郎》(弹铗西来路)注〔9〕,第371页。年时:旧时。井冻衣寒:杜甫《空囊》诗:"不爨井晨冻,无衣床夜寒。"以上三句说,写了那么多好诗的杜甫,当年却过着贫困的生活。

作者用词来写他对诗歌创作的看法,这种题材在词中少见。他大体上是发挥北宋欧阳修"诗必穷而后工"的观点,把诗歌创作当做是一项事业,认为著名诗人要比显赫一时的金张许史之流有贡献,表现了一种藐视权贵的思想。

沁园春

丁酉岁感事〔1〕

谁使神州,百年陆沉〔2〕,青毡未还〔3〕?怅晨星残月,北州豪杰;西风斜日,东帝江山〔4〕。刘表坐谈,深源轻进,机会失之弹指间〔5〕。伤心事,是年年冰合,在在风寒〔6〕。　　说和说战都难,算未必江沱堪宴安〔7〕。叹封侯心在,鳣鲸失水〔8〕;平戎策就〔9〕,虎豹当关〔10〕。渠自无谋〔11〕,事犹可做〔12〕,更剔残灯抽剑看。麒麟阁,岂中兴人物,不画儒冠〔13〕?

〔1〕丁酉岁:理宗嘉熙元年(1237)。
〔2〕以上两句用王衍事,参见胡世将《酹江月》注〔2〕,第241页。

〔3〕青毡:这里借用来比喻中原故土。《晋书·王献之传》:"献之夜卧斋中,而有偷人入其室,盗物都尽,献之徐曰:'偷儿,青毡我家旧物,可特置之。'群偷惊走。"

〔4〕北州豪杰:北地的杰出人物。东帝江山:比喻南宋的偏安局面。战国时齐湣王称东帝,后被燕将乐毅所攻破。以上四句,作者感叹北方的有志之士如今已寥落稀少,南宋的半壁江山目前更岌岌可危。

〔5〕刘表坐谈:据《三国志》裴松之注所引《汉晋春秋》,曹操进攻柳城,刘备曾劝荆州牧刘表袭击许昌,刘表不听,后来为失掉这个良机而懊悔。《三国志·魏书·郭嘉传》载,曹操的谋士郭嘉说:"(刘)表坐谈客耳!"深源轻进:东晋殷浩,字渊源(唐代因避高祖李渊讳,改"渊"为"深"),以长于谈论,负有虚名,曾被任命为都督扬、豫、徐、兖、青五州军事。前秦苻健死,殷浩想趁机收复中原,用羌人姚襄为先锋。姚襄叛变倒戈,殷浩仓皇弃军而逃。见《晋书·殷浩传》。弹指间:瞬间,形容时间短暂。以上三句是说掌握进攻的机会很重要,反对保守及冒进。

〔6〕在在:处处。以上三句,以冰冻风寒比喻南宋长期处于北方强敌的军事进攻的威胁之下。

〔7〕江沱:代指江南一带。见冯取洽《贺新郎》注〔7〕,第436页。宴安:安逸享乐。

〔8〕鳣(zhān沾)鲸失水:比喻杰出的人物处于困境,不能施展才能。鳣鱼和鲸鱼都是体积巨大的鱼。贾谊《吊屈原文》:"横江湖之鳣鲸兮,固将制于蝼蚁。"

〔9〕平戎策:见辛弃疾《鹧鸪天》(壮岁旌旗拥万夫)注〔6〕,第341页。

〔10〕虎豹当关:比喻坏人当道,使贤才不能为皇帝所用。宋玉《招魂》:"虎豹当关,啄害下人些。"

〔11〕渠:第三人称,他或他们。

〔12〕事犹可做:指国事尚有可为。

〔13〕麒麟阁:汉宣帝号称中兴之主,他命人画功臣霍光等十一人的肖像于麒麟阁上。以上三句是说读书人也可为国立功。

蒙古统治者灭金后,兵分三路,大举南侵,一路长驱入蜀,一路攻打襄汉,一路侵掠江淮。1236年攻破了成都、襄阳、枣阳等地,大肆掳掠人口和财物。南宋统治集团穷于应付,无一良策,而享乐腐化依然如故。作者为这种局面深感痛心,在词中对当时的执政者进行了强烈的抨击。

沁园春

予弱冠之年[1],随牒江东漕闱[2],尝与友人暇日命酒层楼[3]。不惟钟阜、石城之胜[4],班班在目,而平淮如席,亦横陈樽俎间[5]。既而北历淮山,自齐安溯江泛湖[6],薄游巴陵[7],又得登岳阳楼[8],以尽荆州之伟观[9],孙刘虎视遗迹依然[10],山川草木,差强人意。洎回京师[11],日诣丰乐楼以观西湖[12]。因诵友人"东南妩媚,雌了男儿"之句[13],叹息者久之。酒酣,大书东壁,以写胸中之勃郁。时嘉熙庚子秋季下浣也[14]。

记上层楼,与岳阳楼,酾酒赋诗[15]。望长山远水,荆州形胜;夕阳枯木,六代兴衰[16]。扶起仲谋,唤回玄德,笑杀景升豚犬儿[17]。归来也,对西湖叹息,是梦耶非[18]?　　诸君傅粉涂脂[19],问南北战争都不知。恨孤山霜重[20],梅凋老叶;平堤雨急[21],柳泣残丝。玉垒腾烟,珠淮飞浪,万里腥风送鼓鼙[22]。原夫辈,算事今如此,安用毛锥[23]?

〔1〕弱冠:古时男子满二十岁要举行冠礼,表示成人。因此时身体还未壮实,故称弱冠。

〔2〕随牒江东漕闱:指参加江南东路转运司(治所在建康,即今南京)所举办的牒试。牒试相当于省试,参加者是官员的子弟,要有官方的证明文书,录取较宽,被录取的人然后到临安去参加进士考试。闱,试院。

〔3〕命酒:叫人备酒。

〔4〕钟阜:即钟山,又名紫金山,在南京中山门外。石城:即石头城,三国时吴国孙权迁都秣陵(今南京)后所筑。

〔5〕平淮如席:淮河平静无浪,像是席子一样。樽俎(zǔ祖):古时盛酒食的器物,宴会或祭祀时用。以上两句是说淮河好像近在咫尺。

〔6〕齐安:黄州的古称,治所在今湖北黄冈县。溯(sù素):逆流而上。江:指长江。湖:指洞庭湖。

〔7〕薄:语助词。巴陵:郡名。宋代叫岳州巴陵郡,故治即今湖南岳阳。

〔8〕岳阳楼:见张舜民《卖花声·题岳阳楼》注〔1〕,第151页。

〔9〕荆州:周、汉以后都置荆州,其疆域和治所历代都有变迁。东汉刘表为荆州刺史,治所在今湖北襄阳。三国时吴国置荆州于南郡,即今湖北江陵。晋代陶侃镇守荆州,治所在巴陵,即今湖南岳阳。南宋置荆湖北路,辖有鄂、岳、复、安、朗、澧、峡、归、辰九州,治所在江陵。

〔10〕孙刘:指孙权和刘备。虎视:如虎之雄视。《三国志·吴书·吴主传》:"据三州,虎视于天下。"

〔11〕洎(jì祭):及,到。

〔12〕诣:往。

〔13〕雌了男儿:使男子十分文弱。"雌"在这里做动词用。

〔14〕嘉熙庚子:理宗嘉熙四年(1240)。下浣:下旬。

〔15〕酾(shī施):滤酒。

〔16〕六代:见欧阳炯《江城子》注〔3〕,第45页。

〔17〕仲谋:孙权的字。玄德:刘备的字。景升豚犬儿:东汉末刘表,字景升,任荆州刺史。他的儿子刘琮很不中用,不能继承父业,后来向曹操投降。曹操曾把他比做"豚犬",即猪狗。参见辛弃疾《南乡子·登京口北固亭有怀》注〔7〕,第347页。以上三句,作者表示敬佩雄才大略的孙权和刘备,鄙弃庸懦无能的刘琮。

〔18〕是梦耶非:是做梦不是?

〔19〕傅粉涂脂:擦脂抹粉,指爱打扮。

〔20〕孤山:见刘过《沁园春》(斗酒彘肩)注〔10〕,第368页。

〔21〕平堤:指西湖里的白堤和苏堤。

〔22〕玉垒:山名,在四川灌县西。珠淮:指淮水。《尚书·禹贡》:"淮彝贡蜃、珠暨鱼。"鼓鼙(pí皮):战鼓。鼙是骑兵用的小鼓。以上三句,写四川及淮河地区都有战事。按:嘉熙二年(1238),蒙古军攻下寿州和泗州,又围攻庐州。嘉熙三年(1239)秋,蒙古军攻破成都,饱掠而去。

〔23〕原夫:指程试律赋中之起转语助词。原夫辈,泛指文墨之士。《唐摭言》卷十二载:"贾岛不善程试,每自叠一幅,巡铺告人曰:'原夫之辈,乞一联!乞一联!'"毛锥:即毛笔。白居易《紫毫笔》诗:"紫毫笔,尖如锥兮利如刀。"毛锥亦称毛锥子,《五代史·史弘肇传》载,史弘肇说:"安朝廷,定祸乱,直须长枪大剑,至如毛锥子,焉足用哉?"以上三句说,时局已坏到如此地步,那批会耍笔杆子的人,又有何用呢?

　　作者写他少年远游和回到临安的两种不同感受。他缅怀历史上大有作为的英雄人物,对南宋君臣文恬武嬉、歌舞湖山感到极大的愤怒。烽火遍地,民不聊生,而"诸君傅粉涂脂,问南北战争都不知",这是为当时的统治集团所作的绝妙写照。

沁园春

次韵林南金赋愁[1]

抚剑悲歌,纵有杜康[2],可能解忧?为修名不立[3],此身易老;古心自许,与世多尤[4]。平子诗中[5],庾生赋里[6],满目江山无限愁。关情处[7],是闻鸡半夜[8],击楫中流[9]。

淡烟衰草连秋,听鸣鵙声声相应酬[10]。叹霸才重耳,泥涂在楚;雄心玄德,岁月依刘[11]。梦落莼边,神游菊外,已分他年专一丘[12]。长安道,且身如王粲,时复登楼[13]。

〔1〕林南金:生平不详,大概是作者的友人。

〔2〕杜康:代指酒。杜康,周朝人,善造酒。曹操《短歌行》:"慨当以慷,忧思难忘。何以解忧,惟有杜康。"

〔3〕修名:美好的名誉。屈原《离骚》:"老冉冉其将至兮,恐修名之不立。"

〔4〕古心:纯朴之心。韩愈《孟生》诗:"孟生江海士,古貌又古心。"尤:怨咎。《论语·为政》:"言寡尤,行寡悔,禄在其中矣。"以上两句说,要求自己纯朴,结果反而与世不合,为人所怪罪。

〔5〕平子:东汉张衡,字平子,他写过《四愁诗》。

〔6〕庾生:指南北朝时的庾信,他写过《愁赋》。

〔7〕关情:激发感情。

〔8〕闻鸡半夜:用东晋祖逖事。见张元幹《贺新郎·寄李伯纪丞相》注〔10〕,第261页。

〔9〕击楫中流:也是用祖逖事,见陈亮《念奴娇·登多景楼》注〔9〕,第360页。

〔10〕鴂(jué绝):即鹈鴂,伯劳鸟。参见辛弃疾《贺新郎·别茂嘉十二弟》注〔2〕,第342页。应酬:应答,互相唱和。

〔11〕重耳:春秋时的晋文公,姓姬,名重耳。他在作公子时,曾出奔在外十九年,寄居于齐、楚、秦等国,后由秦送回即位。他整顿内政,增强军队,使国力强盛,并大会诸侯,成为著名的霸主。泥涂:泥泞的路途。这里指重耳在外流亡。玄德:刘备,字玄德,早年曾依附荆州牧刘表,后得诸葛亮辅佐,力量逐渐壮大,后来成为蜀汉的君主。以上四句,作者借感叹历史人物遭遇困厄而抒发自己不得志之情。

〔12〕梦落莼边:指梦见回乡。见辛弃疾《水龙吟·登建康赏心亭》注〔8〕,第309页。神游菊外:指心神飞回家园。陶潜《饮酒》诗:"采菊东篱下,悠然见南山。"分(fèn奋):心甘情愿。专一丘:指过简朴的隐居生活。《汉书·自叙传》:"若夫严子者……渔钓于一壑,则万物不奸其志;栖迟于一丘,则天下不易其乐。"以上三句是说在愤激心情下很想回乡闲居。

〔13〕以上三句说,如今身在临安,如同当年王粲一样,时常登楼眺望,心中充满了忧愁。参见刘过《沁园春·寄辛稼轩》注〔13〕,第366页。

这首词不是写风花雪月的闲愁,也不是发泄个人的牢骚。作者把自己的命运和国家的命运密切联系在一起,从"满目江山无限愁"写到"长安道,且身如王粲,时复登楼",因此他所写的愁就具有比较深刻的

471

社会意义。

沁园春

南金又赋无愁。予曰:丈夫涉世[1],非心木石[2],安得无愁时?顾所愁何如尔。杜子美平生困踬不偶[3],而叹老羞卑之言少,爱君忧国之意多,可谓知所愁矣。若于着衣吃饭,一一未能忘情,此为不知命者[4]。故用韵以反骚[5]。

我自无忧,何用攒眉,今忧古忧?叹风寒楚蜀,百年受病[6];江分南北,千载归尤[7]。洛下铜驼[8],昭陵石马[9],物不自愁人替愁。兴亡事,向西风把剑,清泪双流。　边头,依旧防秋[10],问诸将君恩酬未酬?怅书生浪说,皇王帝霸[11];功名已属,韩岳张刘[12]。不许请缨,犹堪草檄,谁肯种瓜归故丘[13]?江中蜃,识平生许事,吐气成楼[14]。

〔1〕涉世:经历世事。
〔2〕非心木石:即心非木石,意思是说不能不动感情。
〔3〕杜子美:杜甫,字子美。困踬(zhì治):很不顺利。踬,被绊倒。不偶:即数奇,命运不好。古人认为偶数吉利,代表好运;奇数(单数)不吉利,代表厄运。
〔4〕不知命:不知天命,不知老天给人所做的安排。《易经·系辞》:"乐天知命故不忧。"
〔5〕反骚:有唱反调的意思。屈原作《离骚》,汉代的扬雄认为他悲

哀太过分,不该投江自杀,于是作《反离骚》以吊屈原。这里是说林南金写了一首《沁园春》来赋无愁,作者用他的原韵再写一首,和他唱反调,阐发人不能不愁的观点。

〔6〕百年受病:长期受伤害。以上两句,暗寓淮水地区及四川一带,过去受金兵侵扰,现在又遭元军蹂躏。

〔7〕归尤:归罪。以上两句写人们总为南北分裂而不满。

〔8〕洛下铜驼:晋代的索靖,眼光敏锐,知道天下将乱,指着洛阳皇宫门前的铜驼说:"会见汝在荆棘中耳!"(意思是说,晋朝将亡,宫殿将沦为废墟。)见《晋书·索靖传》。

〔9〕昭陵石马:昭陵即唐太宗李世民的陵墓。陵前有六匹石雕的马。传说唐玄宗时,安禄山攻打潼关,唐军败退,忽有神兵助阵,后来发现昭陵的石马在浑身流汗。杜甫《行次昭陵》诗:"石马汗常趋。"

〔10〕防秋:调兵守边,防止敌军在秋天大举侵扰,叫做防秋。

〔11〕浪说:乱说一气。以上两句说,书生胡说皇王帝霸,全是废话。

〔12〕韩岳张刘:指南宋著名的将领韩世忠、岳飞、张浚和刘锜。以上两句说,像韩、岳、张、刘那样的武将,已用实际的抗战行动,建功立业。

〔13〕请缨:要求上前线去杀敌。见贺铸《六州歌头》注〔22〕,第181页。草檄:起草檄文。见刘克庄《沁园春·答九华叶贤良》词注〔13〕,第423页。种瓜:秦朝的东陵侯邵平,亡国后在长安城东种瓜,瓜有五色,甚美,人称做东陵瓜或青门瓜。故丘:故土,故乡。以上三句是不满朝廷对敌妥协的愤慨之语。

〔14〕蜃(shèn 慎):江边或海边,因空气冷热骤变,光线发生折射,将地面的楼台树木反映在空中,古人认为是蜃(蛟龙之属)吐气而成,称之为蜃楼。以上三句是借蜃尚可吐气成楼,以反衬人受了一肚子闷气,岂能不吐为快?

作者在词前小序里所讲的话是很精辟的。人一生不可能没有愁,就看愁的是什么,对不同的愁要做不同的评价。他在词中写出了一个正直的知识分子,在那国难深重的年代,不能不为国家的生死存亡的命运而忧愁,不能不为南宋小朝廷压制民气、不许抗战而忧愁。

文及翁

文及翁,字时学,号本心,绵州(今四川绵阳)人。理宗宝祐元年(1253)进士,官资政殿学士。宋亡不仕,诗文集失传。存词一首。

贺新郎

西湖

一勺西湖水,渡江来百年歌舞,百年酣醉[1]。回首洛阳花石尽[2],烟渺黍离之地[3]。更不复新亭堕泪[4]。簇乐红妆摇画舫,问中流击楫何人是[5]。千古恨,几时洗? 余生自负澄清志[6];更有谁磻溪未遇,傅岩未起[7]。国事如今谁倚仗?衣带一江而已[8]。便都道江神堪恃。借问孤山林处士,但掉头笑指梅花蕊[9]。天下事,可知矣!

〔1〕一勺:极言其少。《礼记·中庸》:"今夫水,一勺之多。"渡江:指高宗赵构在1127年渡过长江,建都临安。以上三句写南宋君臣迷恋西湖,歌舞不休,醉生梦死。

〔2〕洛阳花石:洛阳在北宋时以园林著称,其中多奇花异石。这里是借用来指汴京,徽宗曾派人到南方大肆搜括民间花石,在汴京造艮

(gèn)岳。花石尽,一作"花世界"。

〔3〕黍离:见张元幹《贺新郎·送胡邦衡谪新州》注〔4〕,第263页。

〔4〕新亭:见陈亮《念奴娇·登多景楼》注〔6〕,第360页。这句说士大夫已经忘了北方。

〔5〕簇(cù醋)乐:繁弦急管之意。红妆:指歌妓。舫,一作"艇"。中流击楫:见陈亮《念奴娇·登多景楼》注〔9〕,第360页。何人,一作"谁人"。以上两句说,士大夫过着花天酒地的生活,无人想到收复中原。

〔6〕澄清志:《后汉书·范滂传》:"滂登车揽辔,慨然有澄清天下之志。"

〔7〕磻(pán盘)溪:在今陕西宝鸡市东南。相传姜尚曾在此隐居垂钓,遇周文王,成为他的辅佐之臣,灭了商朝。傅岩:在今山西平陆。相传傅说在此地版筑(筑墙),遇到殷高宗,被提拔为大臣,使国家大治。以上两句说,人材被埋没,未能得到皇帝重用。

〔8〕衣带一江:形容长江如同衣带一般,狭隘易渡,没有什么了不起。《南史·陈后主纪》载,隋文帝将出兵南下攻陈,他对高颎说:"我为百姓父母,岂可限一衣带水,不拯之乎?"这句说朝廷以为长江天险,可高枕无忧。

〔9〕林处士:指北宋诗人林逋,参见林逋小传,第81页。处士是古时对隐居不仕者的称呼。以上两句是借林逋比喻那些自命清高的人,他们对国事漠不关心。

据李有《古杭杂记》载,文及翁中进士后,参加新进士的聚会,同游西湖。有人问他:"西蜀有此景否?"他在酒席上赋了这首《贺新郎》词。词中愤怒地谴责了南宋的官僚士大夫荒淫无耻,纵情声色。他们幻想倚仗长江天险来阻止敌人,真是既可笑又可悲。对那些自命清高、不问政治的知识分子,作者也采取了批判的态度。

刘辰翁

刘辰翁（1232—1297），字会孟，号须溪，庐陵（今江西吉安市）人。补太学生。理宗景定三年（1262）廷试，权相贾似道欲杀直臣以塞言路，刘辰翁在对策中写了"忠良戕害可伤，风节不竞可憾"等语，得到理宗的嘉许，但触犯了贾似道，被置于丙第。他请求做濂溪书院山长，不肯担任史馆和太学职务。宋亡不仕。

刘辰翁是宋末元初的大词人。在宋亡以前，他能写词揭露和批判南宋的腐败政治，如《六州歌头》可作为代表。他写这首词的缘起，如词的小序所说："乙亥二月，贾似道督师至太平州鲁港，未见敌，鸣锣而溃。后半月闻报，赋此。"相当迅速地反映了当时重大政治军事事件。他在宋亡后活了将近二十年，重要词作大部分产生在这个时期。这些作品反映亡国之恨，悲苦动人；词彩绚烂，而风格却是遒劲，属于苏、辛一派。

著有《须溪集》百卷，《须溪词》三百五十馀首。

柳梢青

春感

铁马蒙毡[1]，银花洒泪[2]，春入愁城[3]。笛里番腔[4]，街头戏鼓[5],不是歌声[6]。　那堪独坐青灯。想故国,高台月明[7]。辇下风光[8],山中岁月[9],海上心情[10]。

〔1〕铁马:指战马。蒙毡:给战马披上毡子,用来御寒保暖。
〔2〕银花:指花灯。苏味道《正月十五日夜》诗:"火树银花合,星桥铁锁开。"
〔3〕愁城:指为元军占领的临安故都。
〔4〕番腔:北方少数民族的腔调,这里指蒙古族的歌曲。
〔5〕戏鼓:蒙古族的鼓吹杂戏。
〔6〕以上三句意在表示对元军的蔑视。
〔7〕高台:指赏月之台。
〔8〕辇下:即辇毂之下,犹说在皇帝车驾下。词中代指京师。这句词承上句,表明作者对故国的眷恋。
〔9〕宋亡后,作者不仕,在山中隐居,这句即指此而写。
〔10〕临安沦陷后,陆秀夫、张世杰等人在闽、广沿海一带拥立帝昺继续抗元,这句表现作者对他们的怀念。

这首词题为"春感",实为元宵节抒怀,写得质朴自然,晓畅明白,感情很深沉。

兰陵王

丙子送春[1]

送春去,春去人间无路[2]。秋千外,芳草连天,谁遣风沙暗南浦[3]？依依甚意绪,漫忆海门飞絮[4]。乱鸦过,斗转城荒[5],不见来时试灯处[6]。　春去,最谁苦？但箭雁沉边[7],梁燕无主[8],杜鹃声里长门暮[9]。想玉树凋土,泪盘如露[10]。咸阳送客屡回顾[11],斜日未能度[12]。　春去,尚来否？正江令恨别,庾信愁赋[13],苏堤尽日风和雨[14]。叹神游故国,花记前度[15]。人生流落,顾孺子,共夜语[16]。

〔1〕丙子:恭宗德祐二年(1276)。这年二月,元军攻陷南宋京城临安,三月掳恭宗及太后北去。

〔2〕这句意谓临安沦陷后,作者有南宋即将灭亡之感,表现了极端的苦闷。

〔3〕风沙:比喻敌军。与下文"乱鸦"所指意同。

〔4〕漫忆:白白地思念着。海门飞絮:比喻逃往海滨的南宋君臣。元军攻破临安后,宰相陈宜中等出逃,拥立端宗赵昰于福州,后来逃往南海,死于碙洲(今广东雷州湾碙洲岛)。接着,文天祥等又立赵昺为帝,逃入南海崖山(今广东新会南大海中)。次年宋亡。

〔5〕斗转:北斗星移动了位置。古人说"斗转春回",这里兼指时代发生了变迁。

〔6〕试灯:张灯。这句说,不见昔日京城的繁华景象。

〔7〕箭雁沉边:中过箭的飞雁落在边远的地方。这里指被元军掳走北去的宋恭宗和太后一行。

〔8〕梁燕无主:梁上的燕子,失去屋主。这里指南宋的士大夫们流落在各地。

〔9〕长门:汉武帝时陈皇后失宠,被打入长门宫。这句说,黄昏时杜

鹃的凄厉叫声,更加衬托出旧日皇宫的凄凉。

〔10〕玉树凋土:《世说新语·伤逝》记载,庾亮亡,何逊临葬云:"埋玉树着土中,使人情何能已已。"泪盘如露:汉武帝时,在建章殿前铸铜人,手托盛露盘,称捧露仙人。李贺《金铜仙人辞汉歌序》:"魏明帝青龙元年八月,诏宫官牵车西取汉孝武捧露盘仙人,欲立置前殿。宫官既拆盘,仙人临载,乃潸然泪下。"以上两句说,人们想到为国捐躯的人都很伤心,为他们流下的眼泪像盛盘中的露水那样多。

〔11〕这句表现了被掳北行的人的依依不舍之情。李贺《金铜仙人辞汉歌》有"衰兰送客咸阳道"句。

〔12〕这句指金人恋汉宫而言,是说日斜犹未能前进。

〔13〕江令恨别:《梁书·江淹传》载,江淹被"黜为建安吴兴令",故称江令,写有《别赋》。庾信愁赋:庾信作《愁赋》,见姜夔《齐天乐》注〔7〕,第387页。以上两句,原注:"二人皆北去。"在这里作者借以表示自己对被元军掳去的一行人的思念。

〔14〕苏堤:在杭州西湖中。苏轼知杭州时所筑,故名。苏堤把西湖分隔为内外两湖,有桥梁六座,桃柳成荫。"苏堤春晓"是西湖十景之一。这句暗寓临安沦陷后异常不安。

〔15〕神游故国:见苏轼《念奴娇·赤壁怀古》注〔9〕,第137页。花记前度:用刘禹锡事。刘禹锡于元和十年(815)从贬地被召回长安,游玄都观,写诗一首,以咏桃花而讥刺新贵,因此被再次贬出长安。十四年后,又被召回复职,故地重游,写了《再游玄都观》诗:"百亩庭中半是苔,桃花净尽菜花开。种桃道士归何处,前度刘郎今又来。"以上两句写对故国留恋。

〔16〕孺子:孩子。这里指作者的儿子。以上三句说,在战乱中流落他乡,只有和自己的孩子晚上谈心。

这首写送春的词,与作者其他几首写送春的词一样,都是怀念故国之作。词中描绘了京城临安沦陷后的荒凉景象，充满着对昔日故国繁华的向往和深深的眷恋。

永遇乐

余自乙亥上元诵李易安《永遇乐》[1]，为之涕下。今三年矣[2]，每闻此词，辄不自堪。遂依其声，又托之易安自喻。虽辞情不及，而悲苦过之。

璧月初晴[3]，黛云远澹[4]，春事谁主？禁苑娇寒，湖堤倦暖，前度遽如许[5]。香尘暗陌，华灯明昼，长是懒携手去[6]。谁知道，断烟禁夜，满城似愁风雨[7]。　　宣和旧日[8]，临安南渡，芳景犹自如故。缃帙流离[9]，风鬟三五[10]，能赋词最苦。江南无路[11]，鄜州今夜[12]，此苦又谁知否？空相对，残釭无寐，满村社鼓[13]。

〔1〕乙亥：恭宗德祐元年（1275）。上元：即元宵节。李易安：李清照，号易安居士。《永遇乐》：李清照《永遇乐》（落日熔金），见第232页。

〔2〕从这句可知，这首词写于1278年。在这一年，文天祥等立赵昺为帝，在敌人进攻下，逃入南海崖山。

〔3〕璧月：像璧玉般的圆月。

〔4〕黛云：青绿色的彩云。

〔5〕禁苑：供皇帝游玩、打猎的林园。娇寒：轻寒。湖堤：代指西湖。倦暖：温暖得使人产生倦意。前度：用刘禹锡典故。见作者《兰陵王》注

〔15〕,第480页。遽:仓猝,忽然。以上三句感叹京师的景色变化太快。

〔6〕香尘暗陌:形容车马络绎,游人众多。李白《古风》之二十四:"大车扬飞尘,亭午暗阡陌。"以上三句写昔日京师的繁华情景。

〔7〕以上三句写临安沦陷后的恐怖气氛。

〔8〕宣和:宋徽宗的年号。

〔9〕缃帙(xiāng zhì 香智)流离:指李清照所收藏的书籍和金石书刻在南逃途中散失。见李清照《金石录后序》。缃帙,浅黄色的书衣,代指书卷。

〔10〕风鬟三五:李清照《永遇乐》词中,有"中州盛日,闺门多暇,记得偏重三五"及"如今憔悴,风鬟雾鬓,怕见夜间出去"等句。见第233页。

〔11〕江南无路:指江南已被元兵占领。

〔12〕鄜(fū 夫)州:今陕西富县。这里借指妻子所在的地方。在安史之乱中,杜甫为安禄山部队所俘,带到长安,他在想念寄寓在鄜州的妻子时,写了《月夜》诗,其中说:"今夜鄜州月,闺中只独看。遥怜小儿女,未解忆长安。"

〔13〕釭:灯。社鼓:指春天村社祭祀时的鼓声。以上三句说,夜里面对残灯,难于入睡,只听到村里到处响起社祭的鼓声。

这首词表现了思念故国的愁苦。上片由近景写起,接着便是触景生情,勾起对往昔临安繁华盛况的回忆,以及反映了在元军的威胁下,实行"禁夜"时的恐怖气氛。下片表达了临安沦陷后感到的"江南无路"的悲苦。

金缕曲

九日即事[1]

与客携壶去[2]。望高高半山失却,满城风雨[3]。何许白衣人邂逅,小立东篱共语[4]?未怪是催租断句[5]。寂寞午鸡啼三四,悄老人桥上前期误。卿且去,整吾屦[6]。　　寒空旧是题诗处[7]。莽云烟缠蛟舞凤,东吴西楚[8]。千古新亭英雄梦,泪湿神州块土[9]。叹落日鸿沟无路[10]。一片沙场君不去,空平生,恨恨王夷甫[11]。凭半醉,付金缕[12]。

[1] 九日:九月九日重阳节。

[2] 壶:酒壶。

[3] 满城风雨:语出宋潘大临的"满城风雨近重阳"诗句。参见辛弃疾《踏莎行》(夜月楼台)注[6],第333页。以上两句写途中所见。

[4] 何许:为什么。许,语助词。邂逅:不约而至。小立:稍立。以上两句用陶渊明故事。据《续晋阳秋》记载,九月九日,陶渊明没有酒喝,就在住宅东边的篱笆下摘着菊花,忽然看见白衣人至,是刺史王弘派人来送酒,于是就地开怀畅饮。

[5] 催租断句:参见注[3]。

[6] 悄:静悄无声。屦(jù具):鞋子。以上四句是用张良遇见黄石公的故事。据《史记·留侯世家》记载,张良曾在下邳(今江苏邳县南)的桥上散步,有一个老人走到他所立的地方,正好把自己的鞋子掉在桥

下,却命令他取回鞋来,并给他穿上。张良强忍着照办了。老人对张良说:"孺子可教矣!后五日平明,与我会此。"第一次,张良去迟了,老人很生气,让他下次早点来。第二次,鸡鸣时就去,又去晚了。第三次,不到半夜即往,老人十分高兴,便送给他一本《太公兵法》,并告诉他:"读此则为王者师矣。"

〔7〕寒空旧是题诗处:谢朓出任宣城太守时,写《宣城郡内登望》诗,其中有"寒城一以眺,平楚正苍然"两句。唐朱景玄《水阁》诗"谢守题诗处"指的就是这首诗。

〔8〕莽:茫茫无际。缠蛟舞凤:暗喻风云变幻。东吴西楚:泛指长江的中下游。以上两句写纵目远望的景色,并暗示江南一带为敌军占领。

〔9〕以上两句用新亭对泣事。见陈亮《念奴娇·登多景楼》注〔6〕,第360页。

〔10〕落日:象征南宋政权的命运。古时,楚汉相约以鸿沟为界。这句写敌军步步紧逼,南宋流亡政府已无处可以退守。

〔11〕君:指只责骂王夷甫误国而自己却不去从军救国的人。王夷甫:王衍,字夷甫。见胡世将《酹江月》注〔2〕,第241页。

〔12〕凭:凭借着。付:付予。金缕:词调《金缕曲》,即《贺新郎》。以上两句表现了作者借酒浇愁,高歌解忧的苦闷情绪。

这首词是写重阳节登高。上片是说这一天阴雨,他在途中和人相遇,有所耽搁,中午时才到目的地。一位年纪大的友人已等候多时,埋怨他迟来。作者使用了一些典故,把这一切写得很有风趣。下片由登高所见而写到当前的时事,沉痛地抒发了亡国之恨。

周　密

　　周密(1232—1308)，字公谨，号草窗，又号弁阳啸翁、萧斋、四水潜夫等，济南(在今山东省)人。曾为义乌(在今浙江省)令。宋亡不仕，寓居杭州，和王沂孙、张炎、王易简、李彭老、仇远等共结词社。

　　周密的著作很多。诗有《蜡屐集》，词有《草窗词》，又名《蘋洲渔笛谱》，还有《癸辛杂识》、《武林旧事》、《齐东野语》等多种，杂记轶闻旧事，其中保存许多词人史料。又有《绝妙好词》，选录南宋词，代表了南宋后期姜夔以来所谓"雅正派"的观点。

　　周密(草窗)和吴文英(梦窗)，过去称为"二窗"，词风有相近之处。他们都脱离社会现实，表现了一些文人士大夫所谓"风雅"的生活。但周密的词，没有吴文英那样晦涩，有一部分近似于和他同时的张炎和王沂孙。周密比他们两人年岁都大，曾在一起唱和，互相发生影响。

闻鹊喜

吴山观涛[1]

天水碧，染就一江秋色[2]。鳌戴雪山龙起蛰[3]，快风吹海立[4]。　　数点烟鬟青滴，一杯霞绡红湿[5]。白鸟明边帆影直[6],隔江闻夜笛。

〔1〕吴山:在今浙江杭州市西湖东南,俗名城隍山,一面临钱塘江,一面靠西湖,为杭州的名胜。观涛:观潮。

〔2〕染就:染成。韦庄《谒金门》:"染就一溪新绿。"

〔3〕鳌(áo 敖)戴雪山:相传渤海中有五座神山,即岱舆、员峤、文壶、瀛洲、蓬莱,根底互不相连,常随潮水上下往还。于是上帝便令神仙派十五个巨鳌(大龟)去用头顶住大山,六万岁交班。见《列子·汤问》。龙起蛰(zhé 哲):过了冬眠时期,龙开始活动。这句形容翻滚的潮水,好像巨鳌顶起了雪山,又好像巨龙在搅动着海水。

〔4〕快风:指大风。这句是化用苏轼《有美堂暴雨》的诗句"天外黑风吹海立"。

〔5〕杼(zhù 柱):织布梭子。以上两句说,水中数点青山,苍翠欲滴;天边一抹红霞,疑是鲛人织成。

〔6〕明边:明处。这句写举目所见。

这首词上片写观潮,下片写景。开头"天水碧,染就一江秋色"两句,用极其洗练的语言,描绘了蓝天和碧水连成一片的广阔而壮观的美丽画图。

一萼红

登蓬莱阁有感[1]

步深幽,正云黄天淡,雪意未全休。鉴曲寒沙,茂林烟草,俛仰千古悠悠[2]。岁华晚,漂零渐远,谁念我,同载五湖舟[3]?磴古松斜,崖阴苔老,一片清愁[4]。 回首天涯归梦,几魂飞西浦,泪洒东州[5]。故国山川,故园心眼,还似王粲登楼[6]。最负他,秦鬟妆镜,好江山,何事此时游[7]!为唤狂吟老监[8],共赋销忧[9]。

〔1〕蓬莱阁:故址在今浙江绍兴卧龙山下。

〔2〕鉴曲:即鉴湖之一曲。《新唐书·贺知章传》载,天宝初,贺知章"请为道士还乡","有诏赐镜湖剡川一曲"。鉴湖又名镜湖,在今绍兴南。茂林:茂密的树林。东晋王羲之《兰亭集序》写山阴(今浙江绍兴)西南兰渚山上的兰亭说:"此地有崇山峻岭,茂林修竹。"俛:同俯。以上三句是看到此地悠久的古代的美丽风物,引起了心中无限的感慨。

〔3〕同载五湖舟:用范蠡的故事。春秋时代,范蠡辅佐越王勾践治理天下,越灭吴后,他"遂乘轻舟,以泛于五湖,莫知其所终极"。(《国语·越语》)传说西施也随他而去。五湖,即太湖。以上两句说,年纪老了,远离故乡到处漂泊,又有谁会同情我的这种处境,与我为伴呢?

〔4〕磴(dèng瞪):石阶。崖:山边。苔:青苔,即地衣。苔老,意谓在战乱中,此地久无人去,一直长着青苔。以上三句说,由于战乱,繁华消歇,松斜苔老,游人稀少,表现了作者对宋亡后山河残破,萧条景象的愁苦。

〔5〕几:几度,几次。西浦、东州:作者自注,"阁在绍兴,西浦、东州皆其地。"以上三句是作者说自己过去漂零天涯,常在梦中怀念和返回绍兴。

〔6〕王粲登楼:见刘过《沁园春·寄辛稼轩》注〔13〕,第366页。

〔7〕负:辜负。秦鬟:指形似发髻的秦望山,在今绍兴东南。据《史记·秦始皇本纪》记载,秦始皇曾登会稽山,以望东海,而立石刻,颂秦

德。因此会稽山又名秦望山。妆镜:指镜湖。以上四句说,没有心思赏玩,辜负了这样好的秀丽山水。

〔8〕狂吟老监:指唐代诗人贺知章。他是绍兴人,晚年辞官归隐,自号"四明狂客",又称"秘书外监"。他"醉后属词,动成卷轴",所以作者称他"狂吟老监"。

〔9〕赋:作诗。

这首词大约作于南宋灭亡之后。作者触景生情,怀古伤今,抒发亡国之痛、故园之思。词写得比较含蓄曲折,充满着对故国的热爱和眷恋之情。

王　奕

　　王奕,字伯敬,号玉斗山人,玉山(在今江西省)人。早年和文天祥、谢枋得友善。谢枋得被元朝统治者逮捕北行时,王奕送他诗,有"遗表不随诸葛死,离骚长伴屈原生","白骨青山如得所,何须儿女哭清明"句,词旨激烈。宋亡以后,曾做过一个时期的遗民。晚年仕元,为玉山教谕。

　　著有《玉斗山人词》。

贺新郎

金陵怀古

　　金陵流峙,依约洛阳[1]。惜中兴柄国者巽,皆入床下[2]。遂使金瓯甑堕[3],惜哉!

决眦斜阳里[4]。品江山[5],洛阳第一,金陵第二。休论六朝兴废梦[6],且说南浮之始[7]。合就此[8],衣冠故址[9]。底事轻抛形胜地,把笙歌,恋定西湖水[10]。百年内[11],苟而已[12]。　　纵然成败由天理,叹石城,潮落潮生,朝昏知几[13]?可笑诸公俱铸错[14],回首金瓯甓徙[15]。漫浼了,紫云青史[16]。老媚幽花栖断础,睇故宫,空拊英雄髀[17]。身世蝶[18],侯王蚁[19]。

〔1〕流峙:水流山峙。依约:仿佛。

〔2〕中兴:指金兵占领北宋汴京后,宋高宗赵构南渡建立南宋。柄国者:主持朝政的人。巽:卑顺的意思,《易经》有《巽》卦。入床下:卑顺到极点。《易经·巽·上九》:"巽在床下",注:"极巽过甚。"

〔3〕金瓯甑堕:金盆像甑一样摔在地上,指江山破碎。金瓯,金盆,古人常用来比喻完整、巩固的国家,《南史·朱异传》:"我国家犹若金瓯,无一伤缺。"甑堕,东汉孟敏有堕甑不顾的故事。这里是用堕甑来比喻国土分裂。甑是瓦制或木制的炊具。

〔4〕决眦(zì 渍):眼窝裂开,形容怒目而视。

〔5〕品:品评。

〔6〕六朝:见欧阳炯《江城子》注〔3〕,第45页。兴废:兴亡。

〔7〕南浮之始:指赵构当初南渡时。

〔8〕合:应当。

〔9〕衣冠故址:指六朝故都金陵。衣冠,古人用来作为典章文物的象征。

〔10〕底事:何事。形胜:地形险固。笙歌:泛指音乐。以上三句说,赵构为什么轻轻抛弃金陵形胜之地,却到杭州去建都。

〔11〕百年:从南宋初到作者时经历了百馀年,这里举成数。

〔12〕苟:苟且偷安。

〔13〕石城:即石头城。参见吴渊《念奴娇》注〔6〕,第439页。朝昏知几:知道经历了多少早晨和黄昏。以上四句,惋惜南宋初年没有建都金陵,使金陵寂寞地度过了许多年代。

〔14〕诸公:指南宋初年执政者。铸错:见辛弃疾《贺新郎》(把酒长

亭说)注〔17〕,第326页。

〔15〕金瓯瞥徙:大好河山转眼之间换了主人。瞥,眼前一过。

〔16〕漫:胡乱。浼(wò卧):泥污,污染。紫云:古代封建统治者欺骗人民,说皇帝所在之上有紫色云气。青史:古代用竹简纪事,所以叫史册为青史。以上两句说,南宋初年执政者胡乱污染了天上的紫云和人间的青史。

〔17〕断础:断柱的基石。睇(dì弟):斜视。故宫:指金陵的六朝故宫。拊髀(bì闭):以手拍股,激动的样子。见《后汉书·阳球传》。以上三句说,斜视着六朝故宫遗址,看到开着老而妩媚的幽花长在断柱的基石旁,徒然地拍着自己的大腿,发着英雄的感慨。

〔18〕身世蝶:身世如梦。《庄子·齐物论》说庄周梦自己化为蝴蝶,后人就称梦为蝶梦,或用蝶代指梦。

〔19〕侯王蚁:用唐李公佐传奇《南柯记》的典故。《南柯记》说淳于棼生日饮酒醉卧,梦到大槐安国,做南柯郡太守二十余年,醒来发现所谓槐安国就是宅南古槐树下蚁穴,南柯郡就是槐树南枝下的蚁穴。

题为"金陵怀古",内容是批评南宋初年不曾建都金陵而建都临安。这是旧案重提,过去辛弃疾、陈亮等人就曾主张南宋应由临安迁到金陵去。王奕作此词时,南宋已亡了,他只有感叹"金瓯甑堕",发"怀古"之幽情了。词虽然发议论,但形象鲜明,语言挺拔,而又有深沉宛转之致,写得颇有感情,不徒说理而已。

491

王清惠

王清惠,字冲华,南宋末年度宗宫中昭仪(女官名)。元军攻陷临安,宫中自后妃以下皆被掳北上。王清惠到大都(今北京市)后,自请为女道士,以表现她的民族气节。

满江红[1]

太液芙蓉,浑不似、旧时颜色[2]。曾记得,春风雨露,玉楼金阙[3]。名播兰馨妃后里,晕潮莲脸君王侧[4]。忽一声,鼙鼓揭天来,繁华歇[5]。　　龙虎散,风云灭[6]。千古恨,凭谁说?对山河百二,泪盈襟血[7]。客馆夜惊尘土梦,宫车晓碾关山月[8]。问姮娥,于我肯从容,同圆缺[9]。

〔1〕南宋周密《浩然斋雅谈》记载:"宋谢太后北觐,有王夫人题一词于汴(京)夷山驿中云……"又,元陶宗仪《辍耕录》卷三"贞烈"条记载:"至元十三年丙子春正月十八日,淮安王伯颜以中书右相统兵入杭,宋谢、全两后以下,皆赴北。有王昭仪者,题满江红词于驿云……"两书均录此词,但文字略有不同,现以《浩然斋雅谈》为本。

〔2〕太液:汉武帝时宫苑池名。芙蓉:荷花。白居易《长恨歌》诗:"太液芙蓉未央柳。"浑:全。

〔3〕玉楼金阙:指富丽的皇宫。以上两句是她回忆当年在皇宫里的得意生活。

〔4〕兰馨:兰花的芳香。晕潮莲脸:指妇女脸上泛起的红润的美丽光彩。馨,《辍耕录》作"簪"。以上两句写她受到皇帝的宠爱。

〔5〕鼙(pí皮)鼓:战鼓。以上两句写元军南侵,杭州被占领,结束了宫廷的繁华生活。

〔6〕龙虎:比喻南宋的君臣。风云:形容国家的威势。《易经·乾》:"云从龙,风从虎。"

〔7〕山河百二:见胡世将《酹江月》注〔9〕,第241页。

〔8〕客馆:即驿馆,旅途中居住的地方。客,《辍耕录》作"驿"。宫车:指作者和后妃一行乘坐的车子。

〔9〕姮娥:即嫦娥。最后两句,《辍耕录》作"愿嫦娥相顾肯从容,随圆缺"。以上两句写她不愿留在元朝,要去天宫陪伴嫦娥生活。

这是一首写亡国之恨的词。上片写作者对南宋宫廷生活的留恋。下片写她对宋亡的惋惜和悲痛,以及她被俘北行时的惊恐和凄凉心情。最后两句,表现了她不向元军屈服的气节。

据《永乐大典》记载,王清惠写了这首词,深受人们的赞赏,中原广为传诵。

邓 剡

邓剡(yǎn演),字光荐,号中甫,又号中斋,庐陵(今江西吉安市)人。理宗景定三年(1262)进士,历官礼部侍郎。他为丞相文天祥的幕客,一直坚持抗战。南宋政权的最后据点厓山(在今广东新会厓门附近)失守,他被元军俘去,终不屈节。

有《中斋集》,存词十三首。

酹江月

驿中言别[1]

水天空阔,恨东风不惜世间英物[2]。蜀鸟吴花残照里,忍见荒城颓壁[3]!铜雀春情,金人秋泪,此恨凭谁雪[4]?堂堂剑气,斗牛空认奇杰[5]。 那信江海馀生,南行万里,属扁舟齐发[6]。正为鸥盟留醉眼,细看涛生云灭[7]。睨柱吞嬴,回旗走懿,千古冲冠发[8]。伴人无寐,秦淮应是孤月[9]。

〔1〕驿:指金陵驿馆。此词是邓剡为送别文天祥而作。据文天祥在《怀中甫》诗题下自注说:"时中甫以病留金陵天庆观。"

〔2〕恨东风不惜世间英物:公元二〇八年,孙权、刘备联军在赤壁借东南风之助,用火攻战败曹操八十万众。英物,英雄豪杰。此句和后面所说的"铜雀春情"系化用唐杜牧《赤壁》诗:"东风不与周郎便,铜雀春深锁二乔。"惜,一作"借"。

〔3〕蜀鸟:即杜鹃。相传古有蜀王杜宇,号望帝,后禅位出奔。他死后魂魄化为鸟,名杜鹃,鸣声凄悲。吴花:吴宫花草。吴指金陵,三国时吴建都于此。忍:这里有岂忍之意。以上两句写金陵城的残破荒凉景象。

〔4〕铜雀:铜雀台,曹操所建,因楼顶铸有铜雀得名,故址在今河南临漳西南。参见注〔2〕。金人秋泪:见刘辰翁《兰陵王》(送春去)注〔10〕,第480页。以上三句表现对被掳北行的太后、宫女的同情以及亡国之痛。

〔5〕堂堂:盛大的样子。剑气:见辛弃疾《水龙吟·过南剑双溪楼》注〔4〕,第337页。以上两句是感叹文天祥和他做了敌人的俘虏,被囚禁起来。因为"太阿"和"龙泉"这两把宝剑是埋在丰城的监狱的屋基下,剑气上冲斗牛之间,故用来比喻。

〔6〕属:令,托。属扁舟齐发,一作"不放扁舟发"。以上三句写文天祥于被俘途中,在镇江与杜浒等十二人夜中脱逃南下的事。

〔7〕鸥盟:黄庭坚《登快阁》诗:"万里归船弄长笛,此心吾与白鸥盟。"原意是指与鸥鸟结盟为友,这里借指抗元的志士。涛生云灭:暗喻险恶变化的形势。以上两句是表示要保持气节,互相勉励,密切注视形势发展,准备迎接新的斗争。

〔8〕睨(nì 逆):斜看。嬴:指秦王。睨柱吞嬴,写蔺相如完璧归赵的故事。《史记·廉颇蔺相如列传》记载,"赵惠文王时,得楚和氏璧。秦昭王闻之,使人遗赵王书,愿以十五城请易璧。"赵不敢得罪于秦,便派蔺相如奉璧使秦。相如见秦王无意以城换璧,"因持璧却立倚柱,怒发上

495

冲冠"。并且"持其璧睨柱，欲以击柱"。回旗走懿(yì益)：懿指司马懿。据《汉晋春秋》载，诸葛亮刚死，"杨仪等整军而出。百姓奔告宣王(司马懿)，宣王追焉。姜维令仪反旗鸣鼓，若将向宣王者，宣王乃退，不敢逼。于是仪结陈而去，入谷然后发丧。宣王之退也，百姓为之谚曰：'死诸葛走生仲达'。"司马懿字仲达。见《三国志·蜀书·诸葛亮传》裴注所引。以上三句意思是，要以古代英雄做榜样，坚决同敌人做斗争，以势不可挡的气概压倒敌人。

〔9〕秦淮：秦淮河，流经金陵。以上两句说，在金陵驿馆，为国事忧愁而不能入睡，相伴的只有天上的月亮。

这首词见于文天祥《指南录》中，题"驿中言别友人作"，后人不察，误认为是文天祥的作品。其实"驿中言别"四字是词题，"友人作"三字是指明作者为文天祥的友人，经考定此友人即邓剡。

文天祥被俘后途经金陵，邓剡在驿馆中写此词为他送别，用苏轼《念奴娇》（一名《酹江月》）的原韵。作者为国破家亡，为自己和友人都被囚禁而无限感慨。他表示要以英雄的气概和胆略，来鼓励自己和友人继续战斗下去。全词写得十分悲壮。

唐多令

雨过水明霞[1]，潮回岸带沙。叶声寒飞透窗纱。堪恨西风吹世换，更吹我，落天涯[2]。　　寂寞古豪华[3]，乌衣日又斜[4]。说兴亡燕入谁家[5]？惟有南来无数雁，和明月，宿芦花[6]。

〔1〕水明霞:彩霞照亮了水面。

〔2〕落天涯:流落在天涯。天涯,天边,指边远之地。这里指远离故土。

〔3〕这句说,金陵过去是六朝繁华之地,今已冷落荒寂。

〔4〕乌衣:巷名。见陈人杰《沁园春》(为问杜鹃)注〔3〕,第461页。

〔5〕燕入谁家:化用刘禹锡《乌衣巷》诗意。参见周邦彦《西河·金陵怀古》注〔15〕,第199页。

〔6〕以上两句说,只有大雁在月明之夜,宿于芦花丛中。

这首词是作者被俘后过南京所作。他触景生情,无限感慨,在词中借描绘秋天的凄凉景色,抒发了自己的亡国之痛。"堪恨西风吹世换,更吹我,落天涯",他对西风的痛恨,实际上就是对敌人的满腔仇恨。

文天祥

文天祥(1236—1283),初名云孙,字天祥,改字宋瑞,又字履善,吉水(在今江西省)人,理宗宝祐四年(1256)进士第一。恭宗德祐元年(1275),元兵进攻江南,临安危急。文天祥这时任江西提刑,起兵勤王。元兵攻临安,文天祥入卫,拜右丞相兼枢密使。他出使元军讲和,和元丞相伯颜展开辩论,被拘,逃去。后转战浙江、福建、江西各地。帝昺祥兴元年(1278),加少保信国公。这年十二月,在潮州(今广东潮安)被元兵所俘,押送燕京。元朝统治者多方诱降,都没有达到目的。最后被刑于柴市。

文天祥为了保卫宋朝的寸土尺地,出生入死,屡仆屡起,和元兵展开搏斗。他是南宋末年著名的民族英雄,也是一个著名的爱国词人。著有《指南录》和《吟啸集》等。他在潮州被俘时,元兵统帅张宏范强迫他写信招降宋大臣张世杰,他只录下了他的《过零丁洋》诗一首,最后两句是:"人生自古谁无死,留取丹心照汗青。"

他的仅存的几首词,大都是在战斗和被拘囚的这几年写的,和他这期间写的诗一样,直抒胸臆,不假雕饰。从这些词中,我们可以看到他的不屈不挠的斗争精神,凛然的民族气节;它写得是那样沉痛,那样慷慨激昂,不能不使人为之感动。

酹江月

和[1]

乾坤能大,算蛟龙元不是池中物[2]。风雨牢愁无著处,那更寒虫四壁[3]。横槊题诗,登楼作赋,万事空中雪[4]。江流如此,方来还有英杰[5]。　　堪笑一叶漂零[6],重来淮水,正凉风新发。镜里朱颜都变尽,只有丹心难灭[7]。去去龙沙,江山回首,一线青如发[8]。故人应念,杜鹃枝上残月[9]。

〔1〕和:指和邓剡《酹江月·驿中言别》而作,也是用的原韵。

〔2〕蛟龙:《三国志·吴书·周瑜传》载,周瑜向孙权说刘备、关羽、张飞三人道:"今猥割土地以资业之聚此三人,俱在疆场,恐蛟龙得云雨,终非池中物也。"元:同"原"。以上两句,作者抒发自己做了囚徒而失去自由的感慨。

〔3〕牢愁:忧愁。虫:一作"蛩"。以上两句说,秋风秋雨愁杀人,再加上秋虫在壁角里叫个不停,更使人烦躁和苦闷。

〔4〕横槊(shuò朔)题诗:苏轼在《前赤壁赋》中说曹操:"方其破荆江,下江陵,顺流而东也,舳舻千里,旌旗蔽空,酾酒临江,横槊赋诗。"槊,兵器,即长矛。登楼作赋:见刘过《沁园春·寄辛稼轩》注〔13〕,第366页。以上三句意思说,如今身为囚徒,再也不能横槊赋诗和登楼作赋了。

〔5〕以上两句说,长江后浪推前浪,尽管自己无法再为抗元救国而

奔走,将来肯定还会出现英雄人物,来完成复兴国家的大业。

〔6〕堪笑:可笑。一叶漂零:作者比喻自己像一片漂零的落叶。

〔7〕丹心难灭:指报国的赤诚之心永存。

〔8〕去去:两字叠用,有加重语气之意。龙沙:指塞外沙漠之地。江山回首,一线青如发,一作"向江山回首,青山如发"。以上三句写被押北上途中对中原沦陷区的留恋心情。苏轼《澄迈驿通潮阁》诗:"杳杳天低鹘没处,青山一发是中原。"

〔9〕故人:老朋友。这里指邓剡。杜鹃枝上残月:唐崔涂《春夕》诗说:"胡蝶梦中家万里,杜鹃枝上月三更。"以上两句是叮嘱故人勿忘亡国之痛。

这首词是文天祥被押送燕京途经金陵时所作。词中写了他的囚徒生活以及他的感慨。他表示了宁死不屈的决心,并且深信"方来还有英杰",来整顿乾坤,继续抗元斗争。

满 江 红

代王夫人作[1]

试问琵琶,胡沙外怎生风色[2]。最苦是,姚黄一朵,移根仙阙[3]。王母欢阑琼宴罢,仙人泪满金盘侧[4]。听行宫,半夜雨淋铃,声声歇[5]。　　彩云散,香尘灭[6]。铜驼恨,那堪说[7]。想男儿慷慨,嚼穿龈血[8]。回首昭阳辞落日,伤心铜雀迎秋月[9]。算妾身,不愿似天家,金瓯缺[10]。

〔1〕《永乐大典》收此词,题作"王夫人至燕题驿中云,中原传诵,惜末句欠商量,代王夫人作"。王夫人即王清惠,她于南宋末年被选入宫当女官,宋亡被元军掳往燕京。她在途中驿馆写有《满江红》词,文天祥认为最后两句"若嫦娥于我肯相容,从圆缺"有缺点,因此代她写了这首词。

〔2〕怎生:怎样。风色:风光物色。以上两句用王昭君比喻王清惠,想象她问手中琵琶:除了胡沙以外,风色如何?意思是说,塞外之地,除了胡沙,别无风色。

〔3〕姚黄:见刘克庄《昭君怨·牡丹》注〔2〕,第424页。移根仙阙:指把牡丹从仙宫里移植他处。以上三句写皇后、宫女一行被掳北上的不幸遭遇。

〔4〕王母欢阑琼宴罢:指西王母在瑶池设宴的故事。阑,尽。琼宴,指仙人的宴会。仙人泪满金盘侧:见刘辰翁《兰陵王·丙子送春》注〔10〕,第480页。以上两句暗喻南宋欢乐告终,悲剧到来。

〔5〕以上三句以唐玄宗比宋恭帝,写他被掳北上的痛苦心情。

〔6〕以上两句说,随着南宋的灭亡,繁华景象也不存在。

〔7〕铜驼恨:即亡国之恨。见陈人杰《沁园春》(我自无忧)注〔8〕,第473页。

〔8〕以上两句用张巡故事。《旧唐书·张巡传》载,安禄山部将子琦问张巡说:"闻公督战大呼,辄眦裂血面,嚼齿皆碎。何至是?"张巡答道:"吾欲气吞逆贼,顾力屈耳!"子琦大怒,用刀抉其口齿,仅存其齿三四个。张巡大骂子琦说:"我为君父死尔!附贼乃犬彘也,安得久?"龈(yín银),牙根肉。

〔9〕昭阳:汉代后宫有昭阳殿,这里指宋代宫殿。铜雀:铜雀台。见邓剡《酹江月·驿中言别》注〔4〕,第495页。辞,一作"离"。以上两句写南宋的后妃、宫女们离开南宋宫殿,来到了元朝囚禁她们的地方。

501

〔10〕天家:皇帝自命为天子,谓以天下为家,故称天家。金瓯缺:比喻山河破碎。见王奕《贺新郎·金陵怀古》注〔3〕,第490页。以上三句说,虽然南宋被元灭亡,我还要保全名节。

这首是作者用王清惠口气所写的代作,词中写她被掳北去的痛苦和亡国之恨,同时也表现了她坚守贞节,决不屈从的坚强态度。显而易见,这也是作者的自我写照。

王沂孙

王沂孙,字圣与,号碧山,又号中仙,绍兴(在今浙江省)人。他在元初做过庆元路学正。曾和周密、张炎等人来往密切。

张炎称许王沂孙的词,说他"琢句峭拔,有白石意度"。王沂孙和张炎,词风是很相近的。但张炎还有一点"苍凉激楚"之音,王沂孙则更加平和,更加凄婉。王沂孙词几乎一半是咏物之作。清代以来,许多人喜欢去猜王沂孙词的"托意",其中有许多牵强附会之说。王沂孙的某些咏物词可能寄寓了一些身世之感,隐隐约约带一点故国之思。但由于他的词有着晦涩的特点,更容易引起人们去做种种猜想。

著有《碧山乐府》,又名《花外集》,存词六十馀首。

眉妩

新月

渐新痕悬柳,澹彩穿花,依约破初暝[1]。便有团圆意[2],深深拜,相逢谁在香径[3]?画眉未稳,料素娥犹带离恨[4]。最堪爱,一曲银钩小,宝帘挂秋冷[5]。　千古盈亏休问[6],叹慢磨玉斧,难补金镜[7]。太液池犹在,凄凉处何人重赋清景[8]。故山夜永,试待他窥户端正[9]。看云外山河,还老尽桂花影〔10〕。

〔1〕新痕:形容初现的弯月。澹彩:微弱的月光。依约:依稀,隐约。破初暝:划破了傍黑的夜空。以上三句形容初月的形状和光芒。

〔2〕团圆:呈现圆形。五代牛希济《生查子》:"新月曲如眉,未有团圞意。"这句反用其意。

〔3〕拜:指拜新月。古代有妇女拜新月的风俗。唐李端《拜新月》诗:"开帘见新月,即便下阶拜。"香径:鲜花飘香的小路。以上两句说,妇女们纷纷在花园里拜月。

〔4〕未稳:未妥,未完。素娥:嫦娥。陈叔宝《有所思》诗三首之一:"初月似愁眉。"以上两句想象新月就像嫦娥没有画好的愁眉。

〔5〕一曲:一弯,一支。银钩:银白色的帘钩。宝帘:精美的窗帘。以上两句写开帘望月,只见月似帘钩,仿佛在凄寒的秋空背景下,挂住了窗帘。

〔6〕这句写,由月圆、月缺联想到人间其他事物的圆满与不足而有所感慨。

〔7〕慢磨:细磨。以上两句用月亮比喻山河,感叹沦亡的国土难以收复。唐段成式《酉阳杂俎》卷一《天咫》载,太和中郑仁本的表弟与王秀才游嵩山,见一人熟睡。唤醒问他从什么地方来,那人笑着回答:"君知月乃七宝合成乎?月势如丸,其影日烁其凸处也。常有八万二千户修之。予即一数。"还打开所枕包袱,出示斧头凿子等工具。后来遂有"玉斧修月"的传说。早于王沂孙的曾觌《壶中天慢》:"何劳玉斧,千古金瓯无缺。"即用此典。玉斧,斧子的美称。金镜,喻指月亮。

〔8〕太液池:汉唐皇宫内水池名。这里借指宋朝的宫苑池沼。陈师道《后山诗话》载,宋太祖赵匡胤于后池赏新月,学士卢多逊应制赋诗:"太液池边看月时,好风吹动万年枝。谁家玉匣开新镜,露出清光些子

儿。"以上三句暗用其事,感叹国势衰微,北宋盛时难以重现。

〔9〕故山:指故国的河山。永:长。窥户:拟人化地描写月光照进窗户。端正:形容圆月美好。韩愈《和崔舍人咏月二十韵》诗:"三秋端正月,今夜出东溟。"以上三句说,在长夜中的故国河山,正期待着圆月的照射。

〔10〕云外山河:即月中阴影。参见周邦彦《锁阳台》注〔11〕,第197页。桂花影:指圆月。《初学记》卷一引虞喜《安天记》:"俗传月中桂树,今视其初生,见仙人之足,渐已成形,桂树后生。"还老尽桂花影,一作"还老桂花旧影"。古人咏月,常将山河影和桂树联系在一起,如曾觌《壶中天慢》:"山河影满,桂冷吹香雪。"以上两句意思是说,待圆月当空,将会月色依旧。言下有感叹月色虽将依然如故,而河山却已非原貌之意。

这首词作于南宋灭亡前夕,是王沂孙咏物词中寓意较明显的一首。上片刻画新月,从人间的拜月到嫦娥的愁眉,再到夜空的帘钩,形象鲜明。在活泼的笔调中,透露出哀思。下片语意双关,引典设喻,反复咏叹,抒发了河山破碎难以再全的悲叹。

高阳台

和周草窗《寄越中诸友》韵〔1〕

残雪庭阴,轻寒帘影〔2〕,霏霏玉管春葭〔3〕。小帖金泥,不知春在谁家〔4〕。相思一夜窗前梦〔5〕,奈个人水隔天遮〔6〕。但凄然,满树幽香,满地横斜〔7〕。　　江南自是离愁苦,况游骢古道,归雁平沙[8]。怎得银笺[9],殷勤与说年华[10]。如今处处生芳草,纵凭高,不见天涯[11]。更消他,几度东风,几度飞花[12]。

〔1〕周草窗:周密,号草窗。详见周密小传,第485页。周密写作《寄越中诸友》时,可能身在杭州。越中:泛指今浙江绍兴一带。

〔2〕这句说,透过帘幕还感到寒意。

〔3〕霏霏:形容葭灰飞扬。玉管春葭(jiā加):据传,古人认为音乐的十二律和历法的二十四节气相对应,用玉制律管十二,内端各塞以芦苇灰,置密室中,观察各管内芦苇灰飞扬的时间,以测相应节候的到来。见《后汉书·律历志》。葭,芦苇。这句说,标志立春的律管中的葭灰已经飞散,春天到了。

〔4〕小帖金泥:古代风俗,立春日贴"宜春帖子"。帖子上或写"宜春"二字,或写诗句。金泥即泥金,是用金粉粘着于物体。小贴金泥即泥金纸的宜春帖子。范成大《代儿童作立春贴门诗》:"剪彩宜春胜,泥金祝寿幡。"以上两句说,虽然贴出了"宜春帖子",却不知春天已到了谁家。意谓作者感觉不到春意。

〔5〕这句化用唐人卢仝《有所思》"相思一夜梅花发,忽到窗前疑是君"诗句,表示思念友人。

〔6〕奈:无奈。个人:那人。

〔7〕满地横斜:指梅树的影子。林逋《山园小梅》诗:"疏影横斜水清浅,暗香浮动月黄昏。"以上三句说,醒来只见窗前梅花放香、树影横斜。

〔8〕骢:毛色青白相间的马。平沙:平旷的沙滩或沙漠地。以上三句意思说,朋友间同在江南已经为离思所苦,何况还有寄寓他乡的怀归之恨。

〔9〕银笺:洁白的信纸。

〔10〕殷勤:恳切地。年华:时光,这里指与时俱增的思念之情。

〔11〕以上三句,暗用淮南小山《招隐士》:"王孙游兮不归,春草生兮萋萋",并化用苏轼《蝶恋花》:"天涯何处无芳草",意思是说,现在已是芳草一望无际的暮春时节,越发思念远方的离人。

〔12〕以上三句说,在离别中还要再禁受几度花落春去的苦闷呢!

关于这首词的写作时间,有宋亡前和宋亡后二说。我们认为,它可能是宋亡以后所作。看起来,作者似乎仅是写春日思念友人,但结合作者所处宋元易代之际的背景,使人感到若有难言之隐寄托其间。全词着意于捕捉一系列富有"诗情画意"的艺术形象来曲折隐约地表达作者的凄婉情怀。这些都反映了王沂孙词作的特色。

醴陵士人

一剪梅

宰相巍巍坐庙堂[1],说着经量[2],便要经量。那个臣僚上一章[3]?头说经量,尾说经量[4]。　轻狂太守在吾邦[5],闻说经量,星夜经量[6]。山东河北久抛荒[7],好去经量,胡不经量?

〔1〕巍巍:高大的样子。庙堂:朝堂,君臣朝会的地方。
〔2〕经量:丈量土地。
〔3〕章:写给皇帝的奏章。这句写朝中无人谏阻。
〔4〕以上两句讽刺下级盲目执行上级的决定。
〔5〕轻狂:轻率,浮躁。吾邦:指醴陵(在今湖南)。
〔6〕星夜:夜晚。
〔7〕山东河北:泛指北方沦陷地区。山东,古称崤山函谷关以东为山东。河北,指淮河以北。抛荒:抛弃,荒废。

这首词见于《花草粹编》卷七,题作《咸淳甲子又复经量湖南》,作者署"醴陵士人"。咸淳甲子,即景定五年(1264)。据《续资治通鉴》记载,景定五年九月,"贾似道请行经界推排法于诸路,由是江南之地,尺寸皆有税,而民力益竭。"这首词所写即此事,可见词中所抨击的那位"巍巍坐庙堂"的"宰相"不是别人,正是贾似道。结尾三句作反诘的口气,十分有力,深刻地揭露了南宋统治集团中的"宰相"、"臣僚"和"太守"对敌人屈辱求和,对人民则残酷盘剥的真面目。

以词进行讽刺,这在唐宋词中是很少见的。

杨佥判

一剪梅

襄樊四载弄干戈[1],不见渔歌,不见樵歌[2]。试问如今事若何,金也消磨,谷也消磨[3]。　柘枝不用舞婆娑[4],丑也能多[5],恶也能多。朱门日日买朱娥[6],军事如何,民事如何!

〔1〕襄樊:襄阳、樊城,在今湖北襄樊市。弄干戈:指发生战事。

〔2〕以上两句写人民大众在被敌兵长期围困的年代里过着痛苦的生活。

〔3〕以上两句说,徒然耗费钱粮,并没有击退敌人的进攻。

〔4〕柘(zhè浙)枝:唐教坊曲名。后又用做舞名流行于唐宋两代,见《宋史·乐志》及《乐府杂录》等。《乐苑》:"柘枝舞曲,用二女童,帽施金铃,抃转有声。其来也,于二莲花中藏,花坼而后见,对舞相占。实舞中雅妙者也。"沈括《梦溪笔谈》:"寇莱公好柘枝之舞,会客必舞柘枝,每舞必尽日。时谓之柘枝颠。"婆娑(suō梭):形容舞蹈时盘旋的姿态。

〔5〕能多:真多。

〔6〕朱门:指富贵人家。朱娥:美女。

咸淳四年(1268)九月,元兵筑白河城,始围襄樊。九年(1273)正月,樊城破;二月,襄阳守将出降。这首词没有写到襄樊的失守,首句说"襄樊四载弄干戈",可见当作于咸淳八年(1272)。

这首词见于陈世崇《随隐漫录》卷二。作者是"杨金判",名不详。金判即签判,官名,为"签书判官厅公事"的简称。据《随隐漫录》,这首词的创作背景是:"襄樊之围,食子爨骸,权奸方怙权妒贤,沉溺酒色,论功周、召,粉饰太平。"词中对人民群众的痛苦生活表示了同情,对那些不顾人民死活和国家安危,而一味追求个人享乐的官僚,如贾似道之流,进行了强烈的谴责。

徐君宝妻

徐君宝妻,姓名已佚,岳州(今湖南岳阳)人。宋亡后,她被元兵虏掠至杭州,坚贞不屈,投水自尽。

满庭芳

汉上繁华,江南人物,尚遗宣政风流[1]。绿窗朱户,十里烂银钩[2]。一旦刀兵齐举,旌旗拥、百万貔貅[3]。长驱入,歌台舞榭,风卷落花愁[4]。　　清平三百载[5],典章文物[6],扫地俱休[7]。幸此身未北[8],犹客南州[9]。破鉴徐郎何在[10]?空惆怅,相见无由。从今后,梦魂千里,夜夜岳阳楼[11]。

〔1〕汉上:泛指汉水流域一带。遗:遗留。宣政:宣和(1119—1125)、政和(1111—1118),都是宋徽宗的年号。风流:流风馀韵。以上三句写元兵尚未南侵之时。

〔2〕烂:鲜明,光亮。银钩:指帘钩。

〔3〕刀兵:泛指兵器。貔貅(pí xiū 皮休):古代传说中的一种猛兽,常用以比喻勇猛的军队。这里指元兵。以上三句写元兵南侵。

〔4〕长驱入:度宗咸淳十年(1274)九月,元兵自襄阳(今湖北襄樊

市)出发,沿汉水南下。十二月,入鄂州(今湖北武昌)。次年三月,攻破岳州(今湖南岳阳)。以上三句写元兵长驱直入,打破了当地的表面繁华的局面。

〔5〕清平:太平。三百载:宋代自公元960年建国,至1279年为元所灭,共历三百二十年。

〔6〕典章文物:泛指制度、法令等等。文物,一作"人物"。

〔7〕扫地俱休:比喻破坏无余。俱,一作"都"。

〔8〕未北:没有被掳北去。

〔9〕南州:南方。这里指杭州。

〔10〕鉴:镜子。徐郎:指她的丈夫徐君宝。相传南朝陈末徐德言与其妻乐昌公主分别时,恐陈亡大乱,二人离散,因将一镜破开,各执其半,约以他日合镜为信。及陈亡,其妻入越公杨素家。徐德言访于京都,夫妻重又团圆。见唐孟棨《本事诗》。

〔11〕岳阳楼:代指徐君宝的家乡岳州。岳阳楼,见张舜民《卖花声》注〔1〕,第151页。以上三句写思念丈夫的深情。

关于作者和这首词,有这样的记载:"又岳州徐君宝妻某氏,亦同时被虏来杭,居韩蕲王府。自岳至杭,相从数千里,其主者数欲犯之,而终以计脱。盖某氏有令姿,主者弗忍杀之也。一日,主者怒甚,将即强焉。因告曰:'俟妾祭谢先夫,然后乃为君妇不迟也。君奚用怒哉?'主者喜诺。即严妆焚香,再拜默祝,南向饮泣,题《满庭芳》词一阕于壁上。已,投大池中以死。"见元陶宗仪《辍耕录》卷三"贞烈"条。

作者在这首词里哀悼了宋王朝的覆亡和个人的悲惨命运,抒发了对离散的丈夫的深切怀念。

蒋　捷

蒋捷,字胜欲,阳羡(今江苏宜兴)人,生卒年不详。度宗咸淳十年(1274)进士。宋亡后隐居太湖中的竹山,人称竹山先生。元大德年间,有人荐举他做官,他不肯去,表现了始终不渝的气节。

蒋捷的词,文字精炼,音调谐畅。在创作上勇于尝试,不拘一格。有时自由奔放,被人认为仿效辛弃疾;有时清虚旷宕,又被人视作步随姜夔。对他的词的评价,不是奖誉失实,就是贬抑太过。如刘熙载《艺概》称他为"长短句之长城",而清陈廷焯《白雨斋词话》则认为他"仅得稼轩糟粕",在南宋词人中属末流,"虽不论可也"。所以有这样的歧异,主要是评论者对不同流派各有所宗,凭着个人的爱憎各说一套。

蒋捷一生正处于时代急遽变动之时,他的词虽没有着力去描写现实社会中重大的矛盾,但仍然曲折地表现出了他在国破家亡之后的精神苦闷与痛苦,具有感人的力量。

著有《竹山词》,存词九十馀首。

贺新郎
秋晓

渺渺啼鸦了[1]。亘鱼天,寒生峭屿[2],五湖秋晓[3]。竹几一灯人做梦,嘶马谁行古道[4]。起搔首,窥星多少[5]。月有微黄篱无影,挂牵牛数朵青花小。秋太淡,添红枣[6]。

愁痕倚赖西风扫,被西风翻催鬒鬒,与秋俱老[7]。旧院隔霜帘不卷,金粉屏边醉倒。计无此中年怀抱[8]。万里江南吹箫恨[9],恨参差白雁横天杪[10]。烟未敛,楚山杳[11]。

〔1〕渺渺:微远的样子。啼鸦:乌鸦啼叫。乌鸦在黎明和黄昏时啼叫得最欢。了:停止。这句写乌鸦越飞越远,它的叫声渐渐消失,暗示天已亮。

〔2〕亘(gèng):绵亘,辽阔。鱼天:指水面。宋吴泳《水龙吟》词:"一夜檐花落枕,想鱼天,涨痕新露。"作者《尾犯·寒夜》词:"遍栏干外,万顷鱼天,未了予愁绝。"宋无名氏(一作周邦彦)《浣溪沙》词:"水涨鱼天拍柳桥。"峭屿:陡峭的岛屿。以上两句说,耸立在辽阔湖面上的岛屿弥漫着寒气。

〔3〕五湖:太湖的别名。晋张勃《吴录》:"五湖者,太湖之别名。以其周行五百馀里,故以五湖为名。"(见《太平御览》六十六引)

〔4〕以上两句说,作者正在点着灯的竹几旁边做梦,被马嘶声惊醒,知道早起的行人已经上路。

〔5〕搔首:抓头。窥星多少:察看星星多少,判断天色迟早,因为近清晨时星渐稀少。

〔6〕青花:指牵牛花。以上四句写秋天破晓时的户外景色。

〔7〕愁痕:指愁容。翻催:反而催逼。鬒鬒(zhěn枕):面额两旁的黑发。这三句说,原指望秋风能扫去哀愁,结果西风反而使人增添白发,使人和秋天一样老去。

〔8〕金粉屏:有绘饰的屏风。这三句是作者回顾过去懒散纵酒的生活,说那种中年时的情绪如今已经没有了。

〔9〕吹箫:春秋时楚国伍员的父兄被平王杀害,伍员含恨逃奔吴国,曾一度"鼓腹吹箫,乞食于吴市"(《史记·范雎列传》)。这句借伍员的遭遇,比况作者自己亡国之痛。

〔10〕参差(cēn cī):高低不齐。白雁:似雁而小,白色,秋天时南飞。杜甫《九日》诗:"旧国霜前白雁来。"天杪:天的高处,天边。

〔11〕敛:这里是消失的意思。楚山:指太湖一带的山。杳(yǎo咬):隐没不见。

秋天的景物在古人诗词中往往被描写得很暗淡,特别是作者心情愁苦的时候。这首词可说是别具一格。像"月有微黄篱无影,挂牵牛数朵青花小。秋太淡,添红枣"一段,寥寥几笔,就勾画出拂晓时太湖湖畔的秋天的清丽景色,而描写这些景色,又是用以反衬作者亡国之恨和痛感流光易逝,壮志消磨的苦闷心情。这种写法表现了作者在创作上勇于探索的精神。

贺新郎

兵后寓吴〔1〕

深阁帘垂绣,记家人软语灯边,笑涡红透〔2〕。万叠城头哀怨角,吹落霜花满袖〔3〕。影厮伴,东奔西走。望断乡关知何处〔4〕?羡寒鸦,到着黄昏后,一点点,归杨柳。　　相看只有山如旧,叹浮云本是无心,也成苍狗〔5〕。明日枯荷包冷饭,又过前头小阜〔6〕。趁未发,且尝村酒。醉探枵囊毛锥在,问邻翁要写牛经否。翁不应,但摇手〔7〕。

〔1〕兵后:指元兵攻灭宋王朝之后。寓吴:寓居苏州。

〔2〕帘垂绣:绣帘低垂。软语:语声轻柔。笑涡红透:笑脸微红,露出酒窝。以上三句是作者对过去安乐的家庭生活的追忆。

〔3〕万叠:重复吹奏同一支乐曲。乐曲演奏一遍叫做一叠。以上两句说,城头号角不断发出哀怨的声音,给人凄冷的感觉。

〔4〕厮伴:相伴。望断:极目远望。乡关:家乡。唐崔颢《黄鹤楼》诗:"日暮乡关何处是。"以上两句写作者因逃避战乱,独自流落他乡。

〔5〕无心:晋陶潜《归去来兮辞》:"云无心以出岫(山峰),鸟倦飞而知还。"苍狗:见张元幹《瑞鹧鸪》注〔1〕,第267页。以上三句说,只有青山如旧,连浮云也随着时事变迁,改变了形色。

〔6〕阜:土山。

〔7〕枵(xiāo消)囊:空袋子。毛锥:毛笔。见陈人杰《沁园春》(记上层楼)注〔23〕,第469页。牛经:有关养牛的书。手,一作"首"。以上四句说,袋子里除了毛笔外空无一物,想靠抄书糊口,却很难找到主顾。

在作者抒写亡国之恨的词作中,这一首写得最为沉痛。作者借对过去家庭生活的片断回忆,寄托了对南宋王朝的深切怀念;对当前流落他乡,觅食无门的描写,则反映了作者隐居生活的苦辛。喜青山如旧,暗写自己的守节不移;叹浮云苍狗,实刺仕元的文人的变节行为。

梅花引

荆溪阻雪〔1〕

白鸥问我泊孤舟,是身留〔2〕?是心留〔3〕?心若留时,何事锁眉头？风拍小帘灯晕舞[4]，对闲影，冷清清，忆旧游[5]。

旧游旧游今在不？花外楼，柳下舟。梦也梦也，梦不到，寒水空流。漠漠黄云[6]，湿透木绵裘[7]。都道无人愁似我，今夜雪，有梅花，似我愁。

〔1〕荆溪：溪名，流经江苏宜兴县南，在大埔附近入太湖。
〔2〕身留：指被雪所阻，不能动身。
〔3〕心留：自己愿意留下。
〔4〕灯晕舞：昏暗的灯光摇晃不定。
〔5〕旧游：指旧友。
〔6〕漠漠：密布的样子。黄云：指下雪时昏黄的天色。高适《别董大》诗："十里黄云白日曛，北风吹雁雪纷纷。"
〔7〕木绵裘：木绵为絮的冬衣。

荡舟江湖，与鸥鸟为伴，这一向被看做是隐士们的极大乐趣。这首词却借白鸥的问话，表明作者并无此闲情逸致，也说明了作者入元后长期过着隐居生活，实非心愿。词中对旧时游侣的想念，想梦也梦不到，分明是抒写作者在怀念他在南宋时期的生活。

一剪梅

舟过吴江[1]

一片春愁待酒浇，江上舟摇，楼上帘招[2]。秋娘容与泰娘娇[3]。风又飘飘，雨又萧萧。　　何日归家洗客袍[4]？银字笙调[5],心字香烧[6]。流光容易把人抛,红了樱桃,绿了芭蕉。

〔1〕吴江:江苏吴江县,西滨太湖。

〔2〕帘招:酒旗招展。

〔3〕秋娘容与泰娘娇:作者《行香子·舟宿间湾》词:"过窈娘堤,秋娘渡,泰娘桥。"作者借两处地名都取女人的名字,便用"容与"和"娇"二词,来形容这两处景物之美。容与,快乐。《庄子·人间世》:"以求容与其心。"唐成元英注云:"容与,犹快乐。"秋娘容与泰娘娇,一作"秋娘渡与泰娘桥"。

〔4〕客袍:外出穿的衣服。苏轼:《试院观伯时画马绝句》诗:"亦思归家洗客袍。"归家洗客袍,一作"云帆卸浦桥"。

〔5〕银字笙:镶饰有银字的笙。调:调弄,吹奏。

〔6〕心字香:制成篆文"心"字形状的香。

这首词写作者倦游思归,渴望重过闲适的家居生活。"红了樱桃,绿了芭蕉"两句,亦见于作者《行香子·舟宿间湾》词,它抓住了春末夏初,樱桃逐渐红熟,蕉叶从浅绿转为深绿的特征,借颜色转换,生动地描绘出春光的流逝。

虞美人

听雨

少年听雨歌楼上,红烛昏罗帐。壮年听雨客舟中,江阔云低,断雁叫西风[1]。　　而今听雨僧庐下,鬓已星星也[2]。悲欢离合总无情,一任阶前,点滴到天明〔3〕。

〔1〕断雁:孤雁。以上两句,一作"野旷天低,黄叶下西风"。

〔2〕星星:形容头发斑白。

〔3〕这句说,遇到悲欢离合之事都无动于衷。温庭筠《更漏子》词:"梧桐树,三更雨,不道离情正苦。一叶叶,一声声,空阶滴到明。"其意正相反。

此词通过听雨一事,概括了作者少年、壮年和晚年三个时期的不同感受。写作者年少时只知追欢逐笑,无忧无虑;壮年时过着离乱生活,易于触景伤怀;到了晚年,因经受了亡国的巨大痛楚,感情变得麻木,反而不再多愁善感了。

白居易《听夜筝有感》诗说:"江州去日听筝夜,白发新生不愿闻。如今格是头成雪,弹到天明亦任君。"此词与白诗比较,实有异曲同工之妙。

陈德武

陈德武，三山（今福建福州市）人。有《白雪遗音》，存词六十馀首，其中如《水龙吟·西湖怀古》和《望海潮·钱塘怀古》等，写兴亡之感，有悲壮之音。

水龙吟

西湖怀古

东南第一名州[1]，西湖自古多佳丽。临堤台榭，画船楼阁，游人歌吹。十里荷花，三秋桂子[2]，四山晴翠。使百年南渡，一时豪杰，都忘却，平生志[3]。　　可惜天旋时异[4]，藉何人雪当年耻[5]？登临形胜[6]，感伤今古，发挥英气。力士推山，天吴移水，作农桑地[7]。借钱塘潮汐，为君洗尽，岳将军泪[8]。

〔1〕东南第一名州：指杭州。四印斋《草堂诗馀》柳永《望海潮》词注："仁宗御制：'地有湖山美，东南第一州'。"

〔2〕以上两句，语出柳永《望海潮》词："重湖迭巘清嘉，有三秋桂子，十里荷花。"

〔3〕平生志:平生的大志,指收复中原,为国立功。

〔4〕天旋时异:古人常用翻天覆地来表示时代发生了巨大的变化。这里是指南宋为元所灭。

〔5〕藉:凭靠。

〔6〕形胜:古人称地形险固为形胜之地。《史记·高祖本纪》:"秦,形胜之国。"

〔7〕力士推山:传说古时巴蜀有五丁力士能移山。《蜀王本纪》:"天为蜀生五丁力士,能徙山。秦王献美女与蜀王,遣五丁迎女。见一大蛇入山穴中,五丁共引蛇,山崩,压杀五丁、秦女,皆化为石,而山分为五岭。"天吴:海神名。《山海经·海外东经》:"朝阳之谷,有神曰天吴,是为水伯。其为兽也,人面八首,八足八尾,皆青黄也。"以上三句,作者盼望能有神人来推山移水,把西湖改造成为农桑之地。

〔8〕岳将军:指南宋抗金名将岳飞。见岳飞小传,第271页。以上三句是说要借钱塘江的潮水来荡涤污浊,为岳飞报仇雪恨。

这首词写在元灭南宋之后。作者面对风光如画的西湖,想到南渡君臣的悲剧,格外觉得沉痛。过去西湖被称做"销金锅",达官贵人和地主豪绅在此寻欢作乐。作者热烈期望能铲除掉这罪恶的渊薮,把它改造为农桑之地。这一理想只有在新中国里才能实现。到了今天,西湖才真正回到了人民的手里。

张　炎

张炎(1248—1320?),字叔夏,号玉田,又号乐笑翁。临安(今浙江杭州)人。宋亡后,他闲游纵饮,落拓而终。元世祖至元二十七年(1290),他曾北上元都,希望能谋得一官半职,结果失意而归,想投靠新王朝而未成。

张炎之父张枢是一个注重音律的词人,对张炎很有影响。张炎作词学周邦彦、姜夔,内容虽多抒写个人的哀怨,但音律和洽,清畅雅丽,尤长于咏物,时有精警之处。宋陆韶的《词旨》摘录张炎词句,分别为《乐笑翁奇对》和《乐笑翁警句》。清朱彝尊《解佩令》(自题词集)说:"不师秦七(秦观),不师黄九(黄庭坚),倚新声玉田差近。"张炎的词在字句上很下功夫,有一些人喜欢学他,特别在清代是如此。一些人常把他和姜夔并称。

张炎的《词源》是一部有影响的论词专著。他主张词要意趣高远,要雅正,要清空,这是适合一部分脱离现实的封建文人即所谓"雅士"的艺术趣味的。

著有《山中白云词》,存词约三百首。

南浦

春水

波暖绿粼粼[1],燕飞来,好是苏堤才晓[2]。鱼没浪痕圆[3],流红去,翻笑东风难扫[4]。荒桥断浦[5],柳阴撑出扁舟小。回首池塘青欲遍,绝似梦中芳草[6]。　　和云流出空山,甚年年净洗,花香不了[7]?新绿乍生时[8],孤村路,犹忆那回曾到。馀情渺渺,茂林觞咏如今悄[9]。前度刘郎归去后,溪上碧桃多少[10]。

〔1〕粼粼:流水清澈的样子。

〔2〕苏堤:在杭州市西湖中。见刘辰翁《兰陵王·丙子送春》注〔14〕,第480页。

〔3〕没:指鱼从水面游入深处。

〔4〕以上两句说,流水带走了落花,反而嘲笑东风没能把落花吹扫干净。

〔5〕荒桥:荒僻冷落的桥。断浦:断绝不通的水滨。

〔6〕梦中芳草:谢灵运《登池上楼》诗有"池塘生春草"句,据他自己说,是梦见他的弟弟惠连时所得。见《南史·谢惠连传》。以上两句说池塘长满了青草,犹如谢灵运梦中所作的诗句一样。

〔7〕以上三句说,水和云一道流出空山,为什么年年冲洗落花,花香仍然常在。

〔8〕乍:刚,初。

〔9〕茂林觞咏:晋王羲之曾与谢安、公孙绰等四十一人游于会稽山阴(今浙江绍兴)的兰亭,王羲之写了《兰亭集序》,说:"此地有崇山峻岭,茂林修竹","一觞一咏,亦足以畅叙幽情"。这句说,与朋友在郊野饮酒吟诗的乐事如今不再有了。

〔10〕刘郎:指刘晨。见李存勗《忆仙姿》注〔1〕,第34页。唐代曹唐《刘阮再到天台不复见仙子》诗:"草树总非前度色,烟霞不似昔年春。桃花流水依然在,不见当时劝酒人。"这里张炎借刘郎自指。据张炎的朋友戴表元《送张叔夏西游序》说,作者曾到过天台山。碧桃:仙桃。以上两句说,自前次游览后,不知溪边桃花多了还是少了。

这首词先咏湖水,继咏池水,再咏溪水,把春天的水边景色写得很美。周密特别称赞"荒桥"二句,说是"赋春水入画"。词中,不光写眼前景物,还借对往日结伴春游的追怀,表露个人今昔之感,可谓"不粘不脱",意在言外。因这首词被人传诵,作者当时就被人称为"张春水"。

甘州

辛卯岁[1],沈尧道同余北归[2],各处杭、越[3]。逾岁,尧道来问寂寞[4],语笑数日,又复别去。赋此曲,并寄赵学舟[5]。

记玉关踏雪事清游[6],寒气脆貂裘[7]。傍枯林古道,长河饮马[8],此意悠悠。短梦依然江表[9],老泪洒西州[10]。

一字无题处,落叶都愁[11]。 载取白云归去,问谁留楚佩,弄影中洲[12]?折芦花赠远,零落一身秋[13]。向寻常野桥流水,待招来不是旧沙鸥[14]。空怀感,有斜阳处,却怕登楼。

〔1〕辛卯岁:元世祖至元二十八年(1291)。

〔2〕沈尧道:名钦,号秋江,张炎的朋友。至元二十七年(1290)秋,作者与沈钦、曾遇同往燕京(今北京市),一路上曾互相唱和。

〔3〕杭:杭州。沈尧道北归后居处。越:今浙江绍兴市。张炎北归后居处。

〔4〕问:慰问。尧道,一作"秋江"。

〔5〕赵学舟:名与仁,字元父,张炎的朋友。赵学舟,一作"曾心传"。心传名遇,字子敬。

〔6〕玉关:玉门关,这里代指北地。

〔7〕这句说,北方严寒,貂裘为之脆裂。《战国策·秦策》说,苏秦"说秦王(秦惠王)书十上而说不行。黑貂之裘弊,黄金百斤尽,资用乏绝,去秦而归。"据戴表元《送张叔夏西游序》所述,张炎"尝以艺北游,不遇;失意亟亟南归,愈不遇。"可知"脆貂裘"一语,实借苏秦事,暗写作者这次北上求官不遇的苦衷。

〔8〕长河:黄河。作者《壶中天·夜渡古黄河,与沈尧道、曾子敬同赋》:"老柳官河,斜阳古道,风定波犹直。"亦写其景。

〔9〕江表:江南。这句说,入睡时间虽短,仍然梦见江南故乡。

〔10〕西州:古城名,在今南京市西。《晋书·谢安传》记载,谢安做了大官,仍渴望回东山隐居,后病重还都,"闻当舆入西州门,自以本志不遂,深自慨失。"其甥羊昙,"为安所爱重,安薨后,辍乐弥年,行不由西州路。"后因酒醉,不觉至西州门,因悲感不已,恸哭而去。这句说,作者志

在江湖,求试实非所愿。

〔11〕以上两句说,作者北游时,全无题写诗词的兴致。作者《声声慢·都下与沈尧道同赋》:"晴梢渐无坠叶,撼秋声都是梧桐。情正远,奈吟湘赋楚,近日偏慵。……片云归程,无奈梦与心同,空教故林怨鹤,掩闲门明月山中。"写的正是当时的情景。

〔12〕佩:佩玉。《楚辞·湘君》:"捐余玦兮江中,遗余佩兮澧浦。"以上三句写尧道对作者居处山水的赞赏和作者送别朋友时依依之情。

〔13〕以上两句说,折芦花寄赠远方朋友,意在告诉朋友寄者也像秋天的芦苇一样凋零凄寂。

〔14〕旧沙鸥:这句说,连旧日的沙鸥都已不在,更衬出物换星移和作者心境的凄凉。

张炎出身贵族世家,宋亡后,他的社会地位发生了很大的变化。他曾试图投靠新王朝,找一条个人的出路,却失意而归;想退居山林,伏处江湖,也寻不到安身之所。这首词抒发的正是对个人这种遭遇的悲哀和郁郁不得志的心情,虽然其中也夹杂着亡国之痛,但更多的只是个人身世之感,缺少慷慨激烈之音。其宛转呜咽处,却很能代表作者在艺术上的特点。

清平乐

平原放马

辔摇衔铁[1],蹴踏平原雪[2]。勇趁军声曾汗血,闲过升平时节[3]。　　茸茸春草天涯[4],涓涓野水晴沙[5]。多少骅骦老去,至今犹困盐车[6]。

〔1〕辔(pèi 配):驾驭牲口的缰绳。衔铁:横在马口中的马嚼子。

〔2〕蹴(cù 促)踏:踩踏。

〔3〕汗血:一种良马名。见辛弃疾《贺新郎》(老大那堪说)注〔7〕,第328页。以上两句说,良马曾威武地驰骋在沙场上,汗出如血,可是在和平时期却派不上用场。

〔4〕茸茸(róng 绒):茂密的样子。

〔5〕涓涓:细水慢流的样子。

〔6〕骅骝:古代的骏马名。盐车:运盐的车子。《战国策·楚策四》写一头老牛拉着盐车上太行山,膝盖折了也拉不上去。汉贾谊《吊屈原赋》:"骥垂两耳兮服盐车。"以上两句说,有多少骏马默默地老去,至今还因为拉不动盐车而受困。

这首词写一匹曾经驰骋沙场的骏马,在和平环境里虚度馀生。有的良马,被当做钝牛一般对待,备受折磨。这可能是作者在宋亡后,感到无所作为、有志难申的一种比况。